Dr. rer. nat. Werner Lieber · Der Mineraliensammler

Ulrich Paterny
1973

Dr. rer. nat. Werner Lieber

Der Mineraliensammler

6. Auflage

Über den Aufbau von
Sammlungen
und was man dazu
wissen sollte

Mit einem Geleitwort von
Prof. Dr. K. F. Chudoba

73 Abbildungen im Text
40 Tafeln

Ott Verlag
Thun und München

Der Naturfreund und zielstrebige Sammler von Mineralien braucht ein Werk nach der Art des vorliegenden Buches, ein Leitfaden, der ihm Anleitungen und Hinweise zum Aufbau seiner Sammlung gibt.

Dieses Buch bietet aber mehr: Denn es stellt eine leicht verständliche Einführung in die Mineralogie dar, wobei aber der gelegentlich als «trocken» bezeichnete Stoff lebendig und anziehend zugleich gestaltet wurde. Dem Wesen des Themas entsprechend, gelangt dabei die Praxis des Mineraliensammelns zur Betonung.

Besonders vielseitig sind die Abschnitte über die Eigenschaften und das Bestimmen der Mineralien. Sie enthalten unter anderem Hinweise auf Fluoreszenz, Phosphoreszenz und Radioaktivität und viele chemische Versuche zur Lötrohrprobierkunde. Erfreulicherweise werden zahlreiche Bezugsquellen für Arbeitsgeräte aller Art genannt. Auch der Bearbeitung der Mineralien, zum Beispiel durch Schleifen und Polieren, ist ein Abschnitt gewidmet.

Alles in allem ein wohlgelungenes Werk, das schon wegen seiner erwähnenswerten Vielseitigkeit, der gefälligen Anordnung und der leicht verständlichen Sprache viele Freunde finden muß.

Das Buch hat gegenüber den vorangegangenen Auflagen sein Gesicht verändert. Durch das vergrößerte Format ist es möglich geworden, große Farbtafeln einzufügen. Neben der Überarbeitung des Bildmaterials sind auch im Text zahlreiche Ergänzungen und Verbesserungen vorgenommen worden.

So hat sich das Buch nun zu einem repräsentativen Band herangebildet. Dem Autor wäre es eine große Freude, wenn mit seiner Hilfe möglichst viele Sammler sich zu einer naturverbundenen Betrachtung der Mineralien hinfänden.

6. Auflage, 19.–25. Tausend, 1973

ISBN 3-7225-6229-5

Gedruckt in der Schweiz
Gesamtherstellung: Ott Verlag Thun
Gesamtgestaltung: Jean Masset, Grafiker, Basel

Schutzumschlag:
Kupfer-Kristalle von Ajo in Arizona.
Foto: Lieber
Gestaltung: Jean Masset, Basel

Inhaltsverzeichnis

Geleitwort

Es ist eine dankbare, aber keineswegs einfache Aufgabe, dem zielstrebigen Kreis der «Mineraliensammler» wissenschaftliche und praktische Erkenntnisse über Mineralien so zu vermitteln, daß sie als willkommene und bisher entbehrte Ausführungen aufgenommen werden können. Eine solche Ausstrahlung kann nur von einem Buche ausgehen, dessen Verfasser eine intuitive innere Bindung zu den Mineralien besitzt, eine augenfällige Begeisterung für das Sammeln von Mineralien empfindet und in seiner eigenen Sammlung vielseitige praktische Erfahrungen auf der Grundlage seines subjektiven und objektiven Wissens um die Mineralien erworben hat; nicht minder wichtig erscheint aber auch ein didaktisches Geschick bei der Auswahl des Stoffes und die Kunst der methodischen Darstellung, um den Zusammenhang der verschiedenen Ausschnitte im Gesichtsfeld der naturgeschichtlichen Einheit der Mineralien zu wahren. Denn: «Den Stoff sieht jedermann vor sich, den Gehalt findet nur der, der etwas dazu zu tun hat, und die Form ist ein Geheimnis den meisten», meint folgerichtig Goethe.

Wer nun als Liebhaber, Freund, Sammler und Fachkundiger der Mineralien dem vorliegenden Buch «Der Mineraliensammler» seine einfühlende Aufmerksamkeit zuwendet, der kann sich seinem anregenden, anschaulichen und beziehungsvollen Inhalt kaum mehr entziehen. Er wird zugleich automatisch erkennen, daß dieses Werk nur einen Autor haben kann, der nicht aus zweiter Hand schöpft, für den vielmehr die oben dargelegten Erwartungen und Voraussetzungen zweifellos zutreffen. Den Leser erfreut hierbei nicht nur die ansprechende Wiedergabe mineralogischer Grundlagen und Wesenszüge, sondern auch die ermöglichte Teilnahme an den subjektiven Erlebnissen des Verfassers mit den Mineralien in der Natur und in den Sammlungen, wobei er die Fülle seiner praktischen und wissenschaftlichen Erfahrungen beim Aufsuchen, Sammeln, Bestimmen, Bearbeiten und Einordnen der Mineralien in fundierter Sachkenntnis und Originalität erschließt. So ist eine «verständliche» – nicht unterhaltende – Mineralogie entstanden, die einen willkommenen Leitfaden für jeden mineralogischen Interessenten – auch für den Fachmineralogen – darstellt und die sinnvoll aufzeigt, wie man den gelegentlich als «trocken» bezeichneten Stoff der Mineralogie mit den erkannten Gesetzen des Seins und Werdens der Mineralien lebendig und anziehend zugleich gestalten kann. Die beziehungsreiche und aufgeschlossene Darstellung aber wurde in ihren prinzipiellen und induktiven Grundlagen auch durch die langjährige Tätigkeit des Verfassers als Erster Vorsitzender der Vereinigung der Freunde der Mineralogie und Geologie (VFMG) sowie als Schriftleiter der von dieser Vereinigung herausgegebenen Zeitschrift «Der Aufschluß» mitgeformt und mitgeprägt. Das demnach durch viele Jahre systematisch und gründlich vorbereitete Buch spiegelt dies durch einen seltenen Gleichklang von praktischer Erfahrung und wissenschaftlicher Sachlichkeit wider; es wird deshalb jedem Mineralbeflissenen erleichtern, die Erscheinungswelt der Mineralien «Mente et malleo» zu beachten und zu studieren.

Karl F. Chudoba

Vorwort zur 1. Auflage

Als ich – angeregt durch die Schaufensterauslage einer Schmucksteinhandlung – mit dem Sammeln von Mineralien begann, suchte ich mühsam nach geeigneten Büchern, die mir Hinweise auf die Fundorte von Mineralien geben und die erste Einführung in das Reich der Steine vermitteln sollten. Erst später fand ich heraus, daß in meiner Heimatstadt ein anderer Sammler mit großer Erfahrung wohnte, der mir dann manchen dankbar entgegengenommenen Rat gab. Dennoch empfand ich schon damals, daß eine geeignete Anleitung für Mineraliensammler fehlte, denn viele wissenschaftliche Erklärungen schienen mir anfänglich zu abstrakt und fast alle Angaben über Fundorte zu lückenhaft oder zu ungenau, um gezielte Lehrausflüge danach planen zu können.

So war denn auch der Erfolg bei meinem Steckenpferd zunächst recht bescheiden. Ich suchte die Stadt A, das Gebirge B und das Tal C auf, um das eine oder andere Mineral zu suchen. Oft fand ich die richtigen Fundorte gar nicht, manchmal war das gesuchte Bergwerk schon seit zweihundert Jahren nicht mehr in Betrieb, und mitunter hatte ich genau die falsche Seite eines Tales abgesucht. Andererseits mußte ich zu meinem Bedauern schon früh erkennen, daß manche Leute einen Fundort bewußt geheim halten, um als einzige die Ausbeutung vornehmen zu können. Auch beim Aufbau der Sammlung hatte ich manche Schwierigkeiten zu überwinden, bis die geeignete Form der Anordnung gefunden war.

Aus all diesen Gründen entstand schon bald der Gedanke, dem Sammler einen Leitfaden in die Hand zu geben, der ihm die nötigen Kenntnisse zum Aufbau von Sammlungen und genauere Angaben über Fundorte vermitteln sollte. Nach fünfzehnjähriger intensiver Beschäftigung mit Mineralien glaube ich, die vorliegenden Zeilen allen «Kollegen» und denen, die es werden wollen, übergeben zu können.

Mein Dank gilt all denen, die mich bei der Abfassung des Buches bereitwillig durch Informationen und Ratschläge unterstützt haben. Insbesondere danke ich Herrn Professor Dr. K. F. Chudoba, der mir in freundschaftlich verbundener Weise viele wertvolle Anregungen gab, das Manuskript gelesen und das Geleitwort verfaßt hat. Den genannten Bildautoren danke ich für die freundliche Erlaubnis zur Übernahme von Abbildungen und der Vereinigung der Freunde der Mineralogie und Geologie für ihr Einverständnis zur Verwendung einiger Druckstöcke. Schließlich bin ich dem Ott Verlag und seinem Lektor, Herrn E. Kolbinger, für die Übernahme des Manuskriptes und die gute Ausgestaltung des Buches in Dank verbunden.

Möge das Buch vielen Sammlern als zuverlässiger Wegweiser durch das Reich der Mineralien und für den Aufbau ihrer Sammlungen dienen.

Werner LIEBER

September 1963

Vorwort zur 2. Auflage

Während der Niederschrift der ersten Auflage konnte man noch nicht ahnen, wie sehr sich das Interesse am Sammeln von Mineralien steigern würde. Die Zahl der Mineraliensammler steigt noch ständig, und die Zahl der Mineralienhändler beträgt heute ein Vielfaches gegenüber 1962. Diese Entwicklung ist einerseits erfreulich, weil den Mineralien während der letzten Jahrzehnte nicht die Beachtung geschenkt wurde, die ihrer Bedeutung für die Technik und Kultur entspricht. Andererseits kann man aber beobachten, daß manche Leute die Mineralien zum Zwecke einer scheinbaren Kapitalanlage erwerben oder einer «modischen Schau» zuliebe in Kaminsimse und Hauswände einmauern. Diese Zweckentfremdung entspricht keineswegs einem echten naturkundlichen Interesse, und man muß bedauern, daß die Fundstücke der wissenschaftlichen Bearbeitung entzogen sind. Um so mehr sollte versucht werden, das Verständnis für die Mineralien zu wecken und zu erweitern, damit etwa vorhandene materielle Beweggründe für das Sammeln einem wirklichen Naturinteresse weichen. Wenn das vorliegende Buch zu diesem Bestreben einen Beitrag leisten könnte, wäre das eine große Freude für mich.

Ich habe mich bemüht, die vielen dankbar empfangenen Ratschläge, die mir in persönlichen Gesprächen, auf brieflichem Wege oder durch Rezensionen zugekommen sind, entsprechend dem zur Verfügung stehenden Platz zu berücksichtigen. Der Leser möge aber verstehen, daß wirklich nur eine Auswahl von Mineralfundorten genannt werden kann, ohne den mir gesteckten Rahmen zu sprengen. Besonderen Dank schulde ich den Herren Prof. Dr. K. F. Chudoba, Dr. W. Fischer, Prof. Dr. S. Koritnig, Dr. W. Medwenitsch und Prof. Dr. H. Meixner für ihre Anregungen und Empfehlungen. Auch für Anregung und Kritik zur zweiten Auflage bin ich dankbar. Mein Dank gilt auch diesmal wieder allen genannten Bildautoren, den erwähnten Firmen und der VFMG für die Ausleihe einiger Druckstöcke.

Möge auch die zweite Auflage ihre Freunde finden.

Januar 1966 Werner LIEBER

Vorwort zur 3. Auflage

Die vorliegende 3. Auflage erfuhr gegenüber der vorangegangenen nur wenige Änderungen. Sie beschränken sich im wesentlichen auf den zweiten Teil, die Mineral-Fundpunkte.

Die dankbar empfangenen Ergänzungsvorschläge zum ersten Teil werden in der nächsten Auflage berücksichtigt.

Weitere Anregungen und Hinweise sind jederzeit gern willkommen.

Januar 1968 Werner LIEBER

Vorwort zur 4. Auflage

Da die 3. Auflage schon nach einem Jahr wieder vergriffen war, beschränken sich die Änderungen der vorliegenden 4. Auflage nur auf einige Ergänzungen bei den Fundort-Angaben.

Besonderen Dank für Hinweise schulde ich Herrn Prof. Dr. Hugo Strunz, Berlin.

Werner LIEBER

Februar 1969

Vorwort zur 5. Auflage

Die Notwendigkeit einer weiteren Neuauflage nach kurzer Zeit, der 5. innerhalb von 8 Jahren, bei steigenden Auflageziffern zeigt, wie sprunghaft das Interesse an den Mineralien gewachsen ist.

So erfreulich das bei echtem Naturinteresse ist, so bedenklich sind die bereits im Vorwort zur 2. Auflage angedeuteten materiellen Beweggründe, die immer mehr Menschen veranlassen, sich gewerbsmäßig dem Handel mit Mineralien zuzuwenden. Als Folge davon werden viele Mineralfundstellen systematisch bis zum letzten Krümel ausgebeutet. Für den echten Mineraliensammler bleiben kaum noch Fundstellen, an denen er selber etwas finden kann, ganz abgesehen davon, daß aus vielerlei Gründen immer mehr Fundstellen – Bergwerke, Steinbrüche, alte Halden – verschwinden.

So bleibt dem Sammler nur noch der Kauf beim seriösen Fachhändler – der über die erforderliche Sachkenntnis verfügt – oder die Beschränkung auf die Theorie mit gelegentlichen Besuchen von Museen.

Mehrere Fundortangaben dieses Buches sind nur noch als historische Informationen zu werten, zumal auch die Fundstellen anderer Länder das gleiche Schicksal erleiden wie die im eigenen Land.

Trotz des nun scheinbaren Schwundes an ergiebigen Fundplätzen werden dem Sammler nützliche Hinweise gegeben, wie er sich eine hübsche und sehr preiswerte Mineraliensammlung zusammentragen kann. Damit spreche ich das Sammeln von Klein- und Kleinststufen an.

Das Buch hat gegenüber den vorangegangenen Auflagen sein Gesicht verändert. Durch das vergrößerte Format ist es möglich geworden, große Farbtafeln einzufügen. Neben der Überarbeitung des Bildmaterials sind auch im Text zahlreiche Ergänzungen und Verbesserungen durchgeführt worden.

Im Anschluß an das deutschsprachige Mineralregister sind die wichtigsten englischen Namen für Mineralien aufgeführt.

So hat sich das Buch nun zu einem repräsentativen Band herangebildet. Es wäre mir eine große Freude, wenn mit seiner Hilfe möglichst viele Sammler zu einer naturverbundenen Betrachtung der Mineralien hinfinden würden.

Mein Dank gilt allen Freunden, die mir wertvolle Hinweise und Empfehlungen gegeben haben. Für Anregungen, Ergänzungen und Verbesserungsvorschläge bin ich auch künftig allen Lesern dankbar.

Januar 1972 — Werner LIEBER

Vorwort zur 6. Auflage

Die vorliegende neue Auflage gleicht der vorangegangenen. Nötige Änderungen beschränken sich auf einzelne Korrekturen, Ergänzungen und Verbesserungen. Vielen Lesern danke ich für ihre wertvollen Hinweise.

November 1973 — Werner LIEBER

Einleitung

Die Nutzbarmachung von Gesteinen und Mineralien hat die menschliche Kultur begründet. Das erste Handwerkzeug aus Feuerstein, das erste von Menschenhand geformte Metall, die erste Anwendung von Mineralfarben stehen am Anfang einer Entwicklung, die in die heutige anorganische und organische Großsynthese der verschiedensten Produkte einmündet. Wir sind von den Mineralien abhängig.

Bevor ein Mineral seine praktische Verwendung findet, müssen seine Eigenschaften erkannt und erforscht werden. Man mußte erst wissen, daß aus Kupfer- und Zinnerz Bronze erschmolzen werden kann. Die außerordentliche Härte des Rubins mußte erst erkannt werden, bevor er bei der Uhrenindustrie als Lagerstein Verwendung finden konnte. Und erst die Erkenntnis, daß man aus Uran Atomenergie gewinnen kann, ließ die Uranerze zu den begehrtesten Schätzen der Erde werden.

Doch wo findet man die Erze, wo den harten Rubin oder den Diamant? Unsere Vorfahren hatten es in dieser Hinsicht leichter als wir. Ein zufällig entdeckter Stein mag durch seinen Glanz, seine Farbe oder sein Gewicht ihr Interesse erweckt haben. In frühesten Zeiten beschränkte sich die Gewinnung begehrter Steine vorwiegend auf die «zutage» tretenden Vorkommen. Man konnte gerade da wegnehmen, wo es die Natur griffbereit anbot. Heute sind die meisten Vorkommen dieser Art erschöpft, und wir müssen tiefe Schächte und Stollen in die Erde treiben, um das Erz zu fördern.

Aber erst die örtliche Anreicherung von gewissen Stoffen auf sogenannten «Lagerstätten» ermöglicht ihre nutzbringende Gewinnung. Man muß daher auch die Verbreitung und Entstehung der Mineralien erforschen und untersuchen. Die Mineralogie, die Lehre von den Mineralien, unterrichtet uns also nicht nur über die stofflichen Grundlagen unserer Kultur, sondern sie verschafft uns auch einen Einblick in chemische Reaktionen größten Ausmaßes, die für den Wechsel im Antlitz unserer Erde von Bedeutung sind.

Für den Sammler aus Liebhaberei kommt als sehr wesentliches Moment noch der ästhetische Wert schöner kristallisierter und gefärbter Mineralien hinzu. Unbefangen von sachlichen wissenschaftlichen Untersuchungen, Regeln, Hypothesen und Gesetzen wird er nicht versäumen, die einzigartige Schönheit glitzernder Kristalle zu bewundern.

Den Pflanzen und Lebewesen, also der organischen Welt, steht auf unserem Planeten nur ein kleiner Raum zur Verfügung: Das Leben spielt sich vorwiegend auf der Erdoberfläche ab.

Unter Berücksichtigung des Meeres und der erdnahen Atmosphäre ergibt sich eine Tiefe des Lebensraumes von etwa 20 km. Die Erde hat aber einen Halbmesser von rund 6350 km. Ihr größter Teil besteht aus unorganischen, leblosen Stoffen. Der Volksmund bezeichnet sie schlechthin als «Steine». Indessen ist folgende Unterscheidung zwischen «Mineral» und «Gestein» zu treffen:

Mineral
Gestein

Unter einem *Mineral* versteht man einen stofflich einheitlichen, natürlichen Bestandteil der festen Erdrinde. «Stofflich einheitlich» besagt: Ein Mineral ist an jeder Stelle – äußerlich wie innerlich – gleichartig (= homogen) beschaffen. Nach seiner chemischen Zusammensetzung ist es entweder ein Grundstoff (= Element) oder eine Verbindung von Elementen. «Natürlich» bedeutet, es muß durch Naturvorgänge entstanden sein. Synthetische Edelsteine, künstlich gezüchtete Kristalle oder Hüttenprodukte sind also keine Mineralien. Aus der dritten Bedingung, ein «Bestandteil der festen Erdrinde» zu sein, folgt, daß man weder die Stoffe der Atmosphäre, noch das Wasser der Meere oder Binnengewässer, noch die Stoffe des glutflüssigen Gesteinsbreis im Erdinnern (= Magma) zu den Mineralien rechnet. Fast alle Mineralien sind kristallisiert, das heißt, sie besitzen eine Kristallstruktur.

Stoffe von anderen Himmelskörpern sind ebenfalls Mineralien, sofern sie einheitliche Bestandteile ihrer festen Bereiche sind.

Ein *Gestein* ist eine natürliche Mineralanhäufung von – meist – erheblicher Ausdehnung als Ergebnis eines bestimmten geologischen Vorganges. Dabei spielt es keine Rolle, ob die Mineralkörner locker oder fest gefügt sind; auch Sand zählt zu den Gesteinsarten. Gesteine sind meistens Gemenge von zwei oder mehreren Mineralarten, die regellos miteinander gemengt sind. Viele Gesteine lassen mit unbewaffnetem Auge verschiedene Gemengteile erkennen, wie Granit: Feldspat, Quarz und Glimmer. In anderen Fällen erschließt die Lupe oder das Mikroskop die Zusammensetzung. Es gibt auch monomineralische Gesteine (griechisch: mono = eins), das sind solche, die nur aus *einer* Mineralart zusammengesetzt sind, wie zum Beispiel Marmor aus Calcitkörnern oder Quarzit aus Quarzkörnern.

Ein Gestein weist eine willkürliche Begrenzung auf. Ein Mineral kann aber bei unbehindertem Wachstum geometrische Körper mit Ecken, geraden Kanten und ebenen Flächen bilden.

Kristall

Ein *Kristall* ist ein fester Körper, dessen Bausteine (Kap. III) dreidimensional periodisch nach Art eines Raumgitters (Abbildung 12) angeordnet sind. Kristalle können mikroskopisch klein, aber auch einige Meter lang sein. Der Kristallzustand ist nicht allein auf Mineralien beschränkt. Eine sehr große Zahl künstlicher Verbindungen ist ebenfalls kristallisiert. Der Begriff «Kristall» ist ein Oberbegriff und kennzeichnet einen bestimmten Zustand der Stoffe.

kristallin

Kristallin, das heißt aus kleinen Kriställchen bestehend, nennt man massive Stoffe, die aus einer Anhäufung von Kristallkörnern bestehen, die keine geometrischen Kristallformen erkennen lassen, weil sie eng miteinander verwachsen sind. Die Kristallstruktur – gitterartige Anordnung der Bausteine – ist dennoch die gleiche wie bei einem wohlausgebildeten Kristall des gleichen Stoffes.

amorph

Stoffe ohne Kristallstruktur nennt man *amorph* (griechisch: a = ohne, un-; morphe = Gestalt). Amorphe Stoffe bilden keine Kristalle. Im Mineralreich sind sie äußerst selten; der Opal zählt zu ihnen; ebenso das Kunstprodukt Glas.

Die Mineralogie beschäftigt sich mit den Eigenschaften der Mineralien, ihrer Zusammensetzung, ihrer Form, ihrer Entstehung und Verbreitung. Wenn der Mineraliensammler aus Liebhaberei auch meistens kein Berufswissenschaftler ist, so darf er doch die theoretischen Erkenntnisse der Mineralogie nicht achtlos beiseite schieben, soll seine Sammeltätigkeit nutzbringender und lebendiger sein als das stumpfsinnige Zusammentragen von Felsbrocken. Die folgenden Kapitel wollen ihm die zum Aufbau von Sammlungen nötigen Kenntnisse vermitteln.

I. Die Entstehung der Mineralien

Bevor man in die Natur hinausgeht, um mit dem Sammeln von Mineralien zu beginnen, muß man zunächst wissen, *wo* man sie finden kann. Deshalb soll vorerst geschildert werden, wie sie eigentlich entstehen.

Man ist geneigt, die Mineralien für unvergänglich zu halten. Gemessen an erdgeschichtlichen Zeiträumen ist unser Leben so unendlich kurz, daß diese Ansicht durchaus nicht abwegig ist. Das Alter vieler Mineralien zählt nach Millionen Jahren. Aber sie sind genau so vergänglich wie alles auf dieser Welt. Mineralien werden auch ständig neu gebildet. Allerdings kann man nur selten den Entstehungs- oder Verwitterungsvorgang beobachten, weil er sich meist innerhalb zu großer Zeiträume abspielt.

Alles auf dieser Welt – gleichgültig ob Steine oder Pflanzen oder Lebewesen oder künstlich geschaffene Gegenstände – ist aus sogenannten chemischen Elementen zusammengesetzt. Chemische Elemente sind Grundstoffe, die man mit chemischen Arbeitsmitteln nicht in noch einfachere Stoffe zerlegen kann. Heute kennt man rund 100 Grundstoffe, die in der Tabelle 1 zusammengestellt sind. Es sei aber gleich bemerkt, daß nur ein ganz kleiner Teil der Grundstoffe elementar, das heißt also in Form des Elementes selbst, in der Natur vorkommt, wie zum Beispiel Schwefel, Gold, Silber. Die meisten Elemente zeigen vielmehr die Neigung, sich miteinander zu verbinden.

Grundstoffe

Tabelle 1: Atomgewichte 1968

Nr.	Name	Symbol	A.-Gew.	Nr.	Name	Symbol	A.-Gew.
1	Wasserstoff	H	1,00797	10	Neon	Ne	20,183
2	Helium	He	4,0026	11	Natrium	Na	22,9898
3	Lithium	Li	6,939	12	Magnesium	Mg	24,312
4	Beryllium	Be	9,0122	13	Aluminium	Al	26,9815
5	Bor	B	10,811	14	Silicium	Si	28,086
6	Kohlenstoff	C	12,01115	15	Phosphor	P	30,9738
7	Stickstoff	N	14,0067	16	Schwefel	S	32,064
8	Sauerstoff	O	15,9994	17	Chlor	Cl	35,453
9	Fluor	F	18,9984	18	Argon	Ar	39,948

Tabelle 1: Atomgewichte 1968 (Fortsetzung)

Nr.	Name	Symbol	A.-Gew.	Nr.	Name	Symbol	A.-Gew.
19	Kalium	K	39,102	62	Samarium	Sm	150,35
20	Calcium	Ca	40,08	63	Europium	Eu	151,96
21	Scandium	Sc	44,956	64	Gadolinium	Gd	157,25
22	Titan	Ti	47,90	65	Terbium	Tb	158,924
23	Vanadium	V	50,942	66	Dysprosium	Dy	162,50
24	Chrom	Cr	51,996	67	Holmium	Ho	164,930
25	Mangan	Mn	54,9380	68	Erbium	Er	167,26
26	Eisen	Fe	55,847	69	Thulium	Tm	168,934
27	Kobalt	Co	58,9332	70	Ytterbium	Yb	173,04
28	Nickel	Ni	58,71	71	Lutetium	Lu	174,97
29	Kupfer	Cu	63,54	72	Hafnium	Hf	178,49
30	Zink	Zn	65,37	73	Tantal	Ta	180,948
31	Gallium	Ga	69,72	74	Wolfram	W	183,85
32	Germanium	Ge	72,59	75	Rhenium	Re	186,2
33	Arsen	As	74,9216	76	Osmium	Os	190,2
34	Selen	Se	78,96	77	Iridium	Ir	192,2
35	Brom	Br	79,909	78	Platin	Pt	195,09
36	Krypton	Kr	83,80	79	Gold	Au	196,967
37	Rubidium	Rb	85,47	80	Quecksilber	Hg	200,59
38	Strontium	Sr	87,62	81	Thallium	Tl	204,37
39	Yttrium	Y	88,905	82	Blei	Pb	207,19
40	Zirkonium	Zr	91,22	83	Wismut	Bi	208,980
41	Niob	Nb	92,906	84	Polonium	Po	210
42	Molybdän	Mo	95,94	85	Astatin	At	211
43	Technetium	Tc	98,906	86	Radon	Rn	222
44	Ruthenium	Ru	101,07	87	Francium	Fr	223
45	Rhodium	Rh	102,905	88	Radium	Ra	226
46	Palladium	Pd	106,4	89	Actinium	Ac	227
47	Silber	Ag	107,870	90	Thorium	Th	232,038
48	Cadmium	Cd	112,40	91	Protactinium	Pa	231
49	Indium	In	114,82	92	Uran	U	238,03
50	Zinn	Sn	118,69	93	Neptunium	Np	237
51	Antimon	Sb	121,75	94	Plutonium	Pu	239
52	Tellur	Te	127,60	95	Americium	Am	241
53	Jod	J	126,9044	96	Curium	Cm	242
54	Xenon	Xe	131,30	97	Berkelium	Bk	247
55	Cäsium	Cs	132,905	98	Californium	Cf	251
56	Barium	Ba	137,34	99	Einsteinium	Es	253
57	Lanthan	La	138,91	100	Fermium	Fm	257
58	Cer	Ce	140,12	101	Mendelevium	Md	258
59	Praseodym	Pr	140,907	102	Nobelium	No	255
60	Neodym	Nd	144,24	103	Lawrencium	Lw	256
61	Promethium	Pm	147				

Die *Geochemie*, die Wissenschaft, die sich mit der chemischen Zusammensetzung der Erde befaßt, erforscht auch die Verteilung der Elemente. Aus vielen tausend chemischen Analysen von Mineralien und Gesteinen ergab sich, daß die Elemente in der Erdrinde (das ist die Gesteinskruste bis 16 Kilometer Tiefe unter Einbeziehung der Wassermassen und der Lufthülle) sehr ungleichmäßig verteilt sind. Am häufigsten ist der Sauerstoff mit rund 50 Gewichts-Prozent; danach folgt Silicium mit rund 25 Prozent. Die Tabelle 2 enthält die 10 häufigsten Elemente, die schon über 99 Gewichtsprozente der Erdrinde ausmachen. Alle übrigen Elemente zusammen ergeben weniger als ein Gewichtsprozent. So folgt das Zink mit 0,02% an 21. Stelle, das Kupfer mit 0,01% an 25. Stelle, das Blei mit 0,002% an 33. Stelle, das Quecksilber mit 0,000003% gar an 74. Stelle.

Geochemie

Verteilung der Elemente

Tabelle 2

		Gew.-%
1.	Sauerstoff . . .	49,42
2.	Silicium . . .	25,75
3.	Aluminium . .	7,51
4.	Eisen	4,70
5.	Calcium . . .	3,39
6.	Natrium . . .	2,64
7.	Kalium	2,40
8.	Magnesium . .	1,94
9.	Wasserstoff . .	0,88
10.	Titan	0,58

Gewisse Elemente, die man als «selten» zu bezeichnen gewohnt ist, haben einen bemerkenswert großen Anteil an der Zusammensetzung der Erdrinde: Titan steht an 10. Stelle, Zirkon eine Stelle vor Zink, Cer mit 0,0022% vor Blei. Sie werden deshalb als selten bezeichnet, weil Kupfer, Blei usw. auf manchen Lagerstätten stark angereichert und daher *leicht zugänglich* sind, während Titan, Zirkon, Cer usw. nur selten in starker Anhäufung gefunden werden; dagegen kommen sie in sehr vielen Gesteinen in geringen Mengen vor.

Berechnungen zwingen zu der Annahme, daß das Erdinnere aus viel schwereren Stoffen bestehen muß als die äußere Erdkruste.

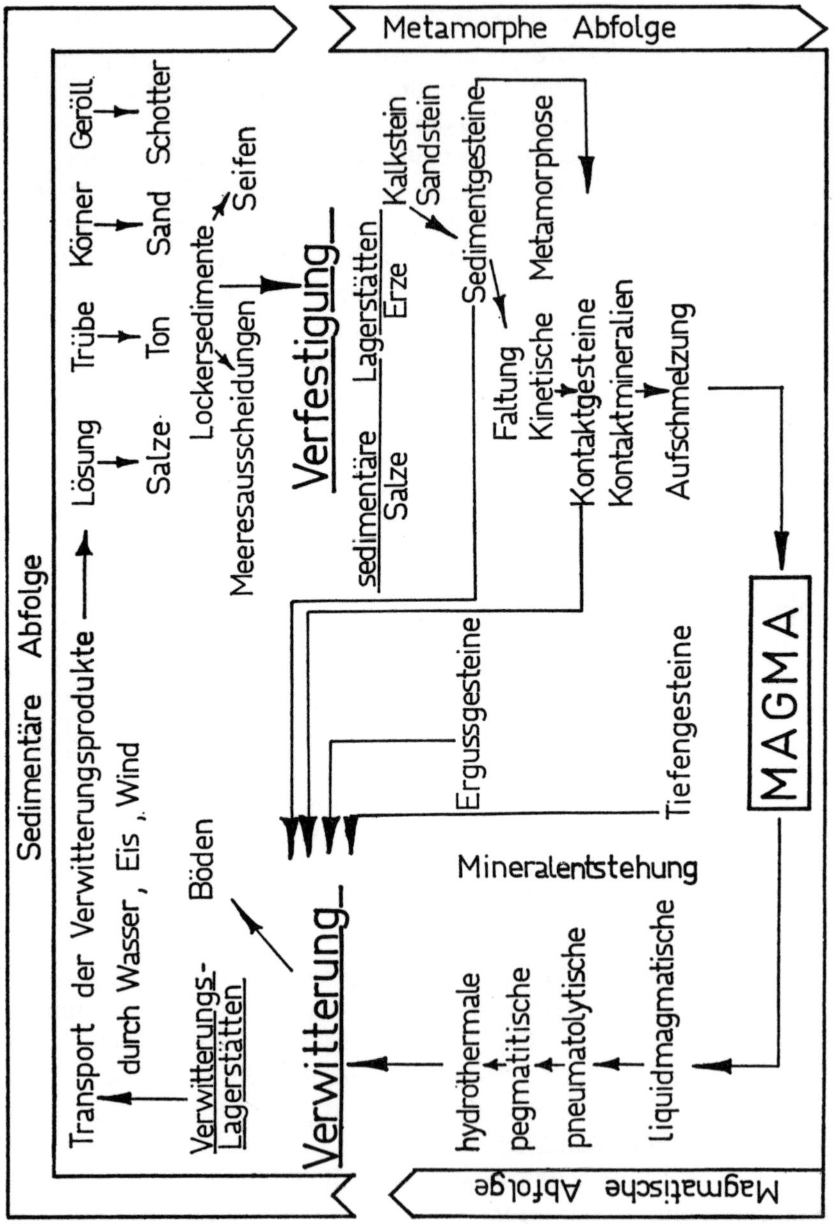

Abb. 1
Kreislauf der Stoffe in der Erdrinde

Diese Ansicht wird durch die aus dem Weltraum zur Erde fallenden Eisenmeteoriten bestätigt. Sie bestehen im Durchschnitt aus etwa 90% Eisen und 8–9% Nickel. Für den Erdkern nimmt man ungefähr die gleiche Zusammensetzung an. – Für die Verteilung der Elemente sind außer der Schwere noch die verschiedene chemische Verbindungsfähigkeit (Affinität), die Kristallisationsfähigkeit und der Kristallbau der entstehenden Stoffe von Einfluß.

Die Verteilung der Elemente ist auf anderen Himmelskörpern gegenüber der irdischen unterschiedlich. Aus den bisherigen Veröffentlichungen über zwei Mondlandeunternehmungen geht hervor, daß die aufgefundenen Gesteine einen relativ hohen Titangehalt (23%) aufweisen. Bis jetzt sind die Elemente Natrium, Kalium, Blei und Wismut nur spärlich gefunden worden. Chemisch gebundenes Wasser fehlt. Der Urangehalt der untersuchten Gesteine entspricht irdischen Werten. Das gesamte Untersuchungsmaterial ist aber vergleichsweise so wenig, daß man über die Elementverteilung auf dem Mond noch keine Aussage machen kann. Die Gesetze der Chemie gelten aber im ganzen Kosmos. Aus diesem Grund darf es nicht überraschen, daß auch auf anderen Himmelskörpern unter ähnlichen physikalischen Bedingungen Mineralien wie auf der Erde (zum Beispiel Quarz, Feldspate, Sulfide usw.) gefunden werden.

Kreislauf der Stoffe

Die Stoffe der Erdrinde nehmen an einem Kreislauf teil, der als Folge dauernder chemischer Reaktionen und gewisser Bewegungsvorgänge angesehen werden kann (Abbildung 1).

Mineralparagenese

Die Gliederung der Mineral- und Gesteinsbildung entspricht den folgerichtig abgeleiteten Entwicklungsreihen unter Berücksichtigung mineralparagenetischer Zusammenhänge. Unter *Mineralparagenese* (griechisch: para = neben, bei; genesis = Entstehung) versteht man die natürliche Vergesellschaftung von Mineralien, die an demselben Fundort unter etwa gleichen physikalisch-chemischen Bedingungen nebeneinander entstanden sind.

Abfolgen

Es gibt drei große Entwicklungsreihen oder *Abfolgen* für die Entstehung der Mineralien und Gesteine:

a) Die *magmatische Abfolge* umfaßt alle Mineral- und Gesteinsbildungen, die aus geschmolzenen Teilen der Erdkruste, dem Magma (griechisch: Teig) entstanden sind.
b) Die *sedimentäre Abfolge* beinhaltet alle Mineral- und Gesteinsbil-

dungen, die an der Erdoberfläche durch Verwitterung, Abtragung und erneuten Absatz (Sedimentation) bedingt sind.

c) Die *metamorphe Abfolge* schließt alle Neubildungen und Umbildungen von vorhandenen Gesteinen und Mineralien in tieferen Teilen der Erdkruste bei – meist – höherer Temperatur und höherem Druck ein.

Mit der Abkühlung des Erdkörpers begann die allererste Gesteins- und Mineralbildung (a). Aus dem Magma haben sich bereits im noch flüssigen Zustand einzelne schwere Mineralien abgeschieden und angereichert (zum Beispiel Chromit, Magnetkies). Die weitere Abkühlung führte zur Bildung verschiedener Gesteine. Als später infolge Auffaltung der Erdkruste eine Gebirgsbildung eintrat, entstanden gleichzeitig sich absenkende Räume, sich lang hinziehende Becken, sogenannte Geosynklinalen (griechisch: syn = zusammen; klinein = neigen) oder Mulden. Unter dem Einfluß von Wasser, Sauerstoff, Wind, Temperatur verwitterten die umgebenden Gebirge, wurden allmählich abgetragen und das Material nach Größe und Gewicht klassiert und in den Sedimentationsbecken wieder abgesetzt (b). Lösliche Bestandteile wurden den Meeren zugeführt, gewisse Elemente je nach ihren chemischen Eigenschaften in Form neuer Verbindungen ausgefällt und an einzelnen Stellen konzentriert. Die Sedimentationsräume füllten sich immer mehr mit Sedimenten, sanken weiter in die Tiefe und gelangten schließlich in den Bereich von Magmen, wurden von unten von glutflüssigem Gesteinsbrei durchdrungen und verändert (c). In großer Tiefe begann eine Aufschmelzung der einstigen Sedimente. Damit beginnt der Kreislauf der Stoffe von neuem, wobei aber bereits örtliche Anreicherungen von gewissen Elementen gegeben sind.

Geosynklinale

Die folgende Erläuterung der einzelnen Abfolgen nimmt immer wieder Bezug auf die Abbildung 2 unter gleichzeitiger Verwendung der Zahlen und Buchstaben der Textabschnitte.

magmatische Abfolge

liquid-magmatische Bildungen

A. 1. *Liquid-magmatische Bildungen* (lat.: liquidus = flüssig) sind Ausscheidungen fester Bestandteile aus dem geschmolzenen, glutflüssigen Magma. Dabei beobachtet man im allgemeinen eine bestimmte Ausscheidungsfolge von Mineralien: erst bilden sich die quarzarmen (auch: kieselsäurearmen, «basischen»), zuletzt die quarzreichen (auch kieselsäurereichen, «sauren»), etwa in der Reihenfolge Olivin, Diopsid, Augit, Hornblende, Biotit, Muskovit, Plagioklas, Orthoklas, Quarz.

Tiefengesteine, Plutonite

Die *Tiefengesteine,* auch *Plutonite* genannt, bilden sich bei der Erstarrung des Magmas in der Tiefe (Abbildung 2). Die Erstarrungstemperatur liegt je nach der Zusammensetzung des Magmas zwischen 1100°C und 700°C. Die Abkühlung vollzieht sich sehr langsam, so daß die Kristallkörner langsam wachsen und ein grobkristallines Gefüge bilden können. Allerdings sind nicht alle Mineralbestandteile eines Gesteines «gut» kristallisiert. Nur die Erstausscheidungen aus der Schmelze bestehen aus allseitig ausgebildeten Kristallen. So erkennt man zum Beispiel in manchen Graniten gut ausgebildete Feldspat-Kristalle. Man nennt eine solche Ausbildung *idiomorph* (griechisch: idios = eigen; morphe = Gestalt). Die zu-

idiomorph

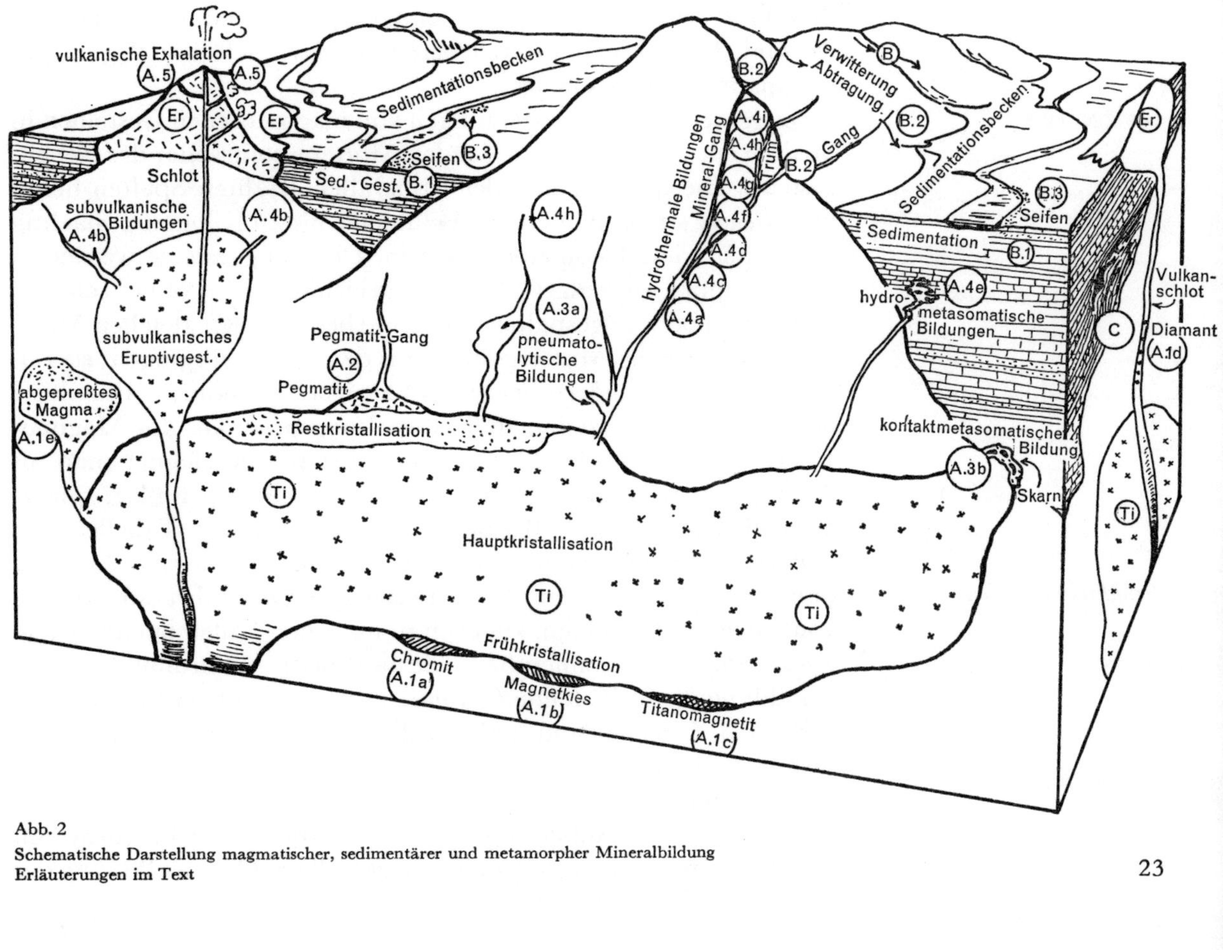

Abb. 2

Schematische Darstellung magmatischer, sedimentärer und metamorpher Mineralbildung
Erläuterungen im Text

letzt auskristallisierten Mineralien müssen sich mit dem noch verbliebenen Platz begnügen. Sie füllen die Zwischenräume und lassen deshalb keine Kristallflächen erkennen. Man bezeichnet ihre Ausbildung als *xenomorph* (griechisch: xenos = fremd). Je nach dem Mineralbestand unterscheidet man verschiedene Tiefengesteine (Tabelle 3). Tiefengesteine von großer räumlicher Ausdehnung werden *Batholith* (griechisch: bathos = Tiefe; lithos = Gestein) genannt.

xenomorph

Batholith

Erstarrt das Magma an der Erdoberfläche (Lava-Erguß), so bilden sich *Ergußgesteine* oder *Vulkanite* (Er in der Abbildung 2). Die Abkühlung vollzieht sich rascher, weshalb die Struktur bei sonst gleicher Zusammensetzung wie der des Tiefengesteins (Tabelle 3) feinkörniger ist. Allerdings enthalten Ergußgesteine meist auch größere Einsprenglinge, die in der feinkörnigen Grundmasse eingebettet sind. Diese kristallisierten bereits in der Tiefe vor Beginn des magmatischen Ausbruches.

Ergußgesteine, Vulkanite

Ganggesteine sind Ausscheidungen von magmatischen Gesteinen in Spalten entweder des abkühlenden Muttergesteins oder des Nebengesteins. Die mit Gestein oder Mineralien erfüllten Spalten nennt man *Gänge;* sie können einige Millimeter bis 10 Kilometer mächtig (dick) und viele Kilometer lang sein. Die Ganggesteine werden in zwei Gruppen gegliedert: Aschiste (griechisch: a = ohne; schizein = spalten) oder ungespaltene Gesteine besitzen den gleichen Mineralbestand wie das Muttergestein, aus dem sie hervorgingen; sie zeigen jedoch eine andere, meist feinkörnigere Struktur. – Diaschiste oder gespaltene Gesteine sind Abspaltungsprodukte des Magmas. Helle, quarzreiche, feinkörnige Ganggesteine bezeichnet man als Aplitgänge; helle grobkörnige als Pegmatitgänge; dunkle, quarzarme als Lamprophyre. Beispiele für Ganggesteine in Tabelle 3.

Ganggesteine

Bei der Abkühlung einer Gesteinsschmelze setzt die erste Abscheidung von Mineralien ein. Diese *Frühkristallisation* führt zur Bildung von basischen Gesteinen, zugleich in manchen Fällen auch zur Anreicherung von Erzmineralien, wie zum Beispiel Chromit (A. 1a in Abbildung 2). Bedeutende Chromit-Lagerstätten kennt man in Jugoslawien, Griechenland, nahe Guleman in der Türkei, in Persien und anderen Stellen.

Frühkristallisation

Auch eine Entmischung im geschmolzenen Zustand kann stattfinden (A. 1b in Abbildung 2). Eine Entmischung in Form von töpfchenförmigen Absonderungen liegt vielleicht bei der Bildung der

Tabelle 3: Wichtige Magmagesteine (Eruptivgesteine)

	Tiefengesteine (= Plutonite)	Ergußgesteine (= Vulkanite)		Ganggesteine		Mineralbestand
		alte	junge	aschiste	diaschiste	
«basisch»	Dunit Peridotit Pyroxenit	Pikrit	Pikritbasalt z. T. Limburgit	Kimberlit		Ol, Aug (oder Ho)
	Norit Gabbro	Melaphyr Diabas	Basalt	Noritporphyrit Gabbro-porphyrit		Ol, Pl, Aug, Hy, Ho
Abscheidungsfolge ↓	Nephelinsyenit		Phonolith		Tinguait	Alk-F, Alk-Ho, Alk-Aug Ne, Leu
	Diorit	Porphyrit	Andesit	Dioritporphyrit		Pl, Ho, Di, Hy, Bio
	Syenit	Orthophyr	Trachyt	Syenitporphyr		Kf, Pl, Ho, Aug
	Granodiorit	Plagiophyr	Rhyodazit	Granodiorit-porphyr		Q, Pl, Bio, Kf, Ho
«sauer»	Granit	Quarzporphyr	Liparit Rhyolith	Granitporphyr	Pegmatit Aplit	Q, Kf, Pl, Bio

Abkürzungen:

Alk-F = Alkalifeldspat
Aug = Augit
Pl = Plagioklas
Bio = Biotit
Di = Diopsid
Q = Quarz
Ho = Hornblende
Hy = Hypersten
Kf = Kalifeldspat
Leu = Leucit
Ne = Nephelin
Ol = Olivin

Nickelmagnetkies-Lagerstätte nahe Sudbury in Kanada vor. Dort wird die Lagerstätte eines Erzgemisches aus Pyrrhotin und Pentlandit abgebaut. Das Erz enthält etwa 3% Nickel, außerdem etwas Kupferkies und wirtschaftlich nutzbare Gehalte an Platinmetallen. Ähnliche Vorkommen von Erzen dieser Art kennt man von Horbach nahe St. Blasien im Südschwarzwald, in Norwegen, Schweden und Alaska.

Zu den liquid-magmatischen Bildungen zählt ferner der Titanomagnetit (A. 1c in Abbildung 2), ein Magnetit mit mikroskopisch kleinen Einlagerungen von Ilmenit. Solche Lagerstätten sind in Schweden, im Ural, in den USA und Kanada bekannt.

Diamant-Lagerstätten

Schließlich müssen an dieser Stelle auch die primären Diamant-Lagerstätten erwähnt werden. Das Muttergestein ist der Kimberlit (Tabelle 3) als Ausfüllung tief hinabreichender Vulkanschlote (A. 1d in Abbildung 2), die man als «Pipes» bezeichnet. Bekannte Vorkommen sind bei Kimberley in Südafrika, bei Pretoria, in Katanga und Sibirien.

Aus einem Magmenherd können sich noch vor der allgemeinen Erstarrung Teile absondern und zum Beispiel durch Bewegungsvorgänge in andere Gesteine intrudieren (lateinisch: intrudere = hineindrängen). Solche abgepreßte Erzmagmen (A. 1e in Abbildung 2) bildeten zum Beispiel die großen Magnetit-Apatit-Lagerstätten bei Kiruna in Schweden. Ähnliche Lagerstätten befinden sich in Norwegen und in Mexiko. Das Vorkommen Cerro de Mercado bei der Stadt Durango in Mexiko ist für den Sammler deshalb besonders reizvoll, weil dort sehr schöne, gelbe und klare, große Apatit-Kristalle gefunden werden. – Auch die Apatit-Nephelin-Lagerstätte in den Chibine-Bergen auf der Halbinsel Kola (Sowjetunion) ist durch *Intrusion* eines abgepreßten Magmas entstanden.

Intrusion

A. 2. Durch die Abscheidung von Stoffen wird die Gesteinsschmelze relativ ärmer an den «verbrauchten» Bestandteilen und relativ reicher an anderen. Auf die Frühkristallisation folgt dann die Hauptkristallisation (Abbildung 2) mit der Entstehung von Gesteinen, die nach ihrer Zusammensetzung zwischen den «basischen» und «sauren» einzuordnen sind (Tabelle 3); durch die weitere Anreicherung der Restschmelze an Quarz bilden sich auch Gesteine wie Granodiorit und Granit. Die übrigbleibende Schmelze reichert sich immer mehr an solchen Stoffen an, die bisher noch nicht oder nur wenig «verbraucht» wurden, nämlich an leichtflüchtigen Bestandteilen wie Wasser, Schwefelwasserstoff, Schwefeldioxid, Fluorwasserstoff, Borsäure, Chlorwasserstoff, Metallchloriden; ferner reichern sich seltenere Elemente wie Rubidium, Cäsium, Lithium, Beryllium, Zirkon, Thorium, Niob, Tantal, Uran und die Seltenerden an. Nachdem die Hauptkristallisation stattgefunden hat, beginnt die Restkristallisation (Abbildung 2), in deren Verlauf die *Pegmatite* entstehen (lateinisch: pegma = das Gefügte). Die Gemengteile der Pegmatite bilden oft sehr große Kristalle. In Drusen und Miarolen (Hohlräume) innerhalb der Pegmatitgänge oder Pegmatitstöcke (A. 2 in Abbildung 2) findet man freistehende, mit Endflächen begrenzte Kristalle verschiedenartiger Mineralien, je nach der Art des

Hauptkristallisation

Pegmatite

Pegmatites. Die Bildungstemperatur für Pegmatite liegt etwa zwischen 700° C und 500° C. Die Pegmatite sind außerordentlich häufig anzutreffen, vor allem in den Randgebieten fast aller Granitmassive. Sie stellen wichtige Rohstoffquellen dar. Für den Mineraliensammler bergen sie eine Fülle begehrenswerter Mineralien, die sich meist durch gute Kristallisation auszeichnen. Es empfiehlt sich daher, den Pegmatiten besondere Aufmerksamkeit zu schenken. Pegmatitisch gebildete Mineralien enthalten häufig die oben erwähnten selteneren Elemente.

Edelstein-Pegmatite enthalten neben Quarz, Feldspäten und Glimmer die Schmuck- und Edelsteine Turmalin, Aquamarin, Morganit, Kunzit, Hiddenit, Topas, Chrysoberyll, Brasilianit, Rosenquarz. Bekannte Vorkommen in Minas Gerais (Brasilien), Südwest-Afrika, Madagaskar und im Ural werden im Fundortregister erwähnt.

Zinn-Pegmatite mit Cassiterit, Topas, Wolframit und Fluorit sind von Bolivien und Südafrika bekannt. Ein bedeutender Pegmatit mit Spodumen wird in South Dakota (USA) abgebaut; Feldspat-Pegmatite sind zahlreich; hier soll das bekannte Vorkommen von Hagendorf im Bayrischen Wald genannt werden, von wo eine interessante Vergesellschaftung mit verschiedenen Phosphaten bekannt wurde. Graphitführende Pegmatite kennt man von Ceylon und Kanada.

Pneumatolyse

A. 3a. Infolge Anreicherung der leichtflüchtigen Bestandteile in der Restschmelze vollzieht sich ein allmählicher Druckanstieg. Bei Überwindung des Außendruckes können solche Verbindungen gas- oder dampfförmig absieden, in das Nebengestein dringen und dieses chemisch verändern oder lösend wirken, wobei neue Mineralien entstehen. Diese Bildungen nennt man *pneumatolytisch* (griechisch: pneuma = Hauch, Dampf; lyein = lösen). So kann zum Beispiel durch Reaktion von leichtflüchtigem Zinntetrafluorid mit Wasserdampf Cassiterit entstehen. Der gleichzeitig sich bildende Fluorwasserstoff reagiert mit dem Nebengestein, wobei die Mineralien Topas, Turmalin und Fluorit entstehen können. Der gleichen Mineralparagenese gehören oft Wolframit, Quarz, Zinnwaldit, Apatit und Scheelit an. Bekannte Vorkommen dieser Art sind bei Zinnwald (Erzgebirge) (erschöpft), in Bolivien, Indonesien, Belgisch-Kongo, China u. a. Ein ständiger Begleiter der Cassiterit- und Wolframit-Lagerstätten ist der Molybdänit. Es gibt aber auch Vorkommen, die ausschließlich Molybdänit enthalten, wie zum Beispiel bei Climax (Colorado), in Marokko, Chile, Peru und Mexiko.

A. 3b. Durch die Reaktion der leichtflüchtigen Bestandteile mit dem Nebengestein, zum Beispiel Kalkstein, können große Teile desselben gelöst und durch Erze ersetzt werden. Eine solche Stoffvertauschung nennt man *Metasomatose* (griechisch: meta = neben; soma = Körper). *Kontaktmetasomatische* Bildungen sind solche, bei denen eine Berührung zwischen dem Eruptivgestein und dem Nebengestein zu Veränderungen Anlaß gibt. Außer den genannten chemischen Einflüssen auf das Nebengestein vollzieht sich durch Wärmezufuhr eine Umkristallisation im Berührungsbereich. Dabei entstehen harte Kalksilicatgesteine, sogenannte Skarne (schwedische Bergmannsbezeichnung für die mit den Erzen zusammen vorkommenden Mineralien, die sie für verbrannt hielten). Als Beispiel seien die Scheelit-Lagerstätten in Mittelschweden und Jugoslawien genannt. Auch die Eisenerzlagerstätten von Traversella (Piemont), Elba und Mittelschweden sind hier zu erwähnen.

Metasomatose

A. 4. Mit fortschreitender Abkühlung der noch übrig gebliebenen leichtflüchtigen Bestandteile wird schließlich die «kritische Temperatur» des Wassers unterschritten; sie liegt bei 375°C. Unterhalb dieser Temperatur kann Wasserdampf durch genügend hohen Druck verflüssigt werden; nicht jedoch darüber, auch nicht durch noch so hohen Druck. Unterhalb etwa 375°C darf man also mit der Bildung echter wäßriger Lösungen rechnen. Aus diesen heißen Lösungen scheiden sich bei weiterer Abkühlung Mineralien ab. Diese Bildungen nennt man *hydrothermal* (griechisch: hydor = Wasser; therme = warme Quelle). Im allgemeinen löst sich bei höherer Temperatur *mehr* Stoff als bei tieferer. Deshalb scheiden sich aus einer gesättigten Lösung bei der Abkühlung Stoffe ab. Auch durch wechselseitige Reaktionen wäßriger Lösungen können Mineralien entstehen. Die Lösungen dringen in Spalten des Nebengesteins (A. 4 in Abbildung 2), wo sich die Mineralien an den Wänden abscheiden. Bietet sich genügend Raum, so können sich schöne Kristalle bilden (Abb. 3).

hydrothermal

Die seitliche Verzweigung eines Hauptganges nennt man Trum (Mehrzahl: Trümer). Die Abbildung 3 läßt auch die Aufeinanderfolge (= Sukzession vom lateinischen succedere = nachfolgen) verschiedener Mineralien erkennen. Zuerst schied sich an der Spaltenwand Baryt ab. Durch die Einwirkung der wäßrigen Lösungen wurde das Nebengestein etwas verändert. Die Begrenzung des Mi-

Sukzession

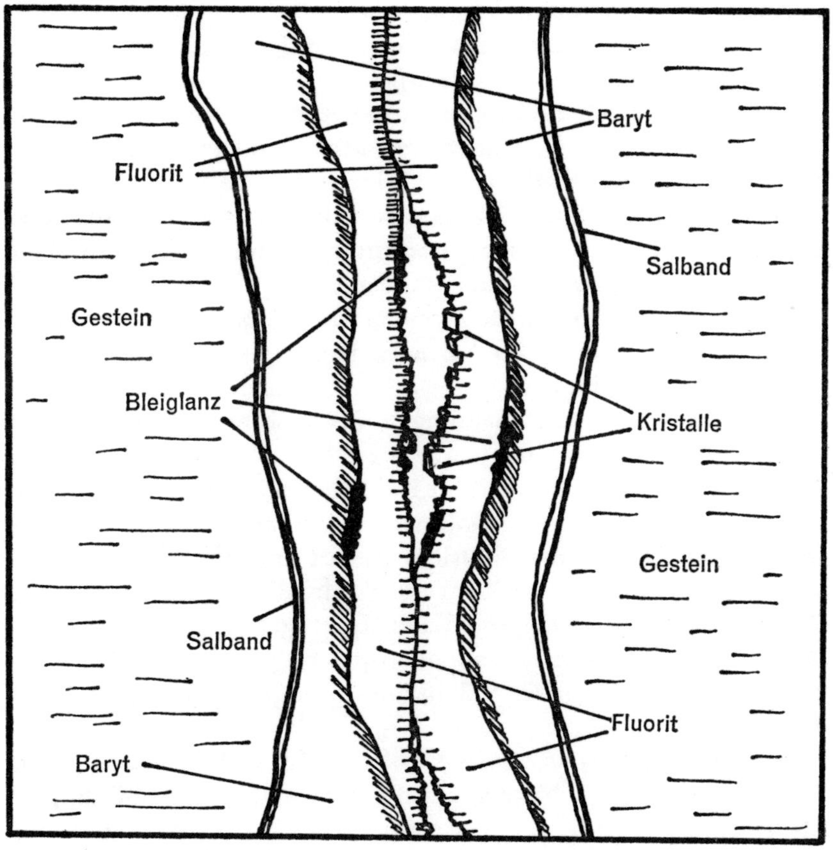

Abb. 3
Mineralgang der erzfreien Formation. Schematischer Schnitt

neralganges zum Gestein nennt man Salband. Auf den Baryt folgte etwas Bleiglanz, dann Fluorit mit etwas Bleiglanz. Es handelt sich um ein Vorkommen der Gruppe A. 4i. Die schwermetallhaltigen Mineralien, aus denen Metalle gewonnen werden, nennt man Erzmineralien; die schwermetallfreien heißen Gangart.

Je nach der Bildungstemperatur unterscheidet man katathermale oder hochthermale Bildungen, die zwischen etwa 350 und 300°C entstanden. Auf sie folgen die mesothermalen oder mittelthermalen im Bereich zwischen 300 und 200°C; dann die epithermalen oder niedrigthermalen zwischen 200 und 100° C und schließlich die anothermalen oder telethermalen unterhalb 100° C. Telethermale Bildungen vollziehen sich in beträchtlicher Entfernung vom Magmenherd (tele vom griechischen = fern).

hydrometasomatische Bildungen

Hydrometasomatische Bildungen entstehen durch Verdrängung von Gesteinssubstanz des Nebengesteins (vor allem carbonatischer Gesteine wie Kalkstein und Dolomit) durch Mineralsubstanz aus hydrothermalen Lösungen. *Subvulkanische* Bildungen gehen aus einer subvulkanischen (lateinisch: sub = unter) Eruptivmasse hervor, die sich aus dem Magmenherd abgesondert hat.

subvulkanische Bildungen

Die Gliederung der hydrothermalen Mineralbildungen wird nach den häufig vorkommenden Formationen, das sind typische Paragenesen, vorgenommen.

Gold- und Silberformation

Zu den frühesten Ausscheidungen aus hochthermalen Lösungen gehören die goldhaltigen Quarzgänge der plutonischen *Gold- und Silberformation* (A. 4a in Abbildung 2), die mitunter auch Pyrit, Arsenkies, Antimonit und Goldtellur-Mineralien enthalten. Sie finden sich in California, Sibirien, Alaska und den Hohe Tauern. Eine ähnliche Paragenese kann auch subvulkanisch entstehen (A. 4b), allerdings aus niedrigthermalen Lösungen. Zu den genannten Mineralien gesellen sich Rhodochrosit, Calcit und Zeolithe. Bekannte Vorkommen finden sich in Siebenbürgen und Cripple Creek (Colorado).

Kies- und Kupferformation

Die *Kies- und Kupferformation* beinhaltet Pyrit, Kupferkies, wenig Zinkblende, mitunter Enargit und Fahlerze (A. 4c in Abbildung 2). Als Beispiele seien die Lagerstätten von Butte (Montana) und Tsumeb (Südwest-Afrika) genannt. Hoch- bis mittelthermal entstandene Kiesstöcke gibt es im Rio-Tinto-Gebiet (Spanien) und in der Toskana (Italien).

Blei-Zinkerzformation

Die wichtigsten Mineralien der *Blei-Zinkerzformation* sind Bleiglanz, Zinkblende, Pyrit, untergeordnet Kupferkies, Fahlerze, Bournonit. Die bei höheren Temperaturen entstandenen Gänge sind oft silberreich. Hauptträger des Silbers ist der Bleiglanz; aber auch gediegen Silber und Silbermineralien sind mitunter anzutreffen (A. 4d). Als Gangart gesellen sich zu den Erzen Calcit, Quarz, Dolomit, Siderit, Baryt, Fluorit. Vorkommen dieser Art sind von Freiberg (Sachsen) (erschöpft), Kinzigtal (Schwarzwald) (erschöpft), Braubach, Bad Ems, Holzappel im Gebiet der unteren Lahn (erschöpft), Schauinsland (Schwarzwald) (geschlossen), Clausthal (Harz) (erschöpft) und Pribram (Böhmen) bekannt. Diese Aufzählung ist allerdings nur ein ganz kleiner Ausschnitt aus der Fülle dieser Vorkommen, die zu den häufigsten Erzgängen überhaupt zählen.

Hydrometasomatische Lagerstätten der Blei-Zinkerzformation finden sich bei Stolberg nahe Aachen (erschöpft), Wiesloch (Baden) (geschlossen), Bleiberg (Kärnten), Mežice (Jugoslawien), Santander (Spanien), Laurion (Griechenland), Broken Hill (Australien), Joplin (Missouri) und vielen anderen Orten (A. 4e in Abbildung 2).

Kobalt-Nickel-Silber-Wismut-Uran-Formation

Die *Kobalt-Nickel-Silber-Wismut-Uran-Formation* (A. 4f) umschließt sowohl Gänge mit gediegen Silber und anderen Silbermineralien, jedoch ohne Uran- und Wismuterze, wie zum Beispiel in Kongsberg (Norwegen) und St. Andreasberg (Harz) (beide erschöpft) als auch solche mit Uran-, Kobalt- und Wismuterzen, wie bei Schneeberg (Sachsen), St. Joachimsthal (Erzgebirge) und in Katanga. Reiche Kobalterz-Vorkommen stehen in Cobalt, Ontario (Kanada) im Abbau.

Zinn-Silber-Wismut-Formation

Die *Zinn-Silber-Wismut-Formation* beinhaltet Zinnstein, Teallit, Stannin, Kylindrit, Arsenkies, Zinkblende Wurtzit und andere. Bekannte Fundorte sind in Bolivien (A. 4g). – Sulfidische Antimon- und Quecksilbermineralien sind meist niedrigthermal gebildet. Haupterze sind Antimonit und Zinnober. Als Fundorte seien Moschellandsberg (Pfalz) (erschöpft) und Almaden (Spanien) genannt.

oxidische Eisen-Mangan-Formation

Ebenfalls niedriger Entstehungstemperatur sind die Erze der *oxidischen Eisen-Mangan-Formation,* wie zum Beispiel die Siderit-Gänge im Siegerland und die Manganerzgänge mit Pyrolusit, Manganit, Braunit und Hausmannit von Ilfeld (Harz) (erschöpft) (A. 4h in Abbildung 2).

Hydrometasomatischer Entstehung sind die Hämatitvorkommen in Cumberland (England) und die Magnesit-Lagerstätten von Trieben und Radenthein (Österreich).

erzfreie Formation

Die *erzfreie Formation* (A. 4i) beinhaltet Gangarten, wie Fluorit, Baryt, Quarz, Calcit. Selten sind in kleiner Menge noch Bleiglanz und andere Erzmineralien beigemengt. Als Beispiele seien die Fluoritgänge von Wölsendorf (Oberpfalz), im Schwarzwald, in Durham (England), die Barytgänge vom mittleren Schwarzwald und die Witheritgänge von Northumberland (England) angeführt.

Für den Mineraliensammler erschließt sich mit den hydrothermalen Mineralvorkommen ein weites Feld der Sammelmöglichkeit, denn diese Mineralien sind recht häufig, andererseits aber oft in schönen großen Kristallen zu bekommen.

Klüfte
Drusen
Miarolen

Zu diesen Bildungen gehören aber auch die in Klüften, Drusen, Miarolen und Blasenräumen (Mandeln) verschiedener Gesteine entstandenen Mineralien, von denen folgende genannt seien:

In den Klüften der Schweizer Alpen: Bergkristall, Rauchquarz, Adular, Sphen, Apatit, Calcit, Rutil, Hämatit, Ilmenit, Anatas, Brookit und Chlorit. Die Stoffzufuhr erfolgte durch heiße wäßrige Lösungen aus dem in unmittelbarer Nähe der Klüfte befindlichen Gestein, das meistens deutliche Zersetzungserscheinungen zeigt. – In linsen- und kugelförmigen Blasenräumen von Melaphyr und Porphyr finden sich Achat, Amethyst, Prehnit, Zeolithe, Calcit, Goethit. Auch diese Mineralien sind hydrothermale Bildungen. Einer der bekanntesten Fundorte ist Idar-Oberstein.

Exhalationen
Fumarolen
Solfataren

A. 5. Bei vulkanischen Eruptionen entweichen die noch vorhandenen leichtflüchtigen Bestandteile sehr rasch, oft explosionsartig. Die gas- oder dampfförmigen Aushauchungen an der Erdoberfläche bezeichnet man als *Exhalationen* (lateinisch: exhalare = aushauchen). *Fumarolen* sind die Exhalationen noch tätiger Vulkane (lateinisch: fumare = rauchen), während unter *Solfataren* die Exhalationen ruhender Vulkane zu verstehen sind (italienisch: solfatara = Schwefelgrube). Solfatarische Schwefel-Lagerstätten sind vom Vesuv, vom Ätna und den Liparischen Inseln – um nur einige europäische zu nennen – bekannt. Exhalative Bormineral-Lagerstätten mit Borsäure, Borax und den daraus durch spätere chemische Reaktion entstandenen Mineralien Colemanit, Ulexit, Kernit u. a. liegen in California, der Türkei und der Sowjetunion (A. 5 in Abbildung 2).

submarine Bildungen

Als Übergangsgruppe zu den sedimentären Mineralbildungen sind einige Lagerstätten zu erwähnen, die durch Exhalationen unter der Meeresoberfläche (submarin) entstanden sind. Ein Beispiel sind die Hämatit-Lager im Lahn-Dill-Gebiet.

Alle bisher betrachteten Mineralbildungen spielten sich als Folge des Erstarrungsvorganges eines Magmenkörpers ab; die verschiedenen Stoffe entstammen dem Magma.

Es bleibt noch zu erwähnen, daß sich die geschilderten Vorgänge innerhalb langer Zeiträume abspielen. Wenn manchmal von «rasch» gesprochen wurde, so ist das relativ zu verstehen. Die Abkühlung und Erstarrung einer Gesteinsschmelze dauert im Erdinnern je nach Tiefe und Ausdehnung sehr lange, vielleicht sogar einige Millionen Jahre. Im Vergleich dazu vollzieht sich die Abkühlung einer an der Erdoberfläche ausgeflossenen Lava mit einigen Wochen oder Monaten gewiß «sehr schnell». Ein 5 Zentimeter langer Quarzkristall mag vielleicht 100 Jahre für sein Wachstum benötigen. Unter günstigen Umständen können aber 5 Zentimeter lange Gipskristalle in einigen Monaten gebildet sein.

Auch solfatarische Schwefelabscheidungen bilden sich relativ schnell. In der Nähe vulkanischer Gebiete kann man heiße Quellen austreten sehen, die wägbare Mengen von Metallverbindungen enthalten, deren Abscheidung sich auch relativ «rasch» vollziehen kann.

sedimentäre Abfolge

B. Ganz anders geartet sind die physikalischen und chemischen Bedingungen für die an der Erdoberfläche sich abspielenden Mineralbildungen und Umwandlungen: Die Temperatur ist relativ niedrig (etwa + 15°C) und örtlich verschieden; der Druck normal, das heißt eine Atmosphäre. Sobald ein Mineral oder Gestein auf irgendeine Weise an die Oberfläche gelangt (zum Beispiel durch Verwitterung und Abtransport der darüber liegenden Schichten) und dem Einfluß der Witterung ausgesetzt ist, wird es oberflächlich oxidiert, zerklüftet, zerspalten, zerrieben oder ausgelaugt. Die Böden entstehen durch Verwitterung der Gesteine.

Feste Bestandteile werden je nach Größe und Gewicht mehr oder weniger weit transportiert, dabei nach Größe und Gewicht sortiert. Die Rolle des Transportmittels übernehmen Wasser, Eis und Wind. Die zerbröckelten Bestandteile verändern durch mechanische Beanspruchung ihre Gestalt; es entstehen Gerölle und Kies mit mehr oder weniger gerundeter und glatter Oberfläche. Größere Brocken werden von Wasser nicht weit transportiert; sie setzen sich ab, sobald die Strömungsgeschwindigkeit geringer wird. Kleine Mineralkörner (Sand) und Schlamm sinken erst in wenig bewegtem Wasser ab, während gelöste Stoffe mit dem Wasser abfließen, eventuell wieder ausgefällt werden oder ins Meer geführt werden. Die abgesetzten Teile füllen die Sedimentationsbecken, zum Beispiel ein Tal, eine Ebene oder ein Meer. Die Gesamtheit der Verwitterungs- und Sedimentationsvorgänge wird unter der «*sedimentären Abfolge*» zusammengefaßt.

Schichtung

B. 1. Sedimentgesteine sind in der Erdrinde nicht gerade häufig; denn die magmatischen Gesteine allein nehmen mit 95% daran teil! Ein wesentliches Merkmal der Sedimentgesteine ist die *Schichtung* (B. 1 in Abbildung 2). Liegen die einzelnen Schichten in der «richtigen» altersmäßigen Reihenfolge übereinander, so bezeichnet man sie als konkordant. Diskordant ist eine unterbrochene Reihenfolge, die zum Beispiel durch Faltungsvorgänge und Überkippung eines größeren Gesteinskomplexes verursacht werden kann.

Die mechanischen Ablagerungen gliedert man je nach der Art ihrer Bildung in terrestrische (lateinisch: terra = Erde), das sind solche, die auf dem trockenen Festland entstanden; äolische, das sind Windablagerungen wie Dünensand und Löß; glaziale (lateinisch: glacies = Eis), also Gletscherablagerungen, zum Beispiel Moränen; Flußsedimente oder fluviatile (lateinisch: fluviatilis = fluvialis = im oder am Fluß befindlich), zum Beispiel Schotter, Kies, Sand, Schlamm; Sedimente in Süßwasserseen, das sind limnische (griechisch: limne = stehendes Wasser), zum Beispiel Sand und Ton.

Chemische Sedimente oder Ausscheidungssedimente entstehen durch Auflösung von Stoffen und erneute Ausfällung oder Ausscheidung infolge Übersättigung der wäßrigen Lösungen. Im Laufe der folgenden Ausführungen wird noch näher darauf eingegangen.

Die ständig fortgesetzte Überdeckung der Sedimente hat eine Druckerhöhung zur Folge, wodurch schließlich eine Verfestigung erreicht wird. Aus den Lockersedimenten entstehen feste Gesteine. Aus Schutt und Geröll entstehen Brekzien und Konglomerate, aus Quarzsand entsteht Sandstein, aus Tonen bilden sich Schiefertone, Mergel; aus Kalkschlamm entstehen Kalksteine und Dolomit, Muschelkalk und Kreide. Die Verfestigung der Sedimente wird auch *Diagenese* (griechisch: dia = nach; genesis = Entstehung) genannt.

Diagenese

B. 2. Auch Erzlagerstätten unterliegen der Verwitterung. Die primären Erze werden durch den Sauerstoff der Luft oxidiert, Wasser und Kohlensäure bewirken eine chemische Veränderung. Man nennt den obersten Teil einer Erzlagerstätte, der über dem Grundwasserspiegel liegt, *Oxidationszone* (lateinisch: oxygenium = Sauerstoff) oder auch «eiserner Hut», weil Eisenoxide, vor allem Limonit, dort angereichert sind. Aus Kupfererzen entstehen durch Verwitterungsvorgänge neue Mineralien wie Malachit, Azurit, Cuprit, Chrysokoll, Dioptas. Beispiele für besonders schöne Oxidations-

Oxidationszone
«eiserner Hut»

mineral-Vorkommen sind Tsumeb (Südwest-Afrika), Bisbee (Arizona), Katanga.

Bleierze gehen in Anglesit, Cerussit, Pyromorphit, Vanadinit, Mimetesit und Wulfenit über. Vorkommen: Bad Ems (erschöpft) und Tsumeb. Zinkerze bilden Smithsonit und Hemimorphit. Aus Uranerzen entstehen zahlreiche intensiv gelb und grün gefärbte Verbindungen wie Uranophan, Autunit, Uranocircit, Torbernit, Zeunerit u. a. Beispiele sind Menzenschwand (Schwarzwald) und Shinkolobwe (Katanga).

Aus Kobalterzen entsteht Erythrin (= Kobaltblüte), aus Nickelerzen Annabergit (= Nickelblüte).

Die nach unten fließenden Sickergewässer aus der Oxidationszone reagieren dort, wo der Grundwasserspiegel beginnt, mit dem primären Erz. Edle Metalle werden aus den Lösungen durch die Gegenwart sulfidischer Erze ausgefällt (= Zementation). Anstelle der unedlen Sulfide kann sich Argentit bilden. Diese Zone einer Lagerstätte wird *Zementationszone* genannt (Abbildung 4). Typische Mineralien für diesen Bereich sind Silber, Argentit, Silberfahlerz, Kupfer, Chalkosin, Covellin. *Zementationszone*

B. 3. Der Transport von Verwitterungsresten der primären Erze oder der Mineralien von Gesteinen und deren sortierte und klassierte Ablagerung kann an entfernten Plätzen zur Anreicherung und Bildung nutzbarer sekundärer Lagerstätten führen. Abbauwürdige mineralreiche Sande werden als *Seifen* bezeichnet (vom althochdeutschen: sife = rieselndes Wasser). Als Beispiele seien Schwermetall- *Seifen*

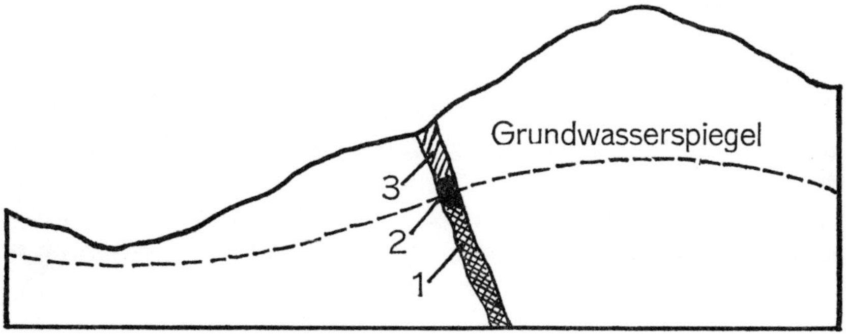

Abb. 4
Schematischer Schnitt durch einen Erzgang
1 = primäres Erz 2 = Zementationszone 3 = Oxidationszone

seifen mit Gold (Rheingold, California, Alaska), mit Platinmetallen (Ural), mit Cassiterit (Malaya) oder mit Rutil und Zirkon (Küste von New South Wales) genannt. Edelsteinseifen (Südwest-Afrika, Indien, Brasilien) führen Diamant, Rubin, Saphir und andere.

Gelangen Trümmer von Erzen in den Brandungsbereich des Meeres, so können sie dort angereichert werden und mächtige Lagerstätten bilden. Die Eisenerzlagerstätte bei Salzgitter ist wohl auf diese Weise entstanden. Man bezeichnet sie als *Trümmerlagerstätte*. Das Erz besteht aus verkitteten Limonitmassen von teils abgerollten Stücken und teils stecknadel- bis erbsgroßen Kügelchen (Ooiden, vom lateinischen oos = das Ei, Oolith = Gestein aus Ooiden).

Trümmerlagerstätte

B. 4. Eine Reihe von Lagerstätten entstand durch die Ausscheidung von Stoffen aus Verwitterungslösungen, sei es infolge Wasserverdunstung oder durch chemische Reaktionen oder durch biochemische Vorgänge. Die klimatischen Bedingungen sind dabei von besonderer Bedeutung. So sind in mäßig feuchten Klimazonen durch die Verwitterung von Feldspaten Kaoline und Tone entstanden (Meißen/Sachsen, Fichtelgebirge, Bayrische Oberpfalz). Der Mineralbestand der Tone ist recht vielfältig. In tropischen Zonen bildeten sich Laterit und Bauxit, das sind im wesentlichen Aluminiumoxidhydrate und -hydroxide. Bauxit-Vorkommen gibt es in Griechenland, Jugoslawien, Süd-Frankreich.

Laterit, Bauxit

In trockenen Klimazonen entstanden durch chemische Ausfällung aus Lösung sogenannte Kupferkonzentrations-Lagerstätten. Beispiele sind die Vorkommen am Donnersberg (Pfalz), in der Kirgisensteppe, in Colorado, Utah und Arizona. Ebenfalls durch chemische Ausfällung sind die Carnotit-Lagerstätten in Colorado entstanden.

Die Blei-Zinkerze (Knottenerze) von Mechernich und Maubach (Eifel) sind vielleicht auch eine Bildung infolge sedimentärer Vorgänge, wenngleich auch manches auf hydrothermale Einflüsse hindeutet.

Knottenerze

Durch die Verwitterung phosphathaltiger Gesteine entstehen Lösungen, die ihrerseits mit Kalksteinen reagieren und Calciumphosphate bilden können. Diese erdigen, knolligen Phosphorit-Vorkommen sind teilweise von wirtschaftlicher Bedeutung.

Sickerwässer, Grundwässer und Flußwässer enthalten stets mehr oder weniger gelöste Salze. Abflußlose Seen mit ständiger Salznachlieferung können infolge Wasserverdunstung namentlich in trockenen Klimazonen höhere Salzgehalte erreichen. Durch Abscheidung der Salze entstehen die *terrestrischen Salzlager* mit Steinsalz (zum Beispiel in Tunis), Sylvin (Totes Meer), Glauberit (Utah), Gips und Anhydrit (weit verbreitet im Gipskeuper), Soda (Tibet), Borax, Ulexit, Kernit, Colemanit (Türkei, California) oder Salpeter (Chile).

terrestrische Salzlager

Die unter B. 4 genannten Lagerstätten bildeten sich auf dem Festland. Im Gegensatz dazu stehen die «*marinen Ausscheidungslagerstätten*» (B. 5), also solche Bildungen, die aus dem Meer entstanden sind. Die ehemals gelösten Stoffe werden teils durch anorganische Reaktionen, hauptsächlich aber durch die Tätigkeit von Bakterien und Algen abgeschieden. Die ooidischen Brauneisenerze («Minette» von Lothringen und Luxemburg, und die Vorkommen von Ringsheim/Baden, zum Teil auch die von Salzgitter) sind durch Ausfällung im flachen Meer entstanden.

«*marine Ausscheidungslagerstätten*»

Die sedimentäre Entstehung sulfidischer Lagerstätten beruht auf der Lebenstätigkeit von Fäulnisbakterien, die Schwefelwasserstoff erzeugen. Enthält ein Wasser Schwermetallsalze, so verbinden sich diese mit dem Schwefelwasserstoff unter Bildung von Sulfiden, die ausfallen und zu Boden sinken. Die Faulschlämme ergeben nach ihrer Verfestigung die «Schwarzschiefer», Ölschiefer, Stinkschiefer, Schiefertone und Alaunschiefer. Die «*Schwarzschiefer-Formation*» ist in Thüringen beobachtbar. Weitere Beispiele sind das Pyritlager von Meggen/Lenne und das Kieslager im Rammelsberg (Harz). Die Entstehung von Faulschlämmen ist heute im Schwarzen Meer nachzuweisen. Der Mansfelder Kupferschiefer ist ein feinschichtiger, bituminöser sulfidhaltiger Mergelschiefer in der Gegend von Mansfeld (Thüringen). Er enthält etwa 10% Metallsulfide und wird zwecks Gewinnung von Kupfer, Silber, Molybdän, Nickel, Gold und Platin abgebaut.

«*Schwarzschiefer-Formation*»

Auch die mächtigen Schwefelabscheidungen sind durch die Tätigkeit von Bakterien («Schwefelbakterien») entstanden, wobei allerdings Vorgänge im Anschluß an die Abscheidung des Schwefels, zum Beispiel eine Faltung des schwefelhaltigen Gesteins, zur Umkristallisation und Bildung größerer Kristalle führen kann. Solche Vorkommen sind auf Sizilien und in Louisiana (USA) bekannt.

Weitere marine Ausscheidungen ließen die großen Salzlager entstehen, als das Wasser in flachen Meeresbecken verdunstete und sich dadurch die Salzlösungen mehr und mehr konzentrierten. Peri-

Salzlagerstätten

odische Zuflüsse sorgten für weitere Nachlieferung von Lösungen. Mächtige Salzlager stehen in Norddeutschland in der Gegend von Hannover, bei Staßfurt (Mitteldeutschland) und im Werragebiet nahe der Thüringischen Grenze in Abbau. Die wichtigsten Salze sind Steinsalz, Sylvin, Carnallit, Kieserit, Polyhalit, Gips und Anhydrit.

syngenetisch

Die bisher erwähnten sedimentären Bildungen entstanden an der Erdoberfläche, in Binnengewässern oder im Meer. Sie hingen örtlich, zeitlich und ursächlich mit den Bildungsbedingungen des Nebengesteins zusammen. Man bezeichnet sie deshalb als syngenetisch (griechisch: syn = zusammen mit; genesis = Entstehung).

epigenetisch

aszendent

B. 6. Im Gegensatz dazu nennt man Lagerstätten, die erst längere Zeit nach der Bildung der sedimentären Nebengesteine entstanden sind, epigenetisch (griechisch: epi = nach). Die stoffzuführenden Lösungen kommen von oben und versickern in der Tiefe. Man nennt sie deszendent (lateinisch: descendere = hinabsteigen) im Gegensatz zu hydrothermalen Lösungen, die meist von unten nach oben steigen und daher als *aszendent* (lateinisch: ascendere = hinaufsteigen) bezeichnet werden.

deszendent

Aus *deszendenten* Lösungen bildeten sich zum Beispiel die Toneisensteine, das sind knollige, kugelige Körper aus Siderit, eingebettet in Tonen (bei Farmsen nahe Hildesheim). Auch die Pyritknollen in Tonen und Mergeln, sowie Strontianit und Coelestin als Ausfüllung von Spalten im Mergel sind deszendenter Entstehung.

metamorphe Abfolge

C. Die *metamorphe Abfolge* umschließt alle Umbildungen und Neubildungen von Gesteinen und Mineralien, die sich in tieferen Teilen der Erdrinde vollziehen. Der Mineralbestand eines Gesteins oder einer Erzlagerstätte und deren Gefüge werden stark verändert.

Regionalmetamorphose

Die Ursachen der Metamorphose sind Druckerhöhung durch Überlagerung von Gesteinen durch andere Schichten und Versenkung in größere Tiefe; ferner die dadurch bedingte Erhöhung der Temperatur und schließlich mechanische Beanspruchung durch die Bewegung von Gesteinsschichten, zum Beispiel durch Faltungsvorgänge. Weiträumige Gesteinsumwandlungen infolge Bewegung, Temperatur und Druck nennt man *Regionalmetamorphose*. Die «kristallinen Schiefer» sind metamorphe Gesteine mit makroskopisch sichtbarem, parallel gerichtetem Gefüge. Sie können oft gut in dünne Platten gespalten werden. Die parallel gefügte Struktur dieser Gesteine wird durch die sogenannten Bewegungsvorgänge, durch *kinetische Metamorphose* (griechisch: kineo = bewegen) verursacht. Aus ehemaligen Sedimentgesteinen bilden sich die sogenannten «Para-Gesteine», wie zum Beispiel aus Sandstein der Quarzit, aus Tonen verschiedene Gneise, aus Mergeln je nach Zusammensetzung die Chloritschiefer, Talkschiefer und Amphibolschiefer, aus Kalkstein der Marmor (dieser zeigt allerdings kein paralleles Gefüge!). Aus ehemaligen magmatischen Gesteinen bilden sich die «Ortho-Gesteine», wie zum Beispiel aus Graniten die Gneise; aus Gabbro, Diabas und Basalt entstehen Amphibolit, Grünschiefer und Eklogit.

kinetische Metamorphose

Die etwa in Gesteinen eingebetteten Erzlagerstätten erfahren gemeinsam mit dem Gestein eine Metamorphose gleicher Art. Zu Lagerstätten dieser Art (C in Abbildung 2) zählt zum Beispiel das Kieslager des Rammelberges bei Goslar.

Dringt zwischen vorhandene Gesteine Magma, so gibt dieses seine Wärme an das Nebengestein ab, wodurch in den Berührungsbereichen vielfache Umwandlungen verursacht werden. Diese nennt man kontaktmetamorph und die entstehenden Gesteine Kontaktgesteine. Zu den Kontaktgesteinen zählen die verschiedenen Hornfelse, die je nach ihrem Mineralbestand bezeichnet werden.

Durch *Kontaktmetamorphose* werden gleichermaßen Lagerstätten verändert. Zum Beispiel entsteht aus Limonit und Siderit der Magnetit. Manganit und Braunstein gehen in Braunit und Hausmannit über. Aus Bauxit und Laterit entsteht Schmirgel. Aus bituminösen Stoffen und Kohlen bildet sich Graphit.

Kontaktmetamorphose

Je nach der Intensität der Metamorphose unterscheidet man verschiedene Zonen. Die Epizone ist durch geringen Druck, wenig intensive Durchbewegung und Temperaturen zwischen 100° und 300° Celsius charakterisiert. Typische Mineralien sind Aktinolith, Chlorit, Talk, Epidot, Granat, Hornblende.

Epizone

In der Mesozone herrscht mittlerer Druck und Temperaturen zwischen 300° und 500°C. Die Durchbewegung kann schon beträchtlich sein. Typische Mineralien dieser Zone sind Staurolith, Disthen, Almandin. In der Katazone vollziehen sich bei Temperaturen zwischen 500° und etwa 800°C und hohem Druck stärkere Stoffverschiebungen. Typische Mineralien sind Sillimanit, Cordierit, Anorthit, Wollastonit.

Mesozone

Katazone

Im tiefsten Grundgebirge herrschen unter dem Einfluß starker Durchtränkung mit Magma noch höhere Temperaturen. Wird das

Anatexis
Palingenese

Ausgangsgestein teilweise verflüssigt, so spricht man von *Anatexis*. *Palingenese* (griechisch: palin = zurück) bezeichnet die völlige Aufschmelzung des ursprünglichen Gesteins.

Damit beginnt der große Kreislauf der Stoffe von neuem.

II. Das Sammeln von Mineralien

Trotz der vielfältigen Entstehungsmöglichkeiten für Mineralien erfordert das erfolgreiche Sammeln oft intensive Suche und große Aufmerksamkeit. Die Mineralien entstanden und entstehen – wie im Kapitel I ausführlich geschildert – vorwiegend *in* der Erdrinde als Folge der magmatischen Tätigkeit oder durch Verwitterungsvorgänge und Umwandlung. Mineralien wird man also kaum auf dem Waldboden oder auf Wegen finden – es sei denn, sie wurden von Menschenhand dorthin gelegt (etwa als Schotterbelag). Auch von den vereinzelten Fällen von Mineralbildungen an Mundlöchern von Quellen, wo manchmal schöne Kalkstein-Ablagerungen gefunden werden, wollen wir zunächst absehen.

Vielmehr muß der Pflanzenwuchs und die Humusdecke des Bodens entfernt werden, bis man auf frisches Gestein stößt; oder dort, wo vielleicht kein Boden ist, etwa an einem Felsen, sollte zur leichteren Erkennung des Mineralbestandes im Gestein die äußerste verwitterte Rinde abgeschlagen werden. Man muß also das «Erdinnere» zuerst erschließen oder «aufschließen». Man bezeichnet einen frischen Anschnitt der Erdoberfläche als «Aufschluß». Natürliche Aufschlüsse sind nicht allzu häufig. Sie entstehen vor allem im Gebirge durch Erdrutsch, Abbruch von Felsen, aber auch durch Erdbeben. Die meisten sonstigen Aufschlüsse sind durch Menschenhand geschaffen an solchen Stellen, wo man Gesteine oder Mineralien nutzbringend gewinnen will. Man findet demnach weit über das Land verteilt Steinbrüche, Tongruben und Kiesgruben. Auch Bergwerke sind Aufschlüsse, wenngleich sie unter der Erde liegen. Mitunter können auch Ausschachtungen für irgendwelche Bauvorhaben gute Aufschlüsse für den Sammler liefern.

«Aufschluß»

Es gilt nun, die Aufschlüsse in der näheren und weiteren Umgebung vom Wohnort ausfindig zu machen. Viele wird man bei Wanderungen selbst entdecken, oder die Einwohner von Ortschaften können darüber Auskunft erteilen. In kleineren Orten sind die Lehrer oft selbst Mineraliensammler oder können zumindest Hinweise auf Steinbrüche und Bergwerke geben. Materialseilbahnen und Fördertürme sind meistens Einrichtungen von Bergwerks- und größeren Steinbruch-Unternehmungen. Man versäume daher nie, sich über die Art des geförderten Materials zu erkundigen. Weitere Auskünfte und Ratschläge kann man sich bei den Geologischen, Mineralogischen und Petrographischen Instituten von Hochschulen und Universitäten geben lassen. Da Lehrausflüge zum Unterrichtsplan gehören, ist man dort über Aufschlüsse und die Art der Vorkommen bestens orientiert. Auch kann man sich über ehemalige Bergwerke unterrichten, wo zwar nicht mehr abgebaut wird, aber trotzdem noch Fundmöglichkeiten bestehen. Am Ende des Buches sind Städte mit Hochschulen und Universitäten aufgeführt.

Da alle im Abbau befindlichen Steinbrüche der behördlichen Aufsicht unterliegen, kann man sich auch an die Steinbruchberufsgenossenschaften, Gewerbeämter und Landratsämter wenden. Die für die einzelnen Länder zuständigen Behörden sind ebenfalls im Anhang aufgeführt. – Bergwerke – auch wenn sie privaten Firmen gehören – unterstehen der Aufsicht von Bergämtern, die gern über die Fundorte ihrer Bezirke Auskunft geben. Auch geologische Landesanstalten können um Rat gefragt werden. Schließlich beschaffe man sich Landkarten im Maßstab 1:300000 und 1:100000 oder 1:50000, auf denen die Bergwerke vielfach markiert sind. Wenn diese auch mitunter nicht mehr in Betrieb sind, so erhält man doch Hinweise, an welchen Orten einstmals ein Abbau stattfand. Viel nützlicher sind geologische Karten, deren Bezug über Fachbuchhandlungen möglich ist oder die in Geologischen und Mineralogischen Instituten, Bergämtern und Geologischen Landesämtern eingesehen werden können. Zu den geologischen Karten gibt es Erläuterungen, die wertvolle Hinweise enthalten und meist auch die in dem beschriebenen Gebiet bekannten Mineralgänge erwähnen.

Ausrüstung

Zum Sammeln braucht man eine kleine Ausrüstung, bestehend aus Hammer, Meißel, Lupe, Tragtasche und Packmaterial. Es ist zu empfehlen, mehrere Hämmer mitzuführen; einen leichten von etwa 300 Gramm zum Schlagen kleinerer Stücke, einen größeren von etwa 500 Gramm und einen vielleicht 5 Kilo schweren Vorschlaghammer zum Bearbeiten großer Gesteinsblöcke. Im allgemeinen genügen jedoch zwei kleinere Hämmer. Zur Erzielung größerer Schlagkraft sollen die Hämmer mit langen Stielen versehen sein («Geologen-Hammer»). Die eine Seite des Eisens ist als Schneide gearbeitet und kann daher auch als Flachmeißel verwendet werden. Sehr gut haben sich Hämmer bewährt, deren eine Seite als Spitzmeißel gearbeitet ist und die einschließlich Stiel aus einem einzigen Stück Eisen geschmiedet sind. Der Handgriff ist durch eine Leder- oder Plastikhülle verstärkt (Tafel 1). Auch bei einem Fehlschlag kann der Stiel nicht abbrechen wie bei Hämmern mit Holzstiel (siehe Abbildung 5).

Beim Schlagen von Gesteinen ist Vorsicht geboten, damit durch Gesteinssplitter keine Verletzungen entstehen. In besonderen Fällen empfiehlt sich das Tragen einer Schutzbrille.

Meißel benutzt man zum Spalten von Gesteinen oder zum Abschlagen von Stücken aus Stellen, die mit dem Hammer schlecht erreichbar sind, zum Beispiel aus kleinen Höhlungen oder Spalten im Gestein. Man sollte sich mindestens zwei Meißel zulegen, einen Spitzmeißel und einen Flachmeißel. Die Länge soll etwa 20 cm betragen. Zum Formatisieren von kleineren Stücken empfiehlt sich auch ein Satz verschiedenartiger Meißel von 4–8 cm Länge.

Formatisieren

Hier sei gleich ein Wort zum Formatisieren von aufgefundenen Stücken eingeflochten. Eine alte, scherzhaft gemeinte Regel besagt, man solle «stets beim vorletzten Schlag aufhören». Durch den letzten Schlag wird das Stück nämlich völlig zerstört. Diese Regel soll zur Vorsicht mahnen. Denn meist spalten die Stücke so, wie es der Sammler nicht wünscht, nämlich senkrecht zum Kristallbelag einer Stufe und nicht parallel dazu. Andererseits kann man sich auch nicht Riesenstücke in die Sammlung legen, da oft der Platz dazu fehlt. Man versuche daher gleich am Fundort möglichst viel vom unerwünschten Beigestein zu entfernen. Man soll die Stücke auch nicht zu klein wählen. Über die richtige Wahl der Größe und das Formatisieren folgen im Kapitel VI einige Empfehlungen.

Die zur Ausrüstung des Sammlers erforderliche Lupe dient zum Betrachten kleiner Kristalle. Sie soll einschlagbar sein und mindestens achtfach, besser zehn- oder sechzehnfach vergrößern. Viele Kristalle erreichen nur Millimetergröße und werden ohne Lupe leicht übersehen.

Jedem Stück, das man mit nach Hause nimmt, soll gleich am Fundort ein Etikett beigegeben werden, auf der der genaue Fundplatz (Name der Grube oder des Steinbruches, nahegelegene Ortschaft, Tal, Berg usw.) und der Tag des Auffindens vermerkt wird. Stücke ohne Fundangabe sind fast wertlos! Schließlich ist empfehlenswert, über die Sammeltouren genau Buch zu führen, Besonderheiten zum Fundplatz, genaue Wegbeschreibung und dergleichen zu notieren.

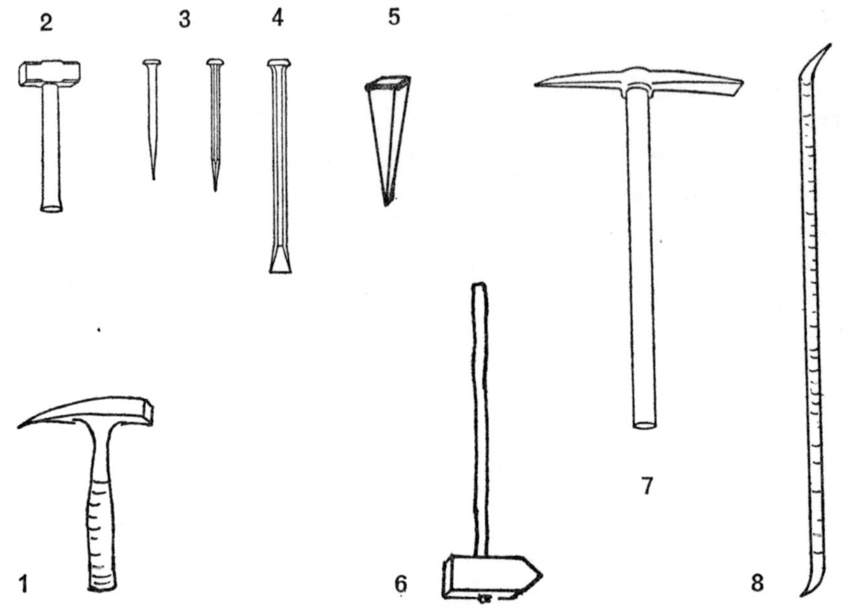

Abb. 5
Werkzeuge für den Sammler. 1 = Geologenhammer; 2 = Fäustel; 3 = Spitzmeißel; 4 = Flachmeißel; 5 = Keil; 6 = Vorschlaghammer mit gewachsenem Stiel; 7 = Spitzhacke; 8 = Stemmeisen (Brechstange)

Zuletzt gehört zur Sammelausrüstung eine ausreichende Menge Packmaterial. Um Beschädigungen von Kristallen zu vermeiden, muß jedes Stück einzeln in Papier verpackt werden, wobei man nicht sparsam verfahren soll. Ganz empfindliche Stücke müssen mit genügend Seidenpapier und Watte verpackt werden. Die Watte darf nicht direkt mit den Kristallen in Berührung kommen, weil die Fasern hartnäckig haften bleiben. Deshalb wickelt man die Stufe immer zuerst mit weichem Papier ein, dann folgt erst die Watte. Für den Transport der Stücke ist der altbewährte Rucksack oder die Tragtasche am zweckmäßigsten. Sollen die Stücke in Kartons oder Kisten verpackt werden, dann legt man zuerst eine Schicht Holzwolle oder zerknülltes Papier auf den Boden des Behälters. Es ist überflüssig zu sagen, daß die massiven schweren Stücke ohne Kristalle zuunterst gelagert werden. Auf jede Schicht Steine kommt wieder ausreichend Holzwolle; ganz oben sollen die empfindlichen Stücke lagern, darüber kommt wieder Holzwolle.

Eine große Ausrüstung für schwierigere Geländearbeiten erfordert außer den genannten Werkzeugen noch einen Fäustel, einen Keil, Spitzhacke und Brechstange (Abbildung 5); außerdem für die Befahrung von Bergwerken und alten Grubenbauen einen Schutzhelm und Gummistiefel, nötigenfalls auch Seile.

Jede Sammeltour sollte zuerst daheim theoretisch vorbereitet werden, damit man die Zeit im Gelände möglichst voll zum Sammeln ausnutzen kann, ohne lang nach der genauen Lage des Fundortes suchen zu müssen. Dazu gehört außer der Ermittlung der Lokalität noch die Prüfung, welcher Art der Aufschluß ist (Grube, Steinbruch, Bergwerk), was dort abgebaut wird und was gefunden werden kann. Alle diese Fragen können durch die angegebenen Behörden und Institute beantwortet werden. Zweckmäßig wird man sich aus den Sammlungen der Institute Stücke aus diesen Aufschlüssen zeigen lassen, damit man weiß, wie die zu suchenden Mineralien überhaupt aussehen. Wenn ein Bergwerk, insbesondere ein verlassenes ehemaliges Bergwerk, besucht werden soll, so versuche man, Grubenpläne zu erhalten. Diese sind in Beschreibungen über das betreffende Bergwerk und dessen Mineralinhalt meistens enthalten und können aus den Bibliotheken der Mineralogischen und Geologischen Institute oder bei den Bergämtern erbeten werden. Auch die sonstige Literatur sollte möglichst umfassend ausgewertet werden.

Grubenplan, Grundriß «Seigerriß»

Ein Grubenplan besteht mindestens aus einem Grundriß (Aufsicht) und einem «Seigerriß» (Seitenansicht). Als Beispiel sei hier ein solcher Plan abgedruckt (Abbildung 6). Im Gegensatz zu Grubenplänen enthalten die geologischen Karten nicht den Verlauf von Stollen, sondern nur die Lage der Mineralgänge. Einige Fachausdrücke sollte man sich gleich merken, weil sie immer wiederkehren: «Stollen» sind die von den Bergleuten in das Gebirge gehauenen schlauchförmigen Tunnels, durch die man bis «vor Ort», das heißt bis zur Stelle des Erzabbaus gehen kann und durch die das Erz ins Freie «gefördert» wird. «Gänge» sind dagegen die mit Erzen (Mineralien) gefüllten Spalten im Gestein. Die Gänge erhielten von den Bergleuten meistens Namen wie «Gnade-Gottes-Gang», «Sophia-Gang», «Maria-Hilf-Gang» usw. Auch die Stollen der verschiedenen Sohlen (= Stockwerke) wurden oft mit Namen belegt. Ein «Gesenk» ist ein senkrechter Schacht, in dem entweder die «Förderkörbe» (= Fahrstühle) das Erz nach oben transportieren oder

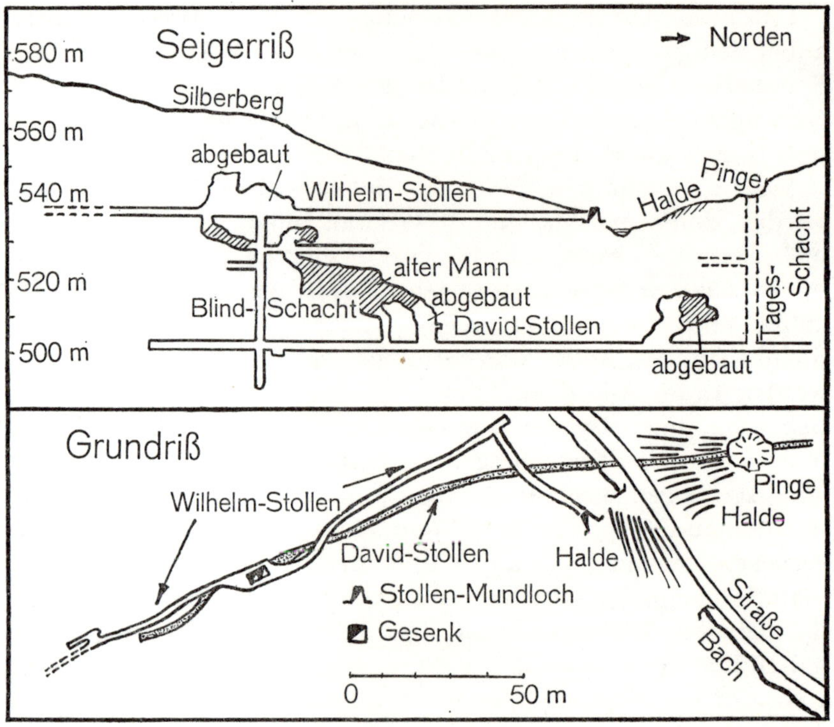

Abb. 6

Vereinfachte Darstellung eines Grubenplanes
Zur Zeit der Anfertigung des Planes war die Grube schon seit 100 Jahren außer Betrieb. Der Tagesschacht ist heute verstürzt

die zum «Einfahren» (= Hinabsteigen, Hineingehen) der Bergleute dienen. «Tagesschächte» enden «über Tage», also im Freien (der Förderturm – Tafel 1 – steht dann unmittelbar über dem Schacht), während «Blindschächte» nur «unter Tage» die Verbindung zwischen verschiedenen Sohlen herstellen. Die Fördermaschinen stehen in diesem Fall auch unter Tage. Der «Alte Mann» sind Plätze des ehemaligen Abbaus, die wieder «versetzt» sind, das heißt mit wertloser «Gangart» (= erzfreier Bestandteil der Mineralgänge) und mit «Bergen» zugeschüttet wurden, um die Gefahr des Einsturzes zu beseitigen. «Halden» sind Schuttberge über Tage, die meistens vor Stollen-Mundlöchern (Eingängen) angehäuft wurden und welche aus wertlosen «Bergen» (= Nebengestein, Beigestein) bestehen, die beim Bohren der Stollen und beim Abbau der Erze angefallen sind. Aber auch die Rückstände der Erzaufbereitung (der Bergmann bezeichnet sie auch als «Berge») werden «auf Halde gestürzt». «Pingen» sind Vertiefungen der Erdoberfläche, die durch Einsturz unterirdischer Schächte und Stollen entstanden sind.

Beim Besuch von in Betrieb befindlichen Bergwerken (das gilt natürlich auch von Steinbrüchen usw.) wende man sich grundsätzlich an die Betriebsleitungen, um die Erlaubnis zum Sammeln zu erbitten. Das Betreten von Anlagen geschieht natürlich auf eigene Gefahr des Sammlers. In Bergwerkbetrieben frage man die Bergleute nach Mineralien. Sie sind ja die ersten, die vor Ort die schönen Stücke finden.

Der Bergmanns-Gruß heißt «Glück auf!»; damit war ursprünglich gemeint, das Glück möge sich auftun für ein erfolgreiches Suchen der Erze.

«Aufgelassene» (= verlassene, nicht mehr in Betrieb befindliche) Bergwerke soll man nie allein betreten, weil die Unfallgefahr sehr groß ist. Schon ein Hammerschlag kann den Einsturz eines alten Stollens zur Folge haben. Außerdem sind viele alte Stollen in tieferen Strecken überflutet; oder Blindschächte führen plötzlich viele Meter senkrecht in die Tiefe. Wenn man sich vom Betreten alter Bergwerke einen Sammelerfolg verspricht, soll man mindestens zu zweit, mit genügender Beleuchtung und mit einem starken Seil eine «Befahrung» vornehmen. Eine dritte Person soll vor dem Stollen postiert sein. An Stollen-Verzweigungen sollte man sich stets Markierungen anbringen, damit der Weg ins Freie wieder gefunden wird. Außer elektrischen Lampen oder Karbidlampen soll man noch eine Kerze mitführen, da sie anzeigt, ob ausreichend Sauerstoff zum Atmen vorhanden ist.

Viel bessere Erfolge lassen sich beim Sammeln auf Halden erzielen. Sie geben einen schönen Querschnitt vom Mineralinhalt der Grube. In früheren Zeiten befand sich bei den Gruben keine Erzaufbereitung, sondern die Erze wurden lediglich von Hand aus dem geförderten Material ausgelesen und in weiter entfernte Hüttenwerke transportiert. Die erzfreie Gangart und das Nebengestein gingen grobstückig auf Halde. Da aber die Handsortierung nie vollkommen sein konnte, enthielt das Haldenmaterial immer noch kleine Erzreste, vor allem aber die gesamte erzfreie Gangart, zum

Beispiel Calcit, Baryt, Quarz, Fluorit usw., die der betreffenden Mineralparagenese angehören.

Es gibt eine große Anzahl verschiedenartiger Paragenesen, die alle für bestimmte Arten von Mineralvorkommen charakteristisch sind. Ein erfahrener Sammler, dem man eine natürliche Gesellschaft von Mineralien auf einem Stück (auf einer «Stufe») vorlegt, kann nicht nur sagen, um welche Mineralien es sich handelt, sondern auch wo sie gefunden wurden. Die Ausbildung der Mineralien und ihrer Paragenese ist eben für viele Lokalitäten außerordentlich typisch. Meistens ist es dann Erfahrung, den richtigen Fundort auf Anhieb nennen zu können. Jeder Sammler kann sich diese Erfahrung im Laufe der Zeit aneignen, doch ist dazu Voraussetzung, daß er jede Gelegenheit zur Besichtigung von Mineraliensammlungen wahrnimmt. Man kann nie genug sehen. Auch ist es ein Irrtum zu glauben, man kenne eine Sammlung nach einmaliger Besichtigung. Nur ständig wiederholtes genaues Studium von Sammlungen bringt die nötige Erfahrung, die zum erfolgreichen Sammeln und zum nachherigen Bestimmen der gefundenen Mineralien erforderlich ist.

Gerade die Mineralparagenese kann bei der Bestimmung der Mineralien von großer Bedeutung sein. Es ist unmöglich, daß zum Beispiel auf einer Stufe die Mineralien Gold, Turmalin und Steinsalz vorkommen, weil diese Mineralien so grundsätzlich verschiedene Entstehungsbedingungen hinter sich haben, daß sie niemals eine Paragenese bilden können. Dagegen sind folgende Paragenesen häufig und typisch: Bleiglanz, Zinkblende, Calcit, Quarz; oder Bleiglanz, Fluorit, Baryt; oder Wolframit, Zinnwaldit, Molybdänit, Fluorit; oder Siderit, Kupferkies, Bournonit, Quarz; oder Skutterudit, Nickelin, Safflorit, Baryt. Aber auch die sekundären Mineralien der Oxidationszone zeigen typische Paragenesen, zum Beispiel Cerussit, Pyromorphit, Anglesit auf Bleiglanz-Lagerstätten; oder Malachit, Azurit, Cuprit auf Kupfererz-Lagerstätten; oder Erythrin, Annabergit, Pharmakolith auf Kobalt-Nickelerz-Lagerstätten usw.

Wenn man die Halde eines Bergwerkes absucht, von dem man in Erfahrung gebracht hat, daß dort Kobalterze abgebaut werden oder wurden, so sind dort Mineralien wie Skutterudit, Cobaltin, Safflorit, Nickelin usw. zu erwarten. Hat man auf einem Stück einen grünen pulvrigen Belag gefunden, so wird es sich dabei kaum um Malachit (auch grün!) sondern um Annabergit handeln.

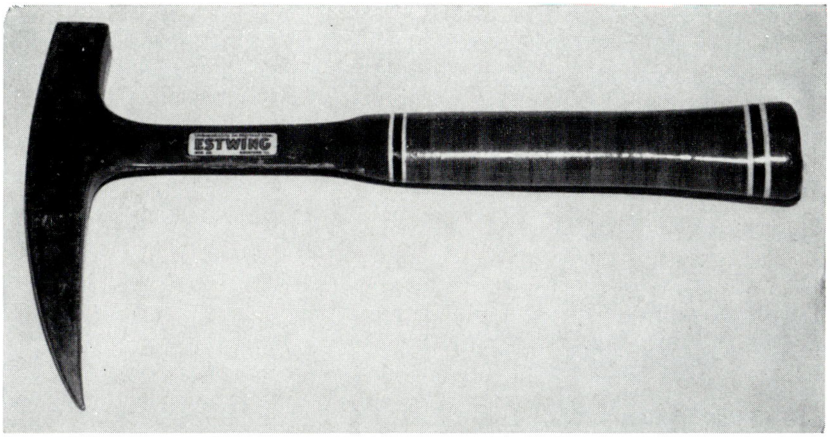

ESTWING-Geologenhammer,
aus einem Stück geschmiedet.

Förderturm eines Bergwerks.
Fotos: Lieber

Doppelbrechung am Calcit. Eine durch den reinen Kristall oder ein klares Spaltstück betrachtete Schrift erscheint doppelt. Der klare Calcit stammt aus Island. Er wird mitunter auch als «Isländischer Doppelspat» bezeichnet. Aber nicht nur in Island, sondern auch an vielen anderen Fundorten kommt reiner Calcit in guten klaren Stücken vor.

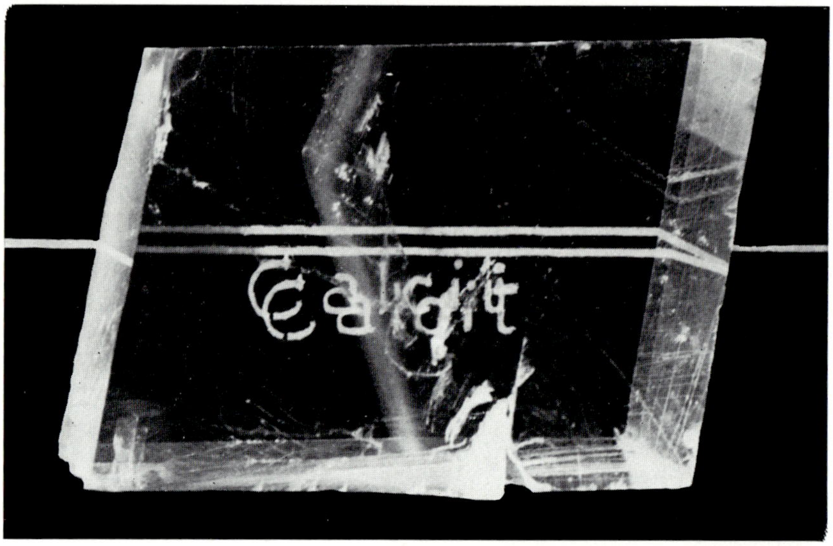

Phantomquarz
Die Andeutung früherer Wachstumsstadien im Kristall ist deutlich zu sehen. Die Erscheinung wird durch eingeschlossene winzige Chlorit-Schüppchen und kleinste Gasbläschen verursacht. Weniger deutliche Phantome sind gar nicht so selten, wohl aber so schöne Exemplare wie das abgebildete.
Höhe des Kristalls 10 cm
Fotos: Lieber

Da man außerdem weiß, daß die Paragenese eines Kobalt-Vorkommens meistens auch Erythrin beinhaltet, so ist damit auch ein Hinweis auf Fundmöglichkeiten gegeben.

Ein anderes Beispiel: Auf der Halde eines Bleierz-Bergwerkes findet man eine Stufe mit Bleiglanz, Baryt und farblosen Würfeln. Aus was bestehen die Würfel? Auch Steinsalz bildet Würfel, doch es gibt keine Paragenese von Bleiglanz und Steinsalz. Also wird der erfahrene Sammler an Fluorit denken und seine Untersuchungen in dieser Richtung ausdehnen.

Die Mineralparagenese hilft also nicht nur beim Identifizieren der gefundenen Stücke, sondern sagt dem Sammler auch, was er an Mineralien eines bestimmten Vorkommens zu erwarten hat.

Zum Sammeln auf Halden sei noch folgendes bemerkt: Die großen Stücke rollen meist an den Fuß der Halde und an den Rändern entlang. Aber gerade diese großen Stücke sollten genau untersucht und nötigenfalls gespalten werden, denn in ihnen finden sich oft die besten Stellen mit unverwitterten Mineralien. Alte Halden sind vielfach von Büschen umrandet, in denen auch gute Stücke zu finden sind, die oft übersehen werden. Sehr alte Halden sind schon stark abgesucht und bieten auf den ersten Blick nicht viel. Man kann aber beim Abdecken der obersten Schicht, etwa mit Hilfe einer Gartenhacke oder Spitzhacke, noch recht gute Funde machen. Das zuletzt aus der Grube geförderte Material liegt im allgemeinen am weitesten vom Mundloch entfernt.

Beim Absuchen einer Halde bemühe man sich, einen guten Querschnitt durch den Mineralbestand zu sammeln. Dazu gehören außer den primären Erzen und den Gangarten auch die sekundären Mineralien (Oxidationsmineralien). Auf diese Weise erhält man (zumal bei mehrfachem Besuch des gleichen Fundortes) eine schöne Lagerstättensammlung. Die Zahl der Stücke soll nicht auf eines je Art beschränkt bleiben, vielmehr nimmt man sich mehrere der gleichen Sorte mit, um sie später im Austausch an andere Sammler abgeben zu können. Mineralientausch erleichtert den Aufbau einer Sammlung bedeutend!

Während man bei den Bergwerken auf das angewiesen ist, was zutage gefördert wird (dem Sammler ist es meistens nicht vergönnt, in Bergwerke einzufahren), kann man in Steinbrüchen die Aufschlüsse direkt sehen und studieren. Zum Auffinden von Mineralien läßt sich grundsätzlich folgendes sagen: Die besten Aussichten auf Erfolg bieten Spalten, Klüfte und Höhlungen im Gestein. Dort hatten die Mineralien nämlich «Platz» zur Bildung von Kristallen. Der Sammler wird seine Aufmerksamkeit daher besonders auf Hohlräume lenken. Es gibt Gesteine, die eine große Fülle von schönen Mineralien enthalten, andere sind sehr arm an Kristallen. So bieten Buntsandstein-Brüche meist nichts für den Mineraliensammler, es sei denn ganz vereinzelt in Spalten kleine Calcit-Kriställchen. Auch Kalksteinbrüche sind in den meisten Fällen ohne besondere Fundmöglichkeiten für den Mineralogen. Hin und wieder werden kleinere Höhlen mit Calcit-Kristallen oder Dolomit-Kristallen, vielleicht auch Tropfsteine gefunden. Sandstein und Kalkstein sind sedimentäre Gesteine (siehe Kreislauf der Stoffe), in denen wenig zu finden ist.

«Blasenräume»

Vulkanische (magmatische) Gesteine sind dagegen bedeutend mineralreicher, weil sie mitunter «Blasenräume» enthalten. Bei vulkanischen Eruptionen werden oft große Gasmengen frei. Falls das Magma dünnflüssig war, konnten die Gase weitgehend entweichen. War es jedoch zäh und dickflüssig, so stiegen die Gasblasen nur sehr langsam nach oben. Viele Gasblasen erreichten nicht mehr die Oberfläche und blieben in dem inzwischen erstarrten Gestein eingeschlossen. Ein Beispiel für ein blasenreiches Gestein ist der *Melaphyr*. Aber auch Porphyr und Basalt enthalten oft solche Hohlräume, die von 1 cm bis 1 m groß sein können (Tafel 4). Auch Klüfte und Spalten sind in den magmatischen Gesteinen vielfach mit kristallisierten Mineralien erfüllt.

Melaphyr

Es gibt nun wieder eine ganze Reihe typischer Paragenesen, von denen einige aufgezählt seien. In Hohlräumen von Basalt: Calcit, Natrolith, Chabasit, Phillipsit und andere Zeolith-Mineralien. Im Melaphyr: Achat, Quarz, Calcit; oder Amethyst (= Quarz-Varietät), Harmotom; oder Prehnit, Calcit, Natrolith, Desmin. In den Klüften von Granit: Feldspat, Quarz, Glimmer, Desmin. In metamorphen Gesteinen (zum Beispiel Glimmerschiefern) findet man andere typische Paragenesen: Disthen mit Staurolith; oder Talk mit Aktinolith; oder Asbest mit Hornblende im Serpentin. Kristalline Schiefer werden jedoch kaum im Steinbruchbetrieb gewonnen, weil sie als Baumaterial zu weich sind und zu leicht zerspalten. Große Mengen solcher metamorpher Gesteine finden sich jedoch in den Alpen, die eine schier unerschöpfliche Fundgrube für den Mineraliensammler bilden. Daher sei das Sammeln im Hochgebirge etwas ausführlicher erläutert.

Zu den häufigsten Mineralien, die in den Alpen (besonders Schweiz und Österreich) gefunden werden und die in keiner Sammlung fehlen, zählen die Bergkristalle, oft wasserklar und viele Zentimeter lang; dann die Rauchquarze vom zartesten Hauch bis zum tiefen Schwarzbraun (Tafel 2, 22, 23). Die Quarze sind meist vergesellschaftet mit Adular, grünen Chloritschüppchen, aber auch Sphen, Apatit und Rutil. Wo und wie findet man diese herrlichen Stücke? Um es vorweg zu sagen: Mineraliensuche in den Alpen ist nicht einfach. Es gehört viel Erfahrung und Ausdauer dazu. Viele Einheimische der Alpen betreiben das Kristallsuchen gewerbsmäßig; es sind die «Strahler», die sich neben ihrer beruflichen Tätigkeit als Bauer oder Handwerker mit «Steinen» beschäftigen. Das «Strahlen» hat sich meist vom Vater auf den Sohn weitervererbt und damit auch die (auf Erfahrung beruhende) Kenntnis, wo besonders mineralreiche Stellen sind. Aber auch neue, bislang unbekannte Fundstellen werden durch aufmerksames Suchen gefunden. Vielleicht liegt in der Geröllhalde eines Felssturzes ein Bruchstück eines Kristalls. Nach einigem Suchen findet man unter Umständen weitere Stücke, wodurch sich die Richtung des ursprünglichen Vorkommens vermuten läßt. *Frei aufgewachsene* Kristalle können nur in Hohlräumen entstehen. Die Strahler bezeichnen eine kristallerfüllte Höhle als «Kluft». Viele Klüfte werden von der Natur mit der Zeit freigelegt, wenn Gestein infolge Verwitterung oder Absprengung durch Eis aus dem Felsen bricht. Der Kluftinhalt wird dann abwärts geschleudert und über eine Schutthalde zerstreut.

«Strahler»

Kluft

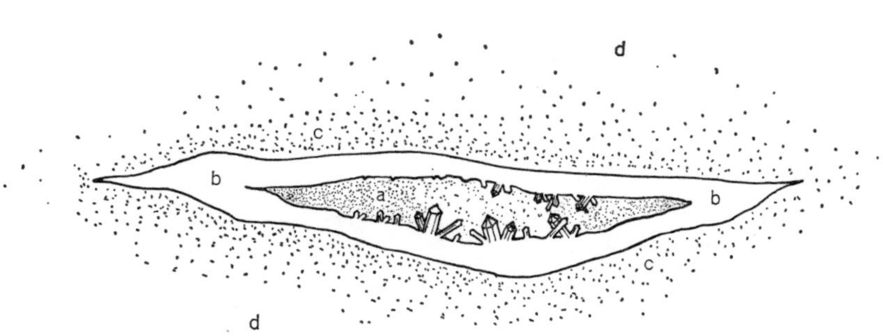

Abb. 7
Schematischer Schnitt durch eine Mineralkluft
a) Kluftraum mit Kristallen, b) Band aus massivem Quarz, c) zersetztes Nebengestein, d) unzersetztes, frisches Gestein. Die Kluft verläuft etwa senkrecht zur Gesteinsschieferung

Anzeichen für Klüfte

Die meisten Klüfte sind jedoch noch nicht geöffnet und im Gestein verborgen. Es gibt aber gewisse Anzeichen für das Vorhandensein einer Kluft, so besonders das «Quarz-Band», welches als Fortsetzung der Kluft zu denken ist (Abbildung 7). Der Strahler weiß, daß das Quarzband einer Kristallkluft senkrecht zur Schieferung des Gesteins liegen muß. Außerdem ist das Gestein irgendwo am Band etwas verändert, weicher oder härter, gebleicht oder rostig und «zerfressen». Dann ist es nicht mehr weit zur Kluft. Manchmal ist das Band nicht sichtbar, weil es noch zu weit im Gestein liegt; dann zeichnet sich am Gestein eine lange, schmale Terrasse, ein «Satz» ab (Abbildung 8), wenn die Kluft etwa horizontal liegt. Auch kann ausfließendes Wasser aus einem kleinen Loch in der Felswand ein Hinweis für eine nahe Kluft sein.

Als weiteres Anzeichen für Klüfte kann die «Einschnürung» des Gesteins gelten (Abbildung 9), eine auffallende Erscheinung, die allerdings nur zu beobachten ist, wenn die Schieferung des Gesteins senkrecht zum Beschauer verläuft, die Kluft also von «der Seite» angetroffen wird. – Die Wahrscheinlichkeit für das Antreffen einer Kluft erhöht sich, wenn mehrere Anzeichen gleichzeitig zusammentreffen.

Das sachgemäße Öffnen einer Kluft erfordert viel Erfahrung und kann nicht mit wenigen Sätzen beschrieben werden. An welcher Stelle geöffnet wird, ob vom Quarzband her oder etwa von oben nach Herauslösen von Gesteinsblöcken, wird in jedem Fall verschieden sein. Manchmal ist eine Sprengung notwendig.

Der Strahler kann aus Erfahrung meist schon sagen, wie die Kluft verläuft und wo mit der Arbeit zu beginnen ist. Er hört auch am Klang der Hammerschläge, ob der Hohlraum nah oder noch weiter im Gestein liegt.

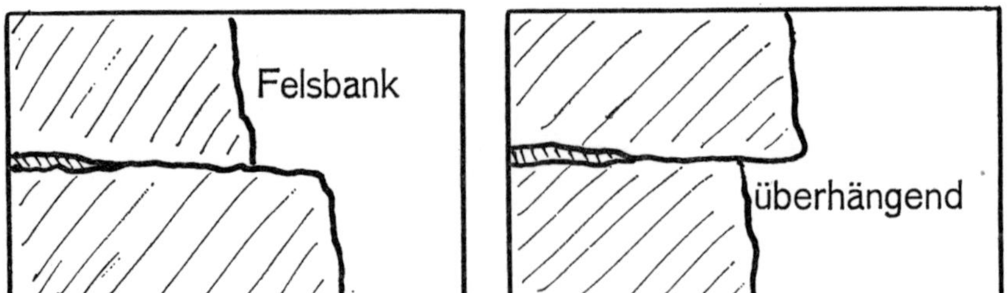

Abb. 8
Seitliche Ansicht eines «Satzes», der ein Anzeichen für eine nahe Kluft sein kann

Entsprechend der Abbildung 7 sind die Kristalle einer Kluftfüllung an den Wänden der Kluft angewachsen. Der Hohlraum selbst ist meist mit Chloritsand oder Lehm gefüllt, in den Einzelkristalle eingebettet sind, die in früheren Zeiten von der Kluftwand abfielen. Solche Kristalle sind dann doppelendig ausgebildet oder die einstige Bruchstelle ist auf natürlichem Wege wieder geheilt. Der sandige, lehmige Inhalt der Höhlung muß deshalb sorgfältig auf Kristalle untersucht werden.

Das Herausschlagen der Kristallstufen ist in manchen Fällen einfach. In einer «reifen» Kluft – wie die Strahler zu sagen pflegen – lassen sich die Stücke leicht von der Wand abheben. Der Hohlraum wird mit Gras oder Heu, Papier oder Kleidungsstücken ausgelegt, damit herabfallende Kristalle nicht beschädigt werden. In anderen Fällen kann die Ausbeutung ungewöhnlich schwierig sein, weil die Kluft «noch nicht reif» ist. Oft ist tage- oder wochenlange Arbeit an einer Fundstelle erforderlich. Da viele Klüfte in den wenig begangenen höheren Gebieten liegen, sind sie nur wenige Tage oder Wochen im Jahr schneefrei. Muß der Strahler seine Arbeit an der Fundstelle unterbrechen, ohne daß die Ausbeutung vollständig ist, und beabsichtigt er, an dieser Stelle die Arbeit später wieder fortzusetzen, so legt er in die Kluft ein Werkzeug. Es ist ungeschriebenes Gesetz, daß sich dann kein anderer Sammler an dem Kluftinhalt «vergreift».

Die Mineralvorkommen der Alpen sind keineswegs erschöpft. Jedes Jahr werden neue und schöne Funde gemacht. Nicht nur die natürliche Verwitterung und Abtragung des Gesteins sorgt für neue Aufschlüsse, sondern auch die Arbeiten für Alpenstraßen, Wasserstollen, Tunnelbauten. Aber auch an Stellen, wo nicht gerade eine Kluft ausgebeutet werden kann, finden sich viele Mineralien als typische Bestandteile metamorpher Gesteine, zum Beispiel Granat-Kristalle in Chloritschiefer, große Aktinolith-Kristalle im Talkschiefer (Tafel 3) usw.

Das Öffnen von «Klüften» in Pegmatiten vollzieht sich so ähnlich wie bei den alpinen Klüften. Man macht bei Pegmatiten die gleiche Erfahrung, daß nämlich der Kluftraum meist mit Kaolin oder «Lehm» gefüllt ist, in den die losen Kristalle – oft doppelendig ausgebildet – eingebettet sind.

Die sachgemäße Bergung von Mineralstufen aus Gängen («Spalten») erfordert ebenso viel Geschick und Erfahrung. Verhältnis-

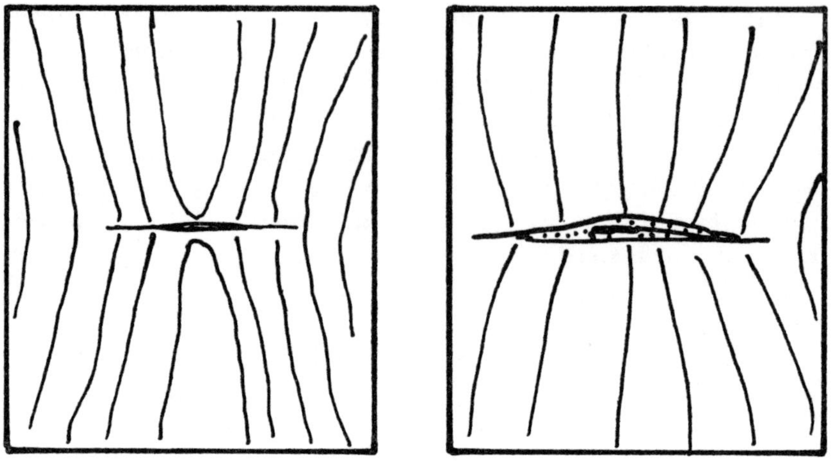

Abb. 9
«Einschnürung» des Gesteins nahe der Kluft

mäßig einfach wird die Arbeit, wenn sich die Kristallstufen leicht von der Wand ablösen lassen. Sind sie jedoch sehr fest mit dem Gestein der Kluftwand verwachsen, dann soll man nicht zu sparsam gerade eben an der Anwachsstelle mit Hammer und Meißel arbeiten, weil sich sonst Beschädigungen und Bruch nie vermeiden lassen. In solchen Fällen muß dann eben eher etwas zu viel als zu wenig Muttergestein herausgearbeitet werden. Mehrere kräftige Meißel, ein Fäustel und eine Brechstange leisten dabei gute Dienste. Die Abspaltung von größeren Gesteinsstücken wird mit Hilfe eines großen Eisenkeils durchgeführt.

Schwierig sind die Drusen (Geoden) aus Porphyr und Melaphyr herauszuarbeiten. Man macht die Beobachtung, daß die oberen Schichten eines solchen Aufschlusses bedeutend mehr Mandeln enthalten als die unteren. Außerdem lassen sich die nahe der Oberfläche befindlichen Mandeln bedeutend leichter bergen, weil dort das Gestein schon etwas verwittert ist. Mandeln im frischen Gestein sind nur dann zu erhalten, wenn sie in dem Gestein eingebettet bleiben. Man muß also schon größere Blöcke herausarbeiten und später versuchen, davon soviel wie möglich abzutrennen. Es hat keinen Sinn, etwa mit Hammer und Meißel die Mandel allein herausarbeiten zu wollen.

Die geschilderten Methoden zur Mineraliensuche erheben keinesfalls Anspruch auf Vollständigkeit. An jedem Fundort wird sich eine individuelle Arbeitsweise ergeben. Der Sammler muß selbst viel Erfahrung sammeln – und zwar auch unter Verlust von Mineralien –, bis ihm eine sachgemäße Bergung von Mineralien gelingt. Hierzu sind die gegebenen Hinweise als erster Anhalt gedacht.

Wenn der Sammler mit mehr oder weniger reicher Ausbeute nach Hause kommt, beginnt das Reinigen und Bestimmen der Stücke. Es gibt für jedes Mineral einige charakteristische Eigenschaften, mit deren Hilfe die Identifizierung gelingt. Zum Verständnis dieser Merkmale soll zunächst über die stoffliche Zusammensetzung der Mineralien berichtet werden.

III. Zusammensetzung von Mineralien
Aufbau der Kristalle

Alle Stoffe, ob natürlich oder künstlich entstanden, bestehen aus *Atomen* (griechisch: atomos = unteilbar). Das sind die kleinsten, mit chemischen Methoden nicht weiter zerlegbaren Teilchen. Ein Stück Kupfer besteht nur aus Kupferatomen, Gold nur aus Goldatomen, Schwefel nur aus Schwefelatomen. Folglich gibt es soviele chemisch unterscheidbare Atomarten, wie es chemische Elemente gibt, also rund 100. Da jede Atomart andere chemische Eigenschaften besitzt, muß ein Unterschied im Aufbau der verschiedenen Atomarten bestehen. Man kennt heute ziemlich genau den Atombau und weiß, daß jedes Atom aus einem Atomkern und der Elektronenhülle aufgebaut ist (Abbildung 10).

Atome

Der Kern setzt sich aus elektrisch einfach positiv geladenen Protonen mit der relativen Masse 1 und den ladungsfreien Neutronen, ebenfalls mit der relativen Masse 1 zusammen. Um den Kern kreisen die Elektronen, winzige Teilchen mit einer (gegenüber Proton und Neutron) verschwindend geringen Masse, jedoch mit je einer elektrisch negativen Ladung. Die Bewegung der Elektronen auf verschiedenen Bahnen ist anschaulich vergleichbar mit der Bewegung der Planeten um die Sonne. Die Nummer eines jeden Elementes der Tabelle 1 ist gleich der Zahl der Protonen und also auch gleich der Zahl der Elektronen; denn in einem nach außen neutralen Atom müssen gleichviele positive und negative Ladungen vorhanden sein. Man erkennt, daß jede Atomart (Tabelle 1) sich von der vorhergehenden durch ein zusätzliches Proton (und Elektron) unterscheidet. Die Größe der Atome ist je nach ihrer Art (Zahl der Protonen, Zahl der Elektronen, Zahl der Elektronenbahnen) unterschiedlich.

Nur wenige chemische Grundstoffe finden sich in der Natur elementar. Die meisten Mineralien sind Verbindungen von zwei oder mehreren Grundstoffen. Diese sind in einer chemischen Verbindung nicht willkürlich gemischt, sondern in ganz bestimmten Gewichtsverhältnissen durch mehr oder weniger starke Bindekräfte aneinander gebunden. Die Gewichtsverhältnisse ergeben sich aus den Atomgewichten (Tabelle 1) und dem Zahlenverhältnis der an einer Verbindung teilnehmenden Partner. So hat sich zum Beispiel im Steinsalz mit jedem Natriumatom 1 Chloratom verbunden. Das Atomverhältnis Natrium : Chlor beträgt 1:1, das Gewichtsverhältnis von Natrium : Chlor jedoch etwa 23 : 35,5.

Welcher Art sind wohl die Bindekräfte, die zwischen den Natrium- und Chloratomen herrschen? Am Beispiel des Steinsalzes (= Natriumchlorid) läßt sich zeigen, daß bei der Entstehung der Verbindung ein Elektron vom Natrium an das Chlor abgegeben wird (Abbildung 10). Als Folge davon besitzt das Natriumatom jetzt nur noch 10 Elektronen, aber nach wie vor 11 Protonen. Somit überwiegt eine positive Ladung. Das Chloratom übernimmt das Elektron; bei ihm überwiegt daher eine negative Ladung. Zahl und Vorzeichen der Ladungen werden hinter dem chemischen Symbol hochgestellt angegeben (Abbildung 14). Aus den vorher ungeladenen Atomen sind solche mit elektrischen Ladungen geworden (Abbildung 10 unten). Man bezeichnet Atome mit elektrischer Ladung als *Ionen* (griechisch: ion = wandern), weil sie unter dem Einfluß des elektrischen Stromes – bei Vorliegen geeigneter Bedingungen – wandern. Außer den einfachen gibt es auch zusammengesetzte, komplexe Ionen (Abbildung 14).

Ionen

Der Zusammenhalt der Ionen erfolgt durch elektrische Anziehungskräfte, die zwischen den entgegengesetzt geladenen Teilchen wirksam sind. Man bezeichnet diese Art der Bindung als *heteropolar* (griechisch: heteros = verschieden) oder als *Ionenbindung*. Der überwiegende Teil der Mineralien ist aus Ionen aufgebaut.

heteropolar
Ionenbindung

Eine andere Art der Bindung besteht zwischen elektrisch neutralen Atomen. Man bezeichnet sie als *Atombindung* oder *homöopolare* (griechisch: homos = gleichartig) Bindung. Sie kommt ebenfalls durch elektrische Kräfte zustande, die zwischen den Atomkernen und den Elektronen zweier oder mehrerer Atome herrschen. Von den Mineralien sei der Diamant erwähnt, der aus Kohlenstoffatomen besteht, die durch Atombindung aneinander gebunden sind.

Atombindung, homöopolar

Zwischen den Atomen von Metallen besteht eine weitere Bindungsart, die sogenannte *metallische Bindung*. Sie wird durch die freie Beweglichkeit der äußersten Elektronen eines jeden Metallatoms gekennzeichnet. Frei bewegliche Elektronen bedingen die metallische Leitfähigkeit für den elektrischen Strom, die den Metallen eigen ist.

metallische Bindung

Moleküle sind zusammengesetzte Teilchen aus zwei oder mehreren ungeladenen – elektrisch neutralen – Atomen. So besteht zum Beispiel der Schwefel aus lauter Schwefelmolekülen, von denen jedes aus acht ringförmig aneinander geketteten Schwefelatomen zusammengesetzt wird. Der Zusammenhalt der einzelnen Moleküle geschieht durch schwache Kräfte, die man als «Van der Waals-sche» Bindekräfte bezeichnet. Im Mineralreich gibt es sehr wenige Stoffe mit *Molekül-Bindung*. Dagegen bestehen die meisten organischen Verbindungen aus Molekülen.

Moleküle

Molekül-Bindung

Zwischen den genannten Bindungsarten gibt es auch Übergänge.

Es wäre sehr umständlich, wollte man die chemische Zusammensetzung von Mineralien wörtlich unter Nennung aller an der Verbindung teilnehmenden Elemente niederschreiben. Der Einfachheit halber verwendet man deshalb für jedes Element ein Zeichen, ein Symbol (siehe Tabelle 1, Seite 17) und drückt die Zusammensetzung einer Verbindung durch eine Formel aus. Nehmen die verschiedenen Elemente nicht eins zu eins an der Verbindung teil, so

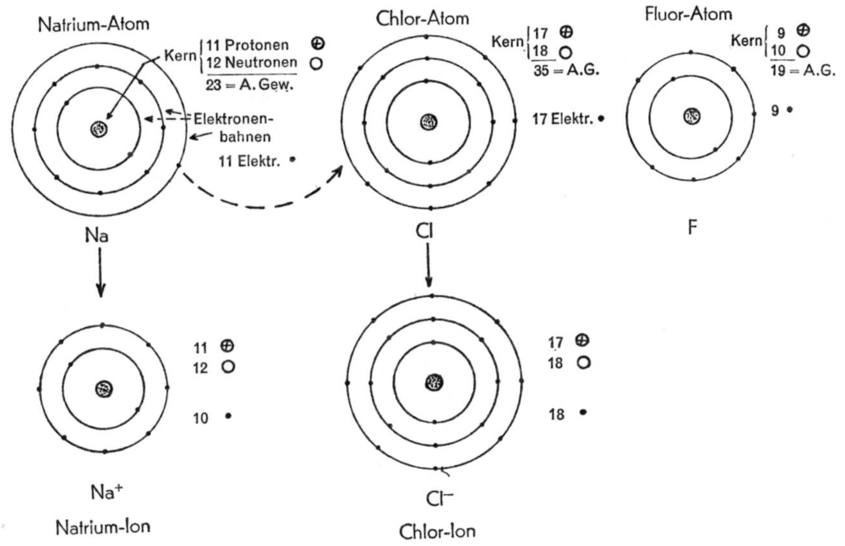

Abb. 10
Schematischer Bau von Atomen und Ionen

schreibt man hinter das betreffende Symbol eine Zahl, die angibt, wieviele Atome sich zu einer Verbindung zusammenfinden.

Zum Beispiel setzt sich das Sulfid Bleiglanz aus einem Atom Blei und einem Atom Schwefel zusammen; seine Formel lautet demnach PbS. In dem Oxid Korund sind zwei Atome Aluminium mit drei Atomen Sauerstoff vereinigt; seine Formel wird Al_2O_3 geschrieben. Übereinkunftsgemäß schreibt man das metallische Element immer an den Anfang der Formel. Das Carbonat Calcit besteht aus einem Atom Kohlenstoff, drei Atomen Sauerstoff und einem Atom Calcium; seine Formel ist $Ca(CO_3)$. Die Gruppierung (CO_3) in Klammern ist das Carbonat-Ion (Abbildung 14), der typische Bestandteil aller Carbonate. Das Sulfat-Ion (SO_4) ist typisch für alle Sulfate; das Phosphat-Ion (PO_4) für alle Phosphate. Wenn man die Zeichen der wichtigsten Elemente im Gedächtnis hat, dann versteht man die Formeln und kann selbst die Zusammensetzung eines Minerals durch eine Formel ausdrücken.

Die Mineralien werden nach bestimmten Stoffgruppen eingeteilt, zu denen außer den bereits erwähnten *Elementen* die folgenden Verbindungen gehören: Sulfide (dazu die verwandten Selenide, Telluride, Arsenide), Halogenide, Oxide (und Hydroxide), Carbonate

Elemente

(und Nitrate, Borate), Sulfate, Chromate, Molybdate, Wolframate, Phosphate, Arsenate, Vanadate und Silicate.

Sulfide

Eine große Mineral-Gruppe bilden die Verbindungen des Schwefels mit anderen Elementen, vor allem mit Metallen. Solche Mineralien nennt man *Sulfide* (lateinisch: sulfur = Schwefel). Zu ihnen zählen wichtige Erze, wie Bleiglanz, Zinkblende, Pyrit, Kupferkies, Antimonit, Argentit, Chalkosin, Pentlandit, Fahlerze, Pyrrhotin, Zinnober, Molybdänit usw.

Halogenide

Die *Halogenide* sind Verbindungen von Metallen mit Fluor, Chlor, Brom und Jod. Im einzelnen nennt man sie auch Fluoride, Chloride, Bromide oder Jodide. Das bekannteste Chlorid ist das schon erwähnte Steinsalz. Die Bezeichnung Halogenide (griechisch: halos = Salz) hat man deshalb gewählt, weil viele Verbindungen dieser Art Salze im ursprünglichen Sinne des Wortes, also in Wasser, löslich sind und «salzigen» Geschmack besitzen. «Halogen» heißt wörtlich übersetzt «Salzbildner». Wichtige Halogenide außer dem Steinsalz sind Sylvin, Fluorit, Kryolith und Carnallit.

Oxide

Verbindungen des Sauerstoffs mit anderen Elementen nennt man *Oxide* (lateinisch: Oxygenium = Sauerstoff). Das am weitesten verbreitete Oxid ist der Quarz. Andere wichtige Oxide sind der Hämatit und der Magnetit, die als Eisenerze eine große Bedeutung haben, ferner Cuprit, Zinkit (= Rotzinkerz), Spinell, Chromit, Korund (mit seinen Abarten), Ilmenit, Uranpechblende, Rutil, Cassiterit und andere.

Carbonate

Die *Carbonate*, eine andere große Mineralgruppe, sind Verbindungen des Kohlenstoffs (lateinisch: carbo = Kohle) und Sauerstoffs mit Metallen. Auf ein Atom Kohlenstoff kommen stets drei Atome Sauerstoff. Man nennt diese Verbindungen auch kohlensaure Verbindungen, weil sie sich von der Kohlensäure ableiten lassen. Das bekannteste Carbonat ist der Calcit; ferner zählen dazu: Magnesit, Siderit (= Eisenspat), Rhodochrosit (= Manganspat), Smithsonit (= Zinkspat), Dolomit, Aragonit, Cerussit, Azurit (= Kupferlasur), Malachit und andere.

Sulfate

Die *Sulfate* sind Verbindungen von Schwefel und Sauerstoff mit Metallen. Da sie sich von der Schwefelsäure ableiten, nennt man sie auch schwefelsaure Verbindungen. In ihnen verbinden sich stets vier Atome Sauerstoff mit einem Atom Schwefel. Ein häufig vorkommendes Sulfat ist der Baryt (= Schwerspat); andere Sulfate sind: Anhydrit, Coelestin, Chalkanthit (= Kupfervitriol), Gips.

Den Sulfaten sind die *Chromate*, *Molybdate* und *Wolframate* nahe verwandt. An die Stelle des Schwefels treten das Chrom oder das Molybdän oder das Wolfram. Das bekannteste Chromat ist der Krokoit (= Rotbleierz). Ein Molybdat ist der Wulfenit (= Gelbbleierz). Zwei wichtige Wolframate sind Wolframit und Scheelit. *Chromate, Molybdate, Wolframate*

Verbindungen des Phosphors und Sauerstoffs mit Metallen nennt man *Phosphate* oder phosphorsaure Verbindungen. Auf ein Atom Phosphor kommen stets vier Atome Sauerstoff. Häufiger vorkommende Phosphate sind Amblygonit, Apatit, Pyromorphit, Türkis. *Phosphate*

Die *Arsenate* und *Vanadate* stehen in naher Beziehung zu den Phosphaten. In ihnen ist der Phosphor durch Arsen oder Vanadin ersetzt. Dem Arsenatrest kommt also die Formel (AsO_4), dem Vanadatrest (VO_4) zu. Arsenate sind Mimetesit, Erythrin, Annabergit. Zu den Vanadaten zählen Descloizit, Vanadinit und Carnotit. *Arsenate, Vanadate*

Die weitaus größte Gruppe bilden die *Silicate*, die sich von der Kieselsäure ableiten lassen. Es sind Verbindungen des Siliciums und Sauerstoffs mit Metallen. Viele Silicate sind sehr kompliziert zusammengesetzt, weil das Silicium die Fähigkeit besitzt, in Gemeinschaft mit Sauerstoff verschiedene Ringe, Ketten, Bänder, Schichtebenen und räumliche Gerüste zu bilden. Hierüber wird noch gesondert berichtet. Bekannte Silicate sind die Feldspate, Glimmer, dann die Edelsteine Turmalin, Smaragd und Granat. *Silicate*

Wie schon erwähnt, sind fast alle Mineralien kristallisiert und vermögen regelmäßige geometrische Körper zu bilden. Der Kristallzustand ist jedoch nicht allein auf Mineralien beschränkt. Sehr viele künstliche – im Laboratorium oder technisch – hergestellte anorganische und organische Verbindungen sind kristallisiert. Die folgenden Betrachtungen befassen sich mit dem Kristallzustand der Stoffe ohne Rücksicht darauf, ob es sich um natürliche oder künstliche Produkte handelt.

Schon sehr früh hat man als wahren Grund für die regelmäßige Form der Kristalle (Kapitel IV) einen für jede Kristallart typischen Bauplan vermutet. Der französische Mineraloge René Just Hauy (1743–1822) zeigte, daß man aus einem Calcit-Kristall immer wieder gleichartige Spaltstückchen (Rhomboeder) abspalten und diese Spaltung bis in mikroskopisch kleine Bereiche fortsetzen kann. Nach seiner Meinung sollten die Kristalle aus winzig kleinen, regelmäßig und lückenlos aneinandergesetzten Bauelementen bestehen. *Kristallbau*

Hauy erläuterte mit Hilfe seiner Theorie, wie man zum Beispiel aus kleinen Würfelchen auch andere Kristallformen aufbauen kann (Abbildung 11). Mit seiner Annahme konnten zwar einige Gesetzmäßigkeiten an Kristallen erklärt werden, andere dagegen, zum

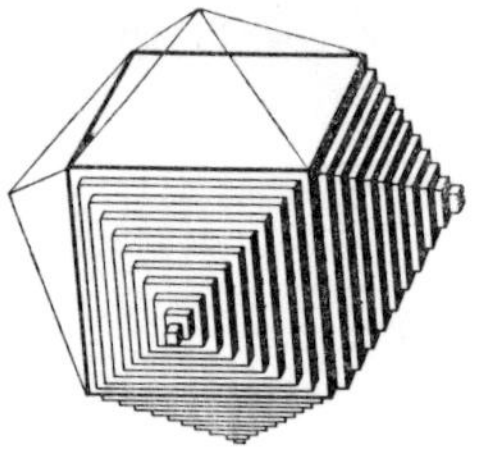

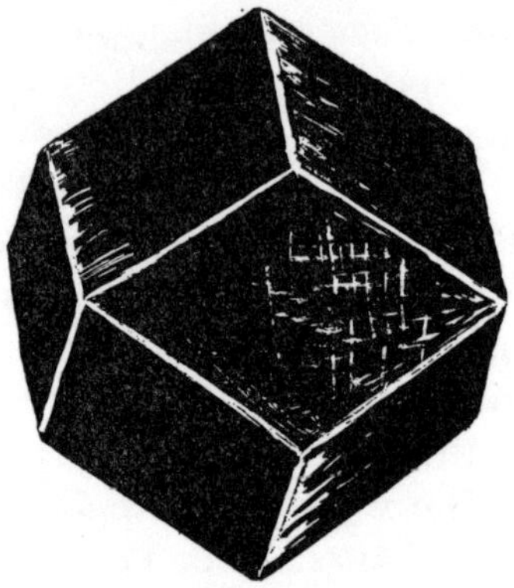

Abb. 11
Aufbau eines Rhombendodekaeders aus kleinen Würfelchen (nach Hauy)

Beispiel die plastische Verformbarkeit, waren nur verständlich, wenn man anstelle der lückenlos aneinandergesetzten Bauelemente deren «Massenpunkte» mit gewissen Zwischenräumen annahm. Aus dieser Überlegung entstand als wesentliches Gedankengut der beschreibenden Kristallkunde die Vorstellung der sogenannten

«Raumgitter»

«Raumgitter», einer regelmäßigen Reihung von Punkten in allen drei Raumrichtungen (Abbildung 12). Auch diese Annahme mußte

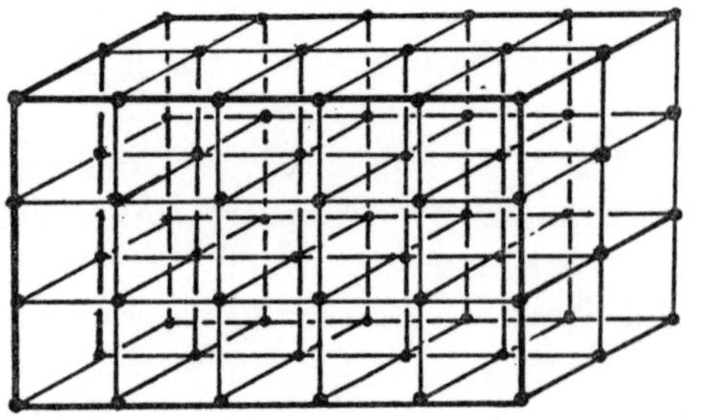

Abb. 12
Raumgitter. Die Massenpunkte sind regelmäßig, parallel nach allen drei Raumrichtungen angeordnet

zunächst unbewiesen bleiben, obwohl mit ihrer Hilfe viele Eigenschaften der Kristalle gedeutet werden konnten.

Erst im Jahre 1912 konnte der Physiker Max von LAUE mit einem entscheidenden Versuch beweisen, daß die Bauteilchen der Kristalle tatsächlich gitterartig angeordnet sind. Er durchstrahlte Kristalle mit Röntgenstrahlen und konnte aus bestimmten Licht- und Schattenerscheinungen (Beugung), die hinter den Kristallen beobachtbar waren, seine fundamentalen Erkenntnisse ableiten. Nachdem 1913 der Physiker William Henry BRAGG gemeinsam mit seinem Sohn William Lawrence BRAGG ebenfalls mit Hilfe von Röntgenstrahlen ein Verfahren zur Messung der Abstände der einzelnen «Gitterebenen» entwickelt hatte, konnte man die Bauweise *(Feinstruktur)* der Kristalle genau erforschen.

Feinstruktur

Man weiß auch, daß die Ionen, Atome oder Moleküle die kleinsten Bausteine der Kristalle sind. Selbst die Größe – den Durchmesser – der Atome und Ionen konnte man genau ermitteln.

Als Beispiel sei der Bauplan des Steinsalzes erläutert. Das Salz besteht aus Natrium- und Chlorionen mit etwa kugelförmiger Gestalt (Abbildung 13). Diese haben sich im Kristall abwechselnd ne-

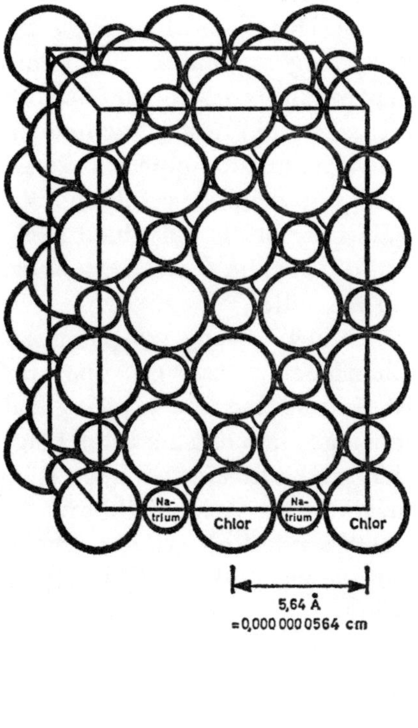

Abb. 1
Bau des Steinsalz-Kristallgitters

ben- und übereinander gelagert. Auf einer Strecke von 1 Zentimeter befinden sich rund 36 Millionen Ionen nebeneinander. Der Abstand zweier gleichartiger Ionen beträgt 5,64 Å (Ångström-Einheiten), das sind 0,0000000564 Zentimeter! Die Art der Bindung, die den Zusammenhalt unter Beibehaltung der Gitterplätze bewirkt, wurde bereits erwähnt. Den kleinsten Teil eines räumlichen Gitters, dem sämtliche Symmetrieeigenschaften (Kap. IV) des Gesamtgitters zukommen, bezeichnet man als *Elementarzelle*. Die Darstellung der Elementarzelle genügt zur Beschreibung des Gitterbaues einer Kristallart. In Wirklichkeit hat man es sich in allen drei Raumrichtungen fortgesetzt zu denken.

Elementarzelle

Die Feinstruktur der Kristalle ist recht mannigfaltig. Man kennt rund 2000 Mineralarten und ein Vielfaches von künstlichen Stoffen, die kristallisiert sind. Allerdings können mehrere Stoffarten nach dem gleichen Prinzip aufgebaut sein. Sie kristallisieren im gleichen Gittertyp und werden deshalb als *isotyp* bezeichnet. So besitzen zum Beispiel die Verbindungen Natriumfluorid, Natriumbromid, Natriumjodid, Kaliumchlorid (= Sylvin), Silberchlorid (= Hornsilber, Chlorargyrit), Bleisulfid (= Bleiglanz) und andere den gleichen Gittertyp wie das Steinsalz. Die Teilchen erfüllen bei abwechselnder Lage rechtwinklig neben- und übereinander einen würfelförmigen Raum. Der Grund für die gleiche Bauweise liegt in dem gleichartigen Mengenverhältnis und dem gleichen oder sehr ähnlichen Größenverhältnis der Ionen (Abbildung 14). Sie passen eben gerade in dieser Art so günstig aneinander. Ein anderes Größen- oder Mengenverhältnis hat eine andere Gitterstruktur zur Folge. Man kann sich vorstellen, wie groß die Zahl der Bautypen ist, nach denen kristallisierte Stoffe aufgebaut sind, selbst wenn mehrere Verbindungen die gleiche Bauweise bevorzugen. Wie entsteht nun eigentlich ein Kristall?

isotyp

In einer Lösung von Kochsalz bewegen sich die Natrium- und Chlorionen ganz ungeordnet. Sobald genügend Wasser verdunstet ist, sind sie einander so weit genähert, daß sich zufällig mehrere von ihnen gesetzmäßig zusammenlagern. Dabei spielen gegenseitige Anziehungskräfte eine wichtige Rolle. Die Ionen zeigen das Bestreben, möglichst so viele Nachbarn um sich zu versammeln, wie es ihr Größenverhältnis erlaubt. Das Natriumion umgibt sich mit sechs Chlorionen und das Chlorion mit sechs Natriumionen, wie es in Abbildung 15 schematisch dargestellt ist. Ein solches Gebilde wäre

Eingewachsene Kristalle: Aktinolith in Talkschiefer vom Stubachtal, Hohe Tauern, ½ nat. Größe Österreich.

Aufgewachsene Kristalle: Strahliger Antimonit, darauf weiße Baryt-Kristalle. Alter Fund von Baia Sprie (früher Felsöbanya), Rumänien. ½ nat. Größe Fotos: Lieber

Geode. – Kristallerfüllter Hohlraum als Teil einer im Gestein entstandenen «Mandel». Sie war als geschlossenes, eiförmiges Gebilde gefunden worden und wurde geöffnet. Namentlich in Melaphyr («Mandelstein») finden sich solche Geoden. Fundort: Steinbruch Juchem im Fischbachtal bei Idar-Oberstein. $\frac{1}{3}$ nat. Größe
Foto: Lieber

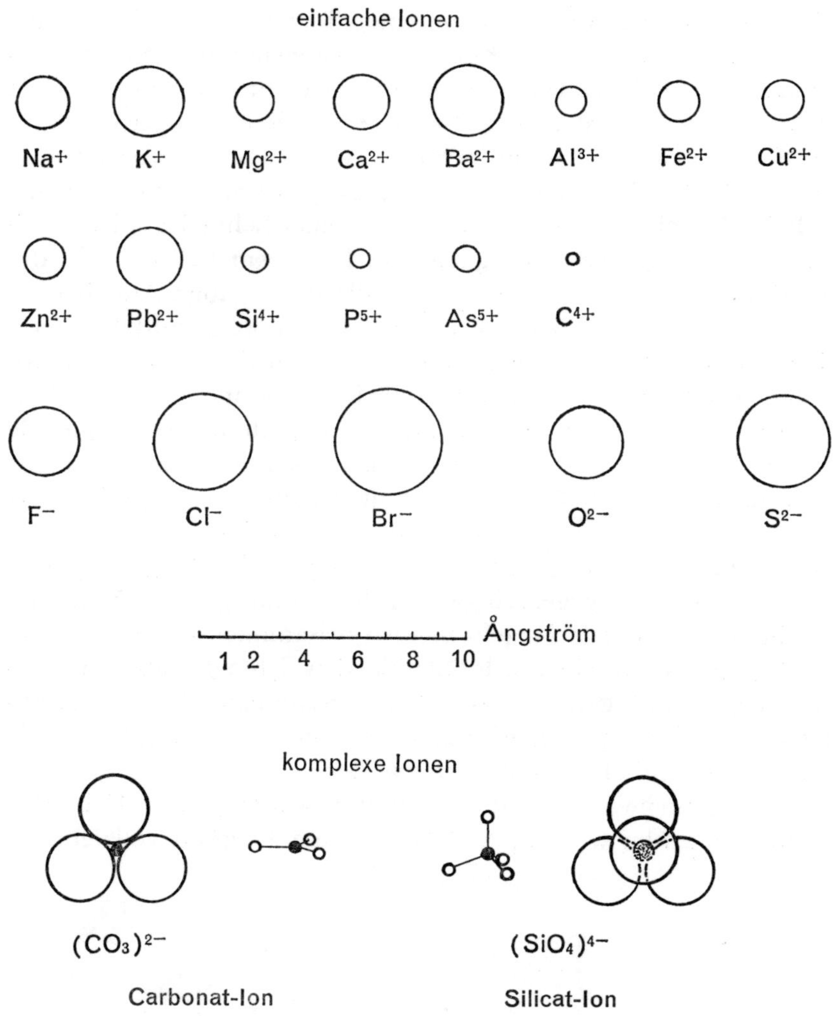

Abb. 14
Einige Ionen, im wahren Größenverhältnis dargestellt

Kristall-Wachstum

aber noch nicht in sich «abgesättigt», sondern überschüssige Anziehungskräfte, wie sie durch die Pfeile angedeutet sind, machen sich nach allen Richtungen geltend. Daher neigen die Ionen zur gegenseitigen Zusammenlagerung, was zur Bildung eines Kristallkeimes führt. In ihm sind die kleinsten Bausteine gesetzmäßig angeordnet. Aus der Umgebung wandern nun ständig weitere Ionen zum Keim hin und lagern sich an ihn *parallel* an, bis ein sichtbares

Kriställchen entstanden ist. Wenn man dieses kleine Gebilde gerade eben mit dem Auge wahrnehmen kann – angenommen ein winziges Steinsalz-Würfelchen von 1/10 Millimeter Kantenlänge –, so haben sich bereits 45 Billiarden = $45 \cdot 10^{15}$ Ionen in gesetzmäßiger Weise zusammengelagert. Und wenn der Kristall weiterwächst und eine Größe von $1 \times 1 \times 1$ Zentimeter erreicht hat, birgt er fast $45 \cdot 10^{21}$ Ionen.

Beim Ausscheiden von Kristallen aus einer Schmelze spielen sich prinzipiell die gleichen Vorgänge ab. In diesem Fall ist nicht das Verdunsten von Lösungsmitteln für die gegenseitige Annäherung der Ionen verantwortlich (es ist ja gar kein Lösungsmittel vorhanden!), sondern ihre geringer werdende Geschwindigkeit beim Abkühlen der Schmelze. Je höher nämlich die Temperatur eines Stoffes, desto schneller bewegen sich die Ionen, Atome oder Moleküle in ihm. Würde man etwa zwei entgegengesetzt elektrisch geladene Billardkugeln mit hoher Geschwindigkeit aufeinanderprallen lassen, dann würden sie sich durch die Wucht des Anpralls wieder voneinander wegbewegen. Rollen die Kugeln aber langsam gegeneinander, so ist die gegenseitige Anziehung kräftiger als die mechanische Stoßkraft: Die Kugeln bleiben beisammen. Ganz ähnliches spielt sich auch in einer sich abkühlenden Schmelze ab. Beim Erstarrungspunkt lagern sich die Ionen zusammen; ihre Geschwindigkeit ist dann gering genug, damit die Anziehungskräfte die Kräfte des elastischen Stoßes überwinden.

Im allgemeinen kann der Wachstumsvorgang von Kristallen nicht beobachtet werden, weil er sich sehr langsam vollzieht. Es

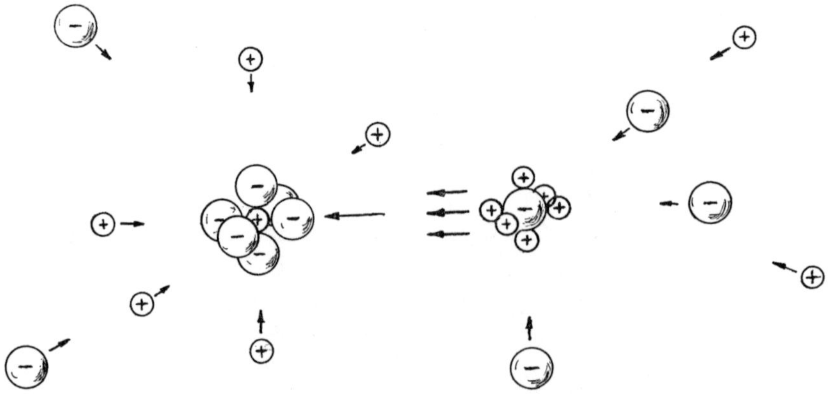

Abb. 15
Schematische Darstellung der Zusammenlagerung von Ionen. Entstehung eines Kristallkeimes

gelingt aber durch einen kleinen Kunstgriff. Man löst in 50 Millilitern Wasser 20 Gramm käufliches Glaubersalz (Natriumsulfat) auf und erwärmt dabei auf etwa 30 Grad. Die klare Lösung wird von einem eventuellen Bodensatz in ein sauberes Glas abgeschüttet und mit einem gereinigten Deckel verschlossen. Falls alle Gegenstände von anhaftenden Staubteilchen frei waren, bilden sich bei der Abkühlung keine Kristalle. Ist die Lösung kalt geworden (eventuell in den Kühlschrank stellen), so fügt man ein winziges Körnchen Glaubersalz dazu. Dieses wirkt wie ein Keim, und sofort beginnen Kristalle sehr rasch zu wachsen. Innerhalb von 30 Sekunden entstehen nadelige Kristalle bis zu 5 cm Länge.

Aus welchen Gründen geschieht dies?

Die Löslichkeit von Stoffen in Wasser ist sehr verschieden. Es gibt äußerst schwer lösliche, mäßig lösliche und leicht lösliche. Praktisch unlöslich ist zum Beispiel der Schwerspat. Gips ist etwas leichter löslich; in einem Liter Wasser lösen sich etwa zwei Gramm davon. Kochsalz und Glaubersalz sind leicht löslich. Bei Zimmertemperatur lösen sich in einem Liter Wasser rund 190 Gramm Glaubersalz (bei 20 Grad), bei 30 Grad aber fast 410 Gramm. Die Löslichkeit nimmt nämlich meistens mit steigender Temperatur zu. Bringt man so viel Salz in Wasser, daß sich nicht mehr alles löst, daß also noch «Bodenkörper» vorhanden ist, dann sagt man, «die Lösung ist gesättigt». Läßt man eine gesättigte Lösung verdunsten, so scheiden sich ständig Kristalle ab. Auch durch Abkühlen einer heißen gesättigten Lösung werden Kristalle gewonnen.

Verschiedene Salze bilden aber leicht «*über*sättigte» Lösungen, in denen sich *mehr* Salz gelöst befindet, als sich eigentlich entsprechend der jeweiligen Temperatur darin befinden dürfte. Die Kristallisation kann in solchen Fällen durch Schütteln des Gefäßes oder besser durch Zugabe eines kleinen Kristallsplitters eingeleitet werden. Sie setzt sich so lange fort, bis das Gleichgewicht zwischen Kristallen und Lösung für die entsprechende Temperatur wieder hergestellt ist. Übersättigte Lösungen bilden sich nur deshalb, weil keine Kristallkeime zur Einleitung der Kristallisation vorhanden sind. Der eingeworfene Kristallsplitter wirkt wie ein Keim, er gibt das Signal zum Beginn der Kristallabscheidung.

Kristallkeime bilden sich durch Verdunsten des Lösungsmittels oder durch Temperaturveränderungen einer Lösung oder durch mechanische Einflüsse oder durch Zusatz fremder Stoffe usw. Enthält eine Lösung sehr viele Keime, so verteilt sich der gelöste Stoff auch auf viele Kristallisationszentren. Es entstehen sehr viele, dafür aber verhältnismäßig kleine Kristalle. Je weniger Keime in der Lösung gebildet werden, desto weniger Kristalle können wachsen; sie sind jedoch relativ groß.

Im allgemeinen ist die Wachstumsgeschwindigkeit von der Schnelligkeit des Temperaturabfalls abhängig. Kühlt sich eine Lösung oder Schmelze sehr langsam ab, und wird sie nicht erschüttert, so bilden sich oft nur wenige Keime und daher wenige und große Kristalle.

Am Kristall selbst gibt es Stellen bevorzugten Wachstums. Manche Flächen lagern viel Stoff an, andere dagegen wenig. Gleichartige oder «gleichwertige» Flächen wachsen gleichmäßig schnell, zum Beispiel wachsen die senkrechten Prismenflächen eines Quarzkristalls (von Verzerrungen abgesehen) gleichmäßig, aber mit anderer Geschwindigkeit als die schrägen Flächen.

Ein Kristall ist ein Körper mit Richtungsunterschieden

«Phantombildung»

Eine sehr interessante Erscheinung bei Quarzkristallen ist die «Phantombildung». Man versteht darunter die Andeutung früherer Wachstumsstadien durch eingeschlossene Fremdmineralien. Bei der Betrachtung eines solchen Kristalls (Tafel 2) entsteht der Eindruck, als seien mehrere Kristalle ineinandergestellt worden. Die Erklärung dafür ist sehr einfach. Während der Quarzbildung aus einer Lösung schied sich zeitweise auch Chlorit, ein grünes Silikat, ab und sank als feines kristallines Pulver auf die oberen schrägen Flächen. Der Quarz wuchs weiter und schloß den Chlorit ein. An dem abgebildeten Kristall kann man daher sein früheres Aussehen gut erkennen. Die Breite hat sich nicht wesentlich verändert, bedeutend mehr jedoch die Länge.

Nach dieser kleinen Abschweifung auf «Äußerlichkeiten» sei noch einmal die Struktur der Kristalle durchleuchtet. Durchleuchtet im wahrsten Sinne des Wortes, nachdem durch die erwähnten röntgenografischen Verfahren und deren Abwandlungen eine außerordentlich große Anzahl von Strukturen aufgeklärt werden konnte.

Aus der Fülle der bekannten Gitterstrukturen sei das Gitter des Flußspates dargestellt (Abbildung 16), und zwar links schematisch zur besseren Übersicht und rechts im wahren Größenverhältnis der Ionen.

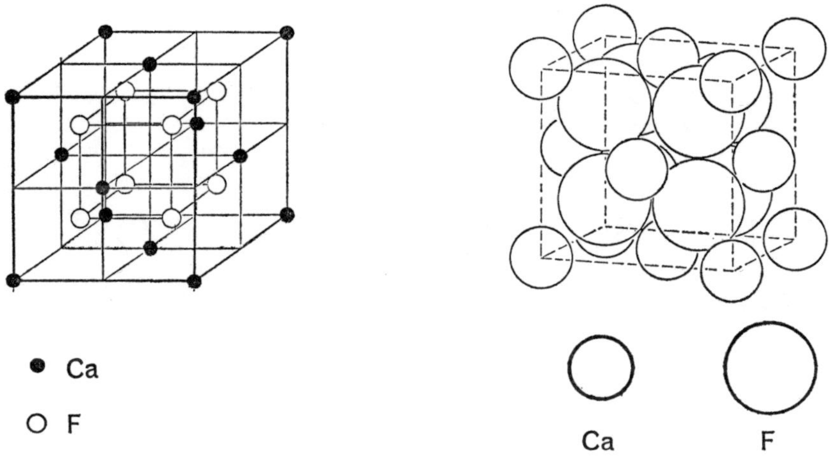

Abb. 16

Elementargitter von Fluorit. Links schematisch; rechts im wahren Größenverhältnis der Ionen und deren Abstände

Abbildung 14 unten zeigt als Beispiele für zusammengesetzte (komplexe) Ionen das Carbonat-Ion und das Silicat-Ion als SiO_4-Baugruppe. Zwischen beiden Darstellungen sind die übersichtlicheren Punktanordnungen gezeichnet. Im Carbonat-Ion liegen die 3 Sauerstoff-Ionen in einer Ebene und umschließen den Kohlenstoff, während beim Silicat-Ion die 4 tetraedrisch (vergleiche Kapitel IV) angeordneten Sauerstoff-Ionen 1 Silicium umgeben.

Der komplizierte Gitterbau der Silicate ergibt sich durch die Mannigfaltigkeit, in der die SiO_4-Baueinheiten miteinander verknüpft sein können (Abbildung 17). Eine solche Baueinheit (a) besteht aus einem Silicium-Ion als Zentral-Ion, um das 4 Sauerstoff-Ionen angeordnet sind. Mineralien mit selbständigen Baugruppen dieser Art, SiO_4-«Inseln», werden *Nesosilicate* genannt (griechisch: nesos = Insel). Als Beispiel sei der Olivin genannt.

Nesosilicate

Verknüpfen sich zwei Einheiten über ein gemeinsames Sauerstoff-Ion zu einer Si_2O_7-Gruppe, so liegt das Prinzip der *Sorosilicate* vor (griechisch: soros = Gruppe). Beispiel ist das Mineral Thortveitit (Abbildung 17 b).

Sorosilicate

Die *Cyclosilicate* (griechisch: kyklos = Ring, Kreis) enthalten Ringe aus 3 oder 4 oder 6 Baueinheiten, wodurch die Gruppen Si_3O_9 (Abbildung 17 c; Beispiel: Benitoit) oder Si_4O_{12} (Abbildung 17 d; Beispiel: Neptunit, Axinit) oder Si_6O_{18} (Abbildung 18 e; Beispiel: Beryll) entstehen.

Cyclosilicate

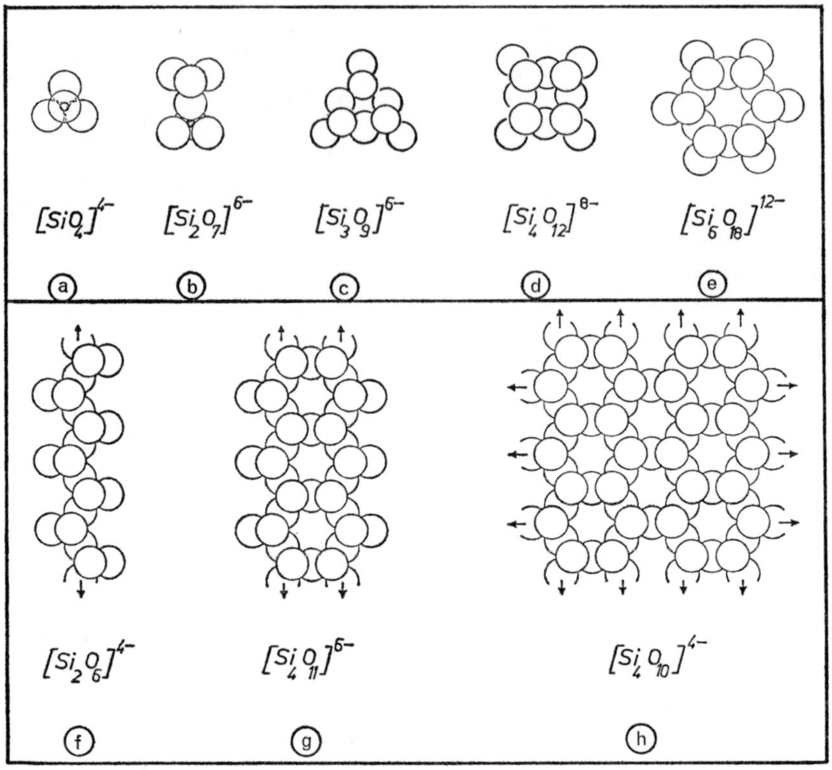

Abb. 17
Baugruppen der Silicate. Erläuterungen im Text

Inosilicate

Die *Inosilicate* (griechisch: inos = Faser) enthalten eindimensionale Ketten von aneinandergeknüpften Baueinheiten (Abbildung 17 f), die nach beiden Richtungen fortgesetzt zu denken sind. Man gibt ihnen die pauschale Formel Si_2O_6. Beispiel: Diopsid. Mineralien dieser Gruppe zeigen oft faserige oder langstengelige Ausbildung. Doppelketten (Abbildung 17 g) führen zu der pauschalen Formel Si_4O_{11}. Auch die Mineralien dieser Bauart sind stengelig oder faserig ausgebildet. Als Beispiel sei der Aktinolith genannt.

Phyllosilicate

Verknüpfen sich mehrere Ketten innerhalb einer Ebene, so entstehen die Blattstrukturen, die *Phyllosilicate* (griechisch: phyllon = Blatt). Sie haben die Pauschalformel Si_4O_{10} (Abbildung 17 h; Beispiel: Pyrophyllit, Glimmer).

Tektosilicate (griechisch: tektoneia = Fachwerk) bilden dreidimensionale Gerüste, wie zum Beispiel in den Feldspaten. *Tektosilicate*

Durch die Röntgenstrukturanalyse wurde der Kristallgitterbau vieler Stoffe erschlossen, die früher als amorph (Seite 16) angesehen wurden, weil die von ihnen gebildeten Kriställchen so winzig klein sind, daß sie sich sogar der mikroskopischen Beobachtung entzogen. Man weiß aber heute, daß die Größe kein besonderes Merkmal für die Kristalle ist. *Kristalle sind durch eine gesetzmäßig geordnete Struktur ihrer Bauteilchen gekennzeichnet.* Umgekehrt konnte mit Hilfe von Röntgenstrahlen nachgewiesen werden, daß zum Beispiel Opal und Glas keine Kristallstruktur besitzen.

Nach den obigen Ausführungen könnte man meinen, ein Kristall sei das idealste Bauwerk, das die Natur hervorbringt. *Idealkristalle* sind jedoch äußerst selten. In der Natur findet man fast stets *Realkristalle*, die irgendwelche Fehler aufweisen. Die mit dem unbewaffneten Auge erkennbaren Fehler werden später (Kapitel IV) erwähnt. Zu den elektronenmikroskopisch oder röntgenografisch erkennbaren *Baufehlern* zählen zum Beispiel die Mosaikstrukturen, das sind Verschiebungen von sehr kleinen, in sich ideal gebauten Gitterblöcken (Abbildung 18 a). Auch atomare Baufehler sind reichlich bekannt. Man faßt sie unter dem Begriff *Fehlordnungen* zusammen.

Idealkristalle
Realkristalle
Baufehler
Fehlordnungen

Es kann vorkommen, daß eine Ionenart (Atomart) eines Kristalls teilweise durch eine andere ersetzt wird (Abbildung 18 b), oder daß

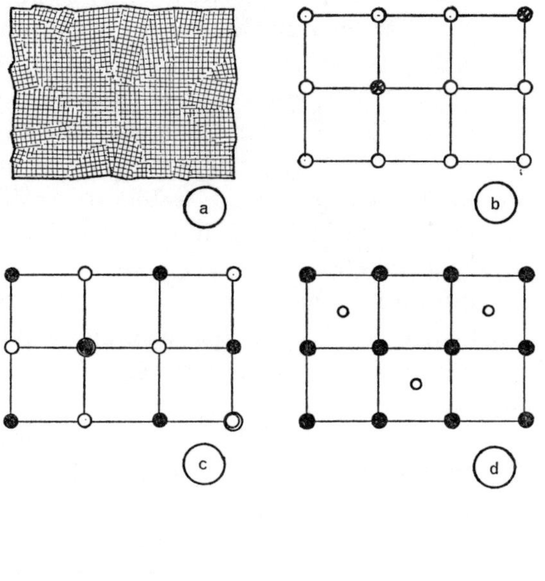

Abb. 18
Schematische Darstellung von Baufehlern und Fehlordnungen in Kristallgittern. Erläuterungen im Text

gleichzeitig ein positiv geladenes *und* negativ geladenes Ion durch andere Ionen mit anderer Ladung ersetzt (= substituiert) werden (Abbildung 18 c). Schließlich können auch Gitterplätze unbesetzt bleiben (Leerstellen), oder es können sich einzelne Teilchen auf Zwischengitterplätze setzen (Abbildung 18 d).

Mischkristalle

Fehlordnungen sind vor allem bei den sogenannten *Mischkristallen* häufig, das sind solche Kristallarten, in deren Gitter nicht nur vereinzelt, sondern in mehr oder weniger beträchtlichem Umfang eine Ionenart (Atomart) durch eine andere ersetzt ist, in denen also verschiedene Ionenarten (Atomarten) «gemischt» erscheinen. Als Beispiel sei das Mineral Kampylit genannt, eine Abart des Mimetesits, der anstelle von Arsen nicht unbeträchtliche Anteile von Phosphor enthält. Man kann den Kampylit als Mischkristall zwischen Mimetesit $Pb_5\,[Cl \mid (AsO_4)_3]$ und Pyromorphit $Pb_5\,[Cl \mid (PO_4)_3]$ auffassen. Beide Mineralien sind gut bekannt, beide besitzen die gleiche Gitterstruktur, und die Ionenradien von Phosphor und Arsen weichen nur sehr geringfügig voneinander ab. Dieser Sonderfall der Typengleichheit (Isotypie, griechisch: isos = gleich) wird als *Isomorphie* (griechisch: morphe = Gestalt) bezeichnet, weil beide Kristallarten auch gleiche äußere Kristallgestalt zeigen.

Isomorphie

An dieser Stelle sei auch erwähnt, daß manche Stoffe trotz gleicher chemischer Zusammensetzung verschiedene Kristallgitter zu bilden vermögen. So kennt man zum Beispiel den Kohlenstoff als Diamant mit einem kubischen Kristallgitter und als Graphit mit einem hexagonalen (vergleiche Kapitel IV) Schichtgitter (Abbildung 58). Das Auftreten einer Stoffart in mehreren Modifikationen unterschiedlichen Gitterbaues nennt man *Polymorphie* (griechisch: poly = viel). Da bei einer bestimmten Temperatur immer nur *eine* Modifikation eines Stoffes beständig (stabil) sein kann, muß die andere bei der gleichen Temperatur unbeständig (instabil) sein. Die unbeständige müßte sich also in die stabile umwandeln. Oft vollzieht sich auch eine solche Umwandlung, sobald die Temperatur des Umwandlungspunktes durchlaufen wird. In anderen Fällen verläuft die Umwandlung von der instabilen in die stabile Modifikation so unendlich langsam, daß der instabile Stoff praktisch unbegrenzt beständig bleibt, obwohl er es nicht dürfte. Man spricht dann von einer metastabilen Modifikation.

Polymorphie

Die gewählten Beispiele führen zugleich auf die Frage nach der äußeren Form und Ausbildung der Kristalle.

IV. Ausbildung der Kristalle

Das Wort «Kristall» hat seinen Ursprung im Griechischen des klassischen Altertums. Unter «krystallos» verstand man allerdings nur den Bergkristall, den man für Eis hielt, das nie mehr schmelzen würde, weil es viel zu stark abgekühlt worden war und deshalb ewig seine Form behielte. Indessen gibt es tatsächlich Eiskristalle. Jede Schneeflocke ist aus vielen kleinen Eiskriställchen zusammengesetzt, von denen jedes die gleiche Symmetrie zeigt. Dieses Gleichmaß der Kristalle mag in vielen Fällen nicht sofort erkennbar sein, weil sehr viele natürliche Kristalle von der idealen Gestalt abweichen; sie sind «verzerrt». Dies wird oft durch ungenügende Platzverhältnisse verursacht. Der Kristall stößt an anderen Nachbarn oder an einer Gesteinswand an. Oder er wächst zu schnell in einer bestimmten Ebene.

Wenn ein Kristall aber noch so schlecht ausgebildet, verzerrt, klein oder groß ist, eines bleibt immer unverändert: nämlich die Winkel, welche die Flächen miteinander bilden, also die Kantenwinkel. Würde man alle gleichartig ausgebildeten Kristalle eines Stoffes messen und die entsprechenden Winkel miteinander vergleichen, dann würde man finden, daß diese alle gleich sind, ohne Rücksicht darauf, wo die Kristalle gefunden wurden, ob sie groß oder klein, dick oder dünn, lang oder kurz, ebenmäßig oder verzerrt sind. So bilden zum Beispiel zwei Prismenflächen beim Quarz stets einen Winkel von 120 Grad (Abbildung 19). Dies ist das *Gesetz von der Winkelkonstanz*, das 1669 von Nicolaus STENO ausgesprochen wurde.

Gesetz von der Winkelkonstanz

Verzerrte Kristalle entstehen immer bei ungleicher Zufuhr von Stoff zum wachsenden Keim bzw. Kristall. Man kann verzerrte

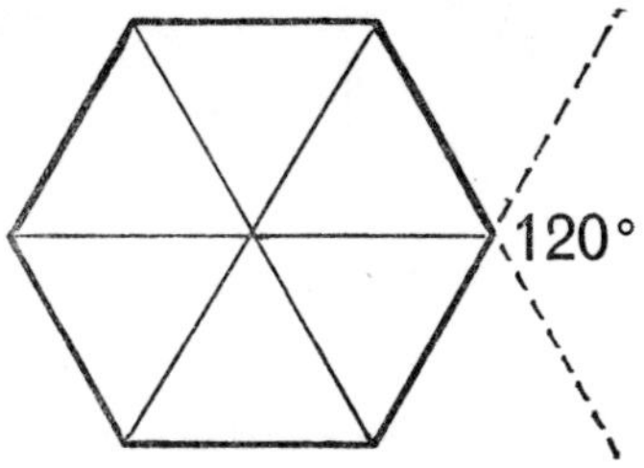

Abb. 19
Die Prismenflächen eines Quarzkristalles (von oben in Richtung der c-Achse gesehen) schließen stets einen Winkel von 120 Grad ein

Oktaeder erhalten, wenn man 6 Gramm Alaun in 50 Kubikzentimeter Wasser unter Erwärmen löst und über Nacht stehen läßt. Am anderen Morgen sind auf dem Boden des Gefäßes Kristalle entstanden, die nach der Auflagefläche tafelig ausgebildet sind, weil die Stoffzufuhr an den Seiten stärker als auf der Ober- und Unterseite war. Ihre Form weicht oft sehr auffallend von der idealen, in Zeichnung und Modell dargestellten Gestalt ab; Abbildung 20 zeigt ideale und verzerrte Kristalle von Quarz und Alaun.

Kristallausbildung

Die Kristalle sind um so regelmäßiger ausgebildet, je ungestörter sie sich während ihres Wachstums entwickeln konnten. Dies ist insbesondere dann der Fall, wenn sie sich *schwebend* in einer Schmelze oder Lösung gebildet haben. Durch die allseitige Stoffzufuhr sind sie auch stets ringsum von Flächen begrenzt. Solche Kristalle finden sich im Innern von Gesteinen *eingewachsen*; sie sind allseitig von Gestein umgeben (Tafel 3).

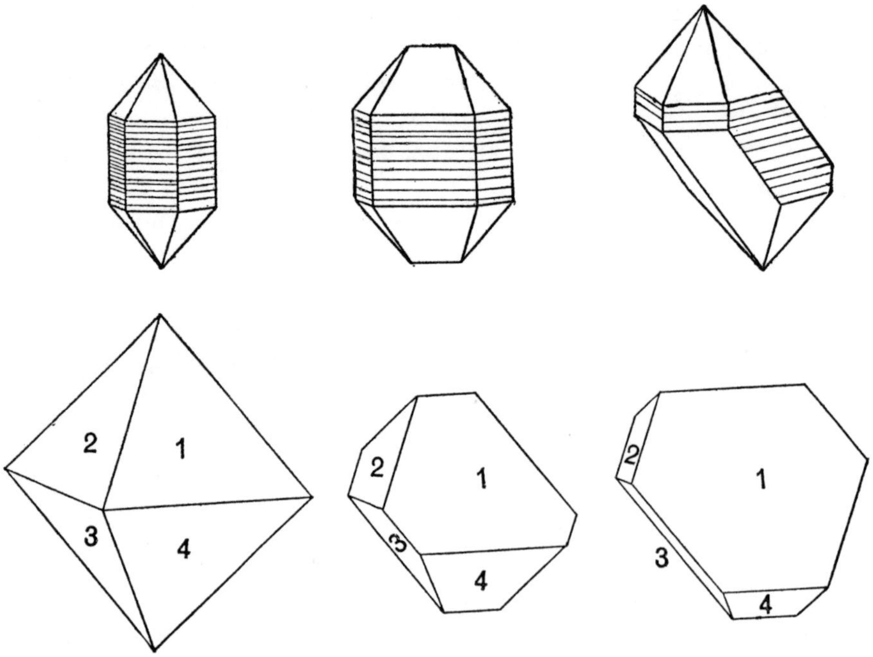

Abb. 20
Ideale und verzerrte Kristalle von Quarz (oben) und Alaun (unten)

Kristalle können aber auch auf den Wänden von Klüften und Hohlräumen *aufgewachsen* sein. Dann fehlen natürlich an den festgewachsenen Stellen die entsprechenden Flächen. Ein Stück mit mehreren Kristallen nennt man eine «Stufe» (Tafel 3), während ein mit Kristallen ausgekleideter Hohlraum als «Druse» oder «Geode» bezeichnet wird (Tafel 4). Die Voraussetzung für die Bildung freistehender Kristalle ist das Vorhandensein von genügend Raum. Drusen im großen Maßstab sind die Kristallkeller, Klüfte und Höhlen, deren Wände mit vielen, oft besonders großen Kristallen bedeckt sind. Solche Kristallkeller findet man bevorzugt in den Alpen. Im Jahre 1949 wurde in den Gerstenhörnern (Schweiz) ein bedeutender Fund von Rauchquarz gemacht. Die Ausbeute betrug etwa 630 Kilo, darunter Stücke von 48, 43, 32 und 30 Kilo Gewicht. Im Jahre 1719 entdeckten Kristallsucher die berühmt gewordene Kristallhöhle am Zinkenstock (Schweiz). Sie soll eine Quarzmenge von einigen tausend Zentnern geliefert habe. Der größte Kristall von diesem Fundort wog allein 400 Kilo.

Große Berühmtheit erlangte eine Kristallkluft am Tiefengletscher oberhalb der Furka (Schweiz), die 1868 entdeckt wurde und eine große Menge prächtiger Rauchquarzkristalle enthielt. Den größten nannte man «Großvater»; er ist 70 Zentimeter hoch, hat einen Umfang von 122 Zentimetern und wiegt über 2½ Zentner. Die schönsten Stücke aus dieser Kluft befinden sich im Naturhistorischen Museum in Bern.

Die Kristallsysteme

Zur Erleichterung der Kristallbestimmung denkt man sich in den Kristall bestimmte Richtungen eingelegt, die den gestrichelten Linien in Abbildung 21 entsprechen. Diese Richtungen bezeichnet man als Kristallachsen.

Der Kristall hat acht Flächen; er wird deshalb nach den griechischen Wörtern octa (= acht) und edra (= Fläche) Oktaeder genannt. Bei der Betrachtung des Kristalls erkennt man gewisse Symmetrie-Eigenschaften. Man könnte ihn durch eine waagrechte Ebene in zwei Hälften geteilt denken. Dann würden den Flächen und Winkeln der oberen Hälfte gleiche Flächen und Winkel der unteren Hälfte spiegelbildlich gegenüberliegen. Man

Symmetrieebene

wird schon erkannt haben, daß auch durch die Punkte A_1, C_1, A_2, C_2 eine solche Ebene gelegt werden kann, ebenso durch die Punkte B_1, C_1, B_2, C_2. Eine solche Ebene nennt man *Symmetrieebene* oder Spiegelebene, abgekürzt: SE. Wieviele könnte man insgesamt durch das Oktaeder legen? Durch manche Kristalle kann man überhaupt keine legen, durch andere nur eine, durch wieder andere 3, 5, 7 oder 9. Es gibt keine Kristalle, durch die man mehr als neun Symmetrieebenen legen kann.

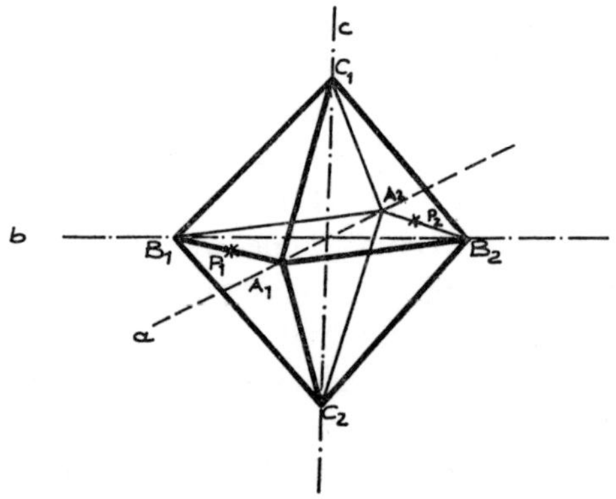

Abb. 21 Oktaeder

Eine andere Art der Regelmäßigkeit in der Flächenverteilung erkennt man an dem Zusammentreffen von zwei oder mehreren gleichen Flächen und Winkeln an einer Ecke oder Kante. An der Ecke C_1 stoßen zum Beispiel vier gleichartige Flächen unter gleichen Winkeln zusammen. Dreht man das Oktaeder um die c-Achse, so kehrt nach einer Drehung von 90 Grad das gleiche Flächenbild wieder; nach einer vollen Umdrehung um 360 Grad geschieht dies viermal. Man sagt, die Achse ist «vierzählig». An der Kante A_1–B_1 stoßen zwei gleiche Flächen zusammen. Eine von Punkt P_1 nach P_2 gelegte Achse wäre nur «zweizählig». Solche Richtungen werden auch *Symmetrieachsen* (abgekürzt: SA) genannt; ein Kristall kann höchstens 13 Symmetrieachsen haben. Außer zwei-, drei- und vierzähligen Achsen gibt es noch sechszählige.

Symmetrieachsen

Fünf-, sieben- oder höherzählige Symmetrieachsen gibt es nicht; sie sind aus räumlichen Gründen «verboten». Wie ein Versuch zeigt, läßt sich eine Ebene nur mit Quadraten, Rechtecken, gleichseitigen Rhomben, gleichschenkligen Dreiecken und regelmäßigen Sechsecken lückenlos ausfüllen (Abbildung 22); mit Fünfecken, Siebenecken usw. gelingt das nicht. Da die Bausteine der Kristallgitter (Kapitel III) sich so symmetrisch und so *dicht* wie möglich zusammenzulagern versuchen und ein lückenloses Raumgitter aufzubauen bestrebt sind, wird verständlich, warum die fünf-, sieben- oder höherzählige Drehsymmetrie bei Kristallen nicht möglich ist.

Schließlich erkennt man zu jeder Fläche eine gleichartige, parallele Gegenfläche. Bei manchen Kristallen fehlen solche parallele Gegenflächen. Von den ersteren nach Art des Oktaeders sagt man, sie haben ein *Symmetriezentrum* (abgekürzt: Z), bei den anderen fehlt dies.

Symmetriezentrum

Symmetrieachsen, -ebenen und -zentrum sind «Elemente der Symmetrie». Durch ihre Kombination untereinander entstehen 32 Klassen von verschieden symmetrischen Kristallen. Zur Darstellung von Flächenlagen im Raum ist ein dreiachsiges Koordinatensystem, ein Achsenkreuz, erforderlich. Die Koordinaten, also die Achsen, stellen *Richtungen* dar, die keine bestimmte Länge besitzen. Alle Kristalle, die sich auf ein gleich symmetrisches *Achsenkreuz* beziehen lassen, bilden ein *Kristallsystem.* Die verschiedenen Kristallsysteme – es gibt deren sechs – unterscheiden sich durch ihr verschiedenes Achsenkreuz. Die *Kristallklassen* innerhalb eines Systems unterscheiden sich – bei gleichem Achsenkreuz! – durch ihre verschiedenen Symmetrieelemente.

Achsenkreuz
Kristallsystem

Kristallklasse

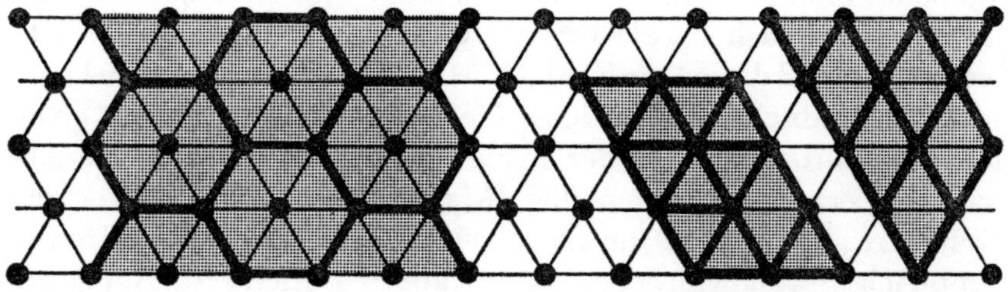

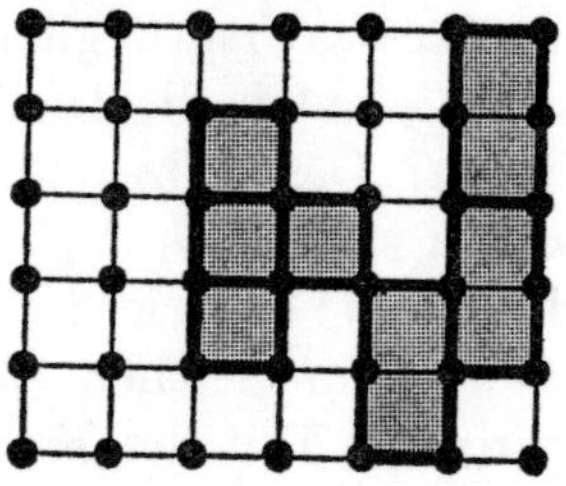

Abb. 22 Lückenlose Ausfüllung von Gitterebenen

Alle Kristalle des kubischen Systems lassen sich auf ein Achsenkreuz beziehen, das aus drei aufeinander senkrechtstehenden, gleichwertigen Achsen besteht.

Die Kristalle mit der höchstmöglichen Symmetrie seien nachstehend dargestellt. Sie alle sind durch folgende Symmetrieelemente gekennzeichnet: 9 Symmetrieebenen, 13 Symmetrieachsen, Symmetriezentrum.

Oktaeder

Das *Oktaeder* (Abbildungen 21 und 23 a) ist von acht gleichseitigen Dreiecken begrenzt. Die Lage einer jeden Fläche läßt sich durch die Strecken festlegen, die an jeder Achse – vom Mittelpunkt des Achsenkreuzes gemessen – «abgeschnitten» werden. Jede Oktaederfläche schneidet alle drei Achsen im gleichen Abstand vom Mittelpunkt des Kreuzes gemessen. Das Achsenabschnittsverhältnis beträgt (auf einfachste ganze Zahlen gebracht) 1:1:1.

H. W. Miller hat 1825 eine Bezeichnungsweise für die Lage von Flächen eingeführt, die auch heute noch üblich ist. Von dem ermittelten Achsenabschnitts-Verhältnis, angenommen 1 : 2 : 3, bildet man den Kehrwert (reziproken Wert), das ist $^1/_1 : {^1/_2} : {^1/_3}$. Jetzt wird jeder Bruch mit dem gemeinsamen Nenner (hier 6) multipliziert; dabei ergibt sich 6 : 3 : 2. Die beschriebene Fläche würde dann die Bezeichnung 632 bekommen (sprich: sechs-drei-zwei). Diese Zahlen nennt man die *Indizes* der Fläche. Dabei beziehen sich die Zahlen der Reihe nach auf die a-Achse, b- und c-Achse. Es muß beachtet werden, daß die größte Zahl der Millerschen Indizes dem kleinsten Achsenabschnitt entspricht; die kleinste Zahl aber dem größten Abschnitt. Dies wird durch die Rückverwandlung in die Abschnitts-Verhältnisse augenfällig: Man bildet von 632 wieder den Kehrwert, also $^1/_6 : {^1/_3} : {^1/_2}$ und sieht sofort, daß von der a-Achse $^1/_6$, von der b-Achse $^1/_3$ und von der c-Achse $^1/_2$ abgeschnitten wird. Auf ganze Zahlen gebracht durch Multiplikation mit der Zahl 6 ergibt sich wieder das ursprüngliche Achsenabschnitts-Verhältnis 1 : 2 : 3.

Indizes

Wie lauten die Indizes der Oktaederfläche 1 in Abb. 21 links unten? Das Achsenabschnittsverhältnis ist 1:1:1. Der Kehrwert ergibt sich zu $^1/_1 : {^1/_1} : {^1/_1}$, das ist = 1:1:1. Diese Fläche erhält die Indizes 111 (sprich: eins-eins-eins). Die Fläche 2 schneidet alle Achsen im gleichen Abstand, die b-Achse jedoch im linken, «negativen» Teil des Kreuzes.

Das Achsenabschnitts-Verhältnis beträgt (auf kleine ganze Zahlen gebracht) 1 : –1 : 1. Daraus ergeben sich die MILLERschen Indizes $1\bar{1}1$ (sprich: eins-minus eins-eins). Über die mittlere Zahl wird ein Minuszeichen gesetzt.

Beispiele für Mineralien, die in Form des Oktaeders kristallisieren können, sind: Diamant, Bleiglanz, Fluorit, Spinelle.

Würfel

Der *Würfel* (Kubus) wird von sechs aufeinander senkrecht stehenden Quadraten begrenzt (Abbildung 23). Die drei Achsen verlaufen durch die Flächenmitten. Jede Fläche schneidet aber nur eine Achse und geht den beiden andern parallel. Anders ausgedrückt: Sie schneidet sie erst im Unendlichen. Für «Unendlich» setzt man das Zeichen ∞. Das Achsenabschnitts-Verhältnis lautet demnach

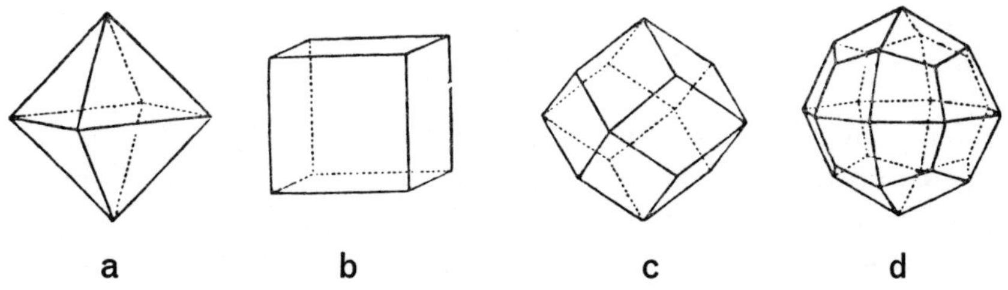

Abb. 23
a) Oktaeder, b) Würfel, c) Rhombendodekaeder, d) Ikositetraeder

$1 : \infty : \infty$, und der Kehrwert ist $\frac{1}{1} : \frac{1}{\infty} : \frac{1}{\infty}$. Die Zahl 1 geteilt durch eine unendlich große Zahl gibt null. Die Indizes für die vordere Fläche lauten 100 (sprich: eins-null-null). In Form des Würfels können folgende Mineralien kristallisieren: Bleiglanz, Fluorit, Steinsalz.

Rhombendodekaeder

Jede Rhombenfläche eines *Rhombendodekaeders* (Abbildung 23) schneidet stets zwei Achsen, geht der dritten jedoch parallel. Die rechte, vordere auf den Beschauer gerichtete Fläche schneidet die a-Achse und die b-Achse im gleichen Abstand, während die c-Achse nicht geschnitten wird. Die Flächenindizes heißen also 110. Das Mineral Granat bildet bevorzugt Rhombendodekaeder.

Ikositetraeder

Das *Ikositetraeder*, auch Deltoidikositetraeder oder Leucitoeder genannt, ist von 24 (griechisch: ikositetra) Deltoidflächen begrenzt (Abbildung 23). Das Mineral Leucit kristallisiert in dieser Form, weshalb der Körper mitunter auch «Leucitoeder» genannt wird.

Hexakisoktaeder

Der Achtundvierzigflächner oder das *Hexakisoktaeder* (Abb. 24) wird von 48 ungleichseitigen Dreiecken begrenzt. Der Diamant kristallisiert oft in dieser Form.

Pyramidenwürfel, Pyramidenoktaeder

Pyramidenwürfel und *Pyramidenoktaeder* sind bei den natürlichen Mineralien nicht häufig (Abbildung 24).

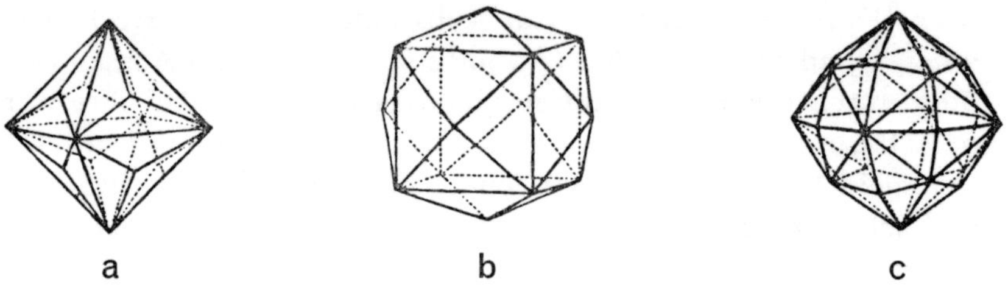

Abb. 24
a) Pyramidenoktaeder, b) Pyramidenwürfel, c) Hexakisoktaeder

Jeder der beschriebenen Körper wird von jeweils gleichen, besser «gleichwertigen» Flächen begrenzt; das Oktaeder von lauter gleichen Dreiecken, der Würfel von lauter Quadraten, das Rhombendodekaeder von lauter Rhombenflächen usw. Solche Körper nennt man deshalb *einfache Formen.*

einfache Formen

Kombinationen

Die genannten einfachen Körper treten oft zu Vereinigungen, sogenannten *Kombinationen* zusammen. Die Ecken eines Oktaeders können zum Beispiel durch Würfelflächen abgestumpft sein (Abbildung 25b); dies ist dann eine Kombination von Oktaeder und Würfel. Die Flächen an einer kombinierten Form sind nicht «gleichwertig». Eine Oktaederfläche sieht ganz anders aus als eine Würfelfläche. Kombinationen liegen also immer dann vor, wenn an einem Kristall mehrere Flächenarten erkennbar sind.

Andere Kombinationen sind in den Abbildungen 25a bis 25e wiedergegeben. Vereinigungen können nur von Körpern aus ein und derselben Kristallklasse gebildet werden, also nur von Kristallen mit genau gleichen Symmetrieeigenschaften.

An dieser Stelle sei ein Beispiel für die verschiedenartige äußere Kristallform eines Minerals eingefügt. Der Fluorit kristallisiert meist als Würfel; er kommt aber auch in oktaedrischer Form vor. Diese zwei einfachen Formen kombinieren sich oft zu einem Kristall, wie er bereits in Abbildung 25a gezeigt ist. Wie kommt es, daß der Fluorit einmal als Würfel, dann wieder als Oktaeder oder in einer kombinierten Form kristallisiert? Diese Frage bereitet namentlich dem Anfänger erhebliches Kopfzerbrechen.

Ein Kristall ist ein Körper mit Richtungsunterschieden. Während ein amorpher Stoff bei völlig freiem und unbehindertem Wachstum eine Kugel bilden würde, weist ein Kristall stets Ecken, Kanten und

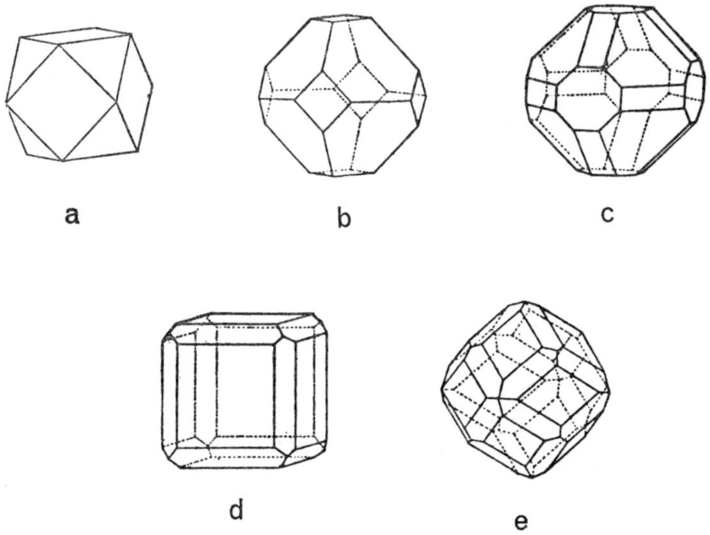

Abb. 25

Kombinationen: a) Würfel+Oktaeder (Bleiglanz, Fluorit), b) Oktaeder + Würfel (Bleiglanz), c) Oktaeder +Würfel+Rhombendodekaeder (Bleiglanz), d) Würfel+Rhombendodekaeder, e) Rhombendodekaeder+ Ikositetraeder (Granat)

ebene Flächen auf. Das Wachstum eines Kristalls wird oft sehr stark durch äußere Umstände beeinflußt. Die Gesamtheit des äußeren Aussehens, welche Flächen an Kristallen entwickelt sind und welche besonders ausgeprägt hervortreten, wie groß der Kristall ist usw. wird von den Bildungsbedingungen bestimmt; so von der Temperatur, dem Druck, von der Art der Lösung oder Schmelze, aus der die Kristallisation erfolgte, von der An- oder Abwesenheit anderer Lösungsgenossen usw. Beispielsweise kristallisiert Kochsalz aus einer wäßrigen Lösung in Würfeln; ist in dem Wasser jedoch noch Harnstoff gelöst, so kristallisiert es in Oktaedern.

Auch beim Fluorit und fast allen anderen Mineralien ist das äußere Flächenbild von den Bedingungen bei der Kristallisation abhängig. Selbstverständlich ist der Gitterbau eines bestimmten

Minerals stets derselbe und unabhängig von der äußeren Gestalt oder der Ausbildung gewisser Flächen.

Die bisher beschriebenen regulären Kristalle sind die höchstsymmetrischen überhaupt. Außer diesen gibt es in anderen Klassen des regulären Systems noch andere Formen mit geringerer Symmetrie. Man denke sich am Oktaeder abwechselnd eine Fläche verschwunden und die andere weitergewachsen. Was für ein Körper entsteht?

Der neue Körper hat nur noch die halbe Flächenzahl. Er ist ein Tetraeder (griechisch: tetra = vier), wie es in Abbildung 26 gezeigt ist. Wachsen die in Abbildung 26 (Mitte) hellen Flächen, so entsteht ein positives Tetraeder, andernfalls ein negatives. Man sagt auch, das Tetraeder ist ein Halbflächner oder Hemieder (hemi... = halb). Die Körper, von denen sich die Hemieder ableiten, werden als Vollflächner oder *Holoeder* (holos = ganz, voll) bezeichnet. Eine Körperklasse, die vollflächige, holoedrische Kristalle vereinigt, heißt *Holoedrie.*

Holoedrie

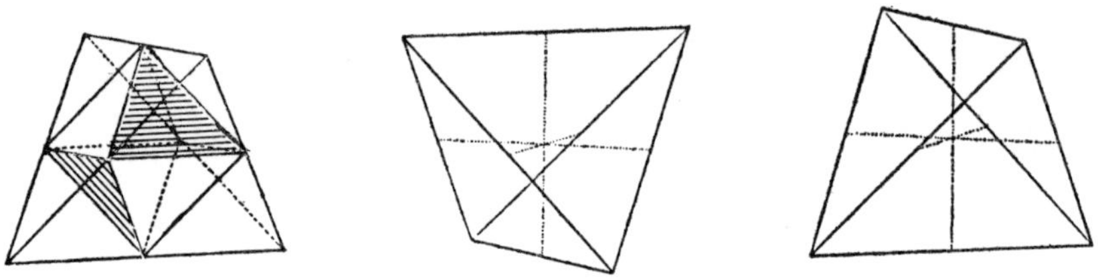

Abb. 26
Links: Ableitung des Tetraeders vom Oktaeder; die hellen Flächen wachsen. Mitte: positives Tetraeder. Rechts: negatives Tetraeder

Würfel, Oktaeder, Rhombendodekaeder, Ikositetraeder, Achtundvierzigflächner, Pyramidenwürfel und Pyramidenoktaeder sind reguläre, holoedrische Körper.

Eine Kristallklasse mit halbflächigen, hemiedrischen Körpern heißt *Hemiedrie.* Außer dem Tetraeder sei von den hemiedrischen Kristallen des regulären Systems nur noch das *Pentagondodekaeder* oder Pyritoeder erwähnt. Es entsteht aus dem Pyramidenwürfel durch abwechselndes Wachsen und Verschwinden von Flächen und ist von zwölf (dodeca) Pentagonen (Fünfecken) begrenzt. Das Mineral Pyrit kristallisiert häufig in dieser Form, der man deshalb die Bezeichnung Pyritoeder gab (Abbildung 27).

Hemiedrie
Pentagondodekaeder

Die Symmetrie der Hemieder ist natürlich nicht mehr so hoch wie bei den Holoedern! So hat das Tetraeder kein Symmetriezentrum mehr, denn zu keiner Fläche gibt es eine parallele Gegenfläche. Auch kann man nur noch 7 Symmetrieachsen und 6 Symmetrieebenen durch den Körper legen.

Eine einfache Überlegung zeigt, daß aus einem Würfel durch Wegfall jeder zweiten Fläche kein neuer hemiedrischer Körper entstehen kann. Der Würfel kommt deshalb auch in den hemiedrischen Klassen des regulären Systems vor. Allerdings erkennt man die niedrigere Symmetrie in solchen Fällen an der unsymmetrischen Streifung der Würfelflächen (Abbildung 27) entsprechend den *Streifung* vorderen und hinteren senkrechten Kanten, den seitlichen waagrechten und den oberen und unteren von links nach rechts verlaufenden Kanten des Pentagondodekaeders.

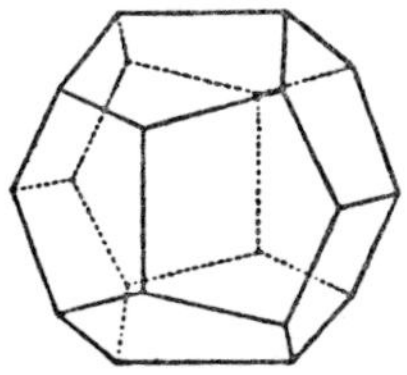

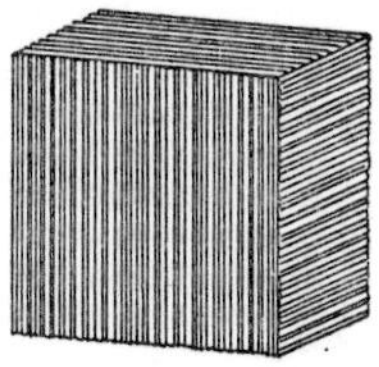

Abb. 27
Kristallformen von Pyrit. Links: Pentagondodekaeder. Rechts: Würfel mit typischer Streifung

Das hexagonale System

Die Abbildung 28 zeigt oben links und oben rechts hexagonale Bipyramiden. Durch die Kristallspitzen oben und unten denkt man sich (senkrecht stehend) die Hauptachse = c-Achse. Senkrecht zu dieser sind in einer waagrechten Ebene jeweils 3 Nebenachsen, welche unter sich gleichwertig sind und sich unter Winkeln von 60 Grad schneiden. In Abb. 28 oben Mitte sieht man die 3 Nebenachsen und darunter die Stellung der Prismen und Pyramiden in bezug auf diese Nebenachsen. Die Hauptachse steht auf ihnen senkrecht und ist nicht gleichwertig den Nebenachsen. Dreht man die Pyramide einmal um sich selbst, so kehrt das gleiche Flächenbild sechsmal wieder. Der Kristall wird von zweimal sechs gleichwertigen Dreiecken begrenzt. Man kann durch ihn sechs Symmetrieebenen legen, die der c-Achse parallel gehen. Eine Symmetrieebene kann horizontal durch die Mitte des Kristalls gelegt werden. Wegen dieser Symmetrie, bei der die Zahl sechs eine große Rolle spielt, nennt man dieses Kristallsystem das hexagonale (griechisch: hexa = sechs).

Aus Abbildung 28 ist ersichtlich, wie verschiedene Prismen – oder Pyramiden – in bezug auf die Nebenachsen aufgestellt werden können. Je nach der Stellung unterscheidet man Prismen und Pyramiden I., II. oder III. Stellung (Abbildung 28). Die Körper III. Stellung (punktiert in Abbildung 28) stehen unsymmetrisch zu den Nebenachsen.

Durch alle Kristalle des hexagonalen Systems kann man ein Achsenkreuz legen, das aus drei gleichwertigen Nebenachsen und einer darauf senkrechten Hauptachse besteht. Hexagonale Kristalle können in Richtung der c-Achse kürzer oder länger als in Richtung der Nebenachsen ausgebildet sein.

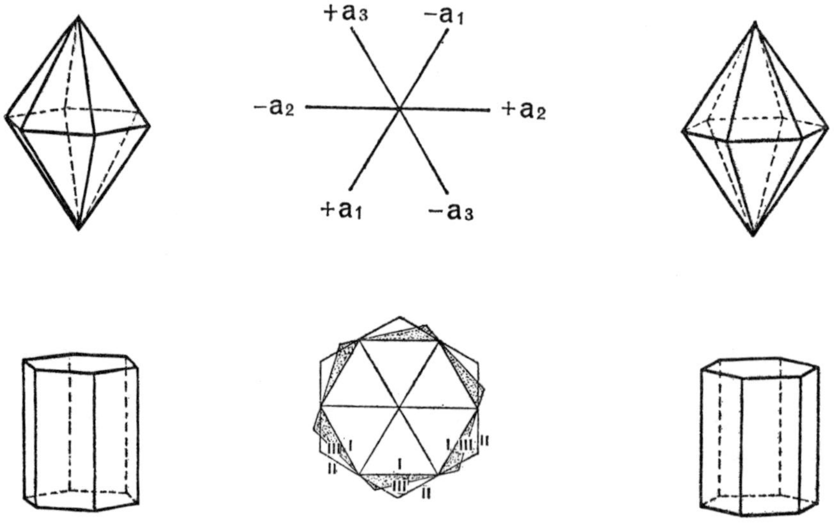

Abb. 28

Links oben: Hexagonale Bipyramide I. Stellung
Links unten: Hexagonales Prisma I. Stellung
Rechts oben: Hexagonale Bipyramide II. Stellung
Rechts unten: Hexagonales Prisma II. Stellung
Mitte oben: Die drei Nebenachsen von oben gesehen
Mitte unten: Stellung von Prismen in bezug auf die Nebenachsen

Von den vollflächigen, holoedrischen Körpern seien folgende erwähnt:

Bipyramide

Die hexagonale *Bipyramide*, Abbildung 28 oben links und rechts, wird deshalb so genannt, weil sie eigentlich aus zwei (griechisch: bi = zwei) gegeneinandergesetzten Pyramiden besteht.

Prisma

Das hexagonale *Prisma* (Abbildung 28 unten links und rechts) wird mit der Hauptachse senkrecht aufgestellt. Die drei gleichwertigen Nebenachsen liegen in einer Ebene senkrecht zur Hauptachse. Die sechs Prismenflächen haben hier die Form von Rechtecken, die alle der Hauptachse parallel laufen.

Welche Indizes hat die dem Beschauer zugewandte vordere Fläche am linken Prisma? Wie man an dem Grundriß erkennt, schneidet sie die a-Achse im (willkürlich festgelegten) Abstand + 1. Die Achse a_2 wird überhaupt nicht geschnitten. Die Achse a_3 wird im Abstand –1 geschnitten, die c-Achse überhaupt nicht. Die Achsenabschnitte verhalten sich wie $+1 : \infty : 1 : \infty$, woraus sich die Flächenindizes $10\bar{1}0$ (sprich: eins-null-minus eins-null) ergeben.

Die rechte vordere Fläche des Prismas II. Stellung (Abbildung 28) besitzt das Achsenabschnitts-Verhältnis $+2 : +2 : -1 : \infty$. Die Kehrwerte $+ {}^1/_2 : + {}^1/_2 : - {}^1/_1 : {}^1/\infty$ ergeben nach Multiplikation mit dem gemeinsamen Nenner 2 die Indizes $11\bar{2}0$.

Basis

Ein geschlossenes Prisma zeigt noch zwei andersartige Flächen, nämlich die sechseckige Ober- und Unterseite (c in Abb. 30). Eine solche Fläche nennt man *Basis* oder Endfläche. Sie steht senkrecht auf der Hauptachse und geht den Nebenachsen parallel. Die Flächenindizes einer hexagonalen Basis sind 0001. Die Fläche c und ihre parallele Gegenfläche bilden zusammen eine Form. Diese Form ist natürlich nicht «geschlossen», sondern «offen», das heißt diese zwei Flächen können für sich allein keinen allseitig umschlossenen, einfachen Körper bilden. Nach den früheren Ausführungen muß ja ein einfacher Körper von lauter gleichen Flächen begrenzt sein. Ein Prisma ist auch eine offene Form, denn aus Prismenflächen kann man keinen vollständig begrenzten Körper bilden.

An natürlichen Kristallen findet man oft Pyramiden verschiedener Stellung miteinander kombiniert. Außerdem können die Pyramiden verschieden steil sein. Dadurch entsteht eine große Vielfalt von Kombinationen, wie man zum Beispiel an dem Kristall in der Abbildung 29d sieht. Die Abbildungen 29 und 30 zeigen Kombinationen hexagonaler Kristalle.

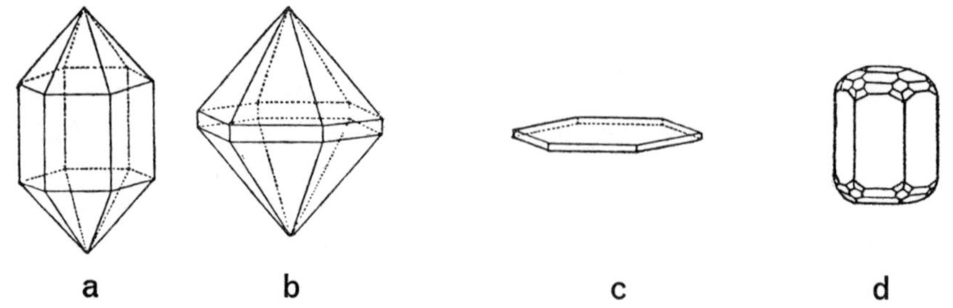

Abb. 29
a) und b) Hoch-Quarz, hexagonale Bipyramide + hexagonales Prisma, c) hexagonale Basis mit Prisma, d) hexagonale Bipyramiden verschiedener Stellung und Steilheit mit Prisma (Beryll)

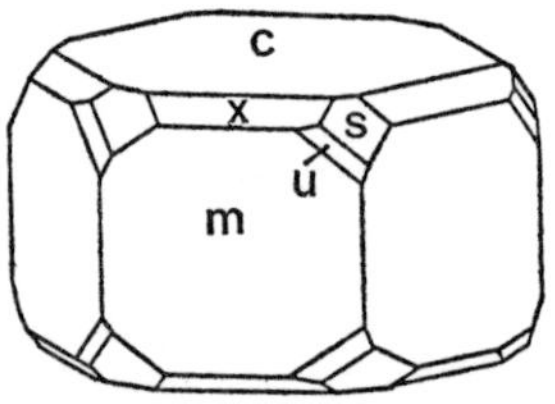

Abb. 30
Apatitkristall m = Prisma I. Stellung
x = hexagonale Bipyramide I. Stellung
c = hexagonale Basis
s = hexagonale Bipyramide III. Stellung
u = hexagonale Bipyramide III. Stellung

Rhomboeder

Halbflächige Kristalle sind im hexagonalen System viel häufiger als vollflächige. Von besonderer Wichtigkeit sind die trigonal-rhomboedrischen Kristalle, benannt nach der häufigsten Form, dem *Rhomboeder* (Abbildung 31 a und b).

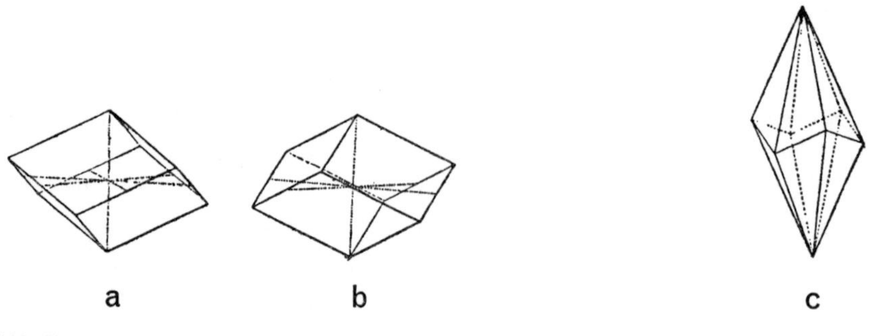

Abb. 31
a) positives; b) negatives Rhomboeder; c) Skalenoeder

Es gibt steile und flache Rhomboeder, genau wie es steile oder flache Pyramiden und lange oder kurze Prismen gibt.

Wie kann man das Rhomboeder von einem höher-symmetrischen Kristall ableiten? Denkt man sich an der hexagonalen Bipyramide abwechselnd jede zweite Fläche oben und (gegenüber den oberen Flächen um $^1/_6$ versetzt) unten so lange gewachsen, bis sie zusammenstoßen, so ist der entstandene Körper ein Rhomboeder. Rhomboeder sind also die Halbflächner von hexagonalen Bipyramiden. Jeder Fläche entspricht eine gleichwertige, parallele Gegenfläche. Das Rhomboeder hat also ein Symmetriezentrum. Alle Körper, die – wie das Rhomboeder – der trigonal-rhomboedrischen Kristallklasse zugehören, haben ein Symmetriezentrum. Wenn man aus einem hexagonalen Prisma durch Wegfall jeder zweiten Fläche ein halbflächiges Prisma entstehen ließe (Abbildung 32), so würde es den Symmetriebedingungen der rhomboedrischen Klasse nicht mehr genügen, weil zu jeder Fläche die parallele Gegenfläche fehlen würde. In dieser Kristallklasse gibt es deshalb auch hexagonale Prismen, die ein Symmetriezentrum besitzen.

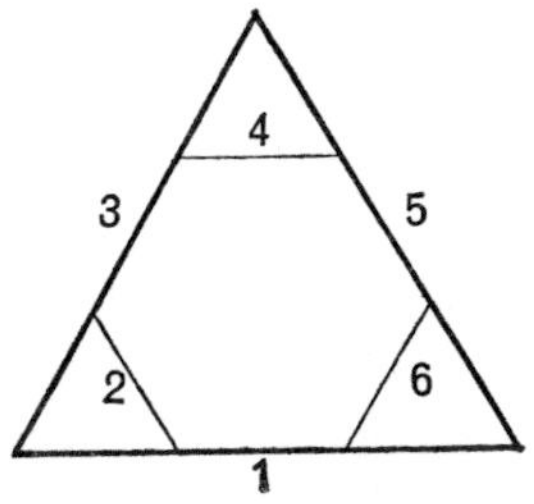

Abb. 32
Das hexagonale Prisma von oben (in Richtung der c-Achse) gesehen. Wachsen nur die Flächen 1, 3 und 5 so entsteht ein dreiseitiges Prisma ohne Symmetriezentrum

Ein anderer wichtiger Körper dieser halbflächigen Klasse ist das *Skalenoeder* (Abbildung 31c. Die Nebenachsen gehen durch die Kantenmitten. Calcit kristallisiert meist in steileren oder stumpferen Rhomboedern als in Abbildung 31 gezeigt, oder in Skalenoedern verschiedener Steilheit, oder in Kombinationen beider und in Kombination mit dem Prisma (Abbildung 33). Dagegen zeigen Magnesit, Siderit und Rhodochrosit oft die Rhomboeder der Abbildung 31. *Skalenoeder*

Dreht man das Rhomboeder um die senkrechte Achse, so kehrt das gleiche Flächenbild im ganzen dreimal wieder. Man sagt auch,

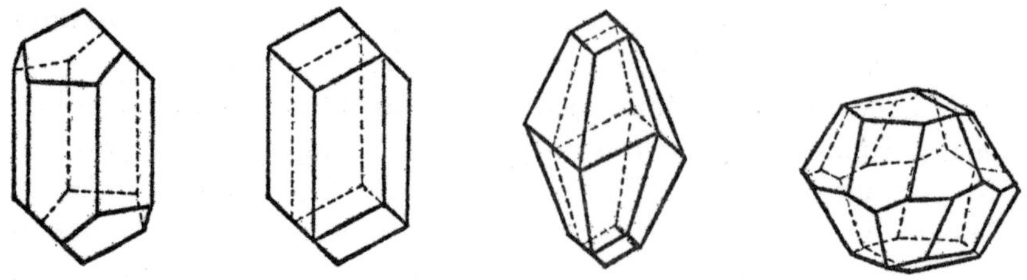

Abb. 33
Kombinationen von trigonal-rhomboedrischen Formen

die Achse ist «dreizählig». Auch das Skalenoeder hat eine dreizählige Hauptachse. Es gibt noch sehr viele andere Körper mit dieser Symmetrieeigenschaft. Wegen ihrer großen Zahl hat man sie in eine besondere Abteilung eingeordnet, die *trigonale Abteilung*.

trigonale Kristalle

Trapezoeder

Es gibt noch andere trigonale Kristallklassen. So die wichtige trigonal-trapezoedrische Klasse, die nach dem Trapezoeder (Abbildung 34) benannt ist. In dieser Klasse gibt es Körper, die nicht durch Drehung, sondern durch Spiegelung zur Deckung gebracht werden können. Sie verhalten sich also wie rechte und linke Hand. Vom Trapezoeder kennt man eine «rechte» und eine «linke» Form. Der Tief-Quarz, der in dieser Klasse kristallisiert, zeigt häufig kleine Trapezflächen (in Abbildung 34b und c als x bezeichnet). Wie man sieht, erscheint diese Fläche einmal links oben an der Prismenfläche, einmal rechts oben. Entsprechend bezeichnet man Quarze der Abbildung 34b als «Links-Quarz» und solche gemäß Abbildung 34c als «Rechts-Quarz». Die Flächen r und r' sind

«Links-Quarz»
«Rechts-Quarz»

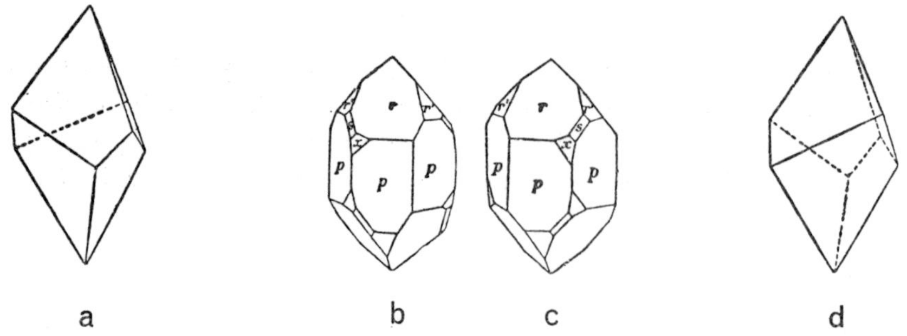

Abb. 34
a) linkes Trapezoeder, b) Links-Quarz, c) Rechts-Quarz, d) rechtes Trapezoeder

Dendriten auf Solnhofener Kalkstein. Original aus den Sammlungen des Geologisch-paläontologischen Instituts der Universität Heidelberg, Nr. LEB. 1. Nat. Größe. Foto: Lieber

Tafel 6
Gips-Kristalle auf Schwefel aufgewachsen. Viele dieser Kristalle sind Zwillinge. Insbesondere in der Mitte rechts sind «Schwalbenschwanz»-Zwillinge erkennbar. Fundort: nahe Agrigento, Sizilien. Natürliche Größe. Foto: Rübartsch

Tafel 7
Flachtafelige Calcit-Kristalle, die bevorzugt die hexagonale Basis mit ganz knapp angedeutetem Prisma zeigen. Fundort: St. Andreasberg, Harz. Vergrößerung 2-fach. Foto: Lieber

Nadelige Pharmakolith-Kristalle auf zersetztem Granit.
Fundort: Grube Anton im Heubachtal, mittleres Kinzigtal, Schwarzwald. Vergr. 20-fach.
Foto: Lieber

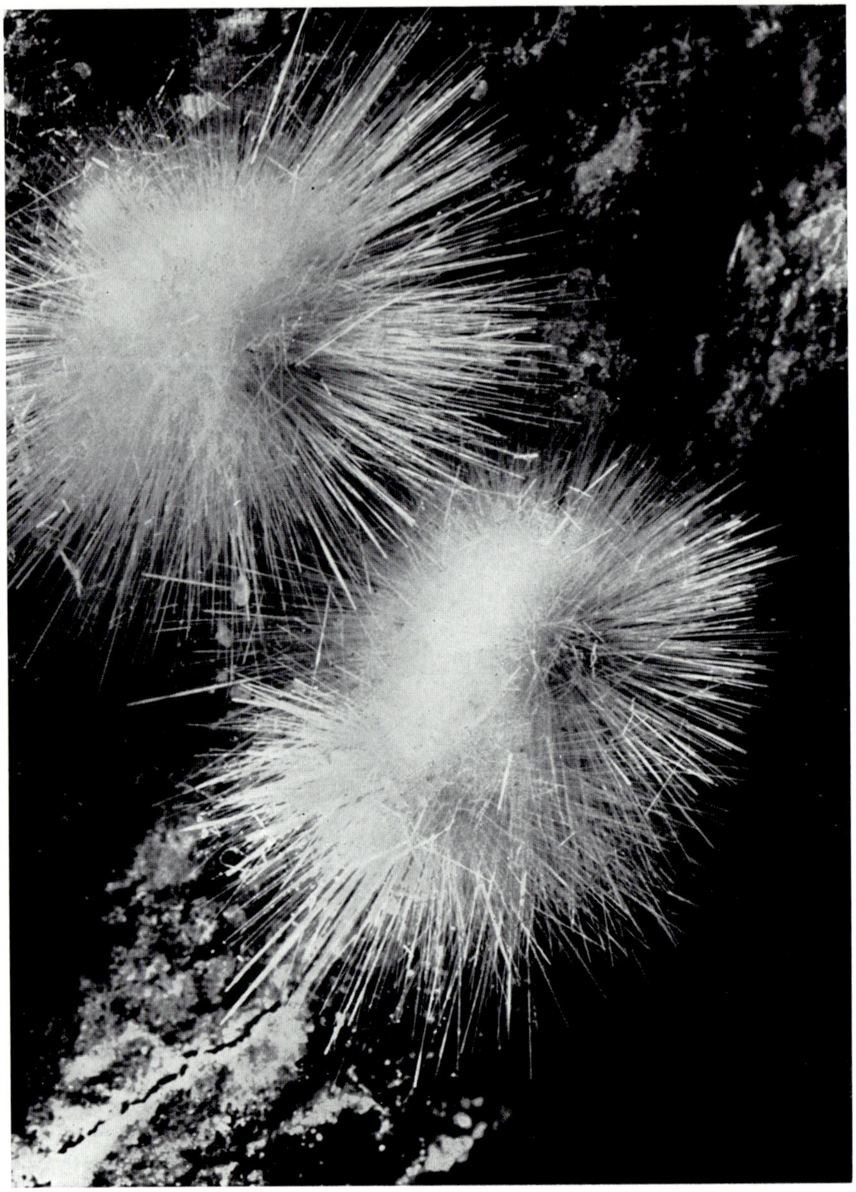

Rhomboeder-Flächen, p bedeutet Prisma; s sind kleine Pyramidenflächen. Siehe auch Tafel 23.

An dieser Stelle soll noch eine besondere Erscheinung mancher Kristallkörper erwähnt werden. Es gibt Kristalle, die an einem Ende andere Flächen besitzen als am anderen. So zeigt zum Beispiel der Turmalin oft Formen, wie in Abbildung 35 gezeigt. Es läßt sich leicht einsehen, daß ein solcher Kristall nur noch eine Symmetrie-Achse (die c-Achse), dagegen keine waagrechten Symmetrie-Achsen besitzt. Auch das Symmetriezentrum fehlt. Solche Körper bezeichnet man als «hemimorph» (griechisch: hemi = halb; morphe = Gestalt). Das Kieselzinkerz (Abbildung 35) hat man wegen seiner hemimorphen Symmetrie «Hemimorphit» genannt.

«hemimorph»

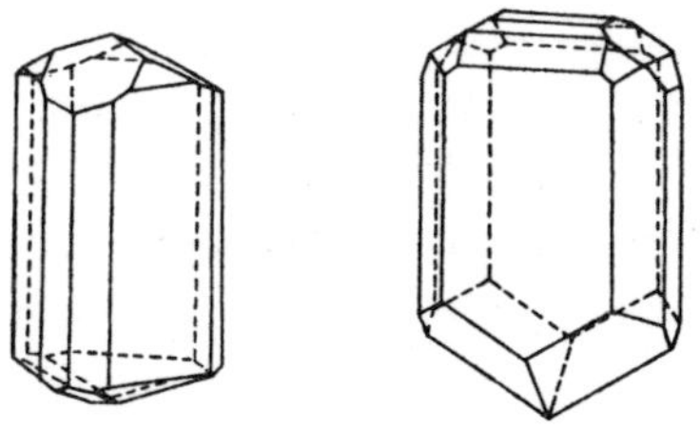

Abb. 35
Hemimorphe Kristalle.
Links Turmalin, rechts Hemimorphit

Das tetragonale oder quadratische System

Durch die tetragonalen Kristalle kann man ein Achsenkreuz legen, das aus 3 aufeinander senkrechten Achsen entsteht. Zwei dieser Achsen sind gleichwertig, die dritte, senkrecht stehende c-Achse ist verschieden von den beiden anderen.

Die a-Achse läuft auf den Beschauer zu, die b-Achsen dazu rechtwinklig in der gleichen Ebene liegend von links nach rechts. Beide sind gleichwertig, aber ungleichwertig bezüglich der senkrecht stehenden c-Achse. Die Lage der Flächen eines Prismas geht aus Abbildung 36 hervor.

Außer Prismen gibt es noch tetragonale Bipyramiden von verschiedener Stellung und verschiedener Steilheit (Abbildung 36). Von den halbflächigen (= hemiedrischen) Körpern ist besonders

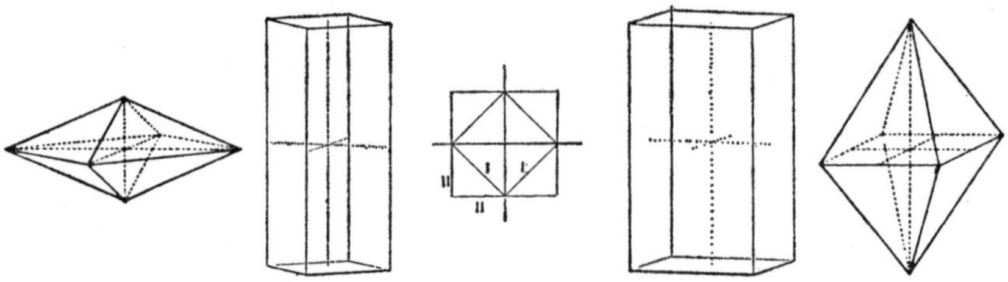

Abb. 36
Links: Tetragonales Prisma und Bipyramide I. Stellung
Rechts: Tetragonales Prisma und Bipyramide II. Stellung
Mitte: Stellung der Prismen bezüglich der von oben gesehenen beiden gleichwertigen Achsen

das tetragonale Bisphenoid zu erwähnen. Es sieht wie ein in die Länge gezogenes Tetraeder aus (Abbildung 37). In dieser Form kristallisiert der Kupferkies. Andere tetragonale Kristalle bilden Zirkon, Wulfenit (= Gelbbleierz, Tafel 30), Rutil Cassiterit, Vesuvian, Apophyllit usw. (Abbildung 38).

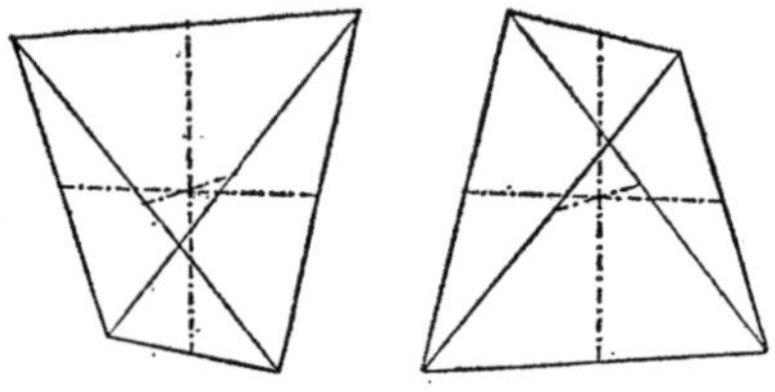

Abb. 37 Tetragonale Bisphenoide

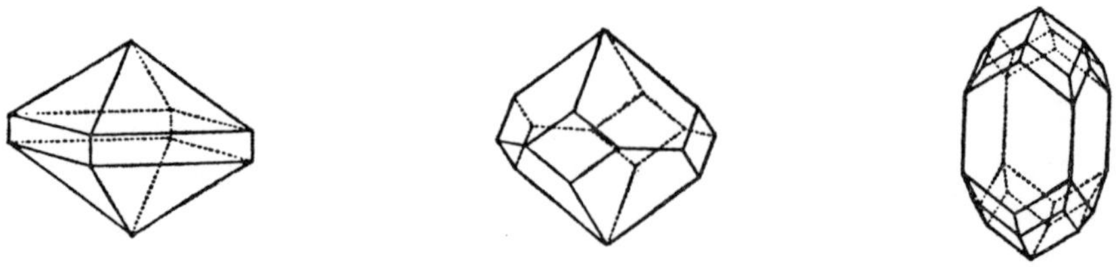

Abb. 38
Kombinationen tetragonaler Formen: links: Cassiterit, Mitte: Apophyllit, rechts: Zirkon

Orthorhombische, monokline und trikline Kristalle

Als Modell für *rhombische* (besser: *orthorhombische*) Körper kann die Form einer Streichholzschachtel dienen (Abb. 39). In Kristalle dieses Systems kann man ein Achsenkreuz legen, dessen drei Achsen alle verschiedenwertig sind, jedoch rechtwinklig zueinander stehen. Der Kristall der Abb. 39 besteht aus lauter Flächenpaaren: Das Paar der größten (vorderen) Flächen nennt man vorderes

rhombisch
orthorhombisch

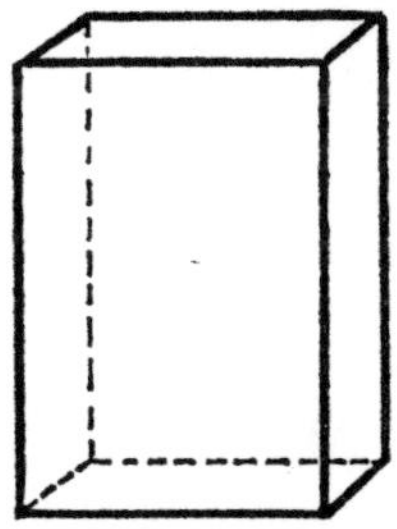

Abb. 39 Orthorhombischer Kristall

Pinakoid, das seitliche Paar heißt seitliches Pinakoid, und die obere und untere Begrenzung ist das Basispinakoid. Abbildung 40 zeigt orthorhombische Bipyramiden.

Pinakoid

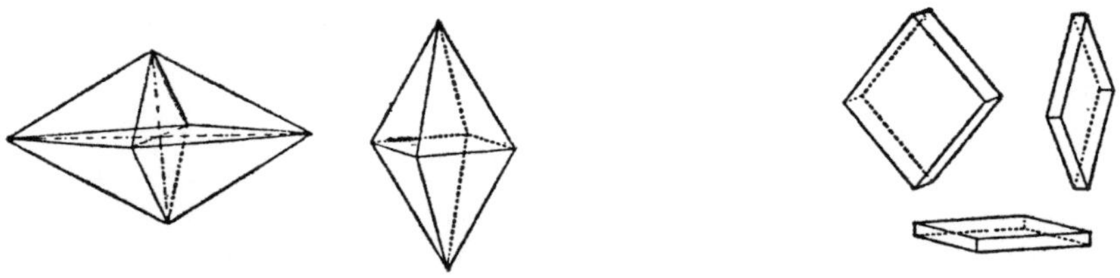

Abb. 40
Links: zwei orthorhombische Bipyramiden
Rechts: Kombinationen aus Pinakoiden und Prismen (kleine Flächen)

Von den vielen orthorhombisch kristallisierenden Mineralien seien Baryt, Schwefel, Topas und Olivin genannt (Abb. 40a).

Durch orthorhombische Kristalle kann man immerhin noch 3 Spiegelebenen legen. Bei einem *monoklinen* Kristall ist dies nicht mehr möglich. Sein Achsenkreuz ist schiefwinklig. Eine Achse (c-Achse) steht vertikal. Die zweite Achse (a) läuft von vorn unten

monokline

nach hinten oben. Folglich bildet sie mit der c-Achse keinen rechten Winkel. Die dritte Achse (b) läuft von links nach rechts und bildet mit der c-Achse einen rechten Winkel. Durch einen solchen Kristall kann man nur noch eine Symmetrieachse legen.

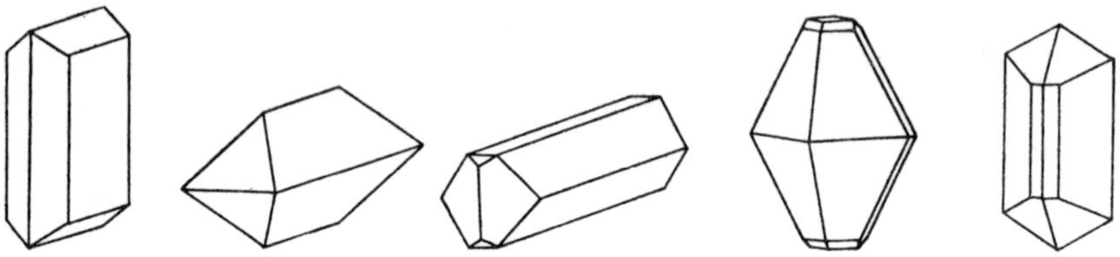

Abb. 40 a
Orthorhombische Kristalle
Von links nach rechts: Aragonit, Baryt, Coelestin, Schwefel, Topas

Alle monoklinen Kristalle besitzen ein Achsenkreuz aus drei verschiedenwertigen Achsen, von denen sich zwei schiefwinklig schneiden, die dritte aber senkrecht zu den beiden anderen liegt. Wegen der niederen Symmetrie gibt es im monoklinen System keine geschlossenen, sondern nur noch offene Formen. Es gibt sehr viele monokline Kristalle. Erwähnt seien Orthoklas, Gips (Abb. 41, Tafeln 6 und 12), Augit (Abbildung 41).

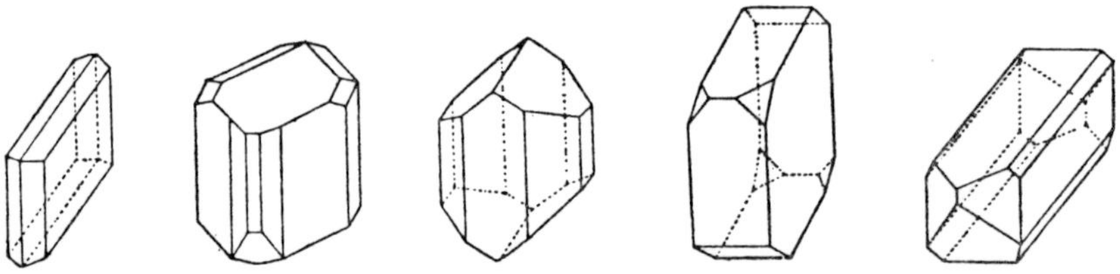

Abb. 41
Monokline Kristalle. Von links nach rechts: Gips, Orthoklas, Augit, Heulandit, Orthoklas

trikline Kristalle

Trikline Kristalle schließlich besitzen die niederste Symmetrie. Sie haben gar keine Spiegelebenen, auch keine Symmetrieachsen. Nur einige von ihnen haben ein Symmetriezentrum, das heißt, zu jeder Fläche gibt es eine gleichwertige parallele Gegenfläche. Das Achsenkreuz aller triklinen Kristalle besteht aus drei verschiedenwertigen Achsen, die alle drei schiefwinklig aufeinander stehen. Rechte Winkel gibt es bei triklinen Kristallen überhaupt nicht mehr. Beispiele für trikline Kristalle sind Kupfervitriol und Axinit (Abbildung 42).

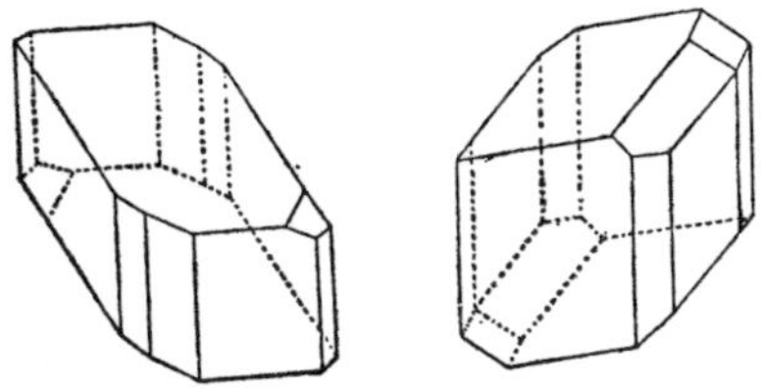

Abb. 42 Links Kupfervitriol, rechts Axinit

Die Abbildungen von Kristallen, die auf den vorangegangenen Seiten erläutert wurden, sind idealisiert, wie das in Lehrbüchern allgemein üblich ist. Beschädigungen, Wachstumsunregelmäßigkeiten und fehlerhafte Ausbildung werden nicht berücksichtigt. Außerdem werden die Kristalle stets perspektivisch dargestellt.

Idealgestalt
Realgestalt

Eine wesentliche Aufgabe der Kristallbeschreibung besteht in der Ableitung der idealen Form von dem natürlichen Kristall, von der Realgestalt. Als Grundlage hierzu dient die Winkelmessung, da ja bekanntlich die Winkel (unabhängig von allen möglichen «Formfehlern») konstant sind.

Die Winkel werden am einfachsten – dafür nicht sehr genau – mit dem Anlegegoniometer (griechisch: gonia = Winkel) gemessen. Das Gerät unterscheidet sich von herkömmlichen Winkelmessern im wesentlichen durch einen beweglichen Schenkel. Durch Anlegen des Goniometers an die zur Messung eines Winkels ausgewählten Flächen läßt sich der Winkel direkt ablesen. Die einfache Methode setzt verhältnismäßig große Kristalle voraus. Zur genaueren Messung von Winkeln wird ein Reflexionsgoniometer verwendet. Es beruht auf der Reflexion eines Lichtstrahles an Kristallflächen. Aus den gemessenen Winkeln läßt sich die Lage der Flächen in bezug auf das Achsenkreuz berechnen und damit auch die Achsenabschnitte.

Die an einem Kristall auftretenden Flächen stehen in einem einfachen geometrischen Verhältnis zueinander. Die Flächenindizes sind stets einfache rationale Zahlen, die selten größer als 20 sind, meistens sogar unter 10 liegen. Der Grund dafür ist leicht einzusehen, wenn man berücksichtigt, daß als Kristallflächen meistens solche Ebenen auftreten, die denjenigen Gitterebenen entsprechen, die möglichst dicht mit Ionen (Atomen) besetzt sind (Abb. 43). Eine spärlich besetzte Ebene (zum Beispiel 320 in Abbildung 43) tritt seltener auf als eine dichter besetzte (zum Beispiel 100).

Es sei darauf aufmerksam gemacht, daß gleiche Miller'sche Indizes (zum Beispiel 111) in jedem Kristallsystem dem gleichen Achsenabschnitts-Verhältnis entsprechen. Die Winkel, die eine solche Fläche mit dem Achsenkreuz bildet, ist jedoch in den verschiedenen Kristallsystemen unterschiedlich (Abbildung 44).

Während die kubische Elementarzelle in allen drei Raumrichtungen gleiche Länge besitzt, zeigt zum Beispiel die rhombische Elementarzelle in allen drei Richtungen ungleiche Längenwerte.

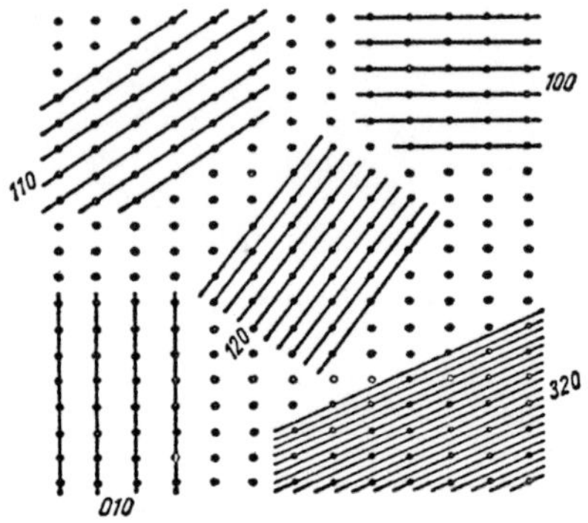

Abb. 43
Mögliche Gitterebenen (von oben gesehen) in bezug auf die a- und b-Achse. Kleine Miller'sche Indizes entsprechen dichter besetzten Ebenen. Größere Indizes entsprechen spärlicher besetzten Ebenen (nach Kleber)

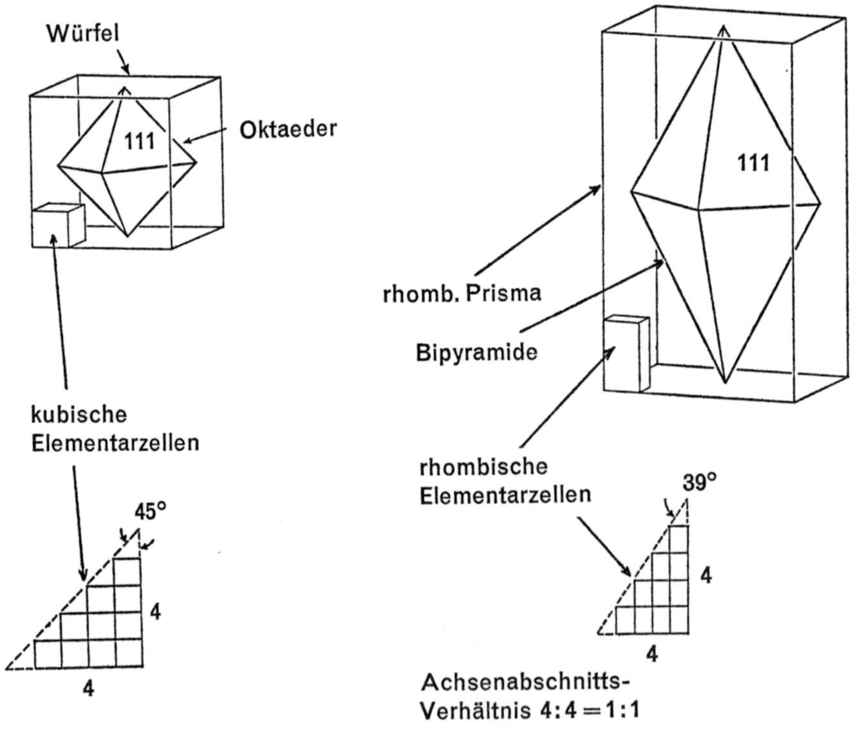

Abb. 44
Unterschiedliche Kristallgestalt bei gleichen Miller'schen Indizes (nach Sinkankas)

Bei der Prüfung eines Kristalls, welchem System er angehört, probiere man zuerst, was für ein Achsenkreuz in ihn gelegt werden könnte. Dann suche man nach anderen Symmetrieeigenschaften. Ob ein Kristall allerdings der höchstsymmetrischen Klasse (also der Holoedrie) eines Systems angehört, ist manchmal nicht leicht zu sagen. Bekanntlich kommt der Würfel nicht nur in der Holoedrie, sondern auch in den hemiedrischen Klassen des regulären Systems vor. Allerdings erkennt man die niedrigere Symmetrie in solchen Fällen manchmal an der unsymmetrischen Streifung der Würfelflächen. Namentlich beim Pyrit (Abbildung 20) kann man diese Streifung gut erkennen. Manchmal ist die niedrigere Symmetrie auch an abwechselnd rauhen und glatten Flächen zu bemerken. Die Streifung wird oft durch das Bestreben, andere Kristallflächen auszubilden, verursacht. Beim Pyrit, der als Würfel erscheint, kommt die «Kombinationsstreifung» durch Andeutungen von Pentagondodekaeder-Kanten zustande. Beim Quarz verläuft die charakteristische Querstreifung der Prismenflächen parallel zur Kante zwischen Prisma und Rhomboeder.

Ätzfiguren

Auch Ätzfiguren können ein wertvolles Mittel zur Erkennung niederer Symmetrie sein. Bringt man zum Beispiel auf eine Rhomboederfläche von Calcit einen Tropfen sehr verdünnter Salzsäure, so löst sich etwas davon auf, es entstehen «Ätzfiguren». Nach längerer Wartezeit erkennt man auf der abgetrockneten Fläche mit einer guten Lupe symmetrische Ätzfiguren (Abbildung 45 a). Führt man den gleichen Versuch mit einem Dolomit-Kristall

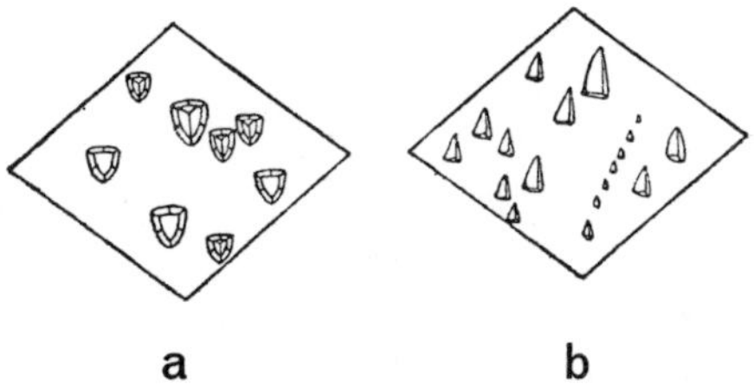

Abb. 45
Ätzfiguren: a) auf Calcit, b) auf Dolomit

durch, dann entstehen unsymmetrische Figuren. Tatsächlich sind Dolomitkristalle weniger symmetrisch als Calcitkristalle (Abbildung 45 b). Ätzfiguren sind an natürlichen Kristallen vielfach bekannt, so zum Beispiel bei Aquamarin, Topas, Apatit, Quarz.

Die natürliche Ausbildung der Kristalle

Wie schon erwähnt, kann ein Mineral verschiedenartige Kristallformen oder Flächenkombinationen entwickeln. So kennt man zum Beispiel von Calcit mehrere hundert Formen in über 1000 Kombinationen! Durch die verschiedenartige Variation von Flächen und verschiedenartige Kombination von einfachen Formen sowie durch die verschiedene Steilheit der Rhomboederflächen ergeben sich so viele Möglichkeiten für die Gestalt von Calcitkristallen. Wenige Beispiele mögen das erläutern. Als einfache Kristallform wurde das Rhomboeder vorgestellt (Abb. 31). Es gibt Calcitkristalle, die als Flächenform nur das Rhomboeder zeigen. Je nach der Vertikalerstreckung (und also der Steilheit der Rhomboederflächen) gibt es stumpfe und spitze Rhomboeder. Beim Calcit beobachtet man etwa 80 verschiedene Rhomboeder. Ferner kann als einfache Form das Skalenoeder auftreten (Abb. 31); auch dieses manchmal mehr oder weniger steil. Man kennt beim Calcit mehr als 200 verschiedenartige Skalenoeder. Weiter kann Calcit in Form von hexagonalen Prismen mit Basisfläche vorkommen. Das Prisma kann lang ausgebildet sein, aber auch sehr kurz, so daß der Kristall wie eine flache hexagonale Tafel aussieht. Nun können die Formen Prisma, Skalenoeder, Rhomboeder und Basis in der verschiedensten Weise kombiniert sein, wobei je nach der Steilheit der Flächen die verschiedensten Achsenabschnitte (Flächenindizes) erkannt werden.

Kristalltracht

Die Gesamtheit aller an einem Kristall auftretenden Flächen bezeichnet man als Kristall*tracht*. Ein Kristall aus hexagonalem Prisma und Basis hätte also die Tracht $(10\bar{1}0)$ (0001). Ein Fluoritkristall nach Form des Kuboktaeders (Abb. 25a) hätte die Tracht (111) (100). Die Zahlen in Klammern sind die Flächenindizes der jeweiligen Kristallform (siehe Seite 79). Die allgemeine Gestalt eines Kristalls bezeichnet man als *Habitus*. Der Habitus von Kristallen kann sein: isometrisch (Tafel 38), kurz-prismatisch (Tafeln 31), lang-prismatisch (Tafel 26), säulig (Tafel 28), nadelig (Tafel 3 und 8), dünntafelig, dicktafelig (Tafeln 7 und 30), pyramidal.

Habitus

Gekrümmte, gebogene Kristalle können entweder durch mechanischen Druck verursacht sein (zum Beispiel bei Gips oder Antimonit), oder die Kristalle sind durch Verwachsung sehr vieler, unter sich parallel angeordneter Kriställchen entstanden. Gekrümmte Kristalle bilden zum Beispiel Pyromorphit («Emser Tönnchen») und Kampylit, eine Varietät des Mimetesits. Bei Quarz beobachtet man hin und wieder gewundene Kristalle (Abbildung 46).

Werden kristallisationsfreudige Mineralien in ihrem Wachstum gehemmt, so entstehen Kristallskelette. Die Stoffzufuhr zum wachsenden Kristall erfolgt bevorzugt an Ecken und Kanten (Abbildung 46). Kristallskelette sehen häufig wie ein Netzwerk («gestrickt») aus. *Dendriten* sind bäumchenförmig gewachsene Kristallskelette (Tafel 5). *Kristallskelette* *Dendriten*

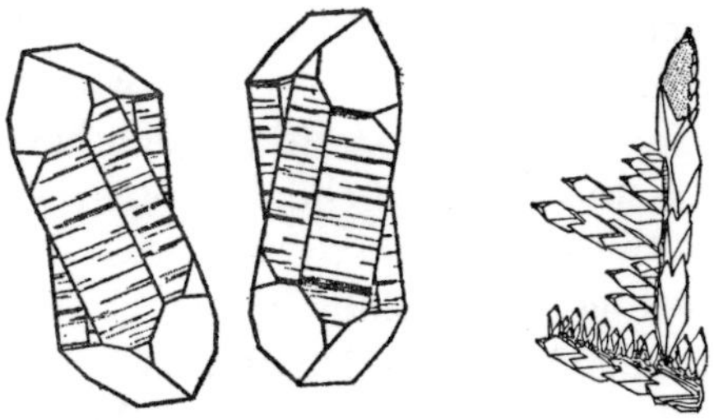

Abb. 46
Links- und rechtsgewundene Quarzkristalle. Rechts ein Kristallskelett

Wachstumsstörungen an Kristallen sind nicht selten zu beobachten. Die «Parkettierung» an Fluoritkristallen oder Bleiglanz (Abbildung 47) kommt durch eine gegenseitige Versetzung größerer *«Parkettierung»*

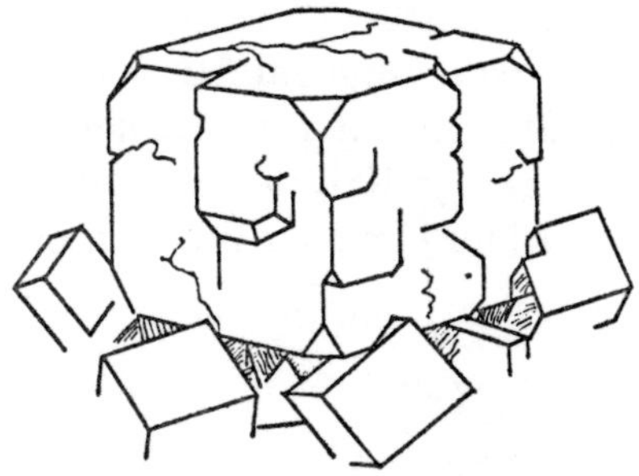

Abb. 47
Parkettierung an Fluorit oder Bleiglanz

Kristallteile gegeneinander zustande. Auch *Einschlüsse* irgendwelcher Art zählen zu den fehlerhaften Ausbildungen. Mitunter findet man Kristalle mit Flüssigkeits-Einschlüssen. Besonders in Steinsalzkristallen kann noch Mutterlauge eingeschlossen sein, manchmal mit einer Gasblase. Diese beweglichen Blasen nennt man «*Libellen*». *«Libellen»*
Nicht selten werden andere Mineralien in Kristallen eingeschlossen, zum Beispiel Rutil-Nadeln in Quarz oder Chlorit in Quarz (Ta-

fel 2). Chemisch verursachte Inhomogenitäten machen sich häufig durch zonar verschiedene Farbe bemerkbar, wie zum Beispiel bei Turmalinkristallen, die innen rosa und außen grün oder oben rosa und unten grün gefärbt sein können (Tafel 28).

Kristalline Aggregate, also innige Verwachsungen kleiner Kriställchen, lassen oft charakteristische Formen erkennen. Einige Eisen- und Manganoxide finden sich bevorzugt nierenförmig als Glaskopf («Glatzkopf») mit gerundeter glatter Oberfläche (Tafel 37).

Stalaktiten Stalakmiten

Stalaktiten (hängende Zapfen) und Stalakmiten (stehende Zapfen) werden gern von Calcit und Limonit gebildet. Faserige Ausbildung ist dem Asbest eigen. Manche Mineralien, wie zum Beispiel Wavellit und Pektolith, bilden bevorzugt radialstrahlige Aggregate, die äußerlich kugelförmig aussehen (Tafel 36).

Die Tracht und der Habitus von Kristallen sind von den Umweltbedingungen abhängig, so von gleichmäßiger oder ungleichmäßiger Stoffzufuhr, von der Bildungstemperatur, vom Druck, von der Art und der Konzentration der Mutterlösung oder Schmelze, von der Art der Lösungsgenossen, von der Zähigkeit der Schmelze usw. Solche Umstände sind für bestimmte Entstehungsorte charakteristisch. Die Ausbildung der Mineralien ist oft typisch und damit kennzeichnend für einen Fundort.

gesetzmäßige Verwachsungen

Es gibt unter den Kristallen aber auch *gesetzmäßige Verwachsungen.* Im einfachsten Falle sind mehrere Kristalle des gleichen Minerals *parallel* miteinander verwachsen (Abbildung 48). Bei Quarzkristallen macht man häufig die Beobachtung, daß ein einheitlicher, großer Kristall an seinem einen Ende aus mehreren kleinen, parallel miteinander verwachsenen Kristallen besteht. Meistens han-

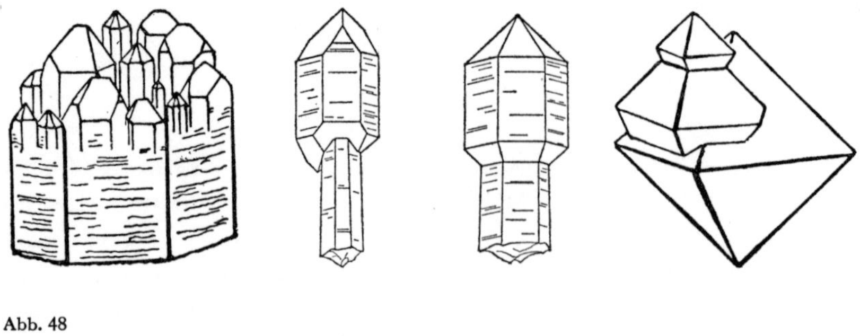

Abb. 48
Parallel verwachsene Kristalle. Links und Mitte: Quarz. Rechts: Spinell

delt es sich dabei um Ausheilungen von Bruchflächen. Die Szepter-Quarze sind ebenfalls parallele Verwachsungen.

Symmetrische Verwachsungen von ein und derselben Kristallart nennt man *Zwillinge* (Drillinge, Vierlinge) usw. Die Bildung von Zwillingen beginnt bereits bei der Entstehung des Kristalls. Es haben sich dabei zwei Kristallkeime symmetrisch zueinander gelagert und wachsen unabhängig voneinander weiter. Dadurch können sie sich in gesetzmäßiger Weise durchwachsen und durchdringen. Als Zwillinge bezeichnet man zwei Kristalle, die als Spiegelbild zu einer einfachen Kristallfläche verwachsen sind (die gemeinsame Ebene wird Zwillingsebene genannt) oder die um eine einfache Kantenrichtung um 180 Grad gegeneinander verdreht sind. Diese Kantenrichtung wird Zwillingsachse genannt. Durch Spiegelung an der Zwillingsebene bzw. durch eine Drehung um 180 Grad um die Zwillingsachse kann der eine Kristall mit dem anderen zur Deckung gebracht werden. Ein Zwillingskristall erreicht eine höhere Symmetrie als der entsprechende Einzelkristall.

Zwillinge

Viele Zwillinge lassen einspringende Winkel erkennen. An einem einfachen Kristall kommen grundsätzlich keine einspringenden Winkel vor. Manchmal können jedoch die einspringenden Winkel fehlen. In solchen Fällen kann die Zwillingsnatur an der sogenannten Zwillingsnaht oder an der Symmetrieerhöhung erkannt werden (Abbildung 51 d).

Abbildung 49 zeigt einige Zwillinge kubischer Kristalle. In a kommt ein Spinell-Zwilling zur Darstellung, während b zwei sich durchdringende Würfel von Fluorit wiedergibt. Beim Pyrit beobachtet man hin und wieder die Form c; es sind zwei sich durchdrin-

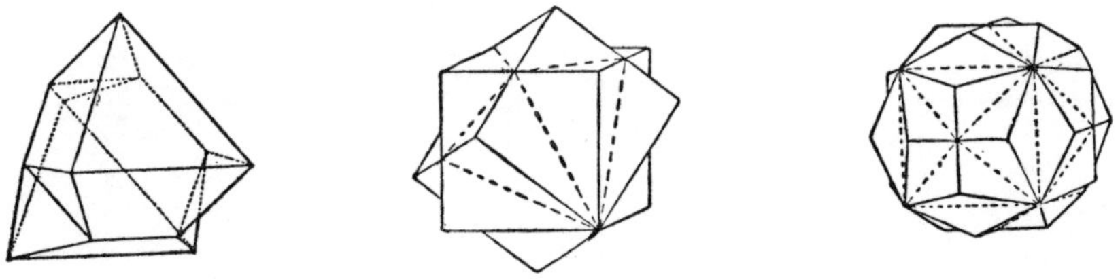

a b c

Abb. 49
Zwillinge kubischer Kristalle (Erläuterung im Text)

gende Pyritoeder. Nach der Form bezeichnet man solche Bildungen als Zwilling nach dem «Eisernen Kreuz».

Abbildung 50 gibt Zwillingsformen von Calcit wieder. Die mittlere Form wird als «Butterfly twin» (Schmetterlings-Zwilling) bezeichnet.

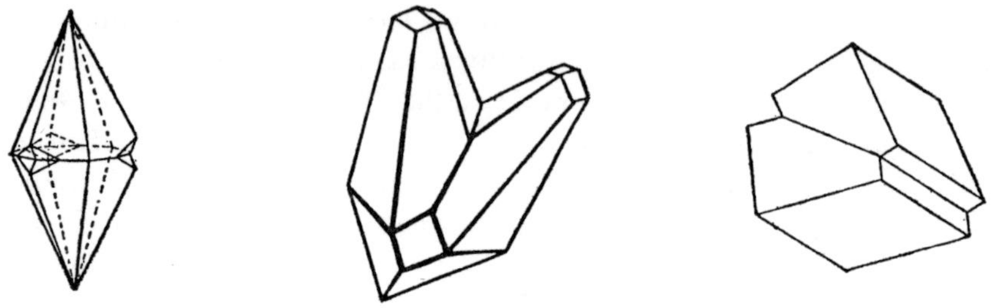

Abb. 50
Zwillingsformen an Calcit

Wichtige Zwillingsbildungen kommen in Abbildung 51 zur Darstellung. Es handelt sich bei Figur c – f um Quarzzwillinge. Die Figuren a und b zeigen noch einmal einen Links- und Rechts-

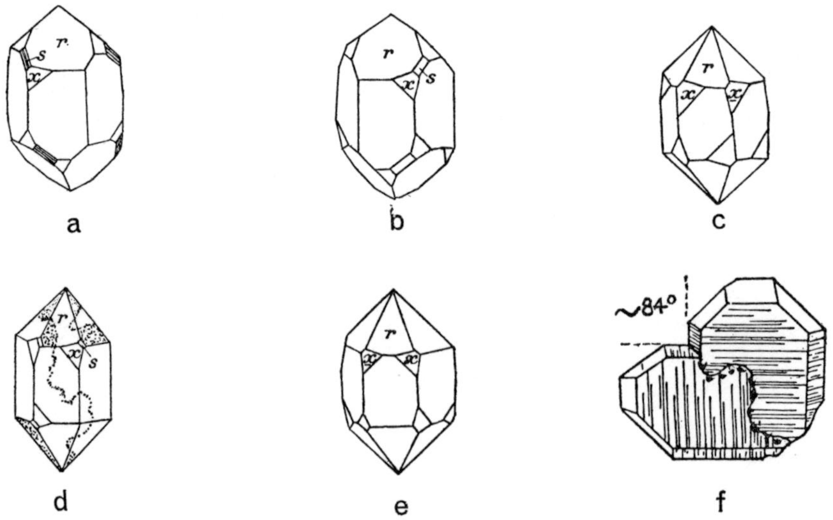

Abb. 51
Zwillingsbildungen an Quarz: a) einfacher Links-Quarz, b) einfacher Rechts-Quarz, c) und d) Dauphiné-Zwillinge, e) Brasilianer Zwilling, f) Japaner Zwilling (Erläuterung im Text)

Quarz. In Figur c haben sich zwei Links-Quarze verzwillingt, in Figur d jedoch zwei Rechts-Quarze. Die punktierte Linie in Abbildung 51d und f ist die Zwillingsnaht. Solche Zwillinge werden häufig in der Dauphiné, einer Landschaft der französischen Alpen, gefunden. Danach bezeichnet man diese Zwillinge kurz als «Dauphiné-Zwillinge». In Figur e kommt ein Zwilling aus einem Rechts- und einem Linksquarz zur Darstellung. Man beobachtet die Trapezfläche x links und rechts oben an der Prismenfläche. Derartige Zwillinge findet man in Brasilien und nennt sie deshalb kurz «Brasilianer-Zwillinge».

«Dauphiné-Zwillinge»

«Brasilianer-Zwillinge»

In Japan werden Quarzzwillinge gefunden, deren Achsen um etwa 84 Grad gegeneinander geneigt sind (Figur f). Man bezeichnet sie kurz als «Japaner-Zwillinge».

«Japaner-Zwillinge»

In Abbildung 52 links wird ein Rutil-Zwilling gezeigt, rechts ein Cassiterit-Zwilling, den man wegen der Form oft als «Visier-Zwilling» bezeichnet.

«Visier-Zwilling»

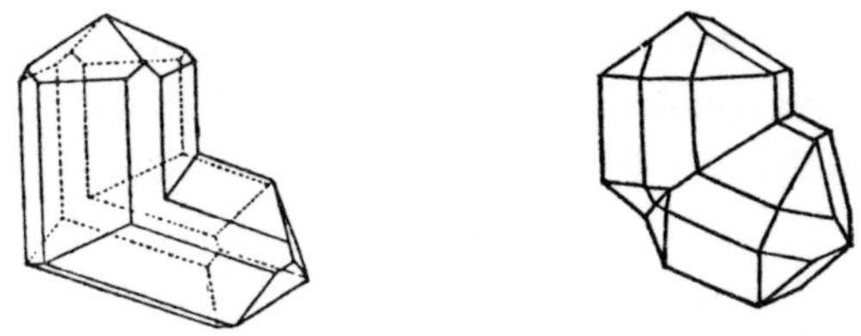

Abb. 52
Links: Rutil-Zwilling,
rechts: Cassiterit-Zwilling

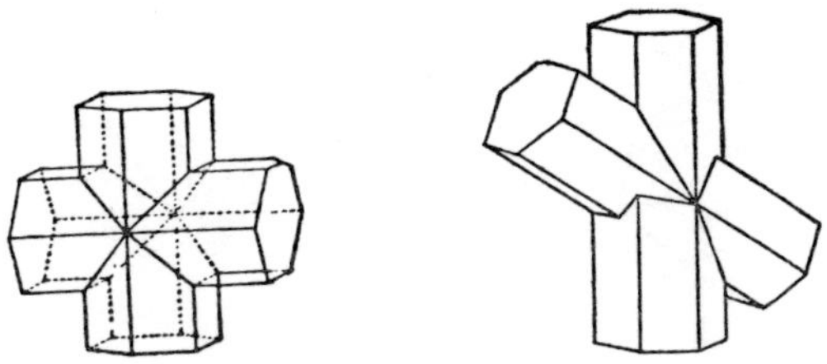

Abb. 53
Staurolith-Zwillinge

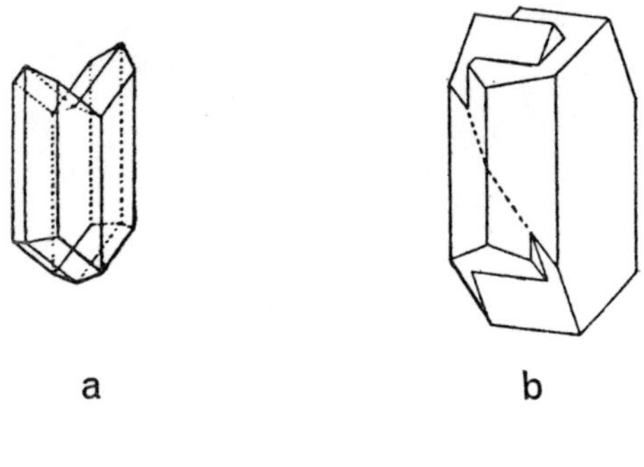

a b

Abb. 54
a) Gips-Zwilling,
b) Orthoklas-Zwilling
(Erläuterung im Text)

Das rhombische Mineral Staurolith (griechisch: stauros = Kreuz) bildet sehr häufig Zwillinge nach Art der Abbildung 53. Zwillingsbildung an monoklinen Kristallen veranschaulichen die Figuren a und b der Abbildung 54; a ist ein Gips-Zwilling (Schwalbenschwanz, siehe auch Tafel 6), b zeigt einen Orthoklas-Zwilling nach dem «Karlsbader Gesetz».

«Karlsbader Gesetz»

Die bisher gezeigten Zwillinge bestanden aus zwei symmetrisch verwachsenen Individuen. Es gibt auch mehrfache Zwillinge. Als Beispiele seien die Wendezwillinge von Rutil (Abbildung 55 a), die Fünflinge von Hausmannit (Abbildung 55 b) und die pseudo-hexagonalen Wendezwillinge von Chrysoberyll genannt (Abbildung 55c). Im letzten Fall wird in auffallender Weise ein höhersymmetrisches Kristallsystem vorgetäuscht. Einige Mineralien mimen bevorzugt höhere Symmetrie durch symmetrische Verwachsung sehr vieler Individuen (mimetische Zwillinge). Zum Beispiel können sich vier einfache Kristalle des Minerals Phillipsit (Abbildung 55 d) zu scheinbar rhombischen Kristallen symmetrisch durchkreuzen (e). Zwei derartige Zwillingsbildungen durchkreuzen sich zu scheinbar tetragonalen Kristallen (f), und drei dieser können sich – wenn auch nicht in häufigen Fällen – zu pseudo-kubischen Kristallen durch-

Wendezwillinge

mimetische Zwillinge

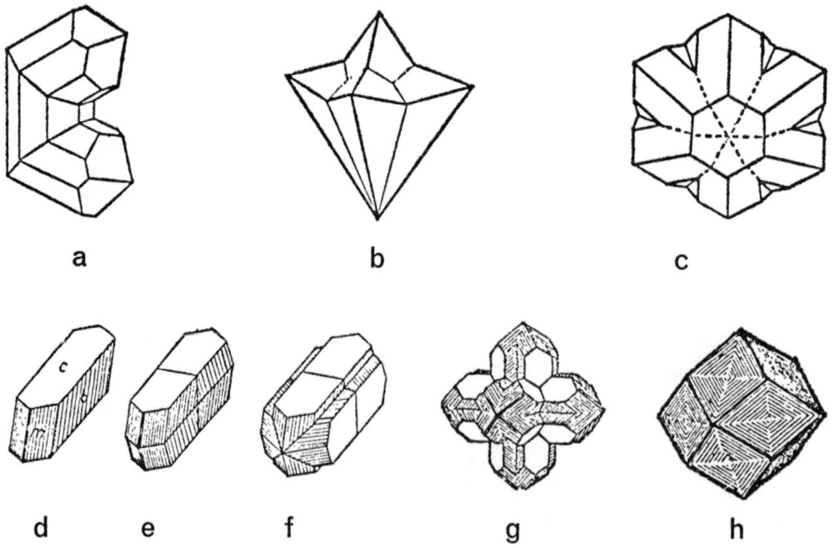

Abb. 55
Mehrfache Zwillinge. a) Rutil; b) Hausmannit; c) Chrysoberyll; d–h) Phillipsit

kreuzen (g). Werden die einspringenden Winkel mit Substanz erfüllt, dann kann die Form des Rhombendodekaeders vorgetäuscht werden (h).

Zu den gesetzmäßigen Verwachsungen zählen auch Aufwachsungen und Verwachsungen verschiedenartiger Mineralien. Dieser Fall kann dann eintreten, wenn die Abmessungen der Kristallgitter der beiden Mineralarten in einer, zwei oder drei Richtungen ähnlich sind und wenn außerdem in den betreffenden Richtungen ähnliche chemische Bindekräfte vorliegen. Man nennt die Erscheinung der *orientierten Verwachsung* auch *Epitaxie* (griechisch: epitaxis = Anordnung). Als Beispiele seien die orientierte Aufwachsung von Rutil auf Hämatit (Abbildung 56) und die Einwachsung von Rutil in Glimmer dargestellt. Andere häufiger orientierte Verwachsungen sind Staurolith mit Disthen, Albit mit Orthoklas, Hämatit mit Rutil.

orientierte Verwachsung, Epitaxie

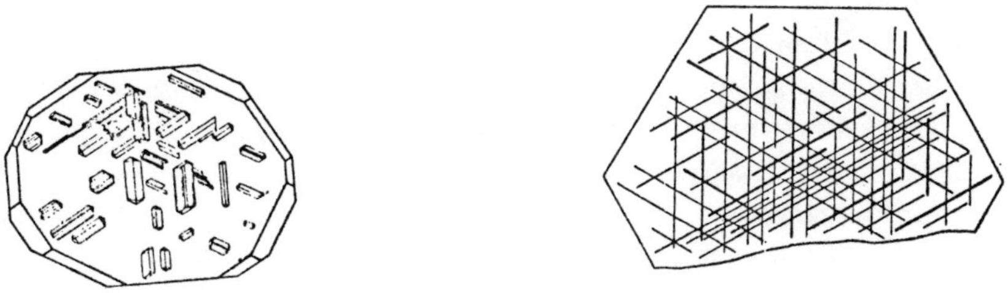

Abb. 56
Orientierte Verwachsungen von Rutil mit Hämatit (links) und Rutil mit Glimmer (rechts)

Schließlich sei noch auf eine andere Erscheinung bei Mineralien hingewiesen. Es kann vorkommen, daß ein Mineral in einer Kristallform erscheint, die ihm in Wirklichkeit gar nicht zukommt. Das betreffende Mineral besitzt also eine «falsche Gestalt». Solche Erscheinungsformen nennt man *Pseudomorphosen* (griechisch: pseudos = falsch; morphe = Gestalt). Pseudomorphosen sind meistens leicht zu erkennen. Wenn man beispielsweise Kristalle findet, die genau die Kristallform des Quarzes besitzen, jedoch die Härte 1 aufweisen, dann kann es sich nicht um Quarz handeln. Wie kommen nun solche Pseudomorphosen zustande? In sehr vielen Fällen wandelt sich die ursprüngliche Substanz in einen chemisch zum Teil anderen Stoff um. Die daraus entstehenden Pseudomorphosen werden daher Umwandlungspseudomorphosen genannt. Die Kristall-

Pseudomorphosen

form des ursprünglichen Minerals bleibt dabei erhalten. Folgende häufige Pseudomorphosen treten auf: Malachit nach Cuprit, das heißt, Cuprit war das ursprünglich vorhandene Mineral, und *nach* ihm entstand Malachit. Cuprit ist Kupferoxid, aus dem sich durch Reaktion mit Kohlensäure und Wasseraufnahme ein wasserhaltiges Kupfercarbonat, der Malachit, bildet. Oder Malachit nach Azurit: Ursprünglich war Azurit vorhanden, aus dem sich unter Erhaltung der Kristallform Malachit bildete. Die chemische Zusammensetzung änderte sich dabei nur teilweise. Oder Bleiglanz nach Pyromorphit: Ursprünglich war der hexagonal kristallisierende Pyromorphit, Bleiphosphat, vorhanden, das sich später unter Erhaltung der hexagonalen Kristallform in Bleisulfid, also Bleiglanz, umwandelte.

Verdrängungs-pseudomorphosen

Wenn sich die chemische Zusammensetzung des ursprünglich vorhandenen Minerals vollständig ändert, das heißt also, wenn der ursprüngliche Stoff durch einen völlig anderen verdrängt wird, dann entstehen die sogenannten Verdrängungspseudomorphosen. Ein bekanntes Beispiel hierfür ist Speckstein nach Quarz, das heißt der Speckstein verdrängte den ursprünglich vorhandenen Quarz, behielt jedoch dessen Kristallform bei.

Umhüllungs-pseudomorphosen

Andere Arten von Pseudomorphosen sind die sogenannten Umhüllungspseudomorphosen. Beispielsweise können Calcitkristalle von Quarz umhüllt werden; wenn dann später der Calcit weggelöst wird, bleiben die Abdrücke (Negative) im Quarz zurück. Umhüllungspseudomorphosen kommen im Mineralreich recht häufig vor. Auch die sogenannten verkieselten Hölzer, Schwämme und Korallen sind als Verdrängungspseudomorphosen anzusprechen, da die ursprüngliche Substanz (zum Beispiel Holz) unter Erhaltung der Form vollständig durch einen anderen Stoff (Quarz) verdrängt worden ist.

Die Kristallform und die natürliche Ausbildung der Kristalle sind besonders wichtige Merkmale zur Erkennung von Mineralien. Es gibt aber noch andere Eigenschaften, die sehr charakteristisch sind und zur Bestimmung von eigenen Funden als Hilfsmittel herangezogen werden müssen.

V. Die Eigenschaften der Mineralien

Härte

Härte: Eine sehr wichtige, zugleich aber auch die für den Sammler am leichtesten feststellbare Eigenschaft der Mineralien ist ihre Härte. Jedem ist geläufig, daß es harte oder weniger harte Stoffe gibt. Der augenfälligste Beweis dafür sind die vielen Kratzer, die man in jedem Haushalt finden kann, zum Beispiel auf Metallgegenständen, auf Glas, auf lackierten Flächen usw. Woher stammen diese Kratzer? Sie werden durch das Ritzen eines weicheren Materials mit einem härteren erzeugt. Von zwei verschiedenen Substanzen ist diejenige härter, die bei der anderen einen Kratzer erzeugen kann.

Zur einfachen Feststellung der Härte von Mineralien hat Mohs eine Skala verschieden harter Substanzen zusammengestellt, wobei das weichste Mineral die Härte 1, das härteste dagegen die Härte 10 hat. Diese Skala gliedert sich in folgende Stufen:

Härte 1	Talk	Härte 6	Orthoklas
Härte 2	Gips	Härte 7	Quarz
Härte 3	Calcit	Härte 8	Topas
Härte 4	Fluorit	Härte 9	Korund
Härte 5	Apatit	Härte 10	Diamant

Der Diamant ist das härteste Mineral, das man kennt. Man darf aber nicht annehmen, Nr. 10 sei zehnmal so hart wie Talk, oder Nr. 5 sei fünfmal so hart wie Talk. Diese Skala ist ganz willkürlich festgelegt worden und gibt nur vergleichsweise an, ob ein bestimmtes Mineral härter oder weicher ist als zum Beispiel Quarz. Zur Härtebestimmung sind zweckmäßig scharfe Splitter oder natürliche Ekken von Kristallen geeignet. Ein kompaktes, körniges Aggregat von beispielsweise Apatit oder Kalkstein ist nicht brauchbar. Auch hat man darauf zu achten, daß das zu prüfende Mineral möglichst auf einer natürlichen Kristallfläche oder einem Splitter eines Kristalls geritzt wird. Körnige Aggregate täuschen leicht eine geringere Härte vor.

Wenn man die Härte eines Minerals prüft, muß man sich davon überzeugen, daß auf dem unbekannten Mineral tatsächlich ein

Kratzer entstanden ist und daß nicht etwa das Prüfstück aus der Härteskala ein feines Mineralpulver strichförmig auf dem unbekannten Mineral hinterlassen hat. Man soll daher nach dem Ritzen des unbekannten Minerals mit dem Finger über den Strich fahren.

Härteprüfung

Weiterhin ist zu berücksichtigen, daß Mineralien manchmal an der Außenseite verwittert sein können und dann weicher sind als im Innern. Zur Härteprüfung soll man daher nach Möglichkeit ein frisches, unverwittertes Stück des zu prüfenden Minerals benutzen. Auch ohne Härteskala kann man bereits einen gewissen Anhaltspunkt bekommen, wenn man weiß, daß alle Mineralien, die weicher sind als Härte 2½, von einem Fingernagel geritzt werden können. Fensterglas hat etwa Härte 5. Wird ein unbekanntes Mineral beispielsweise von einem Fingernagel nicht, dagegen von einem Stück Fensterglas geritzt, so muß seine Härte zwischen 2½ und 5 liegen. Ein gutes Stahlmesser hat etwa Härte 6. Bei Verwendung der Härteskala geht man so vor, daß man das unbekannte Mineral, sofern es sich nicht mit dem Fingernagel ritzen ließ, mit einem Prüfkörper mittlerer Härte, zum Beispiel 6, zu ritzen versucht. Vermag der Orthoklas das unbekannte Mineral zu ritzen, so muß es weicher sein als Härte 6. Man macht nun denselben Versuch mit Apatit (Härte 5). Ist damit kein Kratzer entstanden, so muß die Härte des unbekannten Minerals zwischen 5 und 6 liegen.

Im Gelände kann man durch Schaben mit dem Taschenmesser gute Hinweise erhalten. Es empfiehlt sich, an den Mineralien der Härteskala zu üben, um ein Gefühl für verschieden harte Stoffe zu bekommen.

Es soll aber noch gezeigt werden, wovon die Härte eines Minerals abhängen kann und wie es kommt, daß die Mineralien verschieden hart sind. Stellt man sich wieder das Kristallgitter eines Minerals vor, so ist leicht einzusehen, daß je nach der dichten Besetzung des Gitters mit Bausteinchen (Atome, Moleküle, Ionen) ein mehr oder weniger hoher Widerstand der äußeren Kraft entgegengesetzt wird. Die Erzeugung eines Kratzers auf einer Mineralfläche ist nämlich in Wirklichkeit nichts anderes als die gewaltsame Verschiebung der Gitterbausteinchen, ja es werden sogar größere Gitterteile aus ihrem Verband herausgebrochen. Wenn man die Abbildung 57a mit 57b vergleicht, so fällt sofort auf, daß das Gitter von 57a wesentlich dichter besetzt ist als dasjenige von 57b. Es muß also einfacher sein, das Gitter 57b zu zerstören, vorausgesetzt, daß die Teilchen von b die gleiche Ladung besitzen wie die Teilchen von a. Bei gleichhoher Ladung von Teilchen hängt die Anziehungskraft von der gegenseitigen Entfernung der Teilchen ab. Liegen zwei geladene Teilchen, von denen das eine eine negative und das andere eine positive Ladung besitzen möge, weit auseinander, so ist die zwischen ihnen wirkende Anziehungskraft geringer, als wenn sie nahe beieinander liegen würden. Andererseits ist auch verständlich, daß sich zwei Teilchen mit sehr hoher Ladung stärker anziehen als solche mit geringer Ladung. Aber noch etwas anderes

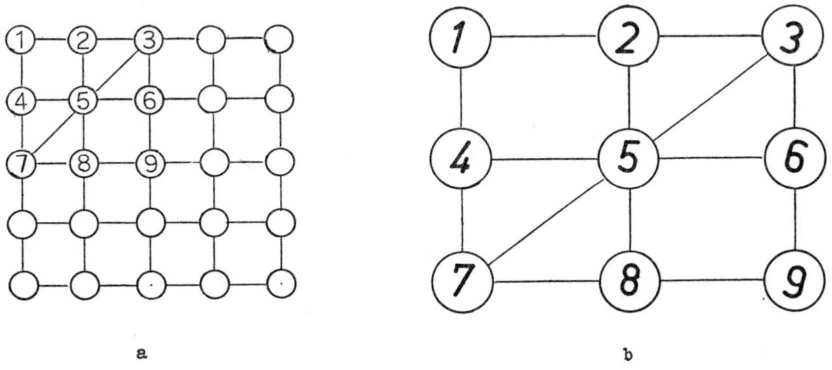

Abb. 57
Verschieden dichte Besetzung von Kristallgittern (Erläuterung im Text)

wird obige Abbildung veranschaulichen. Man sieht nämlich, daß der Abstand zwischen den Teilchen 1 und 3 kleiner ist als der zwischen den Teilchen 7 und 3. Nach dem zuvor Gesagten muß also die Härte in verschiedenen Richtungen verschieden groß sein. Allerdings sind diese Unterschiede so gering, daß man sie nur mit verfeinerten Methoden erkennen kann. Bei einer Prüfung mit der Härteskala sind sie ohne Bedeutung. Nur bei *einem* Mineral kann man mit Hilfe der Härteskala Richtungsunterschiede erkennen, und zwar beim Disthen. Er hat nämlich parallel zu seiner langen Achse (c-Achse) die Härte 4½, senkrecht dazu aber die Härte 6½. Daher wurde auch der Name dieses Minerals abgeleitet. Er kommt aus dem griechischen «di sthenos» und bedeutet «zwei Kräfte».

Hier sei noch auf die große Bedeutung der Härte bei Edelsteinen hingewiesen. Edelsteine haben im allgemeinen eine Härte, die größer als 7 ist. Man denke nur zum Beispiel an Topas (Härte 8), Rubin oder Saphir (Härte 9) und Diamant. Die Halbedelsteine und sonstigen Schmucksteine sind meistens weniger hart. Bei diesen zeigt sich aber auch im Laufe der Zeit eine allmähliche Abstumpfung der Ecken und Kanten, zum Beispiel bei einem Ringstein.

Spaltbarkeit

Spaltbarkeit: Ein weiteres wichtiges Erkennungsmerkmal für Kristalle ist ihr Vermögen, in bestimmten Richtungen zu spalten. Das Zerspalten kann man mit einem scharfen Messer oder aber durch Druck, vielfach auch durch Schlag mit einer scharfen Schneide erreichen. Die Spaltbarkeit von Mineralien wird in folgende Grade eingeteilt: Sehr vollkommen, vollkommen, gut, deutlich oder schlecht.

Für gleichwertige Flächen, also beispielsweise für alle Flächen parallel zum Würfel, ist die Spaltbarkeit gleich, dagegen verschieden von ungleichwertigen Flächen. So kann man zum Beispiel Steinsalz sehr gut parallel zu einer Würfelfläche spalten. Fluorit spaltet sehr leicht parallel zu Oktaeder-Flächen. Bekannt ist auch die Spaltbarkeit von Glimmer parallel zu den Täfelchen.

Man muß immer wieder daran denken, daß sich sehr viele Eigenschaften der Mineralien leicht von ihrem Gitterbau ableiten lassen. Das Spalten bedeutet Trennung von parallelen Netzebenen. Wenn nun die Bindekräfte zwischen solchen parallelen Ebenen sehr groß sind, dann wird auch das Trennen derselben ziemlich schwer. Herrschen jedoch zwischen bestimmten Ebenen nur geringe Bindekräfte, dann ist vollkommene Spaltbarkeit zu erwarten. Das Kristallgitter von Graphit (Abbildung 58) läßt klar erkennen, wie die Spaltbarkeit am besten verlaufen wird. Graphit hat ein geordnetes Schichtgitter, das heißt die Bauteilchen sind bevorzugt in einzelnen Schichten besonders stark angereichert. Innerhalb der Schicht

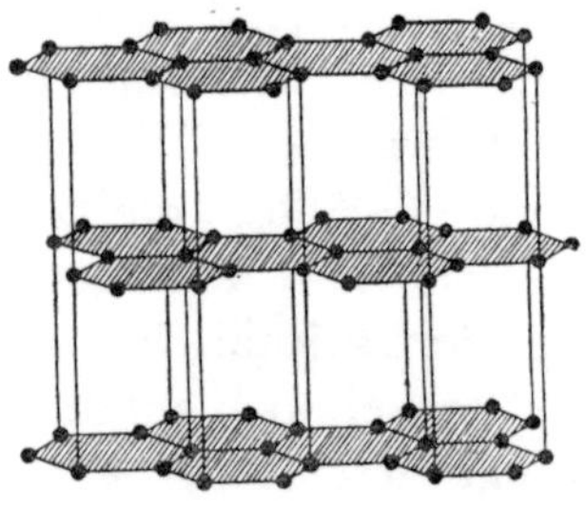

Abb. 58 Kristallgitter von Graphit

ist der Abstand der einzelnen Teilchen sehr gering, senkrecht dazu aber ziemlich groß, so daß die Anziehungskräfte zwischen den einzelnen Schichten nur noch sehr gering sind.

Dichte: Jedermann ist geläufig, daß eine Glaskugel schwerer ist als eine gleich große Holzkugel. Wenn man ein Stück Bleiglanz und ein ebenso großes Stück Quarz abschätzend in der Hand wiegt, so erkennt man sofort das vergleichsweise schwerere Gewicht des Bleiglanzes. Das vergleichende Wiegen von gleich großen Stücken verschiedener Stoffe gibt wertvolle Hinweise, ob ein Mineral schwere Metalle enthält. *Dichte*

Will man eine Aussage machen, ob oder wievielmal ein Körper schwerer ist als ein anderer, so muß man natürlich stets *gleich große* Stücke miteinander vergleichen, zum Beispiel kleine Würfel von 1 × 1 × 1 cm. Als Vergleichsmaß dient die Masse von 1 Kubikzentimeter Wasser, die genau 1 Gramm beträgt. Ein Würfel 1 × 1 × 1 cm aus Quarz wiegt genau 2,65 Gramm, ist also 2,65mal schwerer als Wasser. Dieses relative Gewicht, bezogen auf Wasser = 1, nennt man *Dichte* (g/cm^3). Es gibt also das Gewicht pro Kubikzentimeter an. Es wäre aber zu mühsam und in vielen Fällen auch zu umständlich, aus einem Mineral einen Würfel von 1 Kubikzentimeter herauszuschneiden und diesen zu wiegen. Dagegen kann man das Volumen eines unregelmäßigen Körpers dadurch bestimmen, daß man ihn in Wasser eintaucht und mißt, wieviel Kubikzentimeter Wasser er verdrängt hat. Nimmt man einen Meßzylinder, der zum Beispiel genau 40 Kubikzentimeter Wasser enthält, und taucht ein Stück Bleiglanz ein, dessen Gewicht man zuvor auf einer Waage zu 48,1 Gramm bestimmt hat, so beobachtet man, daß das Wasser auf 46,5 Kubikzentimeter steigt. Das Volumen des Bleiglanzstückes beträgt also 6,5 Kubikzentimeter. Diese 6,5 Kubikzentimeter Bleiglanz wiegen 48,1 Gramm. 1 Kubikzentimeter Bleiglanz wiegt also 48,1 geteilt durch 6,5 = 7,4 g. Die Dichte von Bleiglanz beträgt somit 7,4 g/cm^3.

Genauere Ergebnisse lassen sich mit dem Pyknometer erzielen. Dies ist ein Glaskölbchen mit durchbohrtem Glasstopfen (Abbildung 59), welches ein ganz genau bestimmtes Volumen faßt. Es wird zunächst leer gewogen, dann zur Hälfte mit dem gepulverten Mineral gefüllt und wieder gewogen. Aus der Differenz beider Gewichte ergibt sich das Gewicht des Minerals. Jetzt wird mit destilliertem Wasser ganz voll gefüllt, bis auch die Bohrung des Stopfens voll Wasser ist. Man wiegt wieder. Die durch Wasser verursachte Gewichtszunahme ist auch gleich dem Volumen des Wassers. Hat das Pyknometer zum Beispiel 50 Kubikzentimeter Inhalt, so ergibt sich aus der Differenz zwischen 50 und dem Volumen (= Gewicht) des Wassers das Volumen des Mineralpulvers. Gewicht des Minerals dividiert durch Volumen des Minerals ergibt das spezifische Gewicht. Es ist selbstverständlich, daß diese Methode nur auf solche Mineralien anwendbar ist, die in Wasser unlöslich sind.

Als dritte Methode sei die Schwebemethode genannt. Sie beruht auf einem Vergleich des Minerals mit Flüssigkeiten bekannter Dichte. Schwebt ein Körper in einer Flüssigkeit, so besitzt er die gleiche Dichte wie diese. Die zur Durchführung der Bestimmung erforderlichen «Schwere Flüssigkeiten» sind in Chemikalienhandlungen zu bekommen. Genannt seien die Thoulet'sche Lösung, Clerici-Lösung, Baun'sche Lösung und Rohrbach'sche Lösung.

Abb. 59 Pyknometer

Woher kommt es aber, daß verschiedene Stoffe verschieden schwer sind?

Das hat zwei Gründe: Erstens sind die Atome verschieden schwer (siehe Atomgewichte!), zweitens sind sie im Kristallgitter verschieden dicht gepackt. Ein gutes Beispiel aus der Natur ist der Korund (= Aluminiumoxid). Obwohl dieses Mineral aus den leichten Elementen Aluminium und Sauerstoff besteht, ist es infolge der dichten Packung der Bauteilchen relativ schwer.

Farbe, Glanz

Farbe, Glanz: Wenn man eine Mineraliensammlung betrachtet, kann man alle möglichen Farben beobachten. Ja selbst ein und dasselbe Mineral kann verschieden gefärbt sein. Es gibt farblose, gelbe, braune, rote, violette und fast schwarze Quarzkristalle. Oder farblose, rosa, rote, grüne, braune, blaue und schwarze Turmaline. Ähnlich viele Farbvariationen treten bei sehr vielen Mineralien auf.

Die Farbe ist also nicht immer typisch für ein Mineral. Das hat folgenden Grund:

Sehr viele Mineralien wären an sich – in reinem Zustand – farblos, aber sie enthalten oft ganz geringe Mengen fremder färbender Bestandteile. Solche «Verunreinigungen», die weniger als ein Zehntel Prozent betragen können, sind während des Wachstums der Kristalle eingeschlossen oder «gelöst» worden. Die Färbekraft ist jedoch recht beträchtlich. Man denke nur zum Beispiel an Gläser, die an sich farblos sind, aber durch geringste Einschmelzungen, wie Kobaltblau, stark gefärbt werden können.

Der *Glanz* von (frischen!) Mineralien oder Mineralbruchstücken ist schon charakteristischer als die Farbe. Viele Mineralien glänzen im Licht, wenn dieses am Stück zurückgeworfen wird. Man unterscheidet: *Glanz*

Metallglanz an Metallen und vielen sulfidischen Erzen, wie Bleiglanz, Pyrit, Kupferkies;

Diamantglanz an Mineralien mit hohem Lichtbrechungsvermögen wie Diamant, Cerussit, aber auch Zinkblende, Proustit, Rutil;

Glasglanz an den meisten durchsichtigen oder durchscheinenden Mineralien mit geringem Lichtbrechungsvermögen wie Quarz, Turmalin, Beryll und vielen anderen Silicaten;

Fettglanz an milchigem Quarz aus Gängen und Adern;

Perlmutterglanz an gut spaltbaren Mineralien, welche winzige Lufteinschlüsse in Spaltrissen enthalten, wie Glimmer, Gips;

Seidenglanz, vorwiegend an faserig ausgebildeten Mineralien, wie Asbest, Tigerauge, Fasergips.

Manche Mineralien zeigen ein prächtiges Farbspiel in allen Regenbogenfarben, so vor allem der Edelopal und der Labrador. Die Farben erinnern an die bunten Flecken, den ein Öltropfen auf nasser Straße erzeugt. Beim Opal handelt es sich um innere Reflexe an feinsten Luftbläschen oder Luftkanälen, an denen das Licht in die verschiedenen Regenbogenfarben zerlegt und zurückgeworfen wird.

Faserige Einlagerungen verursachen oft schöne Lichtfiguren. Wenn solche Einschlüsse regelmäßig angeordnet sind, entstehen an «mugelig» geschliffenen Steinen sternartige Lichtreflexe (zum Beispiel Sternsaphir). Man nennt diese Erscheinung *Asterismus* (Abbildung 60). *Asterismus*

Strich: Man mache jetzt zunächst einen einfachen Versuch. Ein Stückchen violetter Fluorit, brauner Quarz oder grüner Prehnit *Strich* wird feinst pulverisiert. Das Pulver ist rein weiß. Jetzt wird ein Stückchen grüner Malachit gepulvert: Das Pulver ist grün. Fluorit, Quarz, Prehnit und viele andere Mineralien sind in reinstem Zustand farblos. Die Pulver dieser Mineralien sind weiß. Malachit ist dagegen auch in reinstem Zustand grün. Die Farbe ist eine charakteristische Eigenschaft von Malachit. Das Pulver ist grün.

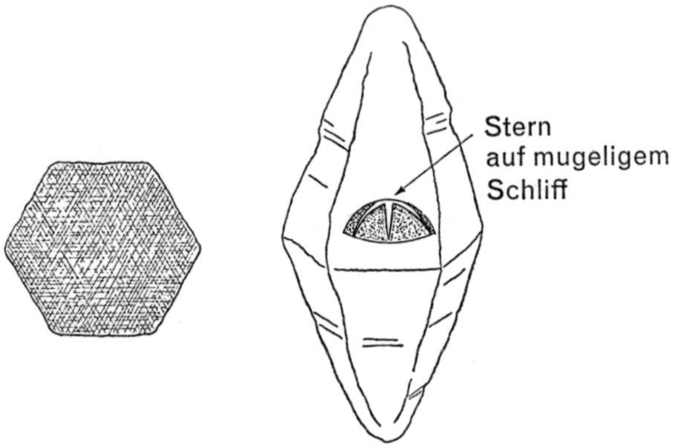

Abb. 60
Orientierte Einlagerungen feinster Rutilnädelchen in Korund (links als horizontaler Schnitt) verursachen Asterismus (nach Sinkankas)

allochromatisch

idiochromatisch

Man nennt Mineralien, die durch geringe fremde Verunreinigungen gefärbt werden, auch «fremd-gefärbt» (allochromatisch); solche, die von Natur aus schon farbig sind, auch in reinem Zustand, heißen «eigen-gefärbt» (= idiochromatisch). Das mehlfeine Pulver zeigt unbestechlich, ob ein Mineral fremdgefärbt oder eigengefärbt ist: weißes Pulver erhält man aus farblosen oder fremdgefärbten Mineralien, farbiges Pulver aus eigengefärbten Stoffen.

Es wäre zu umständlich, wollte man bei jeder Prüfung das Mineral pulverisieren. Viel einfacher – aber genau so gut – erkennt man die Pulverfarbe, wenn man mit dem Mineral einen Strich auf einer rauhen Porzellantafel (Strichtafel) erzeugt. Dieser Strich besteht aus feinem Mineralpulver. Die Strichfarbe ist ein wichtiges Erkennungsmerkmal für Mineralien!

Statt einer Strichtafel kann auch das rauhe Porzellan einer elektrischen Sicherung oder sonstiges unglasiertes Porzellan verwendet werden.

MINERALIGHT ®
in Taschenformat

MINERALIGHT ®

geschlossene Ausführung wie Abbildung. Betrieb durch eingebaute Batterien, die wiederaufladbar sind, ein Aufladegerät (220 Volt) ist im Lieferumfang enthalten. Gewicht inkl. Batterien ca. 725 g, Abmessungen 170 × 105 × 47 mm. Lieferbar sind 3 Typen: M 14, ein kurzwelliges, M 15, ein kurz- und langwelliges und M 16, ein langwelliges Gerät. Die Lieferfirma gewährt 1 Jahr Garantieleistungen.

Tisch-Dunkelkammer CC-20
zum Betrachten von Mineralien

Tisch-Dunkelkammer CC-20

mit Tageslicht, kurz- und langwelligem UV. Abmessungen 35 × 35 × 25 cm. Der fremdlichtfreie Schaumstoffeinblick ermöglicht das Betrachten, Identifizieren und Zeigen in der denkbar besten Weise.

Lieferfirma für die Bundesrepublik Deutschland ist die Firma L. Hormuth . Inh. W. E. Vetter, Wissenschaftliche Apparate, 69 Heidelberg 1, Postfach 750 – Telefon 200 45. – Hersteller ist die Firma Ultraviolet Products, Inc.

Weitere wichtige Hilfsgeräte werden laufend in der Zeitschrift «DER AUFSCHLUSS» unter dem Firmenzeichen Hormuth-Vetter veröffentlicht.

Koffer-Analysengerät der Firma Quarzlampen GmbH, Hanau. Dieses Gerät für langwelliges UV ist bereits für höhere Ansprüche gedacht. Der energiereiche Strahler kann dem Gehäuse entnommen werden, um größere Kollektionen überstrahlen zu können.

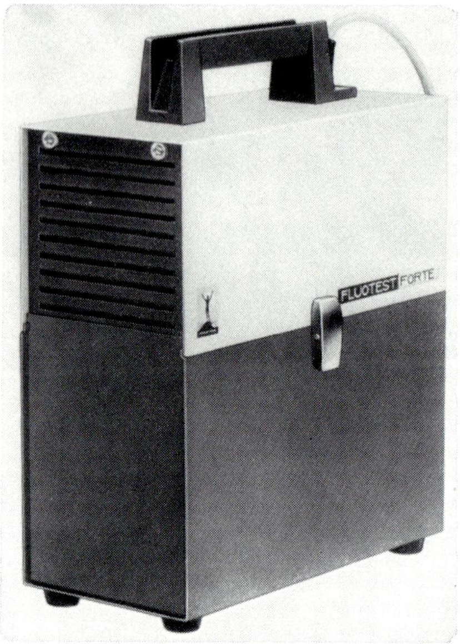

Beobachtungskasten UVANALYS der Firma Bälz & Sohn, Heilbronn-Neckar. Das formschöne und praktische Gerät gestattet die Prüfung von Proben auch im unverdunkelten Raum. Es enthält Strahlungsquellen für kurzwelliges und langwelliges UV. Alle Lichtquellen sind wahlweise getrennt oder gleichzeitig schaltbar. Eine Fotoeinrichtung erlaubt die gleichzeitige Fotografie der bestrahlten Objekte. Werksfoto

Mineralien, die härter als Porzellan sind, kratzen das Porzellan auf. Die «Strichfarbe» ist in diesen Fällen nur durch Pulverisieren mit einer Feile oder einem Hammer feststellbar.

Lichtbrechung, Doppelbrechung: Das Wort Lichtbrechungsvermögen ist schon wiederholt aufgetaucht. Was versteht man darunter? Wenn ein Lichtstrahl aus der Luft (dünneres Medium) in Wasser (dichteres Medium) einfällt, ändert sich seine Richtung, er wird gebrochen (Abbildung 61).

Lichtbrechung, Doppelbrechung

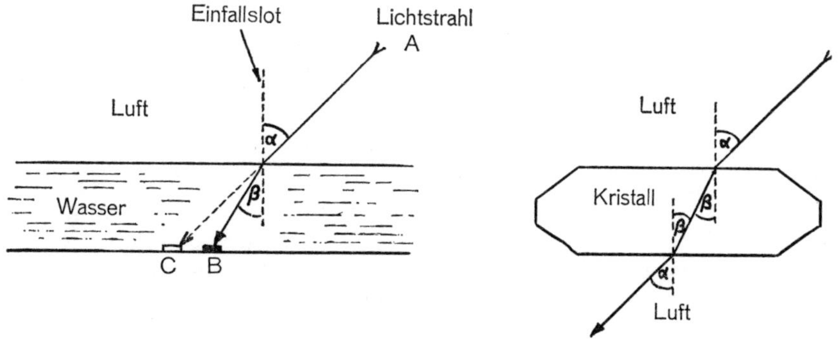

Abb. 61
Brechung eines Lichtstrahls beim Eintritt in ein dichteres Medium

Man kann sich von dieser Erscheinung leicht überzeugen, wenn man auf einen im Wasser liegenden Gegenstand zielt. Man glaubt, er würde am Punkt C liegen, in Wirklichkeit befindet er sich bei B. Der Lichtstrahl, der von A kommt, wird bei Eintritt in das Wasser zum Einfalls-Lot hingebrochen. Der Winkel β ist kleiner als der Winkel α. Geht ein Lichtstrahl durch einen Kristall, so wird er zunächst – beim Eintritt in das dichtere Medium – zum Einfallslot hingebrochen, dann aber beim Verlassen des Kristalls – Austritt in das dünnere Medium – wieder vom Lot weggebrochen. Das Sinusverhältnis der Winkel $\alpha : \beta$ heißt Brechungsindex. Dieser Wert ist eine Materialeigenschaft, für jeden Stoff anders, aber jeweils charakteristisch. Der Brechungsindex von Luft ist 1,0; der von Wasser 1,335; der von Diamant 2,43. Diese Zahlen beziehen sich auf Untersuchungen mit Licht bestimmter Wellenlänge, denn der Brechungsindex ist von der Farbe des Lichtes abhängig.

Brechungsindex

Fällt ein Lichtstrahl vom dichteren Medium in Richtung zum dünneren Medium (Abbildung 62), so wird er total reflektiert, falls der Winkel zum Lot – wie bei Strahl 1 – sehr groß ist. Strahl 3 tritt aus dem dichtern ins dünnere Medium.

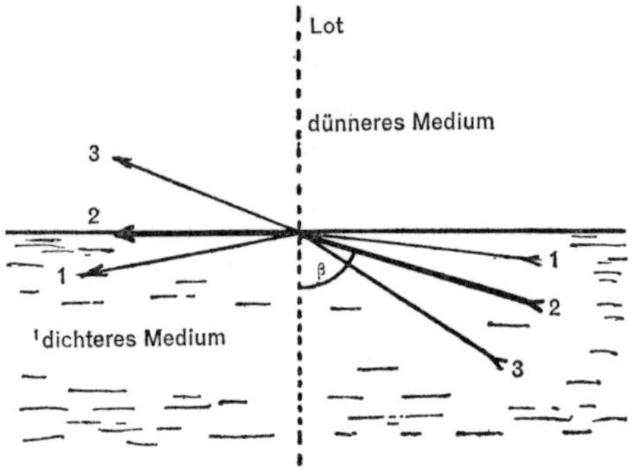

Abb. 62
Grenzwinkel der Totalreflexion. Erläuterung im Text

Totalreflexion

Totalreflektometer

Strahl 2 bildet mit dem Lot gerade einen solchen Winkel, daß der Strahl streifend entlang der Grenze beider Medien verläuft. Diesen Winkel nennt man den Grenzwinkel der *Totalreflexion.* Er ist vom Brechungsindex der beiden Medien abhängig. Bezeichnet man den des dichteren Mediums mit n_2 und den des dünneren Mediums mit n_1, so ergibt sich bei bekanntem Wert von n_2 mit der Gleichung $n_1 = n_2 \times \sin \beta$ aus dem Winkel β der Brechungsindex der unbekannten Substanz mit niedrigerem Brechungsindex. Von diesem Prinzip wird bei der Bestimmung des Brechungsindex mit Hilfe des Totalreflektometers von Abbe und Pulfrich Gebrauch gemacht.

Doppelbrechung

«Isländischer Doppelspat»

Kubisch kristallisierende Substanzen und amorphe Stoffe sind einfachbrechend. Alle anders kristallisierenden Mineralien sind doppelbrechend. Fällt ein Lichtstrahl senkrecht auf einen Kristall (Abbildung 63 links), so wird er in zwei Strahlen zerlegt, nämlich einen ordentlichen (ordinären = o), der ungebrochen durch den Kristall verläuft, und einen außerordentlichen (extraordinären = e), der abgelenkt wird. Bei schrägem Einfall (Abbildung 63 rechts) wird selbstverständlich auch der ordentliche Strahl abgelenkt. Die *Doppelbrechung* ist bei klaren Spaltstücken von Calcit besonders gut zu beobachten. Betrachtet man ein Schriftbild durch einen Calcit, so erscheint es doppelt (Tafel 2). Als Fundort besonders klarer und reiner Calcit-Spaltstücke sei Island genannt. Diese Spaltstücke werden daher *«Isländischer Doppelspat»* genannt.

Die Brechungsindizes von Calcit sind für den ordentlichen und außerordentlichen Strahl verschieden. Die aus dem Kristall austretenden Lichtstrahlen zeigen noch eine andere Besonderheit: Sie sind «linear polarisiert», das heißt, die Lichtwellen schwingen jetzt nur noch in einer ganz bestimmten Richtung, und beide Schwingungsrichtungen stehen senkrecht zueinander.

Es gibt eine einzige Richtung, in der keine Doppelbrechung beobachtet wird, nämlich die Richtung der «optischen Achse», die bei den hexagonalen, trigonalen und tetragonalen Kristallen mit der kristallografischen Achse übereinstimmt. Die optischen Eigenschaften der rhombischen, monoklinen und triklinen Kristalle sind komplizierter. Die Kristalloptik ist ein wichtiges Hilfsmittel zur Bestimmung von Mineralien. Man benutzt dazu insbesondere das *Polarisationsmikroskop*, das die Untersuchung von Kristallen im polarisierten Licht erlaubt. Zur Herstellung von polarisiertem Licht verwendet man klare Spaltstücke von Calcit, die in bestimmter Weise bearbeitet sind. Sie werden zu sogenannten Nicol'schen Prismen verarbeitet, von denen jedes Polarisationsmikroskop zwei enthält, zwischen die das zu prüfende Mineral gelegt wird. Statt Nicol'scher Prismen sind (für einfachere Zwecke) Polarisationsfilter in Gebrauch.

«optische Achse»

Polarisationsmikroskop

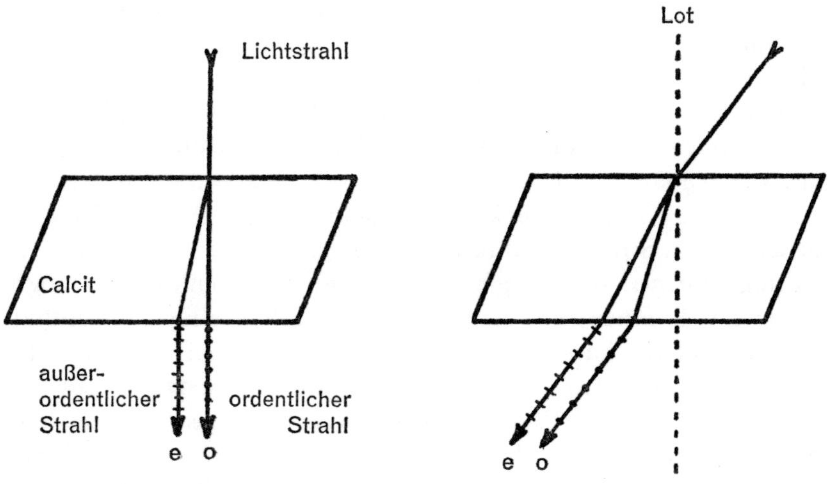

Abb. 63
Strahlengang durch Calcit. Doppelbrechung

In kubisch kristallisierenden und amorphen Stoffen wird das Licht in allen Richtungen gleichmäßig absorbiert. Sie sind deshalb in allen Richtungen betrachtet gleichfarbig. Alle anders kristallisierenden Mineralien zeigen in verschiedenen Richtungen mehr oder weniger deutlich verschiedene Farben, weil die beiden durch Doppelbrechung entstandenen Strahlen nicht nur verschiedenen Brechungsindex besitzen, sondern auch verschiedene Absorption erfah-

Dichroismus

Pleochroismus

Dichroskop

Fluoreszenz, Phosphoreszenz

ren. Als Beispiel sei Turmalin genannt. Man nennt diese Erscheinung *Dichroismus* (griechisch: di = zwei, doppelt; chrome = Farbe; zusammen: Zweifarbigkeit). Manche Mineralien zeigen in drei Richtungen sogar drei verschiedene Farben, zum Beispiel das Mineral Cordierit. Die Mehrfarbigkeit wird als *Pleochroismus* (griechisch: pleon = mehr) bezeichnet. Mit Hilfe eines Dichroskopes läßt sich die Mehrfarbigkeit gut beobachten.

Fluoreszenz, Phosphoreszenz: Sehr viele Mineralien zeigen die bemerkenswerte Eigenschaft, in schönen Farben zu strahlen, wenn man sie mit ultraviolettem Licht beleuchtet. Ultraviolettes Licht ist – wie der Name schon sagt – eine «Licht»-Art, die jenseits des violetten Lichtes liegt, also noch kürzere Wellenlänge besitzt als dieses. Für das menschliche Auge ist das ultraviolette Licht nicht sichtbar. Die Wirkung solcher Strahlen ist aber jedem bekannt, denn die Sonne sendet sie unaufhörlich zur Erde, allerdings vermischt mit sichtbarem Licht. Der Sonnenbrand wird durch das ultraviolette Licht hervorgerufen. Die künstliche Höhensonne sendet ebenfalls reichlich ultraviolettes Licht, vermischt mit sichtbarem Licht, aus. Wenn man das sichtbare Licht der Höhensonne durch geeignete tiefblaue Filter zurückhält, so gelangen nur die unsichtbaren ultravioletten Strahlen auf das beleuchtete Objekt.

Einige Firmen bieten gebrauchsfertige Analysenlampen (abgekürzt: UV-Lampen) an, die geeignete Blaufilter eingebaut enthalten. Eine schöne handliche Lampe ist die Stabanalysenlampe der Quarzlampengesellschaft mbH, Hanau am Main. Das kleine Gerät sendet vorwiegend langwelliges UV aus, ebenso wie das Koffer-Analysengerät der gleichen Firma (Tafel 10). Die Deutsche Philips GmbH, Hamburg 1, Mönckebergstraße 7, bringt verschiedene Ultraviolettstrahler für kurzwelliges UV auf den Markt, die zur Entkeimung und Bakterienvernichtung bestimmt sind. Solche Lampen lassen sich in geeigneter Weise montieren und sind, mit einem 2 Millimeter dicken Filter UG 5 der Firma Schott & Gen., Mainz, versehen, ebenfalls als Analysenlampen verwendbar. Besonders sei die Lampe TUV 6 Watt erwähnt, die ohne jede Zusatzgeräte direkt an die 220-Volt-Leitung angeschlossen werden kann. Die Röhre ist 14,6 cm lang und im Durchmesser 2,6 cm; sie läßt sich in jede normale Lampenfassung einschrauben.

Ein sehr reichhaltiges Programm von Lichtquellen für kurzwelliges UV bieten amerikanische Firmen, von denen die Ultra-Violet

Products Inc., San Gabriel, California, als führend genannt sein soll. Sie wird durch die Firma Hormuth & Vetter, Heidelberg, Postfach 750, in Deutschland vertreten.

Als einfachere UV-Lampe empfiehlt sich das Black-Ray Modell UVL 21 oder das etwas energiereichere Modell UVL 22. Beide sind sehr handlich, wiegen etwa ½ Kilo und genügen einfachen Ansprüchen. Zum Anschluß an das 220-Volt-Lichtnetz benötigt man einen kleinen Transformator, der mitgeliefert werden kann. Intensivere Lampen sind die Modelle Mineralight UVS-11 und UVS-12, beide zur Erzeugung von kurzwelligem UV-Licht. Das Modell UVSL-13 kann sowohl kurz- als auch langwelliges UV erzeugen. UVL-21 und 22 liefern nur langwelliges UV. Die Formen der verschiedenen Modelle sind nahezu gleich, ebenso das Gewicht. Sehr praktisch ist die transistorisierte Taschen-UV-Lampe «Mineralight» für Untersuchungen im Gelände. Sie ist mit aufladbaren Akkus versehen, wiegt etwa ¾ Kilo und ist sehr handlich. Das Modell M-14 erzeugt kurzwelliges, M-15 kurz- und langwelliges und M-16 langwelliges UV (Tafel 9).

Mit den UV-Lampen muß man in einem verdunkelten Raum arbeiten. Es gibt aber auch Geräte, die Beobachtungen von Mineralien gestatten, ohne daß das Zimmer verdunkelt werden muß. So bieten die Firmen W. Bälz & Sohn KG, Heilbronn am Neckar, Postfach 125, sowie Hormuth & Vetter Beobachtungskasten an (Tafeln 9 und 10), der eingebaute UV-Röhren enthält. Solche Geräte sind sehr praktisch.

Ultraviolette Strahlen sind sehr energiereich. Wenn sie auf gewisse Mineralien auftreffen, dann werden diese «angeregt» und wandeln das unsichtbare UV in sichtbares Licht um. Man hat den Eindruck, als würden die Mineralien von innen heraus leuchten. Dieses Leuchten beginnt sofort in dem Augenblick, in dem die Bestrahlung mit UV-Licht einsetzt. Es endet auch unmittelbar nach Abschalten der Strahlungsquelle.

In manchen Fällen ist das Leuchten durch den speziellen Atom- oder Molekülbau der leuchtenden Verbindungen bedingt, in anderen Fällen sind kleine «Verunreinigungen» im Kristallgitter der Mineralien die Ursache. So hat man z. B. das Mineral Willemit, ein Zinksilicat aus dem Erzvorkommen bei Franklin, New Jersey, genau untersucht und fand, daß es durch wenige Prozente Mangan «verunreinigt» ist. Dieser Willemit leuchtete bei Bestrahlung mit

UV grün. Danach stellte man auf künstlichem Wege reines Zinksilicat ohne Mangan-Verunreinigungen her. Dieses leuchtete jedoch bei Bestrahlung nicht.

Es gibt eine große Anzahl von Mineralien, die bei UV-Bestrahlung leuchten. Der natürlich vorkommende Fluorit zeigt diese Erscheinung in besonders ausgeprägter Weise. An ihm ist der Effekt auch zuerst bemerkt worden, und deshalb bezeichnete man das Leuchten als «Fluoreszenz». Fast alle Fluorite (mit Ausnahme der schwarzblauen) fluoreszieren, die meisten von ihnen blau oder violett. Weitere fluoreszierende Mineralien sind Calcit, Dolomit, Aragonit, Strontianit, Cerussit, Baryt, Coelestin, Gips (Tafel 12), viele Uranmineralien, wie Autunit, Uranocircit und Uranospinit (vergleiche hierzu den Urannachweis mit Hilfe der fluoreszierenden Natriumfluorid-Perle Seite 131), Benitoit, Beryll, Spodumen, Willemit und viele andere. Die herrlichsten Farbeffekte zeigen die massiven Erzstücke von Franklin, New Jersey. Diese Brocken enthalten Calcit, Willemit und Franklinit innig vermischt. Der Calcit leuchtet unter kurzwelligem UV intensiv rot, der Willemit intensiv grün (siehe Farbtafel 17).

«Fluoreszenz»

Es gibt aber auch eine Reihe von Mineralien, die nach Abschalten der Lichtquelle weiterleuchten, etwa wie die Leuchtziffern einer Uhr. Diese Erscheinung des Nachleuchtens nennt man *Phosphoreszenz*. Viele Aragonit-Kristalle von Sizilien leuchten bei Bestrahlung mit langwelligem UV intensiv orangerot. Schaltet man das Licht ab, so leuchten sie grün weiter (Tafel 12). Das Nachleuchten dauert etwa 5–20 Sekunden. Für den Sammler sind alle diese Erscheinungen sehr reizvoll.

Phosphoreszenz

Radioaktivität

Radioaktivität: Im Jahre 1896 beobachtete der Physiker A. H. Becquerel, daß fotografische Platten von Uranmineralien selbst dann «belichtet» werden, wenn jene durch schwarzes Papier geschützt sind. Er machte eine dem Uran eigene Strahlung für die Schwärzung verantwortlich. Heute weiß man, daß *alle* Uranverbindungen, natürliche oder künstliche und ebenso auch das Uranmetall eine durchdringende Strahlung aussenden. Die Strahlung muß also eine Eigenschaft der Uran-Atome sein. Besonders auffällig ist, daß die als «radioaktive Strahlung» bezeichnete Erscheinung über lange Zeit unveränderlich zu sein scheint.

Es gibt noch andere radioaktive Elemente, auch im Mineralreich. Die bekanntesten sind das Radium und das Thorium. Die radioaktive Strahlung übt auf viele Stoffe besondere Wirkungen aus. So werden zum Beispiel Gläser und andere Substanzen allmählich gefärbt. Die blaue Farbe, die das natürlich vorkommende Steinsalz manchmal zeigt, ist auf die Einwirkung von radioaktiver Strahlung zurückzuführen. Es gelingt auch, farblose Bergkristalle durch Bestrahlung in Rauchquarze zu verwandeln, wobei die Farbtiefe von der Strahlenintensität abhängt. Enthält ein Mineral, zum Beispiel Biotit oder Fluorit, kleine Teilchen eines radioaktiven Stoffes eingeschlossen, so wird durch die wirksame Strahlung nur die nächste Nähe des strahlenden Teilchens gefärbt. Die so gebildeten «radioaktiven Höfe» lassen die Anwesenheit von außerordentlich winzigen Mengen eines radioaktiven Stoffes erkennen.

«radioaktive Höfe»

Nach einer im Jahre 1903 von den englischen Forschern RUTHERFORD und SODDY entwickelten Theorie besteht das Wesen der Radioaktivität in dem selbständigen Zerfall radioaktiver Atome. Die durch den Zerfall entstandenen neuen Atome sind im allgemeinen ihrerseits auch wieder radioaktiv und gehen durch weiteren Zerfall in immer leichtere Atome über, bis schließlich ein «inaktives», stabiles Atom entstanden ist. Durch die Umwandlung bilden sich Elemente, die sich von den vorhergehenden nicht nur durch ihre radioaktiven, sondern auch durch ihre chemischen Eigenschaften unterscheiden. Man hat es bei den radioaktiven Prozessen also mit natürlichen Elementumwandlungen zu tun. Durch den fortlaufenden Zerfall von Atomen entsteht eine Reihe von Zerfallsprodukten, deren Gesamtheit man als *Zerfallsreihe* bezeichnet. Die Uran-Zerfallsreihe beginnt mit dem Uran als schwerstem Element und endet beim stabilen Blei. Die Bleiatome sind leichter als die Uranatome. Die Gewichtsdifferenz geht durch die Strahlung verloren, die zum Teil aus Materieteilchen besteht. Man kennt heute auch sehr genau die Zeitspanne, innerhalb der eine gegebene Menge eines radioaktiven Elementes zerfällt. Vom Uran weiß man, daß eine beliebige Menge in etwa 4½ Milliarden Jahren zur Hälfte zerfallen ist. Die verbliebene Hälfte ist nach weiteren 4½ Milliarden Jahren wiederum zur Hälfte zerfallen usw. Die «Halbwertszeit» des Urans beträgt also etwa 4½ Milliarden Jahre. In der gleichen Zeit entsteht eine genau berechenbare Menge Blei. Aus 1 Gramm Uran entsteht jährlich die winzige Menge von $1{,}35 \cdot 10^{-10}$ Gramm (=0,000000000135 Gramm) Blei.

Zerfallsreihe

«Halbwertszeit»

Wenn man in einem Uranmineral das Verhältnis von Uran zu Blei auf analytischem Wege ermittelt, so kann man das absolute

Alter des Minerals berechnen. Dividiert man nämlich die pro Gramm Uran gefundene Bleimenge durch $1{,}35 \cdot 10^{-10}$, so erhält man das Alter des Minerals in Jahren. Auf diese Weise konnte festgestellt werden, daß die ältesten Uranmineralien etwa 2–3 Milliarden Jahre alt sind.

isotropisierte Kristalle

Radioaktive Einschlüsse in Mineralien verursachen Veränderungen in ihrer unmittelbaren Umgebung, die man schon mit der Lupe oder dem Mikroskop sehen kann. So entstehen z. B. die «radioaktiven Höfe» mit dem Strahler im Zentrum. Man kann das besonders gut in manchen Fluoriten, in Biotit, Spinell und anderen beobachten. Die Strahlung zerstört das Kristallgitter teilweise, was eine Farbänderung zur Folge hat. Enthält ein Mineral besonders viel radioaktive Substanz im Kristallgitter, so kann dieses sogar völlig zerstört werden. Der Ordnungszustand geht verloren, das Mineral zeigt keine Richtungsunterschiede mehr (isotropisierte Kristalle).

Die radioaktive Strahlung kann mit Hilfe von physikalischen Apparaten gemessen werden. Das bekannteste Gerät dieser Art ist der Geiger-Zähler. Viele Mineraliensammler benutzen heute schon ein solches Gerät, um Uranmineralien und andere radioaktive Mineralien zu suchen (Tafel 11). Ein sehr hübsches Taschenmodell liefert die Firma Ernst Georg Miller, Pforzheim in Baden, Postfach 1241. Weitere Bezugsmöglichkeiten für verschiedene Geräte und alle möglichen Ansprüche bestehen zum Beispiel bei den Firmen Ing.-Büro K.H. Winter, München 19, Frundsbergstraße 30, oder Hartmann & Braun, Frankfurt am Main, oder Labor Prof. Dr. Berthold, Wildbad im Schwarzwald.

«Radiografie»

Man kann die radioaktive Strahlung aber sehr einfach mit fotografischen Platten nachweisen. Dazu schleift man eine Seite des zu untersuchenden Minerals an und legt das Stück mit der geschliffenen Seite bei völliger Dunkelheit auf eine Fotoplatte. Nach zwei oder mehr Tagen wird die Platte entwickelt. Das entstandene Bild nennt man «Radiografie». Für Urangehalte über 1% benutzt man normale Fotoplatten, zum Beispiel Perutz Braunsiegel 16/10 DIN oder Silbereosin 12/10 DIN. Für Proben mit sehr geringer Strahlungsintensität muß man Spezialplatten verwenden, zum Beispiel Kodak Kernspurplatten NT 2 A. Für den Mineraliensammler genügen im allgemeinen die gewöhnlichen Platten. Man muß ein wenig probieren, bis man die richtige Belichtungszeit (die unter ungünstigen Umständen einige Wochen beträgt) herausgefunden hat. Tafel 13 zeigt eine Radiografie von pecherzhaltigem Gestein.

VI. Formatisieren, Reinigen und Bestimmen der Mineralien

Die Größe der gesammelten Mineralstufen hängt von vielen Zufälligkeiten, aber auch vom Geschick des Sammlers ab. In vielen Fällen eignen sich die Stücke wegen ihrer Unförmigkeit nicht unmittelbar zum Aufstellen in Vitrinen oder Sammlungen. Sie müssen zunächst formatisiert, das heißt in eine gefällige Form gebracht werden. Dabei soll das Charakteristische einer Kristallstufe mengenmäßig den überwiegenden Teil der Stufe ausmachen. Es ist weder zweckmäßig noch schön, wenn ein paar Kriställchen mit einigen Kilogramm Nebengestein verwachsen in die Sammlung gelegt werden. Aus diesem Grunde soll von der Gesteinsunterlage möglichst viel überflüssiges Material entfernt werden.

«Formatisieren»

Es ist selbstverständlich, daß unter «Formatisieren» nicht die Zerteilung einer großen Mineralstufe verstanden wird, etwa nur deshalb, weil der Sammler kleinere Formate sammelt. Große Stufen zerteilt man nicht, sondern verwendet sie zu Tauschzwecken, sofern man sie nicht selbst als Ausstellungsstück behalten will. Andererseits soll das Verhältnis von Länge zu Breite einer Kristallstufe nicht so ausgefallen sein, daß die Länge zehnmal größer als die Breite ist. In Einzelfällen ist zu überlegen, ob die Stufe durch ein sinnvolles Zerteilen an Schönheit gewinnt. Auch dreieckige Stufen passen schlecht in eine Sammlung. Nach Möglichkeit sollte man einer rechteckigen Form den Vorzug geben.

Die Entfernung von unnötigem Gestein kann bereits an der Fundstelle versucht werden. Dabei hat man genau auf die eventuell sichtbare Schieferung des Gesteins, auf Risse und günstige Spaltrichtungen zu achten. Es darf nicht vergessen werden, daß das Gestein meistens in einer Ebene senkrecht zum Kristallbelag der Stufe spaltet, also die Kristallgruppe mitspaltet.

Der zum Formatisieren verwendete Hammer soll ein angemessenes Gewicht im Vergleich zum Stück besitzen, etwa gleich schwer oder besser etwas leichter sein.

Günstigere Ergebnisse lassen sich zu Hause mit einem Brecher erzielen, weil das Stück und damit auch die Kristalle nicht so sehr erschüttert werden wie bei einem Hammerschlag. Als Brecher

«Trimmer» («Trimmer») kann im einfachsten Fall ein Schraubstock Verwendung finden, zwischen dessen Backen das Stück in geeigneter Weise eingespannt wird. Es gibt auch Gesteinsbrecher speziell zum Formatisieren von Mineralstufen zu kaufen, vor allem bei amerikanischen Handlungen. Als Vertreter von Mineralbearbeitungs-Maschinen ist die Firma Siber & Siber, CH-8607 Aathal-Seegräben, Schweiz, zu nennen.

In besonders schwierigen Fällen kann das überflüssige Gestein mit Hilfe von elektrisch angetriebenen Sägen entfernt werden. Jeder Steinmetz verfügt über geeignete Sägen. Mit einigem Geschick läßt sich eine brauchbare Säge selbst bauen. Als Sägeblätter eignen sich Karborund-Scheiben oder Diamant-besetzte Stahlscheiben. Werkzeughandlungen können über den Bezug Auskunft geben. Fertige kleine Sägevorrichtungen bieten viele US-Firmen an.

Die meisten selbstgesammelten Mineralien sind von Natur aus oftmals verschmutzt und können nicht ohne weiteres in die Sammlung gelegt werden. Insbesondere solche Kristallstufen, die aus Spalten entnommen sind, enthalten mitunter reichliche Mengen von Ton und Lehm, andere sind mit Staub bedeckt, so daß eine vorherige Reinigung durchgeführt werden muß.

Reinigungsmittel

Das Reinigungsmittel richtet sich ganz nach der Art des Minerals. Wasserlösliche Mineralien, das sind vor allem die Salze, dürfen nicht mit Wasser gewaschen werden. Man kann hiefür einen mit Spiritus getränkten Pinsel nehmen. Alle übrigen, nicht wasserlöslichen Mineralien reinigt man zunächst grob unter dem fließenden Wasser und versucht, anhaftende Lehmreste mit einem dünnen Holzstäbchen vorsichtig zu entfernen. Dann werden die Stücke einige Zeit in warmes (nicht heißes!) Wasser gelegt, dem man zweckmäßig etwas Pril oder Rei zufügt. Dieses präparierte Wasser dringt auch in die feinen Risse und Fugen ein und vermag den Schmutz nachhaltig zu entfernen.

Es darf nicht unerwähnt bleiben, daß ein allzu scharfer Temperaturunterschied vermieden werden muß. Das Wasser soll natürlich nicht siedend sein, da sonst ein kalt eingelegter Kristall unter Umständen springen könnte. Insbesondere Schwefel und Cerussit sind gegen heißes Wasser sehr empfindlich. Wenn die Kristalle einer Stufe genügend stabil sind, kann man das Stück ohne weiteres mit einer kleinen Handbürste mit weichen Borsten in dem Prilwasser scheuern. Empfindlichere Kristallstufen müssen dagegen mit einem feinen Pinsel gereinigt werden. Bei ganz empfindlichen oder zerbrechlichen Stücken genügt auch kräftiges Hin- und Herschwenken im warmen Prilwasser. Haarförmige Mineralien, wie zum Beispiel Federerz, wäscht man nicht, da die Haare zusammenkleben. Nach dem Reinigen werden die Stücke noch einmal in sauberem Pril-Wasser nachgespült und dann zum Trocknen auf ein Tuch gelegt. In vielen Fällen bleiben zwischen den Kristallen immer noch kleine Reste von Lehm oder Schmutz. Man kann durch geduldige Arbeit mit feinem Werkzeug (wie Sticheln, Nadeln) die letzten Reste aus schwer zugänglichen Ecken und Höhlen herauspräparieren.

Rostentferner

Viele Mineralien sind mit einer unschönen Ocker-Schicht (das ist in der Hauptsache Eisenoxid) überzogen. Dieser braune Rostbelag läßt sich leicht entfernen, wenn man das Stück in eine warm gesättigte Lösung von Kleesalz legt. Zu diesem Zweck wird in angewärmtem Regenwasser (!) oder destilliertem Wasser so viel Kleesalz aufgelöst, bis ein kleiner Bodensatz bleibt. Das zu reinigende Mineral wird vollständig in diese Lösung eingetaucht. Nach drei Tagen zieht man das Stück hervor und scheuert es mit einer weichen Bürste unter fließendem Wasser gründlich ab. Anschließend wird es in Pril-Wasser leicht gebürstet und gut gespült. Kleesalz kann in jeder Drogerie gekauft werden. Es ist sehr giftig, daher Vorsicht! Hände gründlich waschen! Calcit und andere Carbonate, auch Apatit und sonstige säureempfindliche Mineralien dürfen nach diesem Verfahren nicht gereinigt werden, da sie sich in der Kleesalzlösung mit der Zeit auflösen. Weniger gefährlich, dafür unangenehm riechend, aber ebenso wirksam ist eine Lösung von Natriumdithionit. Es entfernt Rost unter milderen Bedingungen.

Kupfer ist oft durch einen grünen Belag seiner natürlichen Farbe beraubt. Man kann die ursprüngliche Farbe des Kupfers dadurch hervorbringen, daß man das Stück kurz in verdünnte Salzsäure hineinlegt. Diese löst den grünen Belag auf, ohne jedoch das Kupfer anzugreifen. Schwarze Kupferoxide lassen sich mit einer Lösung entfernen, die auf je 100 Kubikzentimeter Wasser 15 Gramm Seignettesalz und 5 Gramm Ätznatron (Natriumhydroxid) enthält. Diese Lösung greift nur das dunkle Oxid, nicht jedoch das Kupfer oder Cuprit an. Elementares Silber ist oft von Natur aus schwarz angelaufen. Es gibt neuerdings eine ganze Reihe von Silberputzmitteln (in der Drogerie erhältlich), die man lediglich in Wasser auflösen muß und in die das Silber hineingelegt wird. Nach 15–20 Minuten erscheint der natürliche silberne Glanz des Minerals, ohne daß eine Beschädigung des Silbers eintritt.

Zur Entfernung von Calcit, beispielsweise dem oft anzutreffenden Belag von Amethystkristallen in Geoden, benutzt man ein Gemisch aus einem Teil käuflicher Salzsäure und einem Teil Wasser. Diejenigen Teile des Stückes, die nicht von Säure benetzt werden sollen, kann man entweder mit Plastillin einhüllen oder mit flüssigem Bienenwachs bestreichen. Nach der Säurebehandlung läßt sich das Wachs leicht mit Benzin, Benzol oder Aceton weglösen. Alle drei genannten Lösungsmittel sind sehr feuergefährlich! Deshalb arbeite man nie in der Nähe offener Flammen oder mit brennender Zigarette! Auch für gute Entlüftung ist zu sorgen.

Nach der Behandlung einer Stufe oder eines Kristalls mit Chemikalien muß das Stück stets gründlich mit reinem Wasser gespült werden. Dazu legt man es mehrere Stunden in Wasser, das von Zeit zu Zeit erneuert, und dem zum Schluß ein klein wenig Pril oder Rei zugesetzt wird. Danach trocknet man die Stücke, stellt sie jedoch niemals direkt auf die Heizung.

Untersuchung der Mineralien

Sobald die Mineralien gereinigt und getrocknet sind, kann man mit dem Bestimmen beginnen.

Bestimmung nach äußeren Kennzeichen: Die Identifizierung (Bestimmung) eines unbekannten Minerals beginnt grundsätzlich nach äußeren Merkmalen, von denen die *Kristallform* wohl die wichtigste ist. Sobald man einige Übung in der Erkennung der Kristallform gesammelt hat, ist es nicht mehr problematisch, einen kubischen von einem hexagonalen oder tetragonalen Kristall zu unterscheiden. Zur Erleichterung bei der Bestimmung des Kristallsystems versucht man zuerst, die bereits bekannten Achsenkreuze in den Kristall zu legen. Bei niedrig symmetrischen Kristallen ist die Bestimmung natürlich nicht so einfach. Hier hilft zunächst ein Vergleich mit Abbildungen. Als zweites äußeres Kennzeichen ist die *Farbe* zu bestimmen. Insbesondere metallische Farben wie «grauer Metallglanz» oder «silbriger Metallglanz» oder «goldglänzende» Farben lassen sulfidische Erze vermuten. Schließlich taxiert man die Dichte des unbekannten Minerals ab und erhält dadurch einen Hinweis auf eventuell vorhandene Schwermetalle.

Als eines der wichtigsten Merkmale wird jetzt die *Strichfarbe* bestimmt. Dadurch ist man in die Lage versetzt, aus der großen Zahl der bekannten Mineralien einen beträchtlichen Teil auszuscheiden.

Als nächstes wird mit Hilfe der Härteskala die *Härte* des unbekannten Minerals ermittelt. Eine genaue Anleitung hierzu ist bereits gegeben worden (Seite 105).

Man hat jetzt bereits so viele äußere Kennzeichen bestimmt, daß aus der großen Zahl der in Frage kommenden Mineralien nur noch wenige in den Kreis der Betrachtungen eingeschlossen sind.

In einem Mineral-Bestimmungsbuch informiert man sich dann über die weiteren Eigenschaften, wie Kristallform, Farbe und chemische Zusammensetzung der in Betracht gezogenen Mineralien. Auf diese Weise ist es ohne Schwierigkeiten möglich, die häufigsten Mineralien selbständig zu bestimmen. In manchen Fällen wird es nötig sein, zur Beseitigung der letzten Zweifel auch einige chemische Nachweisreaktionen durchzuführen. Diese Reaktionen seien hier näher beschrieben.

Chemische Bestimmung – Lötrohrprobierkunde:

Außer Härteskala und Strichtafel benötigt man folgende Geräte:

1 Porzellanmörser (Reibschale) mit Pistill, etwa 2 cm inneren Durchmesser zum Pulverisieren von Proben. Eine Achatreibschale ist besser, aber teurer.

1 Lötrohr; im einfachsten Fall besteht es aus einer Messingröhre mit einem Holzmundstück an einem Ende, während das andere etwa im rechten Winkel umgebogen und mit einer kleinen Öffnung versehen ist. Das Lötrohr dient zum Erzeugen einer heißen Stichflamme.

1 Spiritusbrenner oder eine Paraffinlampe.

2 Stück Holzkohle; man kann geeignete Stücke von etwa 2 ×10 ×1 cm gebrauchsfertig beziehen. Zur Aufnahme von Mineralproben wird an einem Ende der Kohle ein kleines Grübchen gebohrt (siehe auch Tafel 14).

10 Magnesiastäbchen; sie dienen zur Erzeugung von Flammenfärbungen und zum Schmelzen von Boraxperlen. Besser ist ein Platindraht von 5 cm Länge und etwa ½ mm Dicke in einem Glasstab eingeschmolzen.

5 einseitig geschlossene Glühröhrchen von etwa ½ cm Durchmesser und 5 cm Länge. In ihnen wird die unbekannte Substanz trocken erhitzt. Mitunter lassen sich je nach dem Verhalten der

Substanz Rückschlüsse auf die Zusammensetzung des Minerals ziehen.

10 Reagenzgläser von etwa 8 cm Länge und 8 mm lichter Weite.

1 Kobaltglas (tiefblau gefärbte Glasscheibe).

Einige Stücke Filtrierpapier.

Alle genannten Geräte können von Handlungen für Laborbedarf bezogen werden. An jedem Ort mit Hochschule oder Universität gibt es ein solches Spezialgeschäft, meist direkt im Chemischen Institut. Strichtafel, Lötrohr und Holzkohle können auch von größeren Mineralienhandlungen bezogen werden.

Folgende Chemikalien werden benötigt:

Salzsäure, rein, konzentriert; die gelbe Salzsäure enthält viele Verunreinigungen, man verlange deshalb ausdrücklich «chemisch reine», die in einer Flasche mit Glasstöpsel aufbewahrt wird. Von dieser konzentrierten Säure wird eine verdünnte Lösung bereitet durch Vermischen von 1 Teil Säure mit 3 Teilen destilliertem Wasser (notfalls Regenwasser).

Salmiakgeist (Ammoniak), rein; in Flasche mit Gummistopfen aufbewahren.

Salpetersäure, etwa 20%ig, 50 ml in brauner Glasstöpselflasche aufbewahren.

Schwefelsäure, rein, konzentriert, etwa 50 ml in einer Glasstöpselflasche aufbewahren. Vorsicht! Schwefelsäure ätzt sehr stark (verspritzte Säure sofort mit viel Wasser abspülen). Beim Verdünnen von Schwefelsäure ist größte Vorsicht erforderlich. Grundsätzlich darf man nie Wasser zur Säure, sondern immer nur die Säure langsam und in kleinen Portionen zum Wasser geben. Es entsteht eine nicht unerhebliche Wärmeentwicklung.

Methylalkohol (Holzgeist), 50 ml

50 g eines Gemisches aus wasserfreier Soda und Pottasche

30 g Kaliumnitrat (Kalisalpeter)

5 g Kobaltnitrat

50 g Borax

20 g Phosphorsalz (saures Natrium-Ammoniumphosphat)

20 g Kalium- oder Ammoniumrhodanid

10 g Ammoniumchlorid (Salmiaksalz)

10 g Ammoniumolybdat

10 g Natriumfluorid
20 g Bleidioxid

Diese Chemikalien können von größeren Drogerien oder Apotheken bezogen werden. Die Säuren sind mit größter Vorsicht zu handhaben. Die Dämpfe wirken ätzend und sind gesundheitsschädlich. Schwefelsäure und Salpetersäure ätzen die Haut. Spritzer sofort mit viel Wasser und verdünnter Soda-Lösung abwaschen!

Flammenfärbung

Die Untersuchung beginnt stets mit der Prüfung, ob das unbekannte Mineral eine farblose Flamme zu färben vermag. Zu diesem Zweck wird die Spitze eines Magnesiastäbchens an einer nichtleuchtenden Gasflamme so lange geglüht, bis die Farbe der Flamme verschwindet. Das saubere Stäbchen wird jetzt in das feingepulverte Mineral getaucht und an den Saum der nichtleuchtenden Flamme gehalten. Dabei können folgende Farben auftreten:

Karminrot	–	Lithium
leuchtend Gelb	–	Natrium
Violett	–	Kalium
Ziegelrot	–	Calcium
Purpurrot	–	Strontium
Grün und Grüngelb	–	Barium
Blaugrün und Grün	–	Kupfer
schwach Fahlblau	–	Blei
schwach Fahlblau	–	Arsen
schwach Fahlblau	–	Antimon

Es empfiehlt sich, das Stäbchen öfter in verdünnte Salzsäure zu tauchen, um das anhaftende Mineralpulver in ein Chlorid zu verwandeln. Chloride sind im allgemeinen leichter flüchtig als andere Verbindungen. Bei Anwesenheit von Natrium wird die Kaliumflamme durch das intensive Gelb verdeckt. Betrachtet man die Flamme aber durch das blaue Kobaltglas, so wird das gelbe Licht verschluckt und die violette Kaliumflamme gut sichtbar. In Zweifelsfällen, zum Beispiel Calcium–Strontium, macht man eine Vergleichsprobe mit reinen Calcium- bezw. Strontiumverbindungen.

Borsäure aus borhaltigen Mineralien kann folgendermaßen erkannt werden: In ein kleines Reagenzglas gibt man zu einer kleinen Messerspitze feingepulverten Minerals 1 ml konzentrierte Schwefelsäure und dazu tropfenweise ½ ml Methylalkohol, schüttelt vorsichtig und erhitzt langsam über dem Spiritusbrenner. Das Glas hält man zweckmäßigerweise mit einer Klammer fest. Die Flüssigkeit beginnt bald zu sieden. Man zündet den verdampfenden Methylalkohol in der Öffnung des Reagenzglases an. Bei Anwesenheit von Borsäure brennt er mit grüner Flamme. Es ist notwendig, daß das Anzünden sofort nach Beginn des Siedens geschieht. Bei schwerlöslichen borhaltigen Silicaten fügt man noch eine kleine Messerspitze fein zerriebenen Fluorit hinzu, damit die unlöslichen Silicate besser zersetzt werden.

Boraxperle

Boraxperle und *Phosphorsalzperle.* Geschmolzener Borax oder geschmolzenes Phosphorsalz haben die Eigenschaft, Metalloxide zu lösen und der glasigen Perle eine charakteristische Farbe zu erteilen. Zur Herstellung der Perle glüht man zunächst das eine Ende des Magnesiastäbchens und taucht es noch glühend in den Borax. Jetzt wird wieder in die Flamme gehalten. Dabei bläht sich der anhaftende Borax stark auf und bildet nach einiger Zeit eine klare Perle. Mit der glühenden Perle nimmt man eine winzige Menge des fein zerriebenen Mineralpulvers auf und schmilzt wiederholt in der Flamme. Hat sich alles klar gelöst, so kann die Perle nach dem Erkalten folgendermaßen gefärbt sein:

tiefdunkelblau	–	Kobalt
smaragdgrün	–	Chrom
violett (bei oxidierendem Feuer)	–	Mangan
gelblich (bei oxidierendem Feuer)	–	Eisen
gelb – gelbgrün	–	Uran

Lötrohr-Reaktionen

Oxidationsflamme und *Reduktionsflamme.* Eine oxidierend wirkende Flamme darf keine unverbrannten Gase mehr enthalten, dagegen einen Überschuß an Luft. Eine Reduktionsflamme, wie sie zum

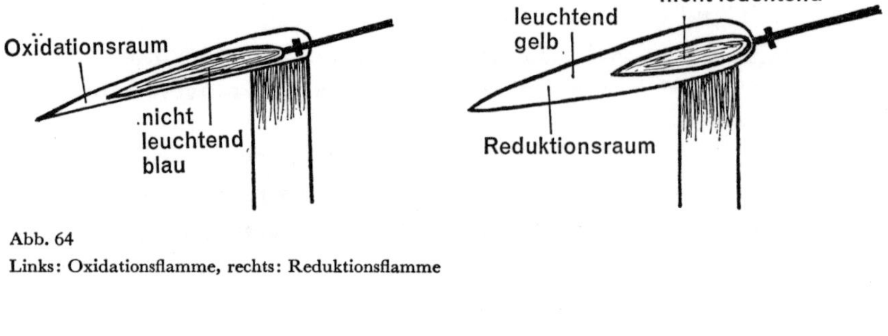

Abb. 64
Links: Oxidationsflamme, rechts: Reduktionsflamme

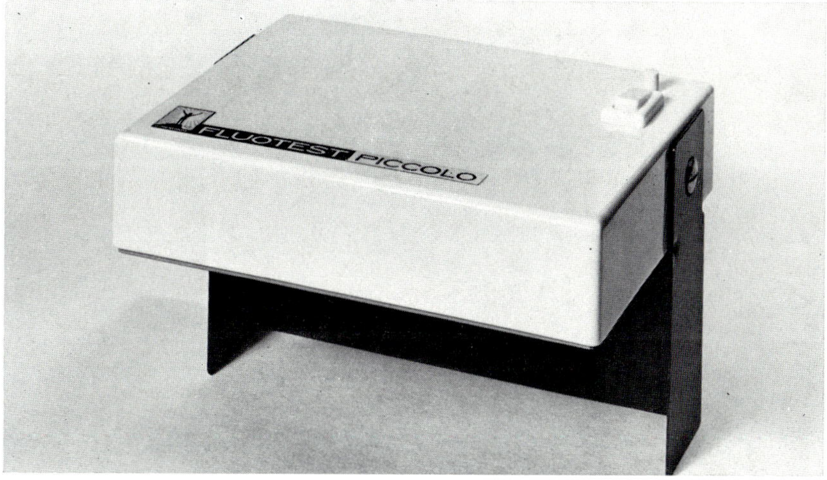

FLUOTEST PICCOLO,
das leistungsstarke und formschöne
Gerät der Firma
Quarzlampen GmbH. Werksfoto

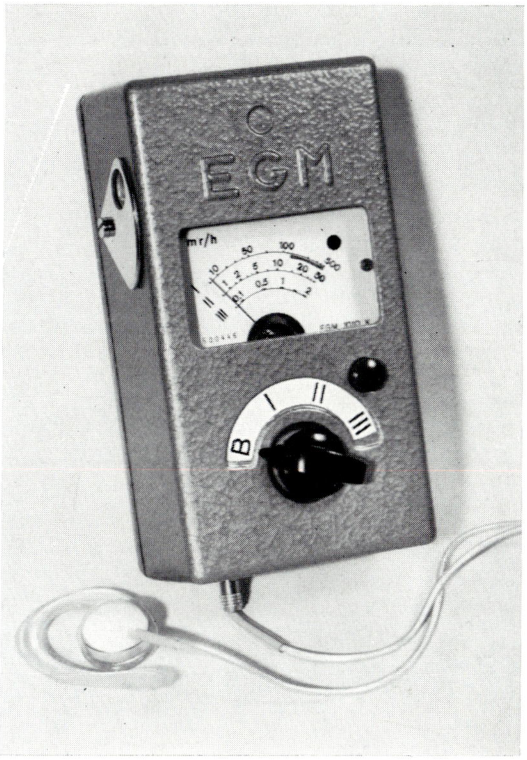

Strahlungsmeßgerät
EGM 1010 K
der Firma E. G. Miller,
Pforzheim, Kronprinzenstraße 42. Das leichte und sehr handliche Gerät ist für die Suche und den Nachweis radioaktiver Mineralien bestens geeignet. Neben der optischen Meßanzeige enthält es eine akustische Impulsanzeige. 3 Zellen von je 1,5 Volt erlauben kontinuierlichen Betrieb von 100 Stunden. Wahlweise können aufladbare Zellen verwendet werden, die einen Dauerbetrieb von 10 Stunden erlauben. Die Nachladung geschieht an einer Steckdose mit dem Nachladegerät.
Werksfoto

Fluoreszierender Gips-Kristall von Wiesloch/Baden. Unter langwelligem UV-Licht zeigt sich bei diesen Kristallen eine deutlich leuchtende «Sanduhr-Struktur». Die Gipskristalle finden sich in Ton eingebettet und sind ein Beispiel für «schwebend» gebildete Kristalle, die allseitig von natürlichen Flächen begrenzt sind. Nat. Größe

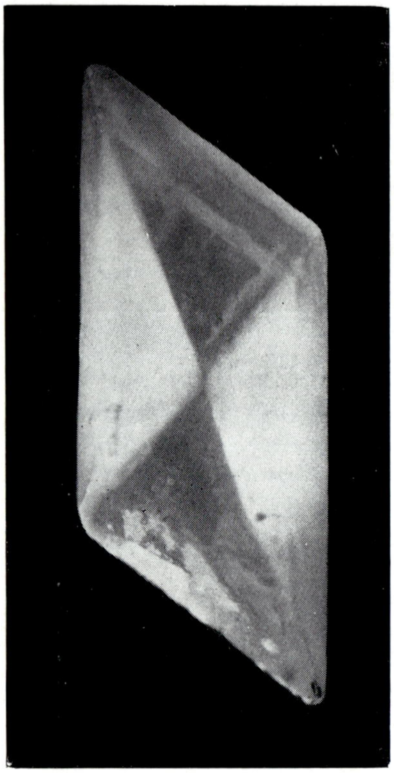

Phosphoreszierende Aragonit-Kristalle. Bei der Bestrahlung mit langwelligem UV leuchten die Kristalle kräftig rosarot. Sobald die Lichtquelle entfernt wird, beginnt ein kräftiges grünes Nachleuchten (Phosphoreszenz), das bis zu 15 Sekunden anhält. Dieses Nachleuchten wurde 15mal hintereinander fotografisch festgehalten, um die Intensität der Belichtung zu vervielfachen. – Die Aragonit-Kristalle stammen aus einer Schwefelgrube nahe Agrigento, Sizilien. Es sind pseudo-hexagonale Drillinge. ½ nat. Größe. Fotos: Lieber

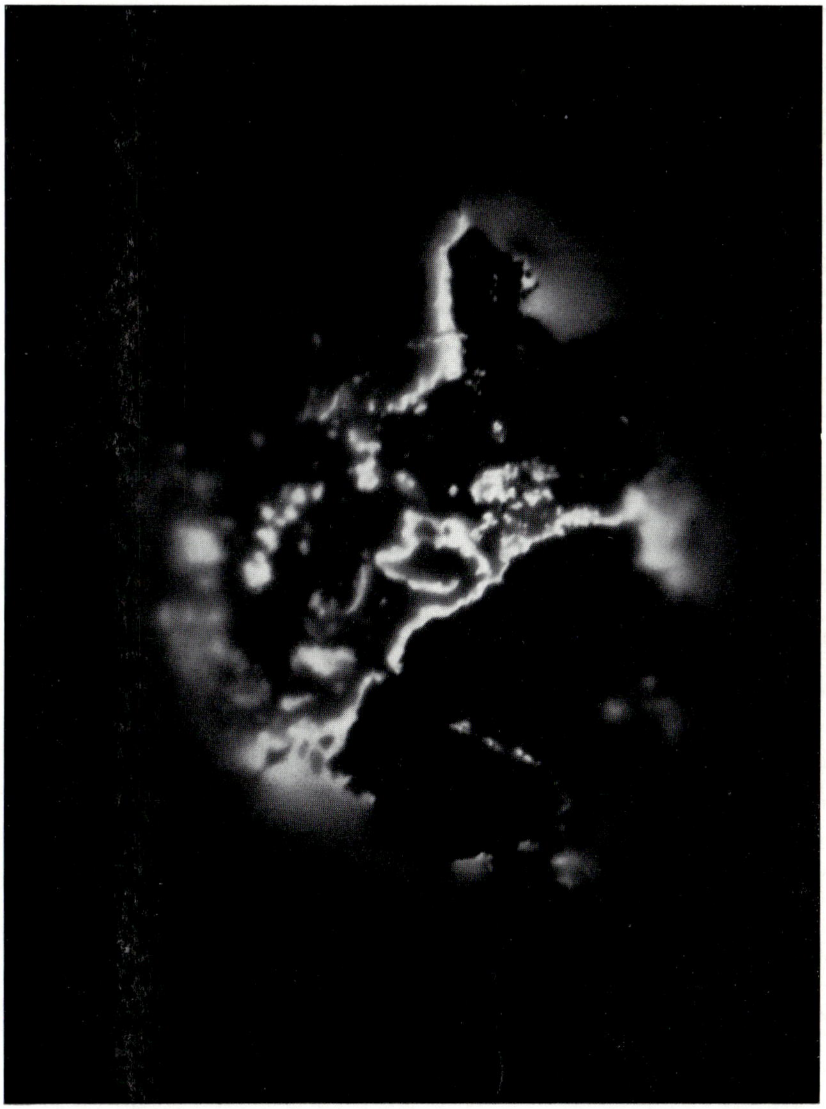

Radiografie von Uranerz, Vergrößerung zweifach. Die weiß erscheinenden Äderchen sind durch das strahlende Uran verursacht. Das anpolierte Erz lag 7 Tage auf der Schichtseite (!) einer Perutz-Platte (Silbereosin 12 DIN, orthochromatische Feinkorn-platte). Aufnahme: Lieber

Mineralbestimmung mit dem Lötrohr (1). Ein mit Mundstück versehenes Messingrohr ist im rechten Winkel abgebogen und wird je nach der gewünschten Flammenart (Textabbildung 128) in oder an die Flamme eines Spiritusbrenners (2) oder einer Paraffinlampe gehalten. Durch das Einblasen von Luft wird die Flamme umgebogen und auf die Holzkohle (3) geleitet, wo sich in einer kleinen Vertiefung die Probe befindet.
Mit der Reibschale (4) wird die Probe fein gerieben. Verschiedene Chemikalien (5) unterstützen die verschiedenen Reaktionen, die auch in kleinen Reagenzgläsern ausgeführt werden können (6). Flammenfärbungen erzeugt man mit dem Magnesiastäbchen (7).
Foto: Lieber

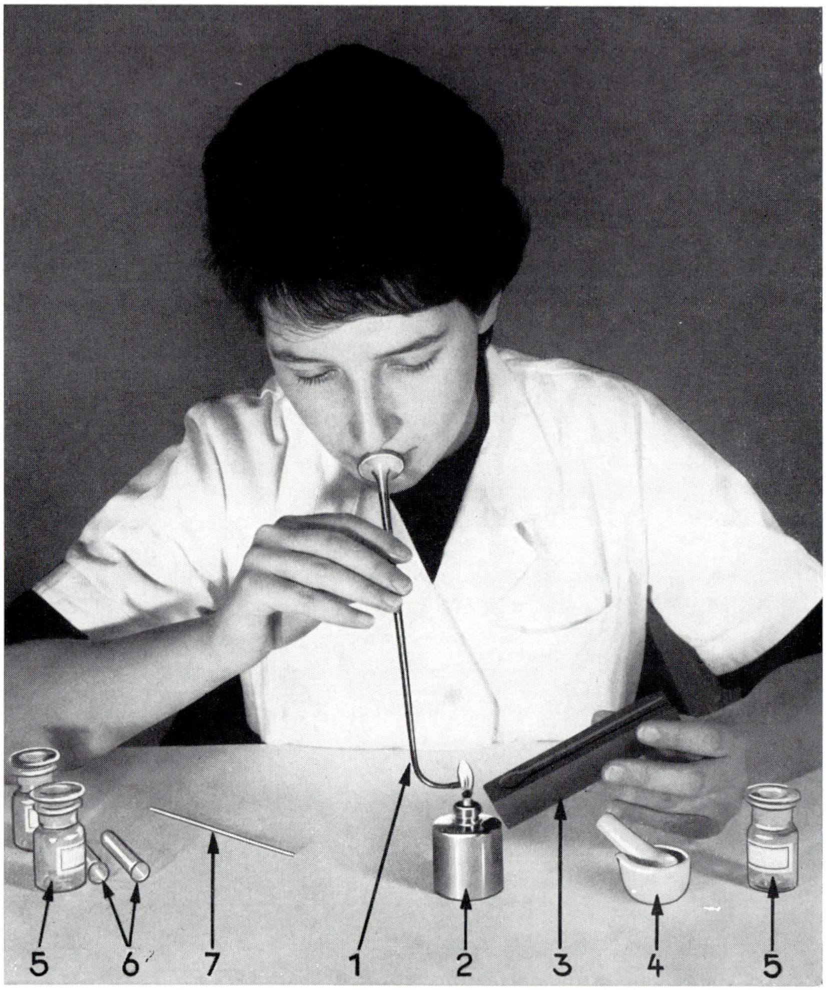

Beispiel zur Gewinnung von Metallen aus Erzen erforderlich ist, muß noch unverbrannte Gase enthalten, jedoch keine Luft. Man erzielt eine *Reduktionsflamme* folgendermaßen (Abbildung 64): Das Lötrohr wird an den Rand der Spiritusflamme (oder Gasflamme) gehalten, wobei man mäßig in das Mundstück hineinbläst (Tafel 14). Dadurch wird die Flamme umgebogen, und man erhält eine kleine Stichflamme. Sie besteht im wesentlichen aus einem inneren blauen Kern und einem gelben äußeren Mantel. Der blaue Kern enthält noch reichlich unverbrannte Gase, der gelbe, leuchtende Teil noch winzige Kohlepartikelchen, wirkt also reduzierend. Die größte Reduktionswirkung erhält man in der Spitze des blauen Kernes. Zur Erzielung einer *Oxidationsflamme* (Abbildung 64) hält man das Lötrohr mitten in die Spiritus- oder Gasflamme und bläst kräftig. Auch hier wird die Flamme des Brenners zu einer Stichflamme umgebogen. Aber diesmal erhitzt man mit dem äußeren Teil der Stichflamme, dem Mantel, wo alle Flammengase bereits oxidiert sind und keine Reduktionswirkung mehr besitzen. Zudem wird noch reichlich Luft aus der Umgebung mitgerissen, die die Oxidation der Probe besorgt.

Am Anfang macht das Blasen einige Schwierigkeiten. Man gewöhne sich daran, mit aufgeblasenen Backen aus dem Mund heraus *allein* zu blasen, während man bei geschlossenem Gaumen ruhig durch die Nase ein- und ausatmet. Von Zeit zu Zeit läßt man aus der Lunge neue Luft in den Mund hinein. Es ist zu vermeiden, aus der Lunge direkt zu blasen, ohne dabei zu atmen. Eine gute Vorübung besteht darin, die Backen aufzublasen, die Lippen dabei mit den Fingern dicht zu verschließen und ruhig durch die Nase ein- und auszuatmen. Dann läßt man die Luft langsam aus dem Mund entweichen – dabei immer noch durch die Nase atmend – und unterstützt das Entweichen der Luft durch schwache Betätigung der Wangenmuskeln.

Metalle und Beschläge auf Holzkohle. Die zu untersuchende Mineralprobe wird fein gepulvert und mit der dreifachen Menge eines Gemisches aus Soda und Pottasche vermengt und mit einigen Tropfen Wasser in die Vertiefung der Holzkohle gefügt. Jetzt erhitzt man sorgfältig mit der Reduktionsflamme des Lötrohrs. Dabei schmilzt das Gemisch nach einiger Zeit zusammen, wobei der Überschuß der Soda in die Kohle eindringt. Je nach der Art der Substanz muß das Erhitzen einige Minuten fortgesetzt werden. Nach dem Erkalten prüft man das entstandene Material und den Beschlag um die Vertiefung herum bzw. die Farbe des zurückgebliebenen Pulvers. Zur weiteren Untersuchung wird der Inhalt des Grübchens mit einem Messer herausgehoben, die Soda mit warmem Wasser gelöst und die anhaftende Kohle abgeschlämmt. Das Zurückgebliebene wird mit einer Lupe betrachtet und mit einem Magneten geprüft. Darüber hinaus kann man damit noch einige chemische Reaktionen im Reagenzglas ausführen.

Folgende Metalle können in der Reduktionsflamme mit Soda-Pottasche erschmolzen werden:

a) Metall ohne Beschlag: Zinn (zum Beispiel in Cassiterit, ist schwierig zu reduzieren), Kupfer (hier oft nur Metallflitter), Silber, Gold, Eisen, Kobalt (zum Beispiel in Cobaltin), Nickel (bei diesen drei auch nur Flitter).

b) Metall mit Beschlag: Blei, weiche Kügelchen und gelber Beschlag; Wismut (zum Beispiel in Bismuthinit), Kügelchen mit gelbem Beschlag; Antimon (zum Beispiel in Antimonit), spröde Kügelchen mit weißem Beschlag.

c) Beschlag ohne Metall: Weißer Beschlag, leicht flüchtig, Knoblauchgeruch = Arsen (zum Beispiel in gediegen Arsen oder Arsenkies); weißer Beschlag, nicht flüchtig, mit einem Tropfen verdünnter, wäßriger Kobaltnitrat-Lösung nach erneutem Glühen grün = Zink (zum Beispiel in Zinkblende); brauner Beschlag, nicht flüchtig = Cadmium (zum Beispiel in Greenockit).

Nachfolgend noch einige andere Reaktionen zur Erkennung verschiedener Elemente:

Aluminium (zum Beispiel aus Korund): Das Oxid läßt sich nicht reduzieren und bildet ein weißes Pulver. Befeuchtet man dieses mit einem Tropfen verdünnter wäßriger Kobaltnitrat-Lösung und glüht erneut, so färbt es sich himmelblau.

Eisen (zum Beispiel in Siderit): Schwer schmelzbare graue Metallflitter; magnetisch; die Flitter werden in einem Tropfen Salzsäure gelöst und mit einem Tropfen wäßriger 10%iger Ammoniumrhodanid-Lösung versetzt. Eine tief dunkelrote Farbe beweist Eisen.

Eisen läßt sich auch direkt aus dem Mineral nachweisen: Man löst eine kleine Menge der fein pulverisierten Probe in Salzsäure und fügt das Reagenz dazu. Intensive Rotfärbung beweist Eisen.

Titan (zum Beispiel in Rutil): Die Boraxperle ist bei oxidierendem Brennen farblos, bei reduzierendem Brennen jedoch schwach violett und im Fall kleiner Eisenbeimengungen rötlich. Man bedeckt die Perle im Reagenzglas mit 10 Tropfen Wasser, fügt einen Tropfen Schwefelsäure vorsichtig dazu, erwärmt schwach und fügt zu der Auflösung einen Tropfen Wasserstoffsuperoxid. Gelb-orange Färbung deutet auf Titan.

Mangan (zum Beispiel in Pyrolusit): Das feingepulverte Mineral wird mit einer Messerspitze Bleidioxid vermischt und im Reagenzglas mit 2–3 ml Salpetersäure versetzt. Man erhitzt 3 Minuten zum Sieden und läßt den Bodensatz absitzen. Bei Anwesenheit von Mangan ist die überstehende Lösung mehr oder weniger violett gefärbt.

Kupfer (zum Beispiel in Malachit): Mit der Reduktionsflamme erhält man vor dem Lötrohr auf Kohle rötliches Metall ohne Beschlag. Man löst den Inhalt des Grübchens in 2 Tropfen Salpetersäure und fügt dazu vorsichtig tropfenweise Salmiakgeist. Eine tiefblaue Färbung beweist Kupfer. Man kann das pulverisierte Mineral auch direkt in Säure auflösen und mit Salmiakgeist versetzen.

Uran (zum Beispiel in Pechblende): Die feinpulverisierte Probe wird in einer Natriumfluoridperle aufgeschmolzen. Diese Perle fluoresziert intensiv bei Bestrahlung mit Ultraviolett. Uranmineralien erzeugen auf fotografischen Platten Radiografien (siehe Seite 120).

Zinn (zum Beispiel in Cassiterit): Die Boraxperle ist farblos. Fügt man aber eine Spur eines Kupfersalzes (zum Beispiel Kupfervitriol) hinzu und glüht die Perle in der Reduktionsflamme, so färbt sie sich rot.

Nachweis für Fluor (zum Beispiel in Fluorit oder Kryolith): Etwas gepulvertes Mineral wird im Reagenzglas mit ½ ml konzentrierter Schwefelsäure übergossen und über der Flamme des Brenners langsam unter stetigem Schütteln zum Sieden erhitzt. Bei Anwesenheit von Fluor kriechen Gasblasen von Fluorwasserstoff ölartig an der Glaswand empor, und beim Umschütteln fließt die Schwefelsäure wie Wasser an einer fettigen Unterlage ab.

Man kann den Versuch auch in einem kleinen Bleitiegel durchführen, der mit einer Glasplatte abgedeckt wird. Fluorwasserstoff ätzt das Glas. Vorsicht! Die Dämpfe sind giftig; deshalb für gute Entlüftung sorgen oder im Freien arbeiten!

Chloride und Bromide (zum Beispiel in Steinsalz) erkennt man, wenn ein sauberer, ausgeglühter Kupferdraht mit konzentrierter Schwefelsäure angefeuchtet, in das Mineralpulver eingetaucht und in die Flamme gehalten wird. Jetzt entsteht eine blaugrüne Flammenfarbe.

Carbonate (zum Beispiel Calcit) entwickeln beim Übergießen mit verdünnter Schwefelsäure (eventuell ist langsames Erwärmen erforderlich) ein farb- und geruchloses Gas: Kohlendioxid. (Calcit entwickelt bereits mit Essigsäure in der Kälte Kohlendioxid. Dolomit nur mit warmer Salzsäure.) Riecht das Gas jedoch stechend und ätzend, so stammt es aus Chloriden. Übelriechendes Gas (Schwefelwasserstoff) wird aus Sulfiden frei gemacht.

Sulfide (zum Beispiel Bleiglanz) erkennt man an der Entwicklung von übelriechendem Schwefelwasserstoff (Geruch nach faulen Eiern), wenn eine kleine Messerspitze des fein gepulverten Minerals mit der gleichen Menge Salmiaksalz (Ammoniumchlorid) vermischt im trockenen Reagenzglas über der Flamme erhitzt wird.

Sulfate (zum Beispiel Gips) weist man mit der sogenannten «Hepar-Reaktion» nach. Dazu wird zunächst eine Sodaperle am Magnesiastäbchen oder am Platindraht erschmolzen, eine Spur der zu prüfenden Substanz hinzugebracht und in der leuchtenden Spitze einer Spiritusflamme geglüht (Leuchtgas enthält oft schwefelhaltige Gase und ist dann für diese Probe ungeeignet!). Die noch glühende Perle wird zusammen mit einem Tropfen Wasser auf eine Silbermünze oder einen versilberten Gegenstand gepreßt. Bei Anwesenheit von Schwefel (aus Sulfaten oder Sulfiden) färbt sich das Silber nach einigen Minuten schwarz.

Es empfiehlt sich, die beschriebenen Nachweise zur Übung an bekannten Stoffen oder Mineralien auszuführen, damit man die charakteristischen Erscheinungen kennenlernt. Kompliziertere Nachweisreaktionen sind hier bewußt nicht angeführt worden, doch genügen die beschriebenen Testversuche zur Überprüfung der häufigsten Mineralien. Komplizierter zusammengesetzte Mineralien wird man zur Untersuchung einem Fachmann überlassen.

Das Hantieren mit Chemikalien kann für den Ungeübten gefährlich sein. Man lasse sich daher zunächst von einem Fachmann über mögliche Unfallgefahren und richtige Arbeitsweise belehren.

VII. Künstliche Bearbeitung von Mineralien

Es gibt einige Mineralien, die durch künstliche Bearbeitung an Schönheit gewinnen. Andererseits gibt es einige Verbindungen, so vor allem die Salzmineralien, die sich in Sammlungen schlecht aufbewahren lassen, weil sie im Laufe der Zeit Feuchtigkeit aus der Luft anziehen und zerfließen. Andere Salzmineralien geben dagegen von ihrem Kristallwasser an die Luft ab und zerfallen zu Pulver. In solchen Fällen kann man sich zwar dadurch helfen, daß man die empfindlichen Stücke unter Glas oder in Flaschen aufbewahrt. Standgläser für Salze wollen aber nicht richtig in den Rahmen einer Mineraliensammlung passen, und ein Glassturz ist auch nicht immer das Idealste.

Lacküberzüge

Man konnte jedoch gute Erfahrungen mit farblosen Lacküberzügen machen; sie stören weiter nicht und lassen die natürliche Mineralienfarbe zur vollen Wirkung kommen. Für derartige Überzüge soll man nach Möglichkeit keine Spirituslacke verwenden. Brauchbar sind alle farblosen Acetonlacke oder Esterlacke. Man besorgt sich zum Beispiel ¼ Liter Zaponlack und die gleiche Menge Aceton. Die Lacke sind nämlich im allgemeinen ziemlich dickflüssig. Dies hat den Nachteil, daß die Kanten und Ecken von Kristallen nach dem Lackieren abgerundet erscheinen. Will man also feingliedrige Kristallgruppen lackieren, so wird der käufliche Zaponlack mit etwa der gleichen Menge Aceton verdünnt. Bei massiven oder kleinkristallisierten Salzstücken kann die Lackschicht ohne weiteres dicker sein, und die Verdünnung mit Aceton kann deshalb unterbleiben. Nun schüttet man die Flüssigkeit in ein geräumiges Gefäß und taucht die zu konservierende Stufe völlig hinein. Nach fünf Minuten wird sie herausgezogen und zum Abtrocknen auf eine ebene Fläche gelegt. Ist das Stück einmal aufgestellt, so darf es mit den Fingern nicht mehr berührt werden, weil sonst leicht Fingerabdrücke entstehen. Auch soll man es nicht in die Nähe eines Ofens, offenen Feuers oder auf die Heizung legen. Erstens sind die Lacke sehr feuergefährlich und zweitens wird der Überzug bei zu raschem Trocknen manchmal trübe. Nach zwei Stunden können die Stücke wieder berührt werden. Auch der Geruch verschwindet nach mehreren Stunden oder wenigen Tagen völlig, und die Stufen können in die Sammlung eingeordnet werden.

Zu den wasseranziehenden Mineralien zählen zum Beispiel Carnallit, Polyhalit, Steinsalz je nach dem Magnesiumgehalt, ebenso Sylvin, Hanksit. – In trockener Luft verlieren zum Beispiel folgende Mineralien Wasser und zerbröseln: Chalkanthit, Melanterit, Borax, Kernit, Laumontit. Bei einigen dieser Mineralien helfen auch Lacküberzüge nichts. Man muß sie wohl oder übel in einem gut verschließbaren Glas aufbewahren; zu den zuletzt genannten Mineralien kann man noch einen feuchten Wattebausch geben.

Schneiden Schleifen Polieren

Manche Mineralien sehen von außen recht unscheinbar aus. Ihre Schönheit ist im Innern verborgen. Dies gilt insbesondere für die Achate, die meist eine kugelige oder eiförmige, manchmal auch linsenförmige Gestalt besitzen und deren Außenhaut rauh und zerfressen erscheint. Erst ein Schnitt durch ein solches Gebilde offenbart die schöne Zeichnung in einer Mannigfaltigkeit an Ringen und Farben (Tafel 28). Auch andere Mineralien, zum Beispiel Malachit oder Schalenblende (Tafel 30) oder manche Sorten von Rhodochrosit zeigen innen eine sehr schöne Bänderung.

Zum Aufsägen derartiger Stücke verwendet man eine Kreissäge oder eine schnell rotierende Schneidescheibe aus Karborund. Das Sägeblatt der Kreissäge ist mit feinen Diamantsplittern besetzt. Solche Steinsägen besitzt jeder Steinmetz. Die besten Gelegenheiten zur künstlichen Bearbeitung von Mineralien findet man jedoch in Idar-Oberstein, dem Zentrum der deutschen Schmuckindustrie.

Ein mit einer Diamantsäge geschnittener Stein zeigt bereits ziemlich glatte Schnittflächen. Will man sich das Polieren ersparen, so kann man die Schnittfläche mit Zaponlack mehrmals dünn bestreichen. Viel schöner wirkt allerdings ein geschliffenes Stück. Viele Sammler haben einfache Vorrichtungen, um selbst Mineralien schleifen zu können. Seit einiger Zeit werden auch in Europa die einfachen Schneid- und Schleifmaschinen amerikanischer Herkunft angeboten. Es handelt sich dabei um kleinere, aber zweckmäßige Einrichtungen, die von den amerikanischen Sammlern schon lange benutzt werden. Dazu gehören auch die sogenannten «Tumbler», das sind Trommeln, in denen man Kugeln oder sonst rundliche Formen erzeugen kann.

Der Sammler kann auch in einfachen Fällen ohne Werkzeuge recht brauchbare Anschliffe selbst herstellen, sofern das zu schleifende Material nicht härter als Quarz ist. Zu diesem Zweck besorgt man sich (zum Beispiel bei der Firma P. F. Dujardin & Co., Düsseldorf, Rathausufer 16) mehrere Bogen Schmirgelpapier mit verschiedener Körnung. Auf dem gröbsten Papier wird durch kreisendes Reiben des Stückes zunächst eine ebene Fläche erzeugt. Danach setzt man das Schleifen auf immer feineren Papiersorten fort, bis man zum Schluß bei dem feinsten Politurpapier angekommen ist. Je nach der Härte des zu schleifenden Materials benötigt man pro Papiersorte 2–10 Minuten.

Es wurde bereits erwähnt, daß man vor allem Achate, Malachit, Schalenblende, Rhodochrosit anschleifen kann. Aber auch viele andere Mineralien- und Halbedelsteine gewinnen durch sachgemäße Politur an Schönheit. Insbesondere Jaspis, Carneol, Prasem, Chalcedon, Heliotrop, Tigerauge, Rhodonit usw. Auch gibt man manchen Quarzkristallen, die Rutilnadeln eingeschlossen enthalten und eine rauhe Außenfläche besitzen, eine Politur, um besser ins Innere blicken zu können.

Schmuckindustrie

Manche Sammler legen sich außer den unbearbeiteten Mineralien noch zusätzlich geschliffene Stücke in ihre Sammlung, vor allem von Edel- und Halbedelsteinen. Über das Schleifen von Edelsteinen gibt es wenige Bücher. Doch nur nach langdauernder Erfahrung ist ein Edelsteinschleifer in der Lage, einen einwandfreien Schliff auszuführen. In Idar-Oberstein hat jedermann Gelegenheit, die Schmuckindustrie mit allen ihren Nebenbetrieben zu besichtigen. Kein Sammler sollte versäumen, die deutsche Metropole dieses kunstvollen Handwerks zu besuchen.

Die früheren Amethyst- und Achatfunde haben die Edelstein-Industrie dieser alten Stadt am südlichen Hunsrück begründet. Seit dem späten Mittelalter gibt es dort nachweislich Steinschleifereien, weil es bequem war, die Steine direkt am Fundort zu verarbeiten.

Seinerzeit entstanden urtümliche, mit Wasserkraft betriebene «Schleifen» entlang des Idarbaches. Bis zur Mitte des vorigen Jahrhunderts entwickelte sich das Gewerbe nur zögernd und drohte dann wegen Erschöpfung der Vorkommen zu erliegen. Erst die Entdeckung ausgedehnter Lagerstätten von Achaten, Aquamarinen, Turmalinen und anderen Edelsteinen in Brasilien und Uruguay durch Auswanderer der Idar-Obersteiner Gegend schuf die Voraussetzung für die monopolartige Stellung, die Idar als «Stadt der Edelsteine und des Schmucks» im Welthandel einnahm und auch heute wieder einnimmt.

Etwa drei Kilometer westlich vom Stadtteil Idar, im sogenannten Steinkaulenberg, liegen als älteste Zeugen des Schleifereigewerbes Achatgruben, die bis Mitte des vorigen Jahrhunderts ausgebeutet wurden. Dort befinden sich etwa 40 Höhlen, die alle an der westlichen Seite nahezu waagrecht ins Berginnere führen und durch einen schmalen Pfad miteinander verbunden sind. Die meisten dieser Höhlen sind im Laufe der Zeit zerfallen, und nur wenige können heute noch begangen werden. Wenn auch das schleifwürdige Material fast restlos abgebaut wurde, so kann man in den Höhlen doch noch vereinzelt Amethyste, Rauchquarze, Bergkristalle und Achate finden.

Achatschleiferei

Von den Fundorten wurden die Steine hinab zu den Schleifen entlang des Idarbaches gebracht. Heute trifft man die kleinen romantischen Häuschen mit ihren Mühlrädern nur noch ganz vereinzelt an; sie sind in ihrem ursprünglichen Zustand erhalten und unter Denkmalschutz gestellt worden. Hier arbeiten die Schleifer, mit dem Bauch auf einem Gestell («Kippstuhl») liegend, an großen Sandsteinen, die bis zu 40 Zentner wiegen. Man kann sich die Härte der Arbeit vorstellen, wenn man bedenkt, daß die zu schleifenden Achate oft sehr schwer sind und kräftig gegen den rotierenden Schleifstein gepreßt werden müssen.

Die Erzeugnisse der Achatschleiferei sind vor allem Schalen, Dosen und vielerlei Zier- und Gebrauchsgegenstände. Infolge der großen Härte des Materials erfordert das Schleifen eines solchen Gegenstandes viel Arbeit, Erfahrung und Geschicklichkeit. Aus dem Rohstein muß zunächst ein geeignetes Stück herausgeschnitten werden, das eine ansprechende Musterung aufweisen soll. Hier hilft man der Natur manchmal durch Behandeln des Steins mit Sirup oder Honig und konzentrierter Schwefelsäure oder durch Farblösungen etwas nach. Manche Schichten der Achate sind nämlich porös, andere wieder nicht. Wird ein Stück nun in Honig gelegt, so dringt er in die porösen Schichten ein. Durch konzentrierte Schwefelsäure wird hierauf der Honig im Innern des Steines verkohlt, und die vorher unansehnlich grauen Schichten werden tiefschwarz. Ein prächtiger Onyx ist entstanden!

Nach dem Zuschneiden des Achates an einem mit Diamantpulver besetzten Sägeblatt wird das Stück an Sandsteinen verschiedener

Körnung geschliffen und danach an einer mit Schleifmitteln versehenen Hartholz-Trommel poliert.

Die heute verarbeiteten Achate stammen aus Uruguay und Brasilien; aber auch viele andere Schmucksteine, wie Amethyst, Aquamarin, Kunzit, Turmalin (Tafel 28), Zirkon, Smaragd, Granat, Opal, Safir, Rubin, Topas, Türkis, Diamant usw. werden aus allen Teilen der Welt importiert, in Idar-Oberstein geschliffen und wieder exportiert.

Edelsteinschleiferei

In den Edelsteinschleifereien sitzen die Schleifer an langen Tischen, vor sich rotierende Scheiben aus Bleilegierungen oder Kupfer, auf denen die Edelsteine geschliffen werden. Die zugeschnittenen Steine werden auf Holzstäbe aufgekittet. Unmittelbar neben der Schleifscheibe befindet sich eine viereckige Holzplatte, in der viele Reihen von Vertiefungen sind. Der Schleifer hält nun das spitze Ende des Stäbchens in eine der Vertiefungen und das stumpfe Ende mit dem Stein auf die mit Karborundum bestrichene Schleifscheibe. Je nach der Wahl der Vertiefung entsteht an dem Edelstein ein stumpfer oder spitzer Winkel (Tafel 15). Sieht man diesen Edelsteinschleifern bei der Arbeit zu, so erstaunt es einen immer wieder, mit welcher Sicherheit diese Männer aus freier Hand und ohne Winkelmesser selbst die kleinsten Steine auf Bruchteile eines Millimeters exakt schleifen. Und es gibt Schlifformen mit mehr als 350 Flächen (Facetten). Da gehört ein ungeheures Fingerspitzengefühl und ein hervorragendes Augenmaß dazu, damit die Facetten auch immer im gleichen Winkel zueinander stehen. Darüber hinaus erfordert diese geradezu künstlerische Arbeit bestens fundierte Kenntnisse der Edelsteine, weil jeder Kristall in besonderer Weise behandelt werden muß. Es kommt darauf an, die günstigste Richtung beim Herausschneiden des Rohstückes zu finden, damit ein höchstes Maß an Farbenreichtum bei möglichst kleinem Verlust erreicht wird. Sodann muß der geeignete Schliff gefunden werden, der dem Stein das stärkste Feuer verleiht. Man kann sich vorstellen, daß der Edelsteinschleifer bei jedem Stein, den er bearbeitet, schöpferisch wirkt; denn es gibt keine Vorschrift oder Norm für den «richtigen» Schliff.

Industrie

In der heute 34000 Einwohner zählenden Stadt gab es 1970 etwa 670 Betriebe (darunter auch Kleingewerbe) mit insgesamt 3700 Beschäftigten. Davon sind 440 Achatschleifer, 1400 Edelsteinschleifer, 750 Diamantschleifer, 180 Graveure, 120 Achatbohrer und 520 Personen im Edelsteingroßhandel und Rohsteinhandel.

Aber noch zwei andere Sehenswürdigkeiten bietet die Stadt dem Besucher: Unterhalb der in den harten Fels gemauerten Felsenkirche von Oberstein liegt das sehenswerte Heimatmuseum. Es erzählt nicht nur von der wechselvollen Geschichte der Stadt, sondern enthält auch bemerkenswerte Arbeiten der Edelsteinindustrie. – Im Stadtteil Idar wird in der Gewerbehalle – wo übrigens auch das Institut für Edelsteinforschung untergebracht ist – eine herrliche Auswahl edler Steine, roh und geschliffen, gezeigt. Man erfährt, wo die Heimat der Steine liegt, welches ihre Eigenschaften sind und wie man sie verarbeitet. Wohl kaum ein Handwerk vermag so großes Interesse zu wecken wie die Edelsteinindustrie. Und welche Freude vermögen edle Steine zu schenken! Nicht die Freude am Besitz, sondern Freude an der Schönheit dieser wunderbaren Gebilde, die uns die Natur schenkt.

VIII. Der Aufbau der Sammlung

Die Mineralien werden durch das Reinigen und Bestimmen sowie durch die eventuelle künstliche Bearbeitung für die Eingliederung in die Sammlung vorbereitet. Beim Aufbau einer Sammlung muß sich der Sammler aber noch überlegen, welche durchschnittliche Stückgröße er bevorzugt. Eine Sammlung wirkt bedeutend besser, wenn die Stufen einigermaßen ähnlich groß oder klein sind.

Die Entscheidung dieser Frage richtet sich im wesentlichen nach dem Platz, der für die Sammlung zur Verfügung steht, aber auch nach den Kosten, die der Sammler aufwenden kann. Die Erfahrung zeigt, daß jeder Sammler das eine oder andere Stück kauft, weil man eben viele Mineralien weder selbst finden kann, noch auf dem Tauschweg erhält. Kleine quadratzentimetergroße Stücke sind fast stets zu bekommen und auch im Fall seltener Mineralien sehr billig zu erwerben. Die Kosten für Porto, Verpackung und Aufbewahrung sind bei kleinen Stücken wesentlich geringer als bei großen Stufen. Andererseits soll eine Sammlung, die der Öffentlichkeit gezeigt werden soll, nach Möglichkeit große Stufen von mindestens 15 cm Breite und Höhe enthalten.

Für eine private Sammlung soll die Abmessung der Stücke etwa 7×9 cm betragen. Solche Stücke sind schön handlich und lassen fast stets alle Einzelheiten mit dem unbewaffneten Auge erkennen. Abweichungen nach unten (etwa 5×7 cm) und oben (8×11 cm) wirken noch harmonisch im Rahmen der Sammlung. Es ist selbstverständlich, daß sehr seltene Mineralien oder Edelsteine meistens wesentlich kleiner gesammelt werden müssen. Andererseits kann man wenige sehr große Stufen – gewissermaßen als Ausstellungs- oder Schaustücke – getrennt von der Sammlung aufstellen.

Im Vorwort ist bereits zum Ausdruck gekommen, daß es immer schwieriger wird, Mineralstufen von einheimischen Fundstellen zu bekommen, weil diese – wie allerdings auch die in anderen Ländern – von den immer zahlreicher werdenden Händlern ausgebeutet werden. Viele Menschen glauben, mit dem Kauf von Mineralien eine gute Kapitalanlage getätigt zu haben. Hier wird es nach einigen Jahrzehnten noch so manche bittere Enttäuschung geben. Denn noch nie waren die Preise für Mineralien so maßlos überteuert wie heute, und noch immer steigen die Preise. Überteuert eingekaufte Mineralien lassen sich aber niemals wieder zum gleichen Preis verkaufen. Man hat also nicht nur einen Zinsverlust, sondern auch einen mehr oder weniger erheblichen Kapitalverlust hinzuzunehmen. Und wer will in Zeiten der Not Mineralien von einem anderen abkaufen?

Daß es auch Ausnahmen gibt, bestätigt die Regel. Mineralien von einem begrenzten Vorkommen oder mit ungewöhnlichen Eigenschaften können ihren Wert sprunghaft steigern. Man denke nur an das kleine Vorkommen des blauen Zoisits aus Tansania! Aber das bleiben die wirklichen Ausnahmen. Warum, das sollte sich jeder Sammler – der nicht gerade im Geld schwimmt – ernsthaft fragen, eine Menge Geld für Mineralstufen hinblättern, die nur ein Bruchteil wert sind? Unlängst gab es auf einer Mineralienbörse eine etwa 7×10 cm große Azurit-Stufe von Tsumeb zum Preise von 11000,– DM zu sehen. Mehrere Fachleute mit jahrzehntelanger Erfahrung waren sich einig, daß das Stück höchstens zwei- bis dreitausend Mark wert war. Hätte es der junge Händler verkauft, so hätte er – nach seinen eigenen Angaben – dreitausend Mark verdient gehabt.

Wenn dies auch ein Extremfall darstellt, so ist doch zu bedenken, daß jeder Händler 100 bis 300% zum Einkaufspreis eines Stückes dazuschlägt. Wenn also ein Stück durch zwei, drei Hände gegangen ist, hat sich der Preis in schwindelnde Höhe hinaufgeschraubt. Die Konsequenz aus dieser betrüblichen Entwicklung lautet: Überlegt kaufen oder – noch besser – auf den Kauf überteuerter Mineralien verzichten. Es müssen ja auch nicht gerade Schaustufen von Handgröße sein, die eine Sammlung interessant machen.

Die Erfahrung lehrt, daß vom gleichen Mineral kleine Stüfchen für einen Bruchteil des Preises einer größeren Stufe erhältlich sind. Kleine Stüfchen heißt, Stücke von höchstens 2×3 cm oder kleiner. Die Tafel 33 zeigt, in welchem etwaigen Größenverhältnis die Stücke – von denen hier die Rede ist – stehen. Im Hintergrund ist eine 15×20 cm große Quarzstufe gezeigt, die fast schon für ein Museum geeignet wäre. Im Mittelgrund links eine Stufe Baryt der Größe 7×9 cm. Man könnte sie als ideale Größe für private Sammlungen charakterisieren. Aber Stücke dieser Abmessung sind heute unangemessen teuer. Vergleichsweise preiswert sind aber die kleinen Stufen, die auf die Kunststoffplättchen der Größe

2 × 3 cm aufgesetzt sind. Zum Vergleich ein Streichholz im Vordergrund und drei noch kleinere Stückchen von etwa 1 × 1 cm. Das Bild darunter zeigt einen Klarsichtkasten, in dem 40 kleine Stüfchen übersichtlich und staubdicht untergebracht werden können.

In Nordamerika sind viele Sammler dazu übergegangen, Sammlungen aus daumennagelgroßen Stufen anzulegen. Diese kleinen Stückchen werden auf geeignete Unterlagen – etwa auf Holzplättchen der Größe 1 × 1 cm oder auf Plastiktäfelchen – mit Hilfe eines Klebstoffes oder besser Plastillin aufmontiert. Die Amerikaner nennen derart vorbereitete Stufen «Micro-Mounts», womit «Klein-Montagen» gemeint sind. Micromount-Sammler kaufen sich dazu noch ein Stereo-Mikroskop (Tafel 16), durch das man die kleinen Stufen bei 10- bis 50facher Vergrößerung räumlich betrachten kann. Stereo-Mikroskope für den Sammler kosten je nach Qualität und Zubehör 300,– bis 600,– DM. Die noch teureren Geräte für wissenschaftliche Untersuchungen sind für den Sammler unnötig. Die einmalige Anschaffung eines Stereo-Mikroskopes zahlt sich bald aus, weil man andererseits bei der Beschaffung und Lagerung kleiner Stufen viel Geld spart. Zudem sind kleine Kriställchen meistens viel reiner, klarer und idealer, oft auch flächenreicher ausgebildet als große Kristalle, und es ist wirklich wunderbar, welche Fülle an Formen und Farben ein Blick durch das Stereo-Mikroskop offenbart.

Außerdem lassen sich an fast jedem Fundort, auch wenn er scheinbar unergiebig (gewiß: in bezug auf große Stufen!) sein sollte, daumennagelgroße Stückchen finden und bergen, die unter der Lupe betrachtet ein ausgezeichnetes Lehrmaterial darstellen. Scheinbar ausgebeutete Fundstellen, sterile Halden und tote Steinbrüche werden unter diesem Gesichtspunkt wieder zu interessanten Sammelplätzen. Und daumennagelgroße Mineralstüfchen sind im Handel für wenig Geld zu haben. Die Tafeln 8, 18, 19, 20, 21, 25, 26, 27 und 31 geben einige Kostproben und zugleich eindrucksvolle Beispiele für die Schönheit kleinerer Kriställchen und Mineralstufen unter der Lupe. In diesem Zusammenhang sei auf den im Ott Verlag, Thun/Schweiz, erschienenen Bildband mit dem Titel «Kristalle unter der Lupe» hingewiesen, in dem über das Sammeln und Präparieren, aber auch über das Fotografieren von Kleinstufen berichtet wird und in dem rund 90 großformatige Farbtafeln enthalten sind.

Nummer
Etikett
Karteikarte

Jedes Stück, das in die Sammlung eingereiht wird, erhält eine Nummer, die entweder mit schwarzer Tusche auf ein kleines Zettelchen geschrieben und mit dauerhaftem Klebstoff an der Unterseite des Stückes befestigt oder mit dauerhafter Farbe (Ölfarbe) direkt auf die Unterseite des Stückes aufgetragen wird. Schließlich gibt man zu jedem Stück ein Etikett, das den Namen des Minerals, den Fundort und die Nummer enthält. Auf diese Weise sind Verwechslungen von Stufen ausgeschlossen, und die Herkunft des Stückes bleibt immer bekannt. Ein gewissenhafter Sammler wird sich au-

Abb. 65
Etikett und Karteikarte

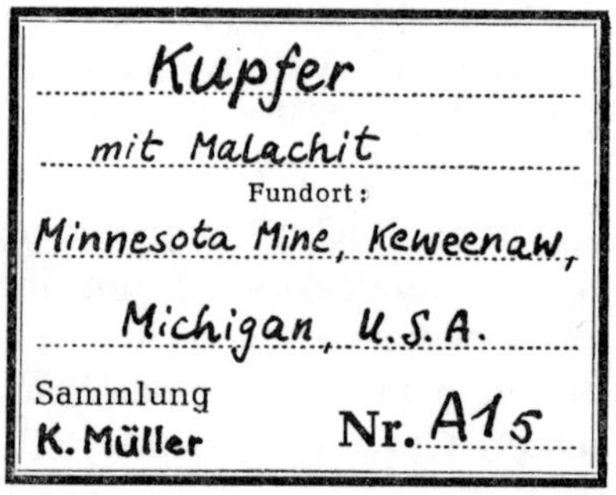
Kupfer
mit Malachit
Fundort:
Minnesota Mine, Keweenaw,
Michigan, U.S.A.
Sammlung
K. Müller
Nr. A15

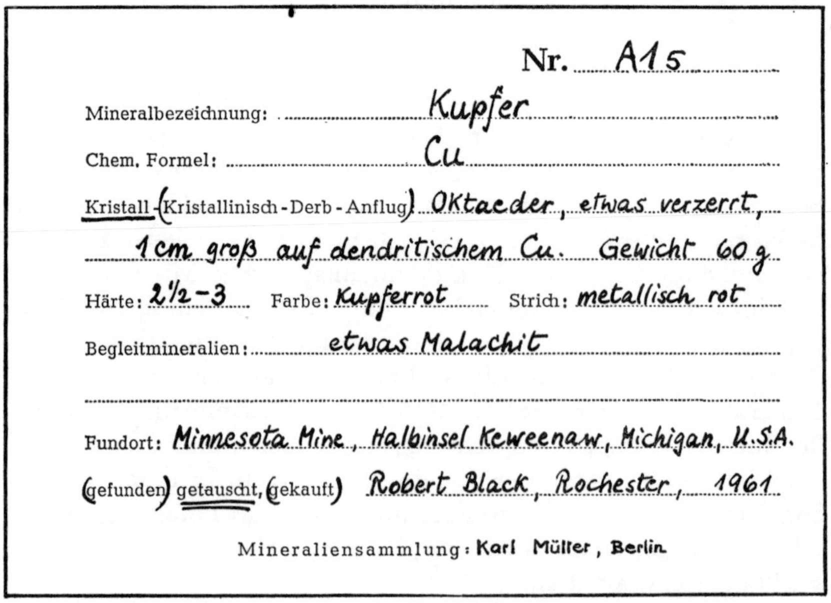
Nr. A15
Mineralbezeichnung: Kupfer
Chem. Formel: Cu
Kristall (Kristallinisch - Derb - Anflug) Oktaeder, etwas verzerrt,
1 cm groß auf dendritischem Cu. Gewicht 60 g
Härte: 2½–3 Farbe: Kupferrot Strich: metallisch rot
Begleitmineralien: etwas Malachit
Fundort: Minnesota Mine, Halbinsel Keweenaw, Michigan, U.S.A.
(gefunden) getauscht, (gekauft) Robert Black, Rochester, 1961
Mineraliensammlung: Karl Müller, Berlin

ßerdem eine Kartei anlegen, die für jedes Stück eine Karte enthält. Auf dieser Karte können weitere Einzelheiten notiert werden, so außer der Nummer der Name, die chemische Zusammensetzung, die Art der Ausbildung und Kristallform, die Härte, die Farbe, der Strich, die Begleitmineralien (Paragenese), die Größe des Stückes, der genaue Fundort und die Herkunft (wann gefunden, von wem getauscht oder wo gekauft).

Eine Sammlung gewinnt ungeheuer an Schönheit, wenn die Stücke säuberlich geordnet aufgestellt oder aufbewahrt werden. Jedes Mineral sollte deshalb in einem Pappschächtelchen untergebracht werden. Solche Schachteln können bei jeder Kartonagenfabrik oder Mineralienhandlung bezogen werden. Am besten wählt man drei Formate aus, die lückenlos aneinandergereiht werden können, zum Beispiel 4½ × 7 cm, 7 × 9 cm und 9 × 12 cm (Abbildung 66).

Die Kästchen lassen sich sinnvoll zu Gruppen vereinigen und in flachen Kisten unterbringen. Die Mineralien sollen vor Staub und Feuchtigkeit geschützt sein. Im einfachsten Fall kann man die flachen Kisten mit Cellophanpapier oder Plastikhüllen abdecken. Besser sind natürlich einigermaßen staubdichte Schubladen. Das Ideal eines jeden Sammlers ist und bleibt aber ein eigener Mineralienschrank und eine Glasvitrine für besonders große und schöne Stükke. Außerdem bietet ein Schrank den besten Schutz.

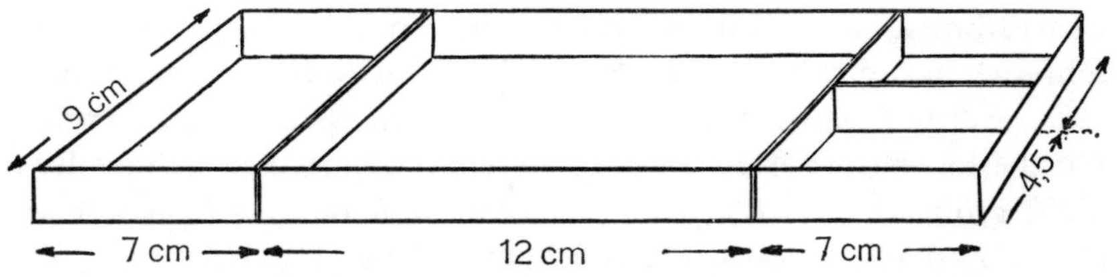

Abb. 66 Pappkästchen zur Aufbewahrung der Stücke

lichtempfindliche Mineralien

Durch zweckmäßige Aufbewahrung des Sammelgutes soll das Material vor Staub, Feuchtigkeit und – in bestimmten Fällen – vor Licht geschützt werden. Lichtempfindliche Mineralien sind vor allem Proustit (= lichtes Rotgültigerz) und die Silberhalogenide (Kerargyrit oder Chlorsilber, Bromsilber, Jodsilber). Diese Mineralien bedeckt man daher mit einem Karton oder stülpt ein entsprechendes Holzkästchen darüber. Verschiedentlich wird davon berichtet, daß manche Amethyste im Laufe längerer Zeit am Licht etwas Farbe verlieren würden. Manche Sorten von Rosenquarz sollen angeblich etwas verblassen, ebenso violetter Apatit. Manche blauen und grünen Fluorite sind tatsächlich lichtempfindlich. Sie verblassen ein klein wenig im Laufe einiger Jahre. Ebenso verblassen manche bräunliche Topaskristalle, so zum Beispiel die von Thomas Range, Utah. Auch die rosa Berylle sollen etwas Farbe verlieren.

Feuchtigkeit schadet vielen Mineralien sehr. Vor allem manche Salze (Steinsalz, Sylvin, Carnallit usw.) ziehen begierig Wasser aus der Luft an und zerfließen. Man muß sie daher besonders gut schützen; entweder man füllt sie in gut schließbare Glasflaschen oder in selbstgebastelte Glaskästchen. In vielen Fällen helfen Lacküberzüge. Meteoritisches Eisen beginnt in feuchter Luft zu rosten. Auch manche Markasite vertragen keine Feuchtigkeit.

Schließlich müssen die Mineralien auch dem Zugriff unverständiger Menschen entzogen sein. Manche Leute neigen dazu, die empfindlichen Kristallstufen in derber Weise anzupacken, umzudrehen oder sogar die Haftfestigkeit der aufgewachsenen Kristalle zu prüfen. Auf diese Weise können unersetzliche Verluste entstehen. Ein verschließbarer Schrank ist das einzige Mittel dagegen.

Sammlungsschränke gibt es durch Vermittlung von Mineralienhandlungen zu kaufen, doch fügen sie sich oft nicht harmonisch in den Rahmen eines wohnlich eingerichteten Heimes. Jeder Möbelschreiner fertigt aber solche Schränke nach Maß an. Die Schubladen werden zweckmäßig als flache Züge gearbeitet, die zwischen Holzleisten oder auf Kugellagern gleiten. Die Innenmaße sollten nicht größer als 35 × 50 cm sein, weil sonst das Gewicht der gefüllten Laden zu groß wird. Der lichte Abstand zwischen den Zügen soll mindestens 10 cm betragen. Alle anderen Maße ergeben sich nach dem vorhandenen Raum, nach der möglichen Höhe und Breite.

Vitrinen

Formschöne Glasvitrinen in allen Größen (Tafel 34) stellt z.B. die Firma Glasbau Heinrich Hahn, Frankfurt/Main, Hanauer-Landstraße 211, her.

Ein formschönes, in jede moderne Wohnung passendes Vitrinensystem stellt die Firma Staeger KG Raumtechnik, D-7304 Ruit,

Edelsteinschleifer bei der Arbeit. Die Edelsteine werden auf ein Holzstäbchen aufgekittet, dessen spitzes Ende in eine der vielen Vertiefungen in einer neben der Schleifscheibe angeordneten Holzplatte gehalten wird. Je nach der Wahl der Vertiefung entsteht am Stein ein spitzer oder stumpfer Winkel. Ohne Winkelmesser vermag der Schleifer einen Stein auf Bruchteile eines Millimeters genau zu schleifen. Foto: Rübartsch

Stereoskopische Lupe mit rundem Fuß von der Firma Hertel & Reuss in Kassel. Vergrößerungen 10-, 20- oder 30-fach möglich. Hierzu wird die Verwendung der Stereo-Auflichtlampe «STELA» mit 6 Volt, 15-Watt-Birne und beweglicher Halterung für eine Beleuchtung der Objekte aus allen Richtungen empfohlen. Werksfoto

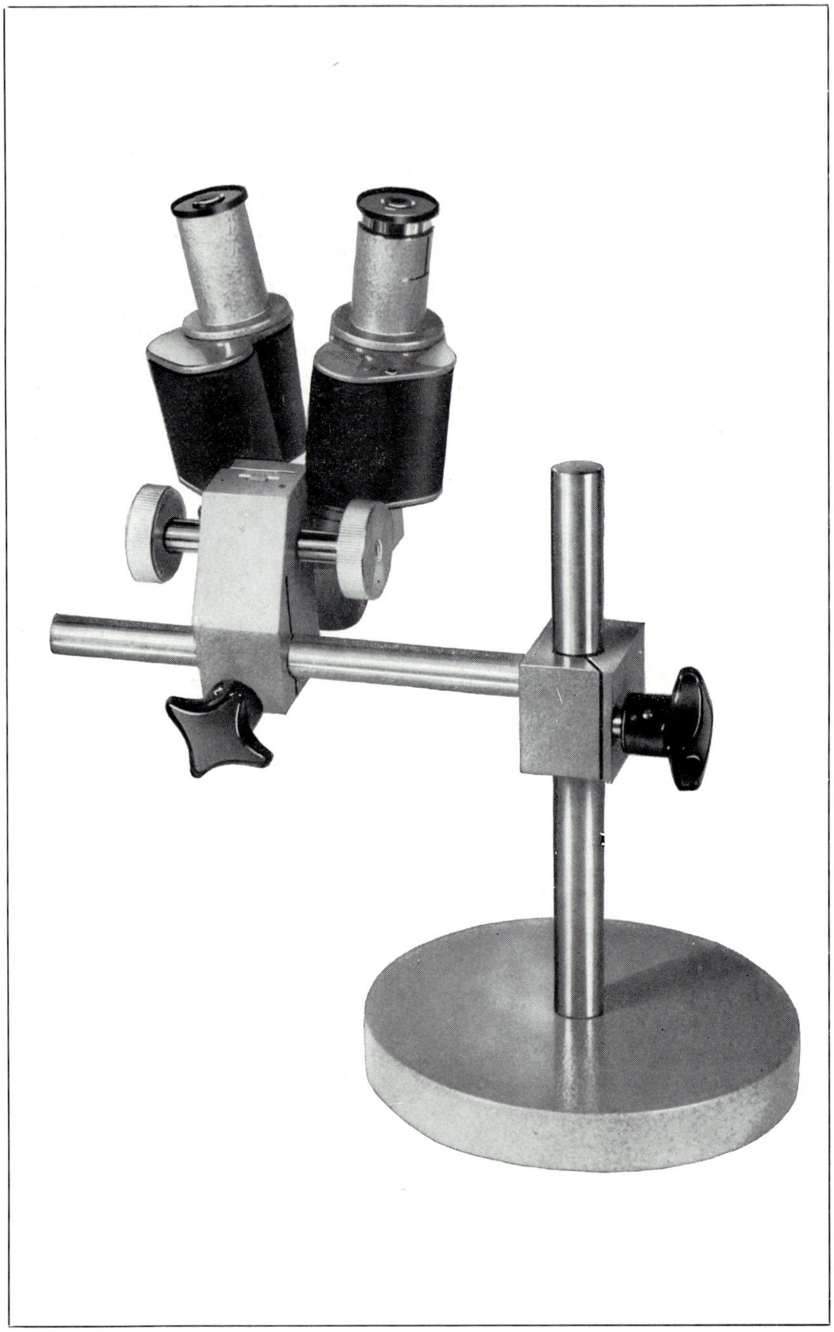

Wittumstraße 3, her. Es besteht nur aus Glasplatten, die mit Hilfe von Plastik-Verbindungsstücken aneinander gereiht werden.

Es bleibt noch eine wichtige Frage zu klären, nämlich: welcher Art soll die Sammlung sein? Es gibt mehrere Möglichkeiten für den Sammler: Entweder legt er sich eine allgemeine *systematische Sammlung* oder eine *Lokalsammlung* oder eine *Spezialsammlung* zu. Daraus ergeben sich wieder viele Varianten.

Sammlungstypen

Eine allgemeine systematische Sammlung umfaßt nach Möglichkeit *alle* Mineralarten, jedoch weitgehend ohne Berücksichtigung spezieller Fundorte. Für eine bescheidene systematische Sammlung ist es ohne Bedeutung, ob zum Beispiel der in ihr enthaltene Calcit aus Deutschland, England oder den USA stammt. Eine anspruchsvollere Sammlung wird Calcit allerdings von den bekanntesten Fundorten enthalten, um die Unterschiede zu zeigen. Systematische Sammlungen erfordern reichlich Platz. Aber jeder Sammler hat unschwer die Möglichkeit, eine solche aufzubauen und zu pflegen.

Wissenschaftlich bedeutungsvoller und wertvoller sind Lokalsammlungen. Sie enthalten nur Material von wenigen bestimmten Fundorten, zum Beispiel von *einem* Erzbergwerk. Eine Lokalsammlung ist umso wertvoller, je vollständiger sie ist. Das bedeutet aber, daß der Aufbau einer solchen Sammlung nur für einen Sammler sinnvoll ist, der in unmittelbarer Nähe eines lohnenden Fundortes wohnt oder ständigen Kontakt zu ihm hat. Er muß die Lokalität dauernd aufsuchen, um alle Mineralarten zu bekommen, die es dort gibt. Denn heute mag ein Zufallsfund zutage kommen, der sich in den folgenden zehn Jahren nicht oder überhaupt nie mehr wiederholt. Kein Museum und kein Mineralogisches Institut kann eine wirklich «vollständige» Lokalsammlung besitzen, weil die Zeitspanne zwischen den einzelnen Besuchen von Exkursionen zu groß ist. Aber ein Sammler, der beim Fundort wohnt, kann sie sich in einer lebenslangen, geduldigen, sorgfältigen und aufmerksamen Sammelarbeit aufbauen. Eine solche Sammlung wird gleichzeitig zur Heimatsammlung.

Viele Sammler pflegen Spezialsammlungen. Sie sammeln zum Beispiel nur Pyrit oder nur Quarz oder nur Calcit; oder Pseudomorphosen, oder Edelsteine, oder fluoreszierende Mineralien. Auch solche Sammlungen sind sehr reizvoll und lehrreich. Wer sehr viel Platz und Zeit hat, kann sich mehrere Sammlungen anlegen; vielleicht eine allgemeine systematische und daneben einige Spezialsammlungen. Den Möglichkeiten sind keine Grenzen gesetzt.

Es gibt auch manche Sammler, die sich Kristallsammlungen anlegen, und zwar nach den bekannten Kristallklassen geordnet, indem sie versuchen, für jede Klasse typische Formen zu besitzen.

Ordnungsprinzip

Hat man sich für den Aufbau einer *systematischen* Sammlung entschlossen, so sollte man sich möglichst gleich für ein Ordnungsprinzip entscheiden. Es ist wenig sinnvoll, die Stücke nach ihrer Farbe oder Größe oder nach dem Funddatum zu ordnen. Empfehlenswert ist die Ordnung nach chemischen Gesichtspunkten. Nach diesem Prinzip richtet sich auch die zweckmäßige Numerierung der Mineralien, die am Beispiel der Elemente veranschaulicht sei:

Beispiele für die Numerierung

I. Elemente

1. Kupfer	I 1_1, I 1_2, I 1_3
2. Silber	
3. Gold	
4. Blei	
5. Quecksilber	
6. Kongsbergit	
7. Landsbergit	
8. Goldamalgam	
9. Osmit	
10. Osmiridium	
11. Palladium	
12. Iridium	
13. Platin	I 13_1
14. Eisen	
15. Nickeleisen	
16. Schreibersit	
17. Arsen	
18. Antimon	
19. Wismut	
20. Graphit	
21. Diamant	
22. Schwefel	I 22_1, I 22_2, I 22_3
23. Selen	
24. Tellur	

II. Sulfide

1. Whitneyit
2. Algodonit
3. Domeykit II 3_1
usw.

III. Halogenide

IV. Oxide
usw.

Diese Art der Numerierung läßt jederzeit eine Ergänzung durch zusätzliche Stücke oder neue Arten zu. Es ist jedoch wichtig, sich zunächst eine Mineralien-Liste aufzustellen. Die sachgemäße Reihenfolge ergibt sich aus einschlägigen Büchern, so vor allem aus den «Mineralogischen Tabellen» von STRUNZ oder dem «Lehrbuch der Mineralogie» von KLOCKMANN-RAMDOHR-STRUNZ, die aus jeder wissenschaftlichen Bibliothek entliehen werden können.

Ein Hinweis sei noch gegeben: Ein Sammler muß sich auch von etwas trennen können. Erhält er ein qualitativ besseres Stück, als bereits vorhanden, dann soll er ruhig das bessere gegen das schlechtere austauschen, sofern nicht irgendwelche Besonderheiten oder Erinnerungen daran geknüpft sind. Auch soll ein anspruchsvoller Sammler nicht kritiklos jedes Fundstück in die Sammlung legen, sonst wird seine Wohnung bald überquillen, die Schönheit der Kollektion aber leiden.

Aufbewahrung

Abschließend seien noch einige praktische Hinweise gegeben. Manche Mineralien (zum Beispiel Graphit, Molybdänit, Pyrolusit) färben leicht ab, so daß die Etiketten, auf denen sie liegen, bald unleserlich sind. Es ist in diesen Fällen zweckmäßig, eine passend zugeschnittene Glasplatte oder eine Klarsichtfolie unter die Stücke zu legen.

Elementares Quecksilber, welches oft in Rissen von Zinnober sitzt, verdampft im Laufe der Zeit. Außerdem legiert es sich sofort bei Berührung mit Gold (zum Beispiel goldene Ringe). Solche Mineralstufen sind deshalb entsprechend zu schützen, entweder durch einen Glassturz oder zumindest durch Verpacken in einen Kunststoffbeutel.

Kleine lose Kriställchen gehen leicht verloren. Sicherheitshalber steckt man sie in ein verkorktes Glasröhrchen. Für pulverförmige Mineralien (zum Beispiel Monazitsand) eignen sich kleine Präparategläser, die man in Drogerien oder Laborbedarfs-Firmen beziehen kann.

Sockel

Manche Sammler pflegen Einzelkristalle auf kleine Sockel zu montieren, damit sie nicht lose in den Kästchen umherrollen können. Derartige Sockel kann man sich selbst sehr einfach herstellen: Auf eine zurechtgesägte kleine Sperrholzplatte der Größe 3×4 cm wird ein entsprechend abgeschnittener Korkstopfen aufgeklebt. Um dem Sockel ein gefälliges Aussehen zu geben, streicht man ihn mit weißem Lack, lediglich die Umrandung der Holzplatte wird mit schwarzem Lack gestrichen. Der Kristall läßt sich mit verschiedenen Mitteln auf den Sockel montieren. Entweder wird er in ein wenig Plastillin gesteckt oder mit einem Klebstoff aufgekittet. Ein geeigneter Klebstoff besteht aus einem angerührten Teig aus Talkum mit unverdünntem Wasserglas.

Man kann sich aber auch größere Sockel aus Wachs herstellen, in die die Mineralstufen ½ cm tief eingebettet werden. Das empfiehlt sich dann, wenn die Stufe nicht so stehen bleibt, daß die Kristalle besichtigt werden können, ohne das Stück anzufassen. Zu diesem Zweck kauft man in einer Drogerie Bienenwachs oder Erdwachs, schmilzt es vorsichtig und rührt zum Färben etwas Ruß hinein. Die Stufe wird jetzt in ein Kästchen gesetzt und in der gewünschten Lage festgehalten. Man gießt dann das Wachs in das Kästchen und wartet, bis es erstarrt. – Wer farbenfreudige Sockel liebt, kann mit beliebigen anderen Farben (am besten organischen Farbstoffen) einfärben. Die Wachssockel kann man in beliebiger Weise beschneiden.

Sehr empfindliche Stücke kann man auf weißen Schaumgummi oder weißen Zellstoff legen.

Man glaubt kaum, welche Reize eine gut gepflegte Sammlung auf den Beschauer ausübt. Deshalb sollte gerade auf solche hübsche Kleinigkeiten besonderer Wert gelegt werden.

IX. Kauf und Tausch von Mineralien

Eine gute und vielseitige Sammlung läßt sich nicht allein durch eigene Funde aufbauen. Vor allem der fortgeschrittene Sammler wird bald feststellen, daß viele Mineralien nicht selbst gefunden werden können, sei es, weil er nicht die finanziellen Mittel oder die Zeit hat, weit entfernte Fundorte (zum Beispiel Übersee) aufzusuchen, sei es, weil ihm der Zugang zu den Bergwerken und Verwaltungen verschlossen bleibt, oder weil besondere Mineralstufen sogleich in andere Kanäle wandern. Deshalb wird ihm nichts anderes übrig bleiben, als seine Sammlung durch Tausch oder Kauf zu erweitern.

Manche Sammler stehen auf dem Standpunkt, man sollte keine Sammlungsstücke kaufen. Das ist Ansichtssache. Viele Mineralien gibt es auch auf dem Tauschmarkt nicht. Will man sie dennoch zur Vervollständigung der Sammlung besitzen, so bleibt nur der Kauf. Die Auffassung über «Mineralienkauf» geht in Sammlerkreisen sehr weit auseinander, wie es auch große Unterschiede zwischen den «Verkäufern» gibt.

Ratschläge für den Kauf

Wenn ein Sammler von einem Bergmann oder Steinbrucharbeiter eine Mineralstufe erhält und ihm als Anerkennung ein kleines Geldgeschenk gibt, so ist das kein Kauf, vorausgesetzt, das Geschenk liegt in Höhe eines angemessenen Trinkgeldes. Wenn der Arbeiter jedoch bestimmte Beträge fordert oder sich erkundigt, wieviel der Sammler zu zahlen bereit ist, dann handelt es sich um ein Kaufgeschäft. Häufig vermag ein solcher «Verkäufer» den tatsächlichen Wert der Verkaufsobjekte nicht richtig zu beurteilen, weil ihm zwangsläufig die Erfahrung im Mineralienhandel fehlt. Er steht nicht über den Dingen. Oft glaubt er, die von ihm gefundenen Stücke seien die wertvollsten der Welt. Dementsprechend liegt der Preis auch zu hoch. Der Anfänger hüte sich deshalb, jeder Forderung zu entsprechen. Es gibt aber auch Fälle, wo ein Sammler wirklich preisgünstige Stücke aus erster Hand erwerben kann. Der Entschluß zum Kauf fällt dann natürlich leicht. Es wäre gegenüber anderen Sammlern aber unfair, wollte man dann gleich den ganzen Vorrat hamstern. Vielmehr wähle man sich einige charakteristische Stücke aus (wobei die größten Stufen bei weitem nicht immer die besten sein müssen!) und lasse auch dem nächsten Interessenten noch etwas übrig.

Möchte sich ein Bergmann nicht von seinen Stücken trennen, so unterlasse man das maßlose Bieten und Überbieten. Mitunter hört man von Arbeitern, daß «gerade vor einigen Tagen ein anderer Sammler da gewesen sei und für dieses oder jenes Stück 100 Mark geboten habe». Manche Leute lassen sich durch derartige Angaben beeindrucken und befleißigen sich, das Angebot nun ihrerseits in die Höhe zu treiben, bis der Verkäufer schließlich «schweren Herzens» das Stück für 150 Mark abgibt – «aber nur, weil Sie es sind!». Der Käufer ist sich dieser Ehre bewußt, bis er einige Zeit später ein ähnliches Stück zum halben Preis bei einer autorisierten Mineralienhandlung sieht. Andererseits kann man sicher sein, daß der Verkäufer künftig kein Stück unter 150 Mark abgeben wird. Das maßlose Bieten treibt also die Preise hinauf, wodurch letzten Endes nicht allein der unvorsichtige Käufer, sondern die Gesamtheit der Sammler zu leiden hat. Das Kaufen beim Bergmann oder Steinbrucharbeiter ist oft ein Risiko, besonders für den Anfänger. Deshalb sollte man sich zurückhalten, bis man mehr Erfahrung besitzt.

Geschäftemacher

Eine zweite Kategorie von Verkäufern tritt dem Sammler in Gestalt der «wilden Händler» entgegen. Darunter sollen solche Personen verstanden sein, die aus dem Hobby ein systematisches Geschäft machen. Sie geben sich selbst als Sammler aus und wollen namentlich den Anfängern beim Aufbau der Sammlung «helfend unter die Arme greifen». Unaufgefordert versenden sie sogenannte Ansichtssendungen, in denen im allgemeinen ganz gewöhnliche Mineralien enthalten sind. Der Verfasser hatte sehr oft Gelegenheit, solche Sendungen auf Wunsch von Sammlern zu begutachten. In 90% aller Fälle waren die geforderten Preise viel zu hoch, ja doppelt so hoch wie bei autorisierten Mineralienhandlungen. In 20% aller Fälle waren die Mineralien falsch bezeichnet und die Fundortangabe mangelhaft, falsch geschrieben oder überhaupt unrichtig. Diesen Leuten geht es nur um den Profit. Ihre mineralogischen Kenntnisse sind oft beschämend gering, dafür haben sie richtig erkannt, daß heute viele Sammler zur Geldanlage in Form von Mineralien bereit sind. Die «Opfer» der wilden Händler rekrutieren sich überwiegend aus Anfängern und unerfahrenen Sammlern. Eigentlich müßten die Preise der wilden Händler weit unter den Normalpreisen liegen, denn sie haben ja praktisch keine Unkosten (Umsatzsteuer,

Gewerbesteuer, Lagerhaltung, Miete von Geschäftsräumen, Personal usw.). Welches Risiko ein Sammler beim Kauf von Mineralien bei wilden Händlern eingeht, liegt klar auf der Hand.

Nicht zur Gruppe der «wilden Händler» zählen diejenigen Sammler, die nur gelegentlich an persönliche Bekannte Mineralien gegen Geld abgeben. Sie verkaufen dann auf ausdrücklichen Wunsch der Käufer und liegen erfahrungsgemäß preislich weit unter den Preisen von Mineralienhandlungen. Bei diesen Leuten handelt es sich meist um langjährige Sammler, denen der Käufer nichts Gleichwertiges im Tausch anzubieten hat. Die Erfahrung lehrt, daß solche Personen sehr «gefragt» sind, weil man sich auf ihre Angaben verlassen kann und wirklich preisgünstig an gesuchte Mineralien herankommt.

Strahler

Zu den gewerbsmäßigen Mineralienhändlern zählen die sogenannten «Strahler», die Kristallsucher der Alpen. Ursprünglich beschränkte sich ihr Angebot auf Mineralien ihrer näheren Heimat, so vor allem auf Bergkristalle, Rauchquarze, Apatit, Rutil, Strahlstein, Sphen, Adular, Periklin, Granat usw. Heute kann man bei vielen Strahlern auch Mineralien aus anderen Ländern bekommen, ja sogar Kunstprodukte werden angeboten. Der Sammler sollte sich jedoch beim Kauf auf die Spezialität der Verkäufer beschränken. Die Strahler verstehen von ihrem Handwerk sehr viel und sind meistens auf dem Gebiet der alpinen Mineralien gut beschlagen. Ihre Arbeit ist sehr hart und oft lebensgefährlich. Bezüglich der Preise gibt es große Unterschiede. Die in der Nähe von Fremdenverkehrsorten, an den Hauptstraßen oder an der Eisenbahnlinie wohnenden Strahler zählen vor allem Touristen zu ihren Kunden. Da aber Touristen von Mineralien nichts verstehen – sofern sie sich nicht damit befassen –, zahlen sie jeden geforderten Preis für ein Souvenir. Der Sammler kann jedoch Stücke gleicher Qualität zu wesentlich geringerem Preis bei Strahlern abseits der Hauptstraße, in wenig befahrenen Seitentälern erwerben.

Leider haben die wenigsten Strahler ihre Verkaufsobjekte mit Etiketten und Preisangaben versehen. Gewiß können viele von ihnen den Fundort auch noch nach Jahren aus dem Gedächtnis nennen. Eine Verwechslung bleibt aber nie ausgeschlossen. Außerdem möchte der Kunde nicht bei jedem Stück nach dem Preis fragen. Diese Angabe soll klar und unmißverständlich auf dem Etikett stehen. Manchmal pflegen die Strahler ihre Preise nach der äußeren

Erscheinung des Kunden im Moment des Kaufes zu machen, wobei ein «wohlhabend aussehender» Käufer mehr zu zahlen hat als ein «bescheidener Wandersmann».

Fälschungen

Noch eine andere Unsitte muß an dieser Stelle erwähnt werden: Mitunter bietet man dem Käufer geklebte Stufen an. Auch hier gibt es wieder Unterschiede. Wenn von einer Kristallgruppe ein Kristall abgebrochen ist, kann man ihn an die ursprüngliche Stelle ankleben. Der Händler muß den Käufer jedoch unbedingt auf den Mangel der Stufe aufmerksam machen. Es kommt aber nicht selten vor, daß Kristalle auf Stufen geklebt werden, obwohl sie ursprünglich überhaupt nicht dort waren; sogar ganze Kristallgruppen werden künstlich montiert. Solche Machwerke sind grobe Fälschungen und müssen auf das schärfste verurteilt werden. Der Händler, der dem Käufer ein solches Werkstatterzeugnis käuflich überläßt, ohne auf die Fälschung aufmerksam zu machen, ist des vorsätzlichen Betruges schuldig. Geklebte Kristalle und Kristallgruppen kann man in den meisten Fällen durch Bestrahlen mit der Ultraviolett-Lampe (langwellig) erkennen, weil die Klebstoffe im allgemeinen fluoreszieren. Der Käufer sollte verdächtige Stufen nur unter dem Vorbehalt des Rückgaberechtes erwerben, falls sich das Stück später als geklebt erweist.

Es gibt noch andere Tricks, um das Aussehen von Mineralien zu «verschönern». Weil wir gerade bei diesem Thema sind, seien sie kurz aufgeführt. Im Siegerland wurden derbe und kristallisierte Stufen von Kupferkies unter der Bezeichnung «Buntkupfer» feilgehalten. Die Stücke sind zwar bunt, haben aber mit Buntkupferkies (Bornit) nichts zu tun. Vielmehr werden die schillernden Farben, welche hauchdünne rote, violette, blaue und grünliche Überzüge darstellen, künstlich erzeugt. Die vorher messingfarbenen Brocken werden in einer Persil-Brühe gekocht, der ein Schuß Essig zugesetzt wurde. Das Kupfererz wird dabei äußerlich durch das Perborat des Persils schwach oxidiert und erhält die buntschillernden Anlauffarben, die auch beim nachträglichen Waschen nicht mehr entfernbar sind.

Aus Mexiko sind schöne Kristallgruppen von aufgewachsenem Chalkanthit (= Kupfervitriol) mit genauer Fundortangabe bekannt geworden. Sie haben sich ausnahmslos als Fälschungen erwiesen. Man legte einfach Gesteine in eine gesättigte Kupfervitriol-Lösung und ließ die Kristalle in einem Gefäß wachsen. Die Kristalle sind zu

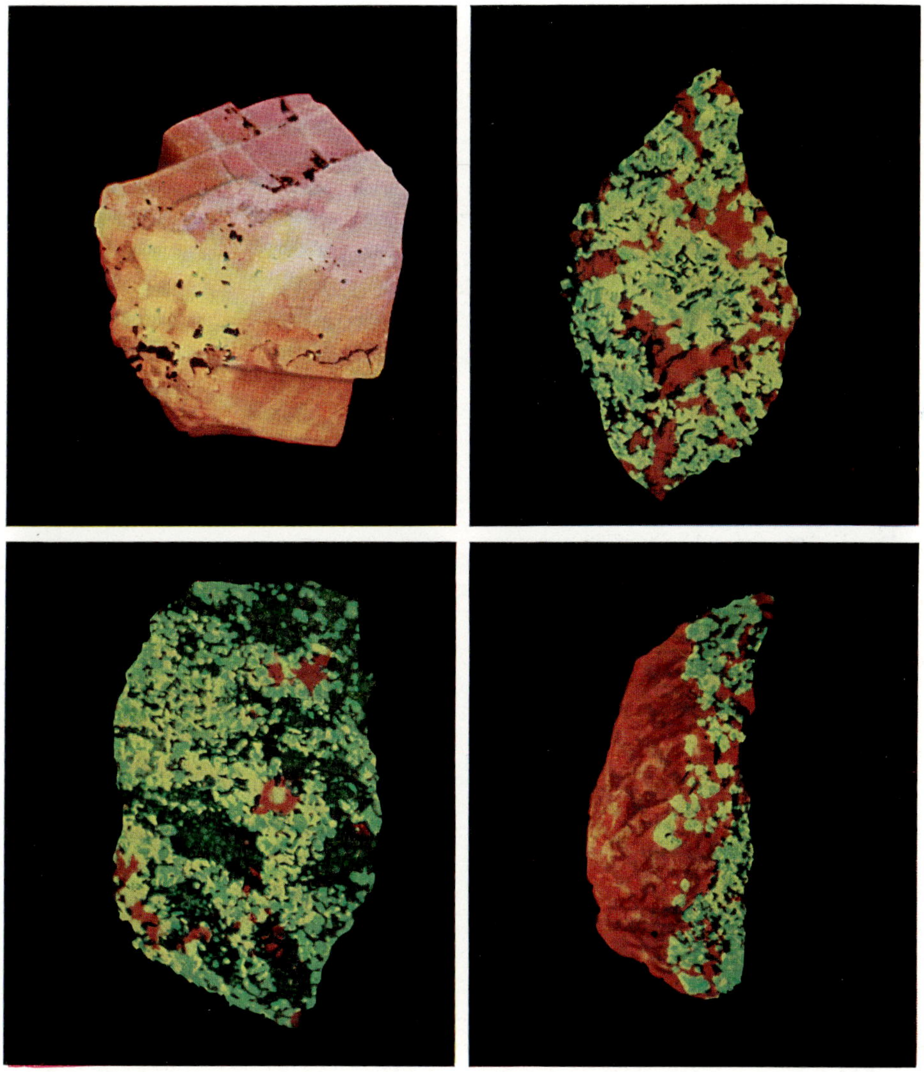

Fluoreszierende Mineralien von Franklin / New Jersey
Links oben: Rosarot leuchtender Calcit mit einigen grüngelb leuchtenden Willemit-Einschlüssen. Zeit 4½ Minuten, Blende 3,8, Abstand Objekt–Kamera 30 cm, Filter GG 9, Lichtquelle Mineralight SL 2537 in 20 cm Entfernung vom Objekt, Film 15/10 DIN Agfacolor Diapositivfilm.
Rechts oben: Gangstufe von Willemit, durchzogen von rot leuchtenden Calcitschnüren. Zeit 4 Minuten, alle übrigen Daten wie bei der ersten Aufnahme.
Links unten: Gangstufe mit grün leuchtendem Willemit, reichlich Rotzinkerz (nicht leuchtend) und rot fluoreszierenden Calciteinschlüssen. Zeit 1½ Minuten. Die übrigen Daten wie erste Aufnahme.
Rechts unten: Gangstufe mit rot leuchtendem Calcit und grün fluoreszierendem Willemit. Zeit 2 Minuten. Im übrigen wie bei der ersten Aufnahme. Alles ½ nat. Größe. Fotos: Lieber

Tafel 18
Kupfer-Kristalle von Ajo in Arizona. Vergr. 10-fach. Foto: Lieber

Tafel 19
Silber, drahtförmig, auf Silbererz mit Calcit aufgewachsen. Fundort: Schneeberg, Sachsen, Erzgebirge. Vergr. 20-fach. Foto: Lieber

Tafel 20
Gold-Kristall auf Pyrit mit Calcit. Fundort: Rosia Montana (= Verespatak), Siebenbürgen, Rumänien. Vergr. 80-fach. Foto: Lieber

schön und groß, um echt zu sein. Bei einigen Stufen zeigte sich sogar noch der runde Abdruck des Gefäßes.

Manches gediegene Kupfer hat sich als «Zementkupfer» erwiesen. Es entstand zwar in alten Bergwerken, aber durch Umsetzung von kupferhaltigen Lösungen mit dem Eisen der Schienen. An dem unedlen Eisen hat sich das edlere Kupfer schwammförmig abgeschieden. Als Mineral können solche Stücke nicht bezeichnet werden.

Vor einiger Zeit wurden ganze Stufen von gelbbraun gefärbten Kristallen als «Topas» von Brasilien angeboten. Sie haben sich als gebrannte Amethyste erwiesen.

Es kam auch vor, daß Aragonite in Farblösungen eingetaucht wurden und auf diese Weise künstliche Färbungen erhielten. Grüne und blaue Farben herrschen vor. Im Inneren konnte die Farblösung allerdings nicht einwirken, und ein abgebrochenes Stückchen läßt oft schon die Fälschung erkennen.

Auch synthetisches (elektrolytisch hergestelltes) Silber und Gold, aus dem Schmelztiegel im Labor gewonnenes Wismut, auf Gestein künstlich gezüchtete Salze wie Chromalaun (kann wie Fluorit aussehen!), rotes und gelbes Blutlaugensalz, ja sogar mit Silberbronze, Kupferbronze gefärbte Calcite werden angeboten. Der Gipfel des Betrugs sind Markasitknollen, die als angebliche «Meteorite» angeboten und verkauft wurden. Man besitze den Mut, solche Betrüger sofort anzuzeigen, um ihnen das Handwerk zu legen.

Als Bezugsquelle für Mineralien sind schließlich die autorisierten Mineralien- und Lehrmittelhandlungen zu nennen. In Europa sind sie recht selten, in manchen Ländern gibt es überhaupt keine, während in den USA Hunderte zu Hause sind. Die Mineralienkontore sind solide Unternehmungen (auch da gibt es seltene Ausnahmen) und bieten von allen genannten Händler-Kategorien gute Gewähr für einwandfreie Bedienung bezüglich Echtheit der Stücke, Zuverlässigkeit der Fundortangabe und angemessener Preiskalkulation. Daß die Preise bei autorisierten Mineralienhandlungen etwas höher liegen können als bei wilden Händlern, ist leicht verständlich, wenn man berücksichtigt, welche Unkosten infolge Steuer, Lagerhaltung, Miete, Personal usw. für eine Handlung anfallen.

Ich möchte jedem Sammler empfehlen, sich regelmäßig über die Preisgestaltung von Mineralien in Kontoren zu unterrichten, damit er allmählich ein Gefühl für den Wert seiner Sammelobjekte erhält.

Das ist nicht nur für den eventuellen käuflichen Erwerb von Stükken vorteilhaft, sondern auch zur Einschätzung seiner eigenen Sammlung. Es kommt oft vor, daß mineralogisch uninteressierte Erben eine Sammlung übernehmen und aus Unkenntnis verschleudern oder übertrieben hoch anbieten. Wird eine Privatsammlung geschlossen verkauft, so kann der Erlös etwa zwei Drittel bis vier Fünftel des Handelswertes zum Zeitpunkt des Verkaufs betragen.

Einkaufen

Was soll man bei Mineralien- oder Lehrmittelhandlungen kaufen? Der Anfänger wird sich zunächst die Mineralien der Mohsschen Härteskala zulegen, also Talk, Gips, Calcit, Fluorit, Apatit, Orthoklas, Quarz, Topas und Korund. Diese Mineralien sollen (mit Ausnahme des Talkes) glatte Kristallflächen und spitze Ecken besitzen, damit man zuverlässige Härtebestimmungen ausführen kann. Die Härteskala ist eines der wichtigsten Hilfsmittel für den Sammler, und man benötigt sie vom ersten Tage an. Bis man sie selbst gesammelt oder im Tauschwege erworben hätte, können Jahre vergehen.

Im übrigen wird sich der Anfänger beim Kaufen zunächst zurückhalten, weil er die häufigeren Mineralien selbst finden kann. Falls er aber spezielle Studien betreiben will, zum Beispiel an Kristallformen oder über Spaltbarkeit, Glanz oder physikalische Eigenschaften, bieten die Handlungen umfangreiches Lehrmaterial an.

Der fortgeschrittene Sammler wird sich vor allem solche Mineralien kaufen, die er selbst wohl nie sammeln oder im Tausch erwerben kann. Manchmal hat man das Glück, aus alten Sammlungen gute Stufen preiswert zu erwerben. In solchen Fällen sollte man zugreifen, zumal Mineralien aus erloschenen Vorkommen immer seltener werden.

Tausch

Viel bedeutungsvoller als der Kauf ist ein ausgedehnter *Tausch* zum Ausbau der Sammlung. Man unterscheidet zwischen persönlichem Tausch und Tausch per Post. Der persönliche Tausch ist empfehlenswerter, weil man die Stücke gegenseitig betrachten und abschätzen kann und keine Pakete packen muß. Außerdem bleiben Enttäuschungen meistens erspart. Wie spielt sich ein persönlicher Tausch ab? Die Partner legen sich gegenseitig ihr Tauschmaterial vor. Es ist selbstverständlich, daß zu jedem Stück genaue Fundortangaben (wahrheitsgemäß!) vorhanden sind. Sollte eine Stufe irgendwelche Mängel enthalten, zum Beispiel aufgeklebte Kristalle, so ist der Partner sofort darauf aufmerksam zu machen. Die Einschätzung der Stücke geschieht nach Seltenheit oder Häufigkeit des Minerals, Art der Ausbildung, Größe der Kristallstufe, Größe und Zahl der Kristalle, mitunter auch Herkunft, Unversehrtheit und Erhaltungszustand. Jeder Partner wird dann Vorschläge unterbreiten. Dabei ist zu beachten, daß möglichst Stück gegen Stück getauscht wird. Es wäre ein unbilliges Verlangen, wollte man für fünf unbedeutende Mineralien eine große wertvolle Stufe einhandeln. Fühlt sich ein Partner dem andern an Erfahrung überlegen, so wird er sich diesen Vorteil nicht zunutze machen, um seinen Sammlerfreund zu täuschen oder den Wert von dessen Stücken herabzusetzen. Wenn unterschiedliche Auffassungen über den Wert der Stücke bestehen, kann ein erfahrener, unparteiischer Sammler zu Rate gezogen werden.

Der Tausch gilt als vollzogen, wenn beide Partner ihr Einverständnis erklärt haben. Hat einer der Partner nicht genügend Tauschmaterial mitgebracht, möchte aber unbedingt noch ein Stück erwerben, so kann er um Reservierung des gewünschten Stückes bitten. Keinesfalls sollte er es mit nach Hause nehmen, ohne seine Schuld sofort begleichen zu können. Er hat ja den Vorteil gehabt, das Stück begutachten zu können und sollte seinem Partner deshalb erst etwas Gleichwertiges zukommen lassen, bevor er sich das gewünschte Stück aushändigen läßt.

Es ist selbstverständlich, daß man nicht die eigenen Stücke verherrlicht und diejenigen des Partners herabmindert, um einen vorteilhaften Tausch zu erwirken. Solches Tauschen ist ein Täuschen.

Der postalische Tausch ist komplizierter, dazu mit Arbeitsaufwand und Unkosten (Porto, Verpackung) verbunden, oft aber der einzige Weg zur Erfüllung spezieller Wünsche.

Wie findet man Tauschpartner? Am einfachsten durch Aufgabe geeigneter Inserate in einschlägigen Zeitschriften, zum Beispiel im «Aufschluß», Zeitschrift für die Freunde der Mineralogie und Geologie, Heidelberg, Geschäftsstelle der VFMG, Blumenstraße 34 (nur für Mitglieder dieser Vereinigung) oder im «Kosmos», Stuttgart-O, Pfizerstraße 5–7. Aus dem Inserat soll ersichtlich sein, was der Inserent bietet, und was er sucht. Der Tausch wird dann brieflich eingeleitet. Dabei tauschen die Partner zunächst Listen aus, auf denen die Tauschstücke genau nach Art, Größe, Ausbildung, Zahl der Kristalle, Herkunft usw. beschrieben werden. Man gibt die Wünsche gegenseitig an, und erst jetzt sendet man die gewählten Stücke an den Partner. Die Mineralien müssen natürlich einwandfrei verpackt sein. Jedes Stück wird zunächst mit weichem Papier umwickelt. Dann hüllt man es bei Bedarf mit Watte ein. Die Watte soll nie direkt mit dem Stück in Berührung kommen, weil sonst die Fasern an den Kristallen hängen bleiben und nur schwer entfernt werden können. Auf die Watte folgt wieder ausreichend Papier, so daß die Stücke den Transport ohne Schaden überstehen. Jedem Stück wird natürlich ein Etikett mit Name und genauem Fundort beigefügt. Die sorgfältig verpackten Stücke werden in einem kräftigen Karton untergebracht. Selbstverständlich belegt man den Boden des Kartons mit Holzwolle oder zerknülltem Papier. Die schweren Stücke kommen als unterste Schicht, die leichten und empfindlichen obenauf. Auf jede Lage Steine kommt wieder ausreichend Holzwolle oder Papier. Oft ist es zweckmäßig, auch die Seitenwände des Kartons zu polstern. Schließlich wird das Paket umschnürt. Das Porto geht stets zu Lasten des jeweiligen Absenders, ebenso bei der Rücksendung.

Natürlich behandelt man die Stücke mit größter Vorsicht, um jede Beschädigung zu vermeiden. Es wird sich nämlich in manchen Fällen herausstellen, daß die Beschreibung der Stücke auf den Listen etwas zu «rosig» ausfiel, und die Partner werden wohl nicht restlos alles übernehmen. Man teilt brieflich seine Ansicht über die Tauschstücke mit und strebt einen gerechten Ausgleich an. Kommt keine Einigung zustande, so werden die «Steine des Anstoßes» gegenseitig zurückgegeben. Es ist eine Selbstverständlichkeit, daß man den Tausch so rasch wie möglich abwickelt und den Partner nicht über Gebühr lange warten läßt. Auch beim postalischen Tausch gilt der Grundsatz, eventuelle Mängel an Stufen sofort bekanntzugeben.

Es mag sein, daß man auf ein Tauschinserat *mehr* Angebote erhält, als man mit Stufen dienen kann. Daß man allen diesen Tauschfreunden ihre Anfrage wenigstens bestätigt, ist eine selbstverständliche Anstandspflicht. Andererseits soll niemand ungefragt sogenannte «Ansichtssendungen» verschicken, um einen Tausch zu erzwingen. Wenn alle diese Regeln befolgt werden, wird man Freude am Mineralientausch haben.

X. Mineral-Fundpunkte

In dem nachfolgenden Verzeichnis sind nur einige der bekanntesten Mineral-Fundorte genannt. Für ihre Auswahl waren mancherlei Gesichtspunkte maßgebend. Im allgemeinen sind nur solche Fundorte erwähnt, an denen auch heute noch Mineralien gefunden werden können. Es sind aber auch einige erloschene berühmte Fundstellen angeführt, die besonders schöne oder seltene oder viele oder typische Mineralien geliefert haben, die in öffentlichen oder privaten Sammlungen vielfach noch anzutreffen sind. Manche wirtschaftlich bedeutungsvolle Lagerstätte konnte keine Erwähnung finden, sei es, weil keine bemerkenswerten Sammlungs-Stufen dort gefunden werden oder aber praktisch nicht den Weg in mitteleuropäische Sammlungen gefunden haben.

Das Verzeichnis ist gegenüber der 4. Auflage wenig erweitert worden. Aber auch diesmal sind nur die ergiebigsten Fundorte genannt, die sogar für manche ausländischen Gebiete wegen unzureichender Nachrichten zum Teil lückenhaft sind. Der Verfasser ist für Ergänzungsvorschläge jederzeit dankbar.

Das Ortsregister auf Seite 259 kann zum raschen Auffinden von Gruben und Orten dienen.

Anmerkung: In den folgenden Listen werden die Abkürzungen × (= Kristall) oder ×× (= Kristalle) benützt.

A. DEUTSCHLAND

Nordrhein-Westfalen

Stolberg. Etwa 10 km östlich von Aachen. Knapp östlich von Stolberg, bzw. wenig nördlich von Mausbach, die ehemalige Grube *Diepenlinchen.* Metasomatisches Vorkommen von Blei-Zink-Erzen (Verdrängung von Kalksteinen durch Erzmineralien, siehe auch Wiesloch). Schalenblende (= gebändertes Gemisch von Zinkblende, kubische Form von ZnS, Wurtzit, hexagonale Form von ZnS, mit Bleiglanz PbS). Auf alten Halden noch geringe Fundmöglichkeiten vorhanden.

Maubach. Kleiner Ort 15 km südlich von Düren. Die Grube, ein großer Tagebau, liegt etwa in der Mitte zwischen dem Ort Gey und Unter-Maubach. Ähnlicher Lagerstättentyp wie Mechernich. Bleiglanz, hin und wieder auch gute × ×. Zinkblende, Kupferkies $CuFeS_2$, Bravoit (= nickel- und kobalthaltiger Pyrit FeS_2). Grube stand 1965 noch in Förderung. Fundmöglichkeiten gegeben.

Mechernich. 35 km westsüdwestlich von Bonn, bzw. 15 km südlich Zülpich, in der nördlichen Eifel. Die Grube liegt etwa 2 km südlich des Ortes. Bleiglanz-Imprägnationen im Sandstein («Knottenerze», sedimentäre Abfolge!). Bleiglanz, Kupferkies $CuFeS_2$, Zinkblende, Cerussit $PbCO_3$, Anglesit $PbSO_4$, Pyromorphit $Pb_5[Cl(PO_4)_3]$. Betrieb 1957 eingestellt. Fundmöglichkeiten noch vorhanden.

Grube Mathilde bei Ascheberg. Etwa 20 km südlich von Münster. Hydrothermale Bildung von Strontianit $SrCO_3$ auf Gängen im Mergel. Ehemals einziges wirtschaftlich genutztes Strontianit-Vorkommen Deutschlands. Feinstrahlige × ×, büschelförmig zu Massen vereinigt. In Sammlungen verbreitet. Geringe Fundmöglichkeiten gegeben.

Christian-Levin bei Essen-Borbeck. Kohlenzeche im Ruhrgebiet. In einer Querstörung des Steinkohlengebirges mächtiger Gang mit hydrothermalem Blei-Zink-Erz. Wegen sinkender Metallpreise wurde der Abbau 1958 eingestellt. Schöne und zum Teil auch seltene Mineralien sind in vielen Sammlungen verbreitet, wie Bleiglanz × × (groß!), Zinkblende × ×, Markasit × × FeS_2 (groß), Calcit × × $CaCO_3$, Baryt × × $BaSO_4$ (groß, klar!), Quarz × × SiO_2, Anglesit × × $PbSO_4$, Fiedlerit $Pb_3(OH)_2Cl_4$, Diaboleit $2\,PbClOH \cdot Cu(OH)_2$, Plumbojarosit $PbFe_6[(OH)_6(SO_4)_2]_2$. Für Sammler keine Fundmöglichkeiten mehr.

Ähnlich Christian-Levin sind die Erzgänge in den Zechen *Graf Moltke* in Gladbeck, 20 km nördlich von Essen, und *Auguste-Viktoria* in Marl-Hüls, 8 km nördlich von Gladbeck. Die bauwürdige Mächtigkeit der Gänge ist mit durchschnittlich 15 m beträchtlich. Die Mineralparagenese ist ähnlich wie bei Christian-Levin. Der Abbau der Erze wurde im Sommer 1962 eingestellt.

Suttrop und *Warstein* an der Bundesstraße 55 etwa 26 km südlich von Lippstadt. Im Gelände an der alten Suttroper Vogelstange hinter dem Wasserbehälter am Weg von Suttrop nach Südbruch finden sich lose auf und in der Erde (eventuell nach Entfernen des Rasens) doppelendig ausgebildete Quarz × × SiO_2, die fast in jeder Sammlung anzutreffen sind. Fundmöglichkeiten gegeben.

Vlotho. Ortschaft etwa 20 km ostnordöstlich von Herford, bzw. etwa 20 Kilometer südlich von Minden an der Weser. Fundortbezeichnung für das Vorkommen von Pyrit-Kristallen im Mergel. Die Kristalle sind im Gestein eingebettet und allseitig von Flächen begrenzt. Viele Kristalle sind verzwillingt, wobei besonders schöne Formen nach dem «Eisernen Kreuz» (siehe Abbildung 49c) auftreten. An Einzelfundorten nahe Vlotho seien genannt: Kleiner Mergel-Aufschluß am Aberg, etwa 1 km östlich des kleinen Ortes Erder, der 7 km östlich von Vlotho auf einer Landstraße entlang der Weser erreicht wird. Ferner auf dem rechten Weserufer gegenüber der kleinen Ortschaft Babenhausen, etwa 4 km nördlich von Vlotho. Der Volksmund nennt die Kristalle «Hummelkensteine». Fundmöglichkeiten gegeben.

Ramsbeck im Sauerland. 35 km Luftlinie südöstlich von Soest; zu erreichen über Meschede, der Bundesstraße 7 nach Osten bis zum Ort Bestwig folgend, dort Abzweigung nach Süden (7 km). Hydrothermale Blei-Zink-Erze. Bleiglanz × ×, Zinkblende × × mitunter schön rot, Quarz. Fundmöglichkeiten gegeben.

Dreislar nahe Medebach, etwa 20 km südlich von Korbach im Kreis Brilon; erreichbar über die B 480 oder 236. Schwerspatgrube; schöne × ×.

Meggen an der Lenne, etwa zwischen Elspe und Kirchhundem an der Bundesstraße 236. Submarine (untermeerische) exhalative Erzlagerstätten-Bildung, metamorph umgeprägt. Feinstkörniges Erz aus vorwiegend Pyrit, Bleiglanz und Zinkblende, daneben dunkler, dichter Baryt (= Schwerspat). Selten Kristalle in Klüften. Fundmöglichkeiten gegeben.

Siegerland (zum Teil auch Rheinland-Pfalz). Ausgedehnter Lagerstättenbezirk etwa in dem Dreieck Wissen/Sieg–Burbach–Kirchhundem mit Zentrum Siegen. Eigener Lagerstättentyp: Hydrothermale Sideritgänge (= Eisenspat) mit zum Teil sehr erheblicher Mächtigkeit. Im Siegerland wird seit nahezu 2000 Jahren Bergbau betrieben. Die Vorkommen zählten zu den bedeutendsten deutschen Eisen-Mangan-Vorkommen Untergeordnet findet sich Kupferkies. Einige Gruben werden im folgenden aufgezählt (vergleiche nachstehende Karte Abbildung 67). Der Bergbau wurde im Laufe des Jahres 1965 auf allen Gruben eingestellt.

Grube Eupel bei Niederhövels, einige km östlich Wissen an der Sieg: Siderit (= Eisenspat) × × $FeCO_3$, Dolomit × × (!) $CaMg[CO_3]_2$, Kupferkies × ×, schöne Quarz × ×.

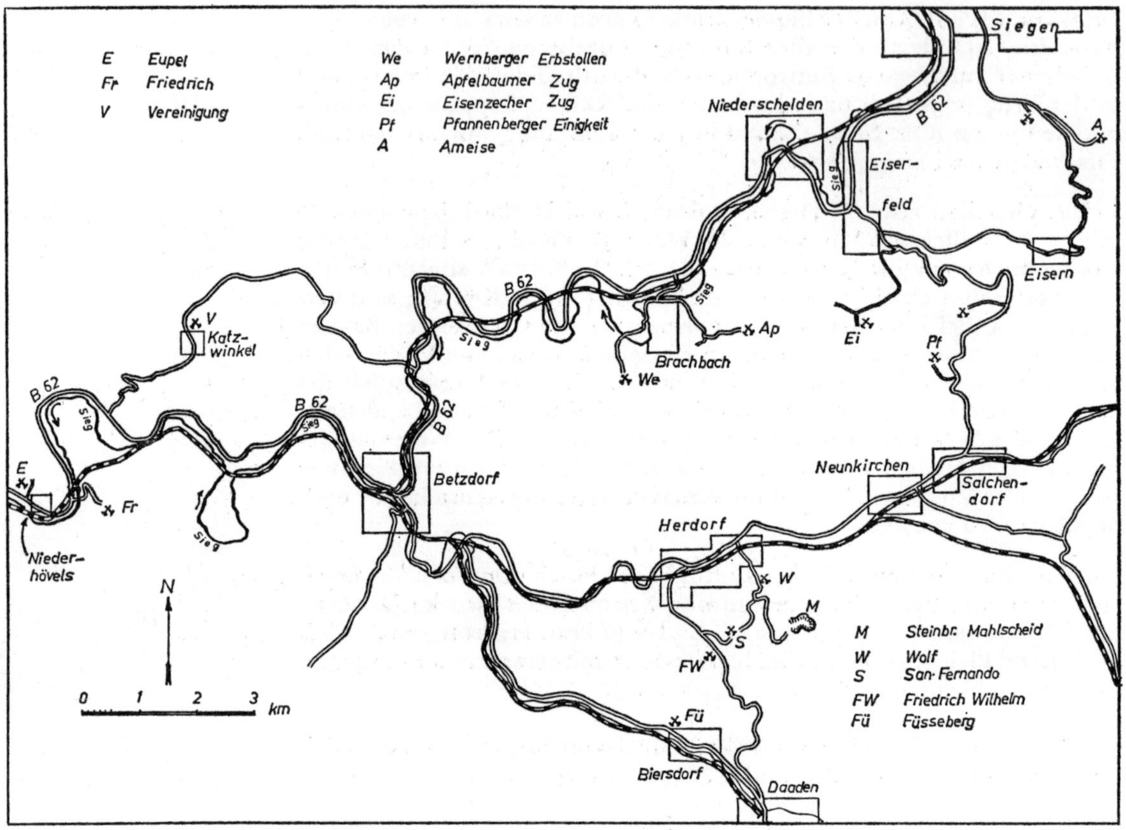

Abb. 67
Mineral-Fundpunkte im Siegerland

Tafel 21
Eisenrose; rosettenartig angeordnete Kristalle von Hämatit mit Quarz. Fundort: Großes Furkahorn, St. Gotthard, Schweiz.
Vergr. 20-fach. Foto: Lieber

Tafel 22
Quarz-Kristalle (Bergkristall). Fundort: Quartzsite, Arizona. Vergr. 1,5-fach. Foto: Lieber

Tafel 23
Rauchquarz. Der große, durchsichtige Kristall zeigt die dem «Rechts-Quarz» (Seite 100) eigenen Flächen. Fundort: Val Giuv, östlich vom St. Gotthard. Vergr. 1,2-fach. Foto: Lieber

Tafel 24
Amethyst. – Klare, prismatisch ausgebildete Kristalle. Fundort: Guerrero, Mexico. Vergr. 1,6-fach. Foto: Lieber

Tafel 25
Dolomit, gelblicher Kristall mit Quarz und Calcit (ganz links). Fundort: Trepča, Serbien, Jugoslawien. Vergr. 15-fach. Foto: Lieber

Tafel 26
Vivianit. – Langprismatische Kristalle, klar, mit Endflächen. Neben Pyrit auf Siderit aufgewachsen. Fundort: Herja (= Kisbanya), Rumänien. Vergr. 20-fach. Foto: Lieber

Tafel 27
Erythrin-Kristalle (= Kobaltblüte) in langprismatischen Kristallen. Fundort: Bou Azzer, Marokko. Vergr. 80-fach. Foto: Lieber

Geschnittener und polierter Achat von Waldhambach/Pfalz.
$^1/_2$ nat. Größe. Foto: Rübartsch

Turmalin-Kristalle von Pala, San Diego Co., California.
Rechts ein 6 cm hoher Kristall, der am oberen Ende eine etwa 2 mm dicke grüne Schicht zeigt. In der Mitte ein Kristall, dessen oberes Ende rosa, das untere Ende grün ist. Links ein einheitlich grüner Kristall, der mit einem Quarz-Kristall verwachsen ist.
$^2/_3$ nat. Größe. Foto: Lieber

Grube Vereinigung bei Katzwinkel, etwa 10 km nordwestlich von Betzdorf. Siderit-Förderung. Kupferkies × ×, Zinkblende × ×. Betrieb eingestellt.

Grube Friedrich Wilhelm bei Herdorf, 8 km östlich von Betzdorf. Kupferkies × × (!!). Betrieb 1961 eingestellt. Zum gleichen Grubensystem, das sich nach Süden unter dem Bergrücken hinzieht, gehört die

Grube Füsseberg bei Biersdorf, einem kleinen Ort bei Daaden, südlich Herdorf. Kupferkies × × (!!), Quarz × ×. Betrieb 1965 stillgelegt.

Grube Wolf bei Herdorf. Aus dieser Grube stammen schöne Rhodochrosit × × (= Manganspat = Himbeerspat) $MnCO_3$ brauner Glaskopf FeOOH, gediegen Kupfer Cu. 1961 wurde vorübergehend Millerit × × NiS in zarten Nadeln auf Siderit gefunden. Betrieb 1962 eingestellt.

Mahlscheid, Bergrücken unmittelbar südlich Herdorf, unweit der Grube Wolf. Hat nichts mit den Eisenerzvorkommen zu tun. Basaltsteinbruch (Eiserfelder Steinwerke). In Höhlungen kugelförmiger Aragonit $CaCO_3$, in vielen Sammlungen verbreitet. Fundmöglichkeiten gegeben.

Grube San Fernando bei Herdorf. Siderit × ×, Kupferkies × ×, Bleiglanz, Pyromorphit, Cerussit, Anglesit. Betrieb 1962 eingestellt.

Grube Pfannenberger Einigkeit, nördlich Salchendorf (zwischen Eiserfeld und Neunkirchen). Siderit × ×, Kupferkies × ×, früher mitunter Millerit × ×. Betrieb eingestellt. Fundmöglichkeiten spärlich.

Grube Neue Haardt, unmittelbar nördlich von *Weidenau*, lieferte mitunter Bornit (= Buntkupferkies) Cu_5FeS_4, Hämatit × × Fe_2O_3, Dolomit × ×. Betrieb 1960 aufgelassen.

Grube Ameise, wenig südlich Siegen an der kleinen Verbindungsstraße von Siegen nach Eisern. Siderit × ×, Millerit × ×, Bleiglanz × ×, Zinkblende × ×, Lepidokrokit (= Rubinglimmer) × × FeOOH. Wurde 1957 stillgelegt. Keine Fundmöglichkeiten.

Grube Heinrichssegen bei Littfeld, etwa 18 km nördlich Siegen. Ein ausgedehntes Haldengelände befindet sich etwa 2 km östlich des Ortes Littfeld. Ehemals Siderit-Vorkommen. Außerdem kommen vor: Millerit × ×, Cerussit × × $PbCO_3$, Anglesit × × $PbSO_4$, Linneit × × Co_3S_4, Siegenit × × $(Co,Ni)_3S_4$, Stephanit × × Ag_5SbS_4. Geringe Haldenfunde möglich. In alten Sammlungen noch vertreten.

Grube Viktoria bei Littfeld, etwa 18 km nördlich Siegen. Hauptförderung war Siderit, selten fanden sich auch Mineralien wie Millerit × ×, Linneit × ×, Siegenit × ×, Anglesit × ×, Cerussit × ×. Geringe Haldenfunde von Cerussit × ×, Malachit × × $Cu_2[(OH)_2CO_3]$ möglich. Auch noch Material in alten Sammlungen anzutreffen.

Die ehemaligen Gruben *Stahlberg* und *Schwabengrube* wenig nordwestlich von Müsen lieferten Cerussit × ×, Anglesit × ×, Millerit × ×, Linneit × ×, Siegenit × ×. Geringe Fundmöglichkeit gegeben.

Gruben Wernberger Erbstollen und Apfelbaumer Zug bei Brachbach, etwa 12 km nordöstlich Betzdorf. Diese Gruben förderten vorwiegend Limonit FeOOH. Mitunter fanden sich Rhodochrosit (= Manganspat) × ×. Praktisch keine Fundmöglichkeit mehr.

Anmerkung: Die Mineralien Ullmannit NiSbS und Gersdorffit NiAsS fanden sich auf der 1937 stillgelegten Grube *Petersbach* bei Eichelhardt, 10 Kilometer südlich Wissen. Keine Fundmöglichkeit mehr.

Rheinland-Pfalz

Grube Georg bei Willroth, wenige km südlich Horhausen im Westerwald, direkt an der Autobahn-Ausfahrt Neuwied-Altenkirchen. Hydrothermale Bildung von Siderit × ×, Kupferkies × ×, Quarz × ×, Bleiglanz × ×, Tetraedrit × × (= Fahlerz) Cu_3SbS_3, sehr gute Bournonit × × (!!) $PbCuSbS_3$. Grube 1965 stillgelegt.

Grube Anxbach im Wiedtal zwischen Neustadt und Roßbach, nordwestlich von Willroth. Zu erreichen von der Autobahn-Ausfahrt zum Rasthaus «Ferntal». Siderit-Vorkommen. Grube wurde 1960 stillgelegt. 1961 noch Erzhalde mit schönem Siderit («Ringelerz»). Von hier wurde rote Zinkblende × × bekannt. Fundmöglichkeit auf Halde gering.

Grube Schöne Aussicht bei Dernbach/Westerwald, wenige km nordwestlich Montabaur an der nördlichen Seite der Autobahn. Ehemaliges Eisen-Manganerz-Vorkommen und Fundstelle von zum Teil sehr seltenen Mineralien wie Jodargyrit AgJ und Corkit $PbFe_3[(OH)_6|SO_4|PO_4]$ in sehr kleinen Kriställchen. Bei großer Ausdauer noch geringe Haldenfunde möglich.

Bad Ems. Ehemals bedeutsamer Grubenbezirk an der unteren Lahn. Vorwiegend Blei-Zinkerze hydrothermaler Entstehung. Einzelne Vorkommen sind:

Grube Merkur und *Grube Neu-Hoffnungsstollen*, wenig nördlich Bad Ems bei der Pfingstwiese. Keine Förderung mehr. Geringe Fundmöglichkeiten von Quarz × ×, Kupferkies × ×, Dolomit × × auf alten Halden.

Grube Holzappel, zwischen Bad Ems und Limburg. Viele schöne Stufen von hier sind in Sammlungen verbreitet. Quarz × ×, Bleiglanz × ×, Zinkblende × ×, Tetraedrit × ×. Keine Förderung, 1952 eingestellt. Haldenfunde bedeutungslos.

Grube Friedrichssegen, etwa 4 km südwestlich von Bad Ems. Zu erreichen von Bad Ems oder von Oberlahnstein/Rhein. Einst berühmtes Vorkommen für ausgezeichnete grüne und braune Pyromorphit × × (Emser Tönnchen) $Pb_5[Cl|(PO_4)_3]$, Bleiglanz × ×. Keine Förderung mehr. Haldenfunde unbedeutend.

Grube Rosenberg, nordöstlich Braubach/Rhein. Sehr schöne Pyromorphit × × (!!), meist hell bis dunkelbraun, selten grün, Cerussit × ×, Quarz × ×, Zinkblende × ×, Kupferkies × ×. Betrieb 1963 eingestellt. Stücke in vielen Sammlungen verbreitet (Tafel 31).

Grube Gute Hoffnung bei Werlau/Rhein, nahe St. Goar. Hydrothermale Blei-Zink-Vorkommen. Bleiglanz × ×, rote Zinkblende × ×. Fundmöglichkeiten gering. Abbau des Erzganges auf beiden Seiten des Rheines. Knapp nordöstlich des rechtsrheinisch gelegenen Ortes Wellmich noch Halden mit Fundmöglichkeiten.

Laacher See. Ehemaliges Vulkangebiet in der Eifel, 10 km westlich von Andernach. Trachyttuff-Gruben am Thelenberg (knapp südlich des Laacher Sees) und an der Nordseite des Sees. In den Tuffen finden sich Auswürflinge (vulkanische Bomben), die Sanidin $K[AlSi_3O_8]$, Augit, Hornblende, Titanit $CaTi[O|SiO_4]$, Hauyn (!!), Apatit $Ca_5[(OH,F,Cl)(PO_4)_3]$, Olivin $(Mg,Fe)_2[SiO_4]$ und andere enthalten. In den sogenannten «Laacher Lesesteinen», die aus mitgerissenen Tiefengesteinen bestehen und aus denen verschiedene Sanidinite hervorgegangen sind, finden sich Nosean, Zirkon × × $ZrSiO_4$, Augit × ×, Hornblende × ×, Titanit × ×, Granat × ×, Cordierit $Mg_2Al_3[AlSi_5O_{18}]$, Korund Al_2O_3, Spinell × × $MgAl_2O_4$. – In den Basaltlavagruben von Niedermendig, Kottenheim, Thür, Mayen und Ettringen (alles südlich vom Laacher See) finden sich vielerlei Einschlüsse von Hauyn, Augit, Olivin, Tridymit (SiO_2-Modifikation), Sanidin usw. In Blasenräumen hin und wieder Ettringit $Ca_6Al_2[(OH)_4|SO_4]_3 \cdot 26\,H_2O$. Fundmöglichkeiten gegeben.

Waldalgesheim, wenige km westlich von Bingen an der Bundesstraße 50. Eisen-Manganerz-Grube *Amalienhöhe* und *Elisenhöhe*. Pyrolusit × × MnO_2, Psilomelan MnO_2, schwarzer Glaskopf MnO_2 und brauner Glaskopf FeOOH, vereinzelt sehr schöne traubige Überzüge von rosa Rhodochrosit. Fundmöglichkeiten gegeben. (Siehe Karte Abbildung 68 auf Seite 164.)

Obermoschel (oft als Moschellandsberg bezeichnet), 18 km südsüdwestlich von Bad Kreuznach an der «Glantalstraße». Einstmals berühmtes Vorkommen von Quecksilbermineralien am Landsberg wie Zinnober HgS, gediegen Quecksilber Hg, Hornquecksilber (= Kalomel) Hg_2Cl_2, Silberamalgam (= Landsbergit) × × (Ag,Hg). Abbau seit langem eingestellt. Unbedeutende Haldenfunde möglich.

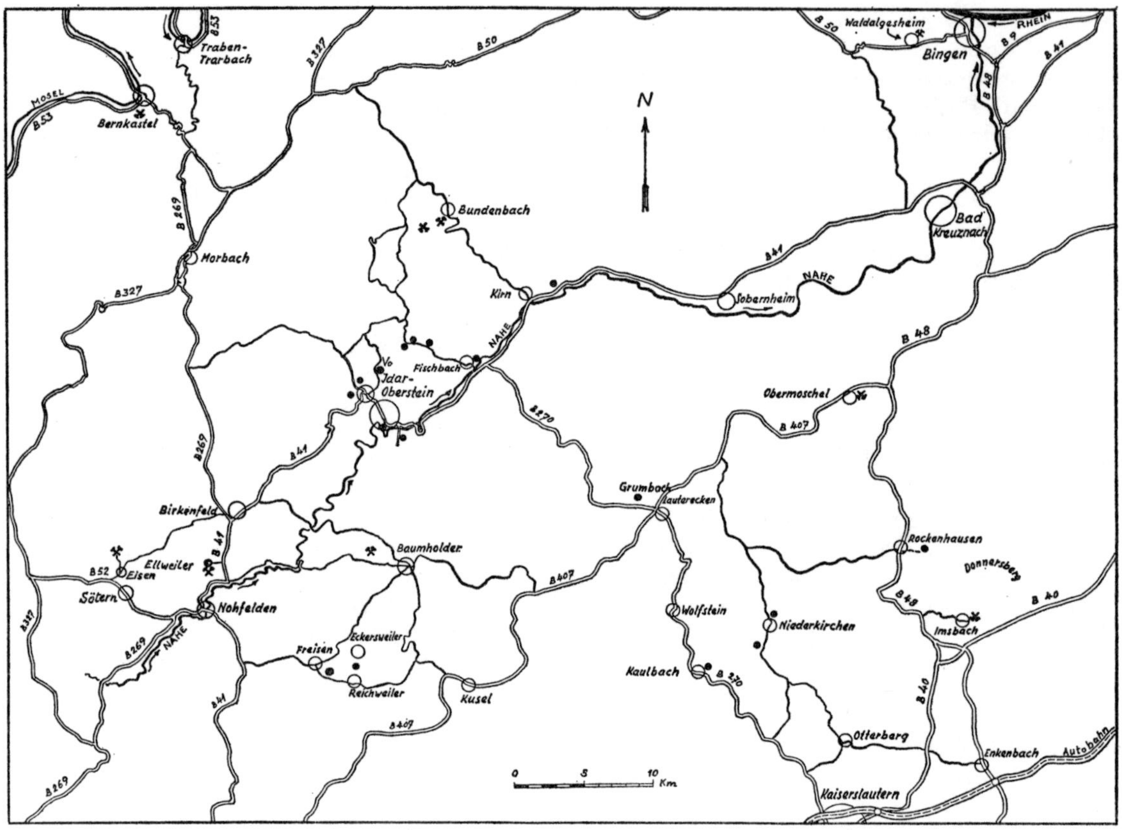

Abb. 68
Mineral-Fundpunkte in Rheinland-Pfalz

Rockenhausen. Wenige km westlich vom Donnersberg an der Bundesstraße 48, etwa 30 km südlich von Bad Kreuznach. 3 km östlich des Ortes ein Hartsteinbruch (Porphyr) mit Mandeln mit Quarz × ×, Amethyst × ×, seltener Achat, schöne Calcit × ×. Fundmöglichkeiten gegeben.

Donnersberg. Gebiet wenige km südwestlich von Kirchheimbolanden. Kupfererzvorkommen, namentlich nahe Imsbach. Abbau seit langem eingestellt. Auf Halden unbedeutende Fundmöglichkeiten von Malachit, Cuprit (= Rotkupfererz) Cu_2O, Calcit, Quarz, ged. Kupfer.

Rauschermühle. Hartsteinbruch der Gebr. Pfeiffer (Kirn), wenige km südlich Niederkirchen, etwa 20 km nordnordwestlich von Kaiserslautern. Der rechte Teil des Gesteinsmassivs wird von einer Kluft durchzogen, die sehr schönen Prehnit $Ca_2Al_2[(OH)_2|Si_3O_{10}]$, Pektolith $Ca_2NaH[SiO_3]_3$, Natrolith × × $Na_2[Al_2Si_3O_{10}] \cdot 2\,H_2O$, Analcim × × $Na[AlSi_2O_6] \cdot H_2O$, Datolith × × $Ca[OH|BSiO_4]$, Calcit × × führte. Fundmöglichkeiten spärlich; Betrieb eingestellt. Tafel 36.

Eine ähnliche Mineralparagenese findet sich in einem 1961 eröffneten Steinbruch am nördlichen Ortsausgang von Niederkirchen (Linzer Basaltwerke). Inzwischen wurde der Betrieb wieder eingestellt.

Kirn an der Nahe (Bundesstraße 41). Unmittelbar an der Landstraße sehr großer Hartsteinbruch (Porphyrit) der Gebrüder Pfeiffer. Mandeln mit Quarz × ×, Amethyst × ×, Calcit × ×. Fundmöglichkeiten gegeben.

Idar-Oberstein. Zentrum der deutschen Edelstein-Industrie, die ihren Ursprung in zahlreichen Achatvorkommen in der näheren und weiteren Umgebung hat.

Einzelne Fundorte sind:

Steinkaulenberg (Stadtteil Idar, Richtung Algenroth). Dort befinden sich etwa 40 Höhlen, wo früher Achate gewonnen wurden. Fundmöglichkeiten gegeben: Achat, Amethyst × ×, Quarz × ×.

Steinbruch der Hartsteinwerke *Setz* bei Idar, Richtung Tiefenstein. Im Porphyrit sehr schöne Achate, Amethyst × ×, Quarz × ×, Rauchquarz × ×, Harmotom × × $Ba[Al_2Si_6O_{16}] \cdot 6\,H_2O$. Fundmöglichkeiten gegeben.

Klotzberg in Oberstein. Am Südhang (zur Nahe) eine Blockhalde mit Quarz × ×, Calcit × ×, Chabasit × × $(Ca,Na_2)[Al_2Si_4O_{12}] \cdot 6\,H_2O$. Fundmöglichkeiten gering.

Schönlautenbachtal. Steinbruch von Riegel & Thomas unmittelbar bei Oberstein. Früher sehr schöner Prehnit. Keine Fundmöglichkeiten für Sammler.

Vollmersbach bei Idar. Zu erreichen von Idar nach Norden. Bald (etwa 2 Kilometer) hinter der Stadt ein Steinbruch mit Achat, Amethyst, Quarz. Funde möglich.

Fischbachtal, etwa 10 km von Oberstein naheabwärts. Wenige km taleinwärts Steinbruch der Firma Juchem. Noch vor wenigen Jahren hervorragende Calcit × × in Mandeln (Tafel 4), Achat, Amethyst × ×. Drusen sichtbar im Gestein, jedoch seit 1959 kein wesentlicher Abbau mehr. Weiter talaufwärts sowohl nördlich als auch südlich der Straße weitere Steinbrüche (Juchem und Bernhardt) mit Fundmöglichkeiten.

Hosenbachtal. Im Ort Fischbach zweigt ein kleines Seitental nach Nordosten ab. Mehrere Steinbrüche mit Calcit ××, Quarz ××, Achat. Fundmöglichkeiten gegeben.

Reichweiler und Eckersweiler, etwa 10 km südwestlich von Baumholder. Auf den Feldern zwischen Reichweiler und Eckersweiler schön gefärbte Achate, Quarz ××, Goethit ×× (=Nadeleisenerz), Jaspis (= SiO_2-Varietät). Fundmöglichkeiten gegeben.

Ellweiler, etwa 5 km südlich von Birkenfeld; zu erreichen von dort über die Bundesstraße 41. Bei dem kleinen Ort wurde eine Uranerz-Lagerstätte ausgebeutet. Sie liegt etwa 500 m nordöstlich des Ortes. Auf Klüften des Porphyrs viele Uranmineralien. Von den bisher gefundenen Mineralien seien einige genannt: Uranophan, Uranospinit $Ca(UO_2)_2[AsO_4]_2 \cdot nH_2O$, Novačekit $Mg(UO_2)_2[AsO_4]_2 \cdot nH_2O$, Zeunerit $Cu(UO_2)_2[AsO_4]_2 \cdot 10H_2O$, Hallimondit $Pb_2(UO_2)_2[AsO_4]_2 \cdot H_2O$, Ellweilerit $Na_2(UO_2)_2 AsO_4]_2 \cdot nH_2O$, Paulit $HAl(UO_2)_4[AsO_4]_2 \cdot nH_2O$. Fundmöglichkeiten gegeben, Betrieb eingestellt.

Eisen. Zu erreichen von Nohfelden, zunächst der B 269 folgend bis Türkismühle, dort über die B 52 bis Sötern. Etwa 5 km westlich des Ortes eine Abzweigung nach Nordost. Im Ort Eisen folgt man einer Abzweigung nach Norden. Die Grube, in der vorwiegend Baryt abgebaut wird, liegt etwa 3 km außerhalb des Ortes. Mineralien: Baryt, hin und wieder in Kristallen, wenig Zinnober, Pyrit. Fundmöglichkeiten gegeben.

Freisen. Zu erreichen von Nohfelden auf der B 41 Richtung St. Wendel. Etwa 5 km südöstlich Nohfelden der Abzweigung nach Freisen folgend. In Freisen zweigt eine Straße nach Süden in Richtung Oberkirchen ab. Kurz hinter Freisen linker Hand ein Steinbruch mit hübschen Drusen: Quarz × ×, Chabasit × × (!!), Goethit × × (!!). Fundmöglichkeiten gegeben.

Bernkastel an der Mosel. Ehemals hydrothermale Blei-Zink-Vorkommen unmittelbar bei Bernkastel, deren Gewinnung seit langer Zeit eingestellt ist. Keine Fundmöglichkeit mehr. Von hier kamen die schönen Pseudomorphosen von Bleiglanz nach Pyromorphit × × (!!), die noch in alten Sammlungen verbreitet sind.

Grube Clarashall bei Baumholder, südlich Idar-Oberstein. Die Grube liegt wenige km westlich Baumholder an der Bahnlinie nach Birkenfeld. Schöne, zum Teil große Baryt × ×, wenig Zinnober, Quarz × ×. Fundmöglichkeiten vorhanden.

Waldhambach/Pfalz. Zu erreichen über die Weinstraße, von der etwa 7 km nördlich von Bergzabern eine gute Straße Richtung Annweiler abzweigt. Wenige hundert Meter nach der Abzweigung rechts und links der Straße mehrere Hartsteinbrüche mit Achat (schön rot gefärbt) (Tafel 28), Jaspis, Calcit × ×, Amethyst × ×. Fundmöglichkeiten vorhanden.

Hessen

Lahn/Dill-Gebiet. Vor allem der Bezirk zwischen Dillenburg und der oberen Lahn ist reich an Hämatit Fe_2O_3, der wahrscheinlich durch untermeerischen (submarinen) Vulkanismus entstanden ist. Die Erze sind meistens derb (Roteisenstein), selten in Form von «rotem Glaskopf».

Folgende Fundpunkte seien genannt:

Grube Königszug bei Oberscheld. Die Grube, die wohl eine der größten des engeren Gebietes östlich von Dillenburg ist, wird von einer Abzweigung der Bundesstraße 277 südlich Dillenburg über Niederscheld erreicht. Man folgt dem Scheldetal nach NO. Die Straße führt nach Lixfeld. Entlang dieser Straße, bald hinter Oberscheld, liegen die Grubenanlagen. Die Grube lieferte verschiedentlich sehr schöne und ungewöhnlich große Calcit × × von sehr steilen, fingerartigen Rhomboedern.

An der Westseite der genannten Straße liegt die *Grube Neue Lust,* die 1962 noch in Förderung stand. Ebenfalls westlich (links) der Straße liegen die Halden und Anlagen der *Grube Nikolausstollen,* die verschiedentlich sehr hübsche Calcit × × lieferte. Jetzt ist sie aufgelassen.

Außer Betrieb ist jetzt auch die *Grube Auguststollen,* östlich der Straße. Östlich des Ortes Oberscheld an der Straße in Richtung Eisenroth liegt die *Grube Falkenstein,* die 1962 noch in Betrieb war. Das Vorkommen ist noch nicht lange erschlossen.

Grube Königsberger Gemarkung bei Hohensolms, Kreis Wetzlar. Man erreicht die Grube über die Bundesstraße 277. Bei Hermannstein knapp nördlich Wetzlar zweigt eine Straße in Richtung Blasbach und Hohensolms ab. Die Grube liegt etwa 1 km östlich des kleinen Ortes Königsberg. Haldenfunde von Hämatit, rotem Glaskopf, Pyrit × ×, Calcit × × sind möglich.

Grube Heinrichssegen bei Ehringhausen an der Bundesstraße B 277, etwa 12 Kilometer nordwestlich von Wetzlar. Außer den genannten Mineralien noch «brauner Glaskopf» FeOOH in schöner Ausbildung. Die Grube wurde 1962 stillgelegt.

Grube Fortuna bei Oberbiel, Kreis Wetzlar. Zu erreichen von der B 49 (Weilburg-Wetzlar) über Albshausen, dort nach Oberbiel abzweigend. Gleichartige Paragenese wie genannt. Nur geringe Haldenfunde möglich.

Etwas außerhalb des Lahn/Dill-Gebietes, jedoch zum gleichen Lagerstättentyp gehörend, liegt die *Grube Lindenberg* bei Münster. Man erreicht sie von Limburg an der Lahn auf der Bundesstraße 8 in Richtung Frankfurt, zweigt aber beim Ort Oberbrechen nach Osten in Richtung Weilmünster ab. Oder von der Autobahn-Ausfahrt Camberg über die Bundesstraße 8 usw. Die Grube wurde erst 1943 in Förderung genommen. In Klüften finden sich schöne Gruppen von Calcit × ×, Dolomit × ×, Kupferkies × ×, Quarz × ×, Pyrit × ×. Die Grube stand 1962 noch in Förderung, doch sind keine Eigenfunde möglich, weil das Erz durch einen unterirdischen Stollen zur Verladung in Aumenau gefördert wird.

Grube Rotläufchen bei Waldgirmes, etwa 10 km nordöstlich Wetzlar. Längst aufgelassene Eisenerzgrube. Stark bewachsene Halde am Waldrand nordwestlich des Ortes, schwer aufzufinden. Einst Fundort seltener Mineralien wie Beraunit (= Eleonorit)$Fe_3[(OH)_3(PO_4)_2] \cdot 2\frac{1}{2}\, H_2O$, Wavellit $Al_3[(OH)_3(PO_4)_2] \cdot 5\, H_2O$, Strengit $Fe[PO_4] \cdot 2\, H_2O$, Kakoxen $Fe_4[OH|PO_4]_3 \cdot 12\, H_2O$. Nur noch unbedeutende Haldenfunde möglich.

Grube Friedberg bei Fellinghausen nahe Gießen, etwa 10 km nordöstlich von Waldgirmes. Eisen/Manganerz-Vorkommen. Betrieb wurde Anfang 1961 eingestellt. Haldenfunde möglich: schöner brauner Glaskopf, Lepidokrokit (= Rubinglimmer) × × FeOOH.

Grube Christiane bei Adorf/Waldeck. Zu erreichen von Korbach in nordwestlicher Richtung (etwa 15 km) oder über die von der Bundesstraße 7 zwischen Brilon und Niedermarsberg nach Südwesten abzweigende Straße. Eisenerz-Vorkommen vom Typ Lahn/Dill. In Drusen und Spalten finden sich Calcit × ×, Aragonit, Pseudomorphosen von Hämatit nach Calcit × ×, Markasit × ×, Pyrit × ×, roter Glaskopf, Baryt. Fundmöglichkeiten gering; Grube 1963 geschlossen.

Bühl beim Ort Weimar, wenig nordwestlich von Kassel. Ehemaliger Basaltsteinbruch (jetzt nicht mehr zugänglich) mit gediegen Eisen Fe, welches in Form von «Tröpfchen» im Gestein eingeschlossen ist. Anpolierte Stücke vielfach in Sammlungen vertreten.

Tafel 29
Quarz-Kristalle mit gelbbraunen Knötchen von Dolomit und schwarzen, oktaederförmigen Zinkblende-Kristallen. Fundort: Trepča, Serbien, Jugoslawien. Vergr. 8-fach. Foto: Lieber

Wulfenit-Kristalle von der Grube Erupcion bei Villa Ahumada, Sierra de Los Lamentos, Chihuahua, Mexico. Nat. Größe. Foto: Rübartsch

Schalenblende von der Grube Segen Gottes bei Wiesloch, Baden. Das Stück ist geschnitten und anpoliert. Oben stark glänzend Bleiglanz. Nat. Größe. Foto: Schück

Pyromorphit-Kristalle
auf Quarz. Fundort:
Grube Rosenberg bei
Braubach nahe Bad Ems.
Vergr. 15-fach.
Foto: Lieber

Tafel 31

Sphen-Kristall mit weißem Albit. Größe des fast klaren Kristalls 6 cm. Fundort: Schwarzes Hörndl im Untersulzbachtal, Hohe Tauern, Österreich. Foto: Lieber

Strunzit. – Nadelige, strohgelbe Kristalle auf zersetzten Phosphaten. Fundort: Hagendorf, Ostbayern. Vergr. 15-fach. Foto: Lieber

Nentershausen/Richelsdorf, nahe der hessisch-thüringischen Grenze, 10–15 Kilometer südlich von Sontra. Einst bedeutende Kobalterz-Vorkommen hydrothermaler Entstehung. Man nennt sie «Kobaltrücken», und sie sind im allgemeinen an Verwerfungsspalten des Kupferschiefers (siehe hierzu auch Mansfeld) gebunden. Die Gänge führen vorwiegend Baryt (unweit westlich von Nentershausen stand noch 1961 eine Barytgrube in Abbau) und etwas Calcit (Kalksinter). Dieser ist oft durch kleine Kobaltbeimengungen rosa gefärbt. Als Erzmineralien finden sich Skutterudit (= Speiskobalt) $CoAs_3$, Safflorit $CoAs_2$, Rotnickelkies (selten) NiAs, Maucherit (selten) $Ni_{<3}As_2$ sowie als Verwitterungsmineralien Erythrin (= Kobaltblüte) $Co_3[AsO_4]_2 \cdot 8H_2O$ und Annabergit (= Nickelblüte) $Ni_3[AsO_4]_2 \cdot 8\,H_2O$. Fundmöglichkeiten noch vorhanden. So vor allem bei der genannten Barytgrube und auf Halden rechts und links der Straße von Nentershausen nach Richelsdorf.

Ganz ähnlich wie diese Lagerstätten war das Vorkommen bei *Bieber* und einige Kilometer südöstlich von Bieber in der Nähe der Lochmühle. Über die Bundesstraße 40 ist der Ort leicht zu erreichen, wenn man 7 km östlich von Gelnhausen im Ort Wirtheim abzweigt und etwa 10 km nach Süden fährt. Unbedeutende Haldenfunde von Baryt und Erythrin sind möglich.

Heringen an der Werra, unweit der hessisch-thüringischen Grenze, nahe der Autobahn Hersfeld–Eisenach. Unter dieser allgemeinen Fundortbezeichnung sind Salzmineralien in vielen Sammlungen verbreitet. Mächtige Salzlagerstätte, die sich bis auf das thüringische Gebiet erstreckt. Die Wintershall AG baut bei Heringen und die Salzdetfurth AG in der Gegend von Philippstal Kalisalze ab. Für den Sammler sind interessant: blaues Steinsalz NaCl und vielerlei Salze wie Carnallit $KCl \cdot MgCl_2 \cdot 6\,H_2O$, Sylvin KCl und andere. Selten gut ausgebildete × ×; von Steinsalz sind im allgemeinen Spaltstücke erhältlich. In Betrieb. Über die Entstehung der Lagerstätte Näheres bei Bezirk Hannover.

Usingen im Taunus, etwa 15 km westlich von Bad Nauheim an der Bundesstraße 275. Wenig östlich von Usingen zwei größere Quarzit-Steinbrüche. In Spalten und Höhlungen öfters schöne große Quarz × ×. Fundmöglichkeiten vorhanden.

Grube Messel. Unter dieser Ortsbezeichnung ist ein Ölschiefer-Tagebau 2 km südlich der Ortschaft Messel, 10 km nordwestlich von Darmstadt zu verstehen. In manchen Lagen des Schiefers findet sich das seltene Mineral Messelit $Ca_2(Fe,Mn)[PO_4]_2 \cdot 2\,H_2O$ in kleinen × ×. Fundmöglichkeiten gering.

Roßberg bei Roßdorf, 10 km östlich von Darmstadt. Großer Basalt-Steinbruch mit schönen Zeolith-Mineralien wie Natrolith × ×, Phillipsit × × $KCa[Al_3Si_5O_{16}] \cdot 6\,H_2O$. Fundmöglichkeiten vorhanden.

Auerbach/Bergstraße, Ortschaft etwa 20 km südlich von Darmstadt, wenig nördlich von Bensheim. Wenige km östlich des Ortes Auerbach das Marmorwerk Dr. Linck.
Kontaktmetamorph entstandener Marmor innerhalb von Granit. In der Kontaktzone finden sich schöne Granat × × $Ca_3Al_2[SiO_4]_3$, Wollastonit × × $CaSiO_3$, Vesuvian × × $Ca_{10}(Mg,Fe)_2Al_4[(OH)_4(SiO_4)_5(Si_2O_7)_2]$, Epidot × × $Ca_2(Al,Fe)\,Al_2[O|OH|SiO_4|Si_2O_7]$, seltener Molybdänit MoS_2. In Klüften große Spaltstücke von klarem Calcit. Früher im Tagebau gute Funde. Jetzt Untertagebau, aber kaum an der Kontaktzone. Hin und wieder werden hübsche Funde gemacht.

Niedersachsen

Salzlagerstätten im Bezirk Hannover. Der größte Teil Norddeutschlands war während der Zeit des oberen Zechsteins (Abteilung der geologischen Formation des Perm) eine Senke, die mit Meerwasser gefüllt war. Kleinere Becken gab es im heutigen niederrheinischen und hessisch-thüringischen Gebiet. Als das Meer eintrocknete, schieden sich die gelösten Salze in den Becken und Mulden aus. Später wurde das Salz von anderen Sedimenten bedeckt. – Nördlich, östlich und südlich von Hannover sind bedeutende Salzlagerstätten bergmännisch erschlossen. Für den Sammler sind vor allem die gut kristallisierten Mineralien Sylvin KCl, Steinsalz NaCl, Boracit $Mg_3[Cl|B_7O_{13}]$ usw. von Interesse. Häufig genannte Fundorte sind:

Kaliwerk Niedersachsen, knapp südlich von Wathlingen, 13 km südöstlich von Celle.

Kaliwerk Riedel bei Hänigsen, 8 km nordöstlich von Burgdorf. Auf der Verbindungsstrecke beider Werke wurde ein feinkristalliner Anhydrit $CaSO_4$ durchfahren, der zum Teil schöne, schwarzgrüne Boracit × × von würfeliger, seltener rhombendodekaedrischer Form enthielt. An einer anderen, jetzt nicht mehr zugänglichen Stelle kamen tetraedrisch ausgebildete Boracit × × vor. Farbe infolge Mangan- und Eisengehalt Bräunlichrot bis Violettrot. Wegen ihrer Farbe werden sie bisweilen auch «Ericait» genannt. Auch Anhydrit × × wurden gefunden. Aus beiden Vorkommen sind auch schöne große, aufgewachsene Steinsalz × × bekannt geworden, die allerdings aus Versatz-Laugentümpeln entstammen, also rezente Bildungen sind. In Förderung. Salzvorkommen vom gleichen Lagerstättentyp finden sich bei Staßfurt. Ebenso rezenter Bildung dürften die Kristallstufen aus Leonit × × $K_2Mg[SO_4]_2 \cdot 4\,H_2O$ sein, die vom Werk *Sigmundshall* bei Bokeloh, knapp westlich von Wunstorf (25 km westlich Hannover) stammen. Tafel 33

Deister bei Springe. Etwa 25 km südwestlich Hannover liegt an der Bundesstraße 217 der Ort Springe, von dem aus nach NNW ein Fahrweg zu den Höhen des Deister führt. Man hat von da einen Fußweg von etwa 1 km in Richtung NE einzuschlagen, um an einen stillgelegten Steinbruch zu gelangen, in dem hübsche Coelestin × ×, $SrSO_4$, gefunden werden können. Suche im lehmigen Material (Letten) günstig, aber Fundmöglichkeiten gering.

Duingen. 35 km südwestlich Hildesheim. Von der Bundesstraße 1 zweigt zwischen Hameln und Elze bei Hemmendorf eine gute Straße nach Süden und verläuft später nach Südosten. 15 km nach der Abzweigung liegt Duingen. Am Sportplatz ist eine Tongrube (Ziegelei). Im Toneisenstein finden sich insbesondere auf Klüften und Spalten sehr schöne Analcim × × $Na[AlSi_2O_6] \cdot H_2O$. Fundmöglichkeiten vorhanden.

Farmsen. Kleiner Ort 12 km östlich Hildesheim. Von der Bundesstraße 1 zweigt 10 km östlich von Hildesheim bei Schellerten eine Straße nach Süden ab. Nach 1 km erreicht man eine Ziegeltongrube. Fundort schöner Siderit × ×, Calcit × × und Quarz × ×. Fundmöglichkeiten vorhanden.

Salzgitter am Nordharz. Bei Haverlahwiese großer Tagebau, in dem Brauneisen (Limonit) abgebaut wurde. Grubenteile *Barley* und *Eisenkuhle* (Schachtanlage *Georg-Friedrich* bei Dörnten) stehen in Abbau. Es handelt sich um Meeresablagerungen (sedimentäre Abfolge) von kleinen, kugelförmigen oolithischen Körnchen. Das Vorkommen zählt zu den wichtigsten deutschen Eisenerz-Lagerstätten. Fundmöglichkeiten gegeben.

Harz

Der Harz zählte früher zu den bedeutsamsten Bergbaugebieten Deutschlands und war gleichzeitig Fundort hervorragend schöner und seltener Mineralien. Von den zahlreichen Erzbergwerken sind nur noch wenige in Betrieb. Dennoch werden hier die berühmtesten Fundorte aufgezählt, weil auch heute noch viele Mineralstufen aus alter Zeit in den Sammlungen verbreitet sind.

Erzbergwerk Rammelsberg, wenige km südwestlich vom Stadtausgang Goslar in Richtung Zellerfeld. Sedimentär gebildete Lagerstätte von Blei-, Zink- und Kupfererz (Abbildung 69). Die Erze sind sehr feinkörnig (Sediment!) und innig miteinander vermengt. Mitunter findet sich sogenanntes «Melierterz», eine gebänderte, schlierenförmige Einlagerung von Kupferkies in Bleiglanz und Zinkblende. Anpolierte Stücke sind sehr hübsch. Aus dieser Grube stammen auch schöne Stücke von Chalcanthit (= Kupfervitriol) $CuSO_4 \cdot 5\ H_2O$, Melanterit (= Eisenvitriol) $FeSO_4 \cdot 7\ H_2O$ und Goslarit (= Zinkvitriol) $ZnSO_4 \cdot 7\ H_2O$, welche sich aus salzhaltigen Grubenwässern beim Verdunsten in wärmeren Strecken auch heute noch in relativ kurzer Zeit bilden. Leider verwittern die Stükke, wenn sie nicht luftdicht aufbewahrt werden. Grube in Betrieb.

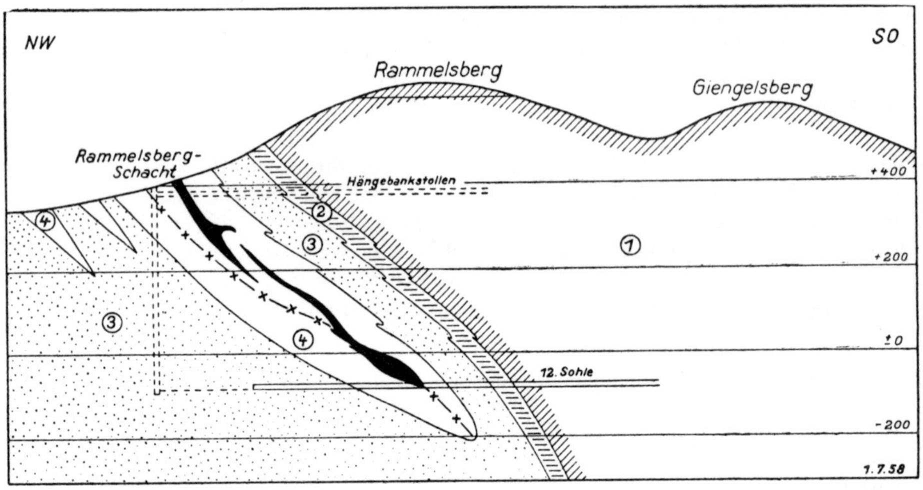

Abb. 69
Vereinfachter Schnitt durch die Erzlagerstätte des Rammelsberges bei Goslar. Zeichnung: E. Kraume, 1958

Clausthal-Zellerfeld, 20 km südwestlich Goslar im Zentrum des Oberharzes. In der Umgebung der Stadt, namentlich westlich (an der Straße nach Bad Grund) und südwestlich noch große Halden. Der Bergbau wurde 1930 eingestellt. Hydrothermale Gänge mit vorwiegend Bleiglanz und Zinkblende. Ferner Bournonit, Fahlerz, Calcit, Quarz. Aus der Umgebung von Clausthal wurden auch die seltenen Selenmineralien Naumannit Ag_2Se, Tiemannit HgSe, Berzelianit Cu_2Se, Clausthalit PbSe bekannt. Haldenfunde unbedeutend. Die Lage der Mineralgänge ist aus dem Kärtchen Abbildung 70 ersichtlich.

Grube Hilfe Gottes bei Bad Grund, etwa 10 km westlich von Clausthal-Zellerfeld. Bleiglanz, Zinkblende, Markasit × ×, Kupferkies, Siderit × ×, Calcit × ×. Grube 1971 noch in Betrieb. Fundmöglichkeiten gegeben.

Auf dem Kärtchen sind noch einige andere Orte mit ehemaligen Bergwerken angegeben, die zum Teil ebenfalls gut kristallisierte Mineralien geliefert haben, so zum Beispiel *Bockswiese*, *Wildemann*, *Lautenthal* und *Hahnenklee*.

Abb. 70
Lage der Mineralgänge im Oberharz
G.W. = Gegental-Wittenberger Gangzug, St.O. = Steigertal-Ochsentaler Gangzug, L.H.G. = Lautenthal-Hahnenklee-Gemkenthaler Gangzug, B.F.Sch. = Bockswiese-Festenburg-Schulenberger Gangzug, H.Sp.S. = Hütschental-Spiegeltal-Schultaler Gangzug, Z. = Zellerfelder Gangzug, B. = Burgstätter Gangzug, R. = Rosenhöfer Gangzug, Si. = Silbernaaler Gangzug, L.Sü. = Laubhütter-Sülzkappeler Gangzug. Zeichnung von H. Hüttenhain

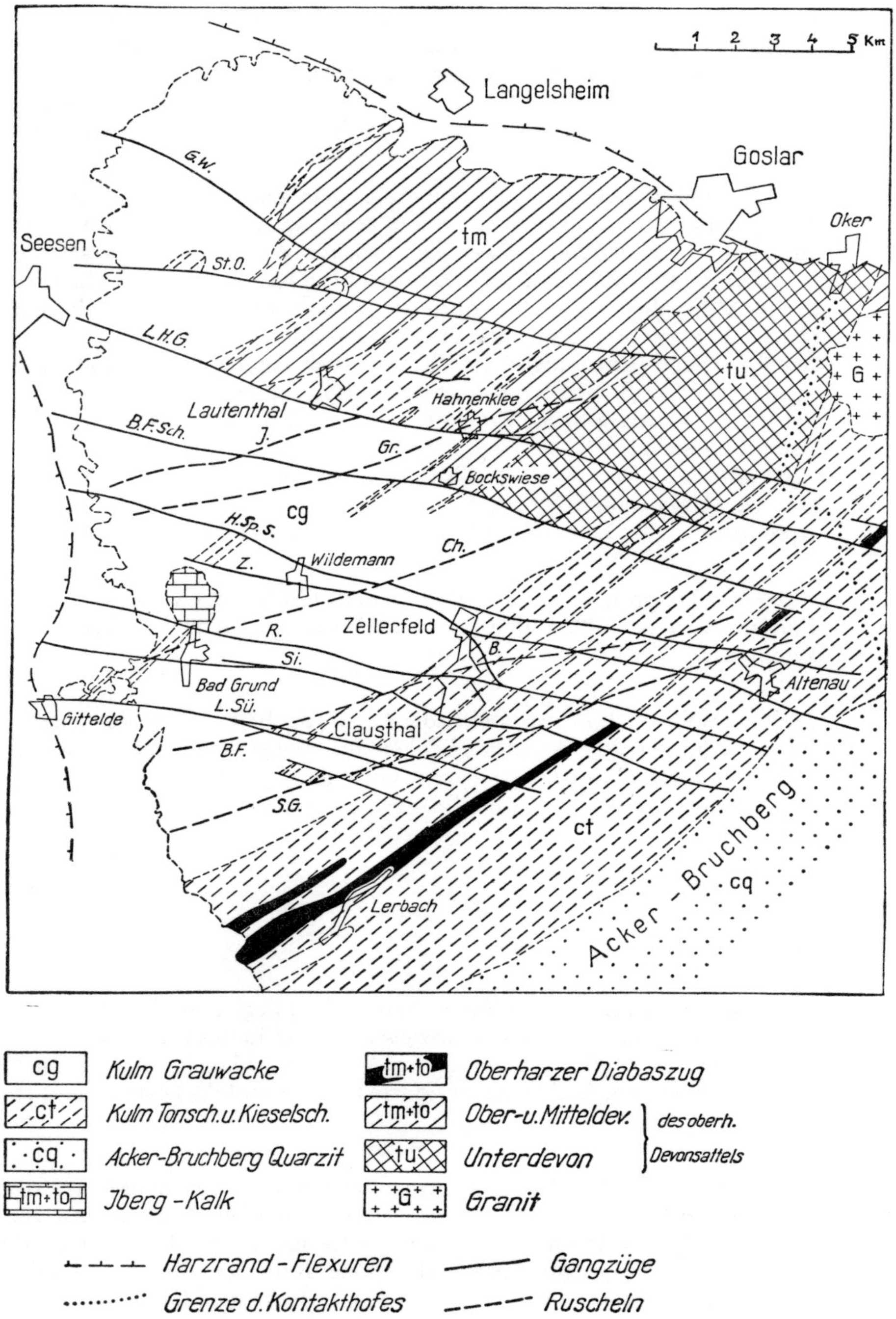
1 2 3 4 5 Km
Langelsheim
Goslar
Oker
Seesen
G.W.
tm
St.O.
L.H.G.
tu
G
Lautenthal
Hahnenklee
B.F.Sch.
J.
Gr.
Bockswiese
cg
H.Sp.S.
Wildemann
Ch.
Z.
Zellerfeld
R.
B.
Si.
Bad Grund
L.Sü.
Altenau
Gittelde
Clausthal
B.F.
S.G.
ct
Acker-Bruchberg
cq
Lerbach
cg Kulm Grauwacke
ct Kulm Tonsch. u. Kieselsch.
cq Acker-Bruchberg Quarzit
tm+to Jberg-Kalk
tm+to Oberharzer Diabaszug
tm+to Ober- u. Mitteldev.
tu Unterdevon
des oberh. Devonsattels
G Granit
Harzrand-Flexuren
Grenze d. Kontakthofes
Gangzüge
Ruscheln

St. Andreasberg. Berühmte Bergstadt 25 km südöstlich von Clausthal-Zellerfeld und gleichzeitig Fundortbezeichnung herrlicher Mineralstufen aus Erzgängen in der Umgebung des Ortes, vor allem auch östlich in Richtung Braunlage. Die Gruben liegen seit etwa 1910 still, aber Mineralien sind in fast allen Sammlungen vorhanden. Hydrothermale Blei-Zink-Sulfide.

Die bekanntesten Gruben, deren Namen man noch auf alten Etiketten finden kann, waren: *Samson* (zu einem sehenswerten Bergwerksmuseum ausgebaut!), *Abendröthe*, *Andreaskreuz*, *Felicitas*, *König Ludwig*, *Bergmannstrost*, *Gnade Gottes*, *Jakobsglück*, *Gottes Segen.* Man hat über 100 verschiedenartige Mineralien gefunden, darunter hervorragend gut ausgebildete Calcit × × (über 140 Formen in etwa 390 Kombinationen!), gediegen Arsen (= Scherbenkobalt) As, gediegen Silber Ag, Dyskrasit Ag_3Sb, Argentit × × Ag_2S, Stephanit × × Ag_5SbS_4, Miargyrit × × $AgSbS_2$, Pyrargyrit × × Ag_3SbS_3, Proustit × × Ag_3AsS_3, Tetraedrit × × (= Fahlerz), Nickelin × × NiAs, Breithauptit NiSb, Bournonit × ×, Chabasit × ×, Desmin (= Stilbit) × × $Ca[Al_2Si_7O_{18}] \cdot 7\,H_2O$, Analcim × ×, Harmotom × ×, Heulandit × × $Ca[Al_2Si_7O_{18}] \cdot 6\,H_2O$, Apophyllit × × $KCa_4[F|(Si_4O_{10})_2] \cdot 8\ H_2O$. (Tafel 7)

Winterberg knapp nördlich von Bad Grund. Großer Kalksteinbruch mit Fundmöglichkeiten für Calcit (× × und tropfsteinförmig), Baryt × ×, Limonit.

Förste, wenig westlich von Osterode. Gips-Tagebau unweit des kleinen Ortes. Mitunter gute Fundmöglichkeit für große Spaltstücke von Marienglas (= klarer Gips) und großen Gips × × $CaSO_4 \cdot 2\,H_2O$.

Sachsen-Anhalt

Harz

Während in dem auf niedersächsischem Gebiet liegenden Oberharz vorwiegend Blei-Zinkerz-Gänge überwiegen, gibt es in dem zu Sachsen-Anhalt gehörigen Unterharz Mangan-, Antimon-, Fluorit-, Kupfer- und Nickelvorkommen. Einige der Fundorte haben ebenfalls Berühmtheit erlangt.

Ilfeld. Berühmter Fundplatz 10 km nördlich von Nordhausen an der Staatsstraße 4. Wenig westlich des Ortes ehemaliges Vorkommen von Manganit MnOOH im Porphyrit begleitet von Baryt. Hydrothermale Bildung. In Drusen hervorragend schöne Kristalle, die in fast allen Sammlungen vertreten sind. Nur noch unbedeutende Haldenfunde.

Grube Luise bei Stolberg, 24 km nordöstlich von Nordhausen. Fluorit-Vorkommen mit besonders schönen und großen Kristallen, CaF_2.

Rottleberode, wenige Kilometer südlich von Stolberg. Ehemalige Blei-Zinkerz-Grube. Keine Fundmöglichkeit mehr.

Wolfsberg, kleine Ortschaft etwa 15 km östlich von Stolberg. Ehemals Vorkommen *(Jost-Christians-Grube)* von Antimonit × × Sb_2S_3 guter Ausbildung, Plagionit × × $5\ PbS \cdot 4\ Sb_2S_3$, Chalkostibit $Cu_2S \cdot Sb_2S_3$ (= Wolfsbergit) × ×, Ferberit × × $FeWO_4$. Vorkommen erschöpft.

Gruben Pfaffenberg und Meisenberg bei Neudorf, 6 km südlich von Harzgerode. Hydrothermales Bleiglanz-Zinkblende-Siderit-Vorkommen, das seit langem nicht mehr abgebaut wird, doch sind in Sammlungen noch vielfach Mineralstufen von diesem Fundort vertreten. Vor allem hervorragend und typisch ausgebildete Bleiglanz × ×, Siderit × ×, Bournonit × ×, Zinkblende × ×, Fluorit × ×.

Mansfeld. Ortschaft am östlichen Rand des Niederharzes, an der Staatsstraße Nr. 86. Nach ihr ist der sogenannte «Mansfelder Kupferschiefer» benannt, ein sedimentär gebildeter, feinschichtiger, bituminöser, sulfidführender Mergelschiefer. In der Gegend von Mansfeld ist der Schiefer etwa 30–40 cm mächtig und enthält etwa 10% sulfidische Mineralien, die entweder sehr fein eingesprengt sind oder sehr dünne Schichten bilden. – Der Schiefer wird zum Teil von Spalten (Verwerfungen) durchzogen, in denen sich hydrothermal gebildete Mineralien, vor allem Kobalterze und Baryt, abgeschieden haben (siehe hierzu «Kobaltrücken» bei Nentershausen/Richelsdorf in Hessen).
Der Kupferschiefer erstreckt sich über ein Gebiet von etwa 140 km^2, von dem rund 120 km^2 abgebaut sind. Der Bergbau wird seit über 750 Jahren fast ohne Unterbrechung betrieben. Das Fördergut enthält durchschnittlich 3% Kupfer und etwa 150 g Silber pro Tonne. Nebenprodukte sind Molybdän, Blei, Zink, Rhenium, Nickel, Vanadin, Gold, Platin. Zum gleichen Gebiet gehören die Gruben bei:

Eisleben, Helbra, Siersleben und *Hettstedt* sowie *Sangerhausen* (20 km westlich von Eisleben). Die meisten Sammlungsstücke enthalten als Fundortangabe vorwiegend die Namen Mansfeld und Eisleben. Seltener werden die folgenden genaueren Fundorte genannt: *Hohenthalschacht* bei Helbra (zwischen Mansfeld und Eisleben), *Clotildeschacht* bei Eisleben, *Wolfsschacht* bei Volkstedt (wenige km nördlich Eisleben) und der *Moritzschacht* bei Sangerhausen.

Aus dem *Hohenthalschacht* sind sehr schöne Gruppen von großen klaren Gips × × bekannt geworden. Aus dem Kupferschiefer stammen Bleche von gediegen Silber (!), die noch heute in vielen Sammlungen verbreitet sind. Aus den «Kupferrücken» (hydrothermal gebildeten Gängen im

Kupferschiefer) des Gebietes um Mansfeld sind folgende Mineralien zu nennen: Rotnickelkies × ×, Maucherit, Chloanthit $NiAs_3$, Rammelsbergit $NiAs_2$, Chalkosin (= Kupferglanz) Cu_2S, Covellin CuS, Betechtinit $Cu_{10}(Pb,Fe)\ S_6$, Bornit.
Der Bergbau ist an vielen Orten aufgelassen. Fundmöglichkeiten auf alten Halden und an den wenigen noch in Betrieb befindlichen Gruben vorhanden.

Staßfurt. Ältester Kalibergbau Deutschlands, 35 km südlich von Magdeburg. Salzlagerstätten vom gleichen Typ wie die im Bezirk von Hannover. Die Kaliwerke liegen wenig nördlich und nordwestlich von Staßfurt *(Neu-Staßfurt, Marie, Archibald)*, ferner in der Umgebung von Egeln und Westeregeln, etwa 25 km südwestlich von Magdeburg, bzw. 15 km nordwestlich von Staßfurt, sowie nordwestlich von Aschersleben *(Konkordia)*. Die Salze sind meist derb und nur selten gut kristallisiert. Von den vielen dort bekannten Mineralien seien genannt: Sylvin, Steinsalz, Carnallit, Schönit $K_2Mg[SO_4]_2 \cdot 6\ H_2O$, Polyhalit $K_2Ca_2Mg[SO_4]_2 \cdot 2\ H_2O$, Kieserit $Mg[SO_4] \cdot H_2O$, Langbeinit $K_2Mg_2[SO_4]_3$, Kainit $KMg[Cl|SO_4] \cdot 3\ H_2O$, Boracit.

Brandenburg

Rüdersdorf, kleiner Ort 30 km östlich vom Stadtzentrum Berlin. Großer Steinbruch im Muschelkalk, der unter anderem zur Zementherstellung diente. In Drusen fand man sehr gut ausgebildete Coelestin × × $SrSO_4$.

Baden-Württemberg

Grube Segen Gottes bei Wiesloch, etwa 15 km südlich von Heidelberg. Im Ortsteil Altwiesloch (Richtung Baiertal) liegen noch große Halden des über 1000 Jahre alten Bergbaues. Hydrothermal (und zwar metasomatisch, giechisch: meta = neben, nach, soma = Körper; Körpervertauschung) gebildete Blei-Zinkerz-Lagerstätte, wobei Kalkstein (hier Muschelkalk) von Erzen verdrängt und ersetzt wurde. Daher nicht gangförmig, sondern einzelne butzenförmige Erzkörper mit Bleiglanz (zum Teil große Oktaeder) und Zinkblende, die meist als «Schalenblende» gefunden wird. Schalenblende ist eine feinfaserige Mischung von Zinkblende und Wurtzit (= hexagonale Modifikation von Zinksulfid) mit schalenförmiger, gebänderter, nieriger Oberfläche, oft auch zapfenförmig, meist gelb bis braun; von diesem Fundort in ausgezeichneten Stükken bekannt, die in geschliffenem Zustand besonders schön wirken (Tafel 30).
Außerdem Melnikovit-Pyrit (= gelförmiger Pyrit), derbe Massen von Jordanit $5\ PbS \cdot As_2S_3$, Gratonit $9\ PbS \cdot 2\ As_2S_3$ in kleinen Kristallen, Hutchinsonit $(Pb,Tl)S \cdot Ag_2S \cdot 5\ As_2S_3$ in kleinen Kristallen, ausgezeichnete und große × × von Baryt und Calcit.

Micro-Mounts und Museums-
Stufe. Vergl. Text Seite 141.
Foto: Lieber

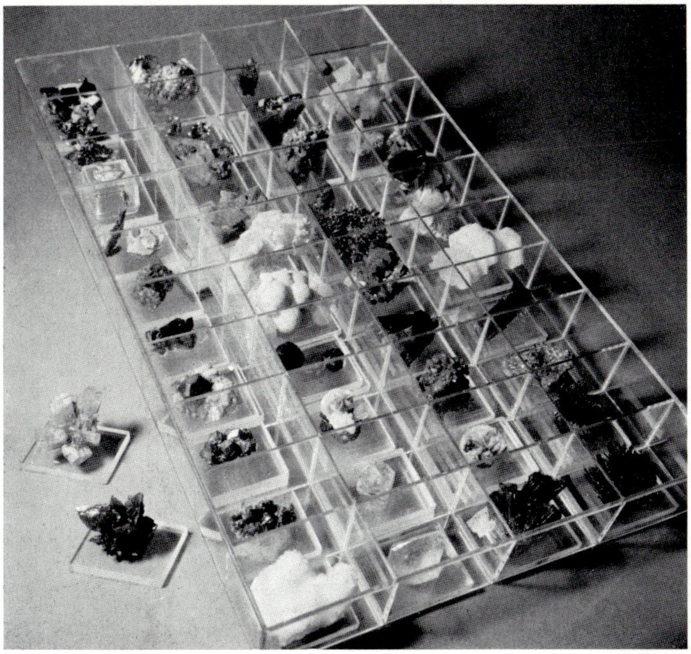

Aufbewahrung von Klein-Stufen
in Kunststoff-Behältern.
Foto: Lieber

Ganzglas-Sturzvitrinen der Firma Glasbau Heinrich Hahn, Frankfurt am Main. Sammlung im Institut für Mineralogie der Technischen Hochschule Aachen. Die Abmessungen betragen 375 × 55 cm und 13 cm Glashöhe. Foto: Schmölz

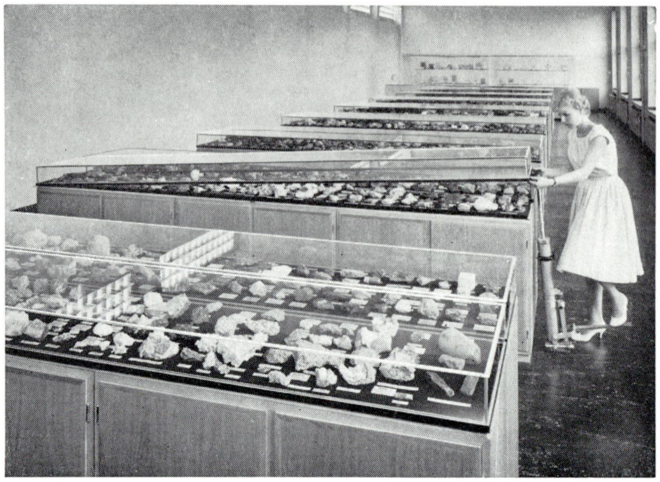

Freistehende, rahmenlose Ganzglas-Vitrinen der Firma Glasbau Heinrich Hahn, Frankfurt am Main, im Suermondt-Museum Aachen. Abmessungen 180 × 60 cm und 190 cm Gesamthöhe, davon 45 cm Stahlsockel. Foto: Schneck

Trotz noch vorhandener Vorräte wurde der Betrieb 1953 eingestellt. Auf der großen Halde unmittelbar bei Altwiesloch noch geringe Fundmöglichkeit, während die Halde beim Maxschacht (2 km entfernt) im Laufe des Jahres 1961 restlos abgeräumt wurde zwecks Gewinnung von Straßenbaumaterial. In Sammlungen sind Stücke von Wiesloch weit verbreitet.

Ein anderes bekanntes Mineralvorkommen bei Wiesloch ist eine Tongrube im *Demmelwald*, die von der Bundesstraße 3 nahe der Endhaltestelle der Straßenbahn in westlicher Richtung (durch die Gerbersruh-Straße am Sportplatz vorbei) nach etwa 2 km erreicht wird. Im Ton eingebettet finden sich allseitig von Flächen begrenzte Gips-Kristalle (Tafel 12).

Kochendorf-Friedrichshall, etwa 10 km nördlich von Heilbronn, an der Bundesstraße 27. Steinsalzbergwerk mit Schacht *König Wilhelm II.* Besichtigungsgelegenheit – auch der Untertage-Anlagen – nach vorheriger Vereinbarung. Fundmöglichkeit für klare große Steinsalz-Spaltstücke gegeben.

Ellmendingen und *Dietlingen* nordwestlich von Pforzheim. In der Nähe dieser Orte finden sich die sogenannten «Pforzheimer Stinkquarze». Das sind meist doppelendig ausgebildete Quarzkristalle von grau-brauner Farbe mit mehr oder weniger bituminösen Einschlüssen. Vom Bahnhof Dietlingen (Kleinbahn) erreicht man in nordwestlicher Richtung die Höhen zwischen den genannten Orten. Auf den Äckern liegen die Kristalle, die namentlich nach Regenfällen gut zu erkennen sind. Fundmöglichkeiten gegeben.

Neubulach, etwa 4 km westlich des Nagoldtales zwischen Calw und Wildberg. 6 km südlich von Calw zweigt eine Straße vom Nagoldtal nach Westen auf die Höhe ab. Knapp südöstlich des Ortes (entlang dem Bulacher Mühlweg) liegen noch ausgedehnte Halden eines alten Bergbaues auf Wismut (hydrothermale Mineralbildung in Klüften des Buntsandsteines). Ein Teil des Ortes ist auf Halden gebaut; bei Ausschachtungsarbeiten findet man häufig Erze.

Unmittelbar am Ortsausgang von Neubulach (Richtung Südost nach Seitzenthal) liegt links am Weg die Pinge des ehemaligen *Himmelfahrtsschachtes*. Geringe Fundmöglichkeit gegeben: Quarz × ×, derbes Fahlerz, Malachit, Mixit $BiCu_{12}[(OH)_9(AsO_4)_6] \cdot 9\ H_2O$ in kleinen, nadelförmigen grünen × ×.

500 m weiter in Richtung zum Ziegelbach sieht man noch die Mundlöcher vom *Wilhelmsstollen* und *Hella-Glückstollen*. Auf alten Halden vor dem Stollen Azurit in schönen radialstrahligen Kristallen. Malachit, der-

bes Fahlerz und selten gediegen Kupfer. Mineralien von diesem Vorkommen, vor allem Mixit, sind in Sammlungen verbreitet. Fundmöglichkeiten gegeben.

Hesselbach unweit Oberkirch an der Bundesstraße 28. Etwa 4 km südlich von Oberkirch im Hesselbachtal wurde ein 1–2 m mächtiger Baryt-Fluorit-Gang abgebaut. Ebenso ein Gang im knapp östlich davon gelegenen Ödsbachtal. Von hier schöne große Fluorit × × von weißer und grünblauer Farbe. Betrieb 1959 eingestellt, soll wieder aufgenommen werden.

Artenberg bei Steinach im Kinzigtal. Unmittelbar (westlich) an der Bundesstraße 33, wenig außerhalb der Ortschaft in Richtung Haslach. Hartsteinbruch, in dessen linkem Teil eine Verwerfungsspalte mit Calcit angefüllt ist. Hin und wieder werden große × × gefunden, mitunter auch Dolomit × × und schöne grüne Fluorit-Oktaeder bis 3 cm Größe. Fundmöglichkeiten gegeben.

Mittleres Kinzigtal. In diesem Gebiet sind mehrere interessante Mineralvorkommen, die heute allerdings – bis auf eine Ausnahme – nicht mehr ausgebeutet werden. Die wichtigsten seien hier aufgezählt, weil zum Teil noch heute Haldenfunde gemacht werden können und außerdem Mineralien dieser Fundplätze in vielen Sammlungen vertreten sind.

Grube Wenzel bei Oberwolfach, wenig nördlich von Wolfach. Im Frohnbachtal sind noch die alten Grubenbaue zu erkennen. Von den geförderten Mineralien sind besonders erwähnenswert: Fahlerz (Freibergit), gediegen Silber, Silberglanz, Pyrargyrit und Dyskrasit. Selten in alten Sammlungen anzutreffen. Grube ist längst stillgelegt.

Grube Clara, etwa 4 km nördlich von Wolfach. Die Grube ist über das Rankachtal (4 km) zu erreichen, welches vom Ortsteil Walke von der Hauptstraße abzweigt. Gefördert wird in der Hauptsache Baryt, der zum Teil auch Fluorit enthält. Schöne und große Baryt × ×, farblose Fluorit × × (Tafel 36) werden öfters gefunden und sind in Sammlungen vertreten. Ferner Malachit, Chlorotil (nadelförmige grüngelbe × ×, ähnlich Mixit, aber ohne Bi), Quarz × ×, Eisen- und Manganoxiden Pyromorphit × ×, Olivenit × × $Cu_2 [OH|AsO_4]$. Fundmöglichkeiten gegeben. Das Fördergut gelangt zur Vermahlung im Schwerspatwerk bei Wolfach (zirka 500 m südlich des Ortes an der Kinzig). Gegen geringe Gebühr erhält man eine Sammelerlaubnis von der Direktion. Fundmöglichkeit recht gut.

Grube Friedrich Christian im Wildschapbachtal (an der Straße Schapbach–Bad Peterstal). Bleiglanz und Kupferkies waren zuletzt die wesentlichsten Fördererze. Von hier stammt auch das seltene Mineral Schapbachit $AgBiS_2$. Schöne Malachit × ×, Fluorit × ×, Covellin waren begehrte Sammelstücke. Trotz vorhandener Vorräte wurde der Betrieb 1954 eingestellt. Unbedeutende Haldenfunde möglich.

Grube Anton im Heubachtal. Man erreicht sie vom Kinzigtal aus. Beim Bahnhof Schiltach zweigt ein befahrbarer Weg über die Kinzigbrücke nach Norden ins Heubachtal ab. Nach 4,7 km erreicht man die rechts (östlich) vom Weg gelegene alte Halde beim Gasthaus «Auerhahn». Auf der Halde finden sich Baryt, Malachit, Kobaltblüte, verschiedene sekundäre Uranmineralien. Oberhalb der Halde ist der Stolleneingang. Die Grube förderte bis 1861 Kobalterze. Nach 1950 wurden Untersuchungsarbeiten durchgeführt, um den Uraninhalt der Lagerstätte zu ermitteln. Vorübergehend waren die Stollen befahrbar. Schöne Funde von Kobaltblüte und Pharmakolith × × $CaH[AsO_4] \cdot 2\,H_2O$ in weißen haarförmigen Büscheln. Mundloch jetzt verstürzt. Tafel 8.

Wittichen. Der kleine Ort ist über die Bundesstraße 294 zu erreichen, von der bei Schenkenzell (zwischen Schiltach und Alpirsbach) eine Straße nach Norden (Richtung Reinerzau) abzweigt. Nach 3,5 km zweigt ein Weg nach Westen ins Klosterbachtal ab, in dessen Verfolgung nach 1 Kilometer das ehemalige Kloster Wittichen erreicht wird. In seiner Umgebung sind zahlreiche Mineralgänge aufgeschlossen gewesen, die vor allem auf Kobalterze abgebaut wurden. Die Gruben liegen längst still, sind aber in den letzten Jahren auf Uranführung untersucht worden. Die Lagerstätten sind hydrothermaler Entstehung und gehören der sogenannten Silber-Kobalt-Nickel-Wismut-Uran-Formation an.

Grube Sophia, wenige hundert Meter westlich vom ehemaligen Kloster im Böckelsbachtal (Nordseite). Die Halde liegt unmittelbar am Weg. Von hier sind schöne Mineralien bekannt, wie gediegen Silber, Skutterudit (= Speiskobalt), Nickelin, Erythrin, Pharmakolith × × $CaH[AsO_4] \cdot 2\,H_2O$. Neuerdings stellte man Uranpechblende UO_2 auf der Halde und im Anstehenden fest. Funde gelingen mit einem Geigerzähler leicht. Stufen von hier sind nur noch selten in Sammlungen anzutreffen. Bescheidene Haldenfunde möglich.

Grube Gnade Gottes am Silberberg bei Wittichen, zu erreichen vom Kloster entlang dem Klosterbach, wo nach etwa 500 m die ehemaligen Zechengebäude standen. Dort zweigt ein steiler Weg nach WSW ab. Nach 200 Metern erreicht man die Halden des *Schmiedestollens,* der zum Feld der Grube Gnade Gottes führte. Diese und die *Grube St. Joseph* förderten neben Kobalterzen reichlich gediegen Silber. Stücke von diesen Gruben nur noch in alten Sammlungen.

Alter Schmiedestollen am Silberberg bei Wittichen. Seine Lage wurde schon unter Grube Gnade Gottes beschrieben. Auf der Halde des Schmiedestollens findet man Erythrin und ebenfalls Uranmineralien (denen man früher keine Beachtung schenkte), so zum Beispiel das seltene Mineral Heinrichit $Ba(UO_2)_2[AsO_4]_2 \cdot 10\,H_2O$. Geringe Haldenfunde möglich.

Grube Daniel im Gallenbachtal. Von der Straße Schenkenzell–Reinerzau erreichbar; nahe Vorthal zweigt ein Weg zum Gallenbachtal ab. 500 m bachaufwärts liegt rechts am Weg (bergaufwärts) eine stark bewachsene Halde im Wald, wenige Meter weiter das Mundloch des unteren Stollens. Fundort für Wittichenit $3\,Cu_2S \cdot Bi_2S_3$ und Emplektit $Cu_2S \cdot Bi_2S_3$, welche beide in Baryt in Form kleiner Nadeln eingewachsen sind. Fundmöglichkeiten vorhanden.

Kaiserstuhl. Der Kaiserstuhl ist ein Vulkangebirge von etwa 90 Quadratkilometern Grundfläche und liegt nordwestlich von Freiburg zwischen Schwarzwald und Rhein. Von den zahlreichen Mineralfundpunkten seien folgende genannt:

Oberschaffhausen. An der Straße von Oberschaffhausen Richtung Vogtsburg kurz hinter dem Ort ein großer Phonolith-Steinbruch. In kleinen Drusen finden sich Natrolith × ×, Calcit × ×, selten Apatit, Biotit, Wollastonit × ×. Fundmöglichkeiten gegeben.

Badberg zwischen Vogtsburg und Oberbergen nördlich der Straße. Beim sogenannten Badloch ist Carbonatit (ein marmorähnliches Gestein) aufgeschlossen. Darin kleine schwarze Würfel von Dysanalyt × × $(Ca,Ce)(Nb,Ti,Fe)O_3$, einem recht seltenen Mineral. Vor allem unmittelbar an der Bruchsohle sind dysanalythaltige Stücke zu finden. Das Mineral kann leicht gewonnen werden, wenn man einige Marmorbrocken in Salzsäure auflöst. Fundmöglichkeiten vorhanden.

Oberbergen. Schräg gegenüber vom Badloch (in SW-Richtung) etwa 250 Meter in Richtung Oberbergen zweigt ein Weg von der Straße nach Süden ab. Vielleicht 50 m nach der Abzweigung findet man rechts oben im Hang einen kleinen Aufschluß von Tinguait (ein Eruptivgestein) mit Einschlüssen von schwarzem Granat × × (= Melanit) $Ca_3Fe_2[SiO_4]_3$ mit zum Teil hohem Titangehalt. Die Fundstelle ist nicht leicht zu finden, aber örtlich ansässige Mineraliensammler können Auskunft erteilen.

Schelingen. Kleiner Ort nordöstlich von Oberbergen. Wenige hundert Meter östlich des Ortes sind Steinbrüche (Carbonatit), in denen man folgende Mineralien findet: Koppit × × $CaNaNb_2O_6(F,OH,O)$ als kleine Oktaederchen von dunkelroter Farbe, Magnesioferrit × × (Abart von Magnetit) $(Fe,Mg)_3O_4$ in Oktaedern bis 5 mm Größe. Diese Mineralien können durch Auflösen des Gesteins in Salzsäure gewonnen werden. Fundmöglichkeit vorhanden.

Niederrotweil, kleiner Ort wenige km westlich Oberrotweil an der Westseite des Kaiserstuhls. Am Kirchberg großer Phonolith-Steinbruch, in dem man folgende Mineralien fand: Hyalit (= weißer oder glasklarer Opal) SiO_2+aq., Natrolith × ×, gelber Calcit × ×, Apophyllit × ×, Hauyn (selten), Granat × ×. Fundmöglichkeiten gering, Betrieb eingestellt.

Limburg bei Sasbach/Rhein. In mehreren Steinbrüchen ist der Limburgit (vulkanisches Gestein) aufgeschlossen. In dessen zahlreichen Blasenräumen findet sich Argonit × × in schönen Nadeln (vor allem im Steinbruch VI und VII), Augit × ×, seltener Phillipsit × × $KCa[Al_3Si_5O_{16}] \cdot 6 H_2O$ (vor allem im Steinbruch I) und Faujasit × × $Na_2Ca[Al_2Si_4O_{12}]_2 \cdot 16 H_2O$, Hyalit und Calcit × ×.

Gewerkschaft Baden bei Buggingen, wenige Kilometer nördlich von Müllheim. Kalisalzbergwerk. Vorwiegend derbe Salze, vereinzelt Kristalle von Sylvin und Steinsalz. Fundmöglichkeiten gegeben.

Schauinsland. Berg wenige Kilometer südlich von Freiburg. Einst bedeutendes Bergbaurevier. Hydrothermale Blei-Zink-Lagerstätte. 1954 wurde der Betrieb eingestellt. Unbedeutende Haldenfunde sind beiderseits der Straße von der Bergstation der Seilbahn zum Haldenhotel und Richtung Hofsgrund möglich. Mineralstufen vom Schauinsland sind in vielen Sammlungen vertreten, desgleichen auf dem Mineralienmarkt: Zinkblende × ×, Bleiglanz, Calcit × ×, Dolomit × ×, Markasit, Pyromorphit × × (grün und braun), Cerussit × ×.

Münstertal. Etwa 20 km südlich von Freiburg, bzw. 7 km südöstlich von Staufen. Das Gebiet ist reich an Mineralgängen. Größere Bedeutung hatte die *Grube Teufelsgrund* im Muldental, einem kleinen Seitental des Untermünstertales. Sie förderte zuletzt Fluorit, liegt aber seit 1957 still. Von hier stammen sehr schöne Stufen mit Fluorit × ×, Calcit × ×, Pyrit × ×, Markasit, Zinkblende × ×, Baryt × ×. Geringe Haldenfunde möglich.

Östlich vom Münstertal liegt das Bergbaugebiet von *Todtnau* und *Wieden*, das auf guter Fahrstraße vom Schauinsland her oder über das Obermünstertal erreicht werden kann. Bei Wieden arbeiten die *Gruben Tannenboden* und *Anton* auf Fluorit. Fundmöglichkeiten für schönen Fluorit × ×, Baryt × ×, Zinkblende, Markasit, Calcit × ×. 1964/65 sind bemerkenswerte Funde von relativ großen Proustit × × und von Arsen (Scherbenkobalt) gemacht worden. Auf *Anton* auch hübsche Hemimorphit × ×.

Auch die östlich vom Tannenboden liegende *Grube Finstergrund* liefert gute Fluorit-Stufen. Die *Grube Brandenberg*, etwa 2 km östlich von Todtnau an der Feldbergstraße (B 317) steht noch in Förderung. Von hier sind gute Stufen mit Fluorit × × und Calcit × × bekannt geworden.

Grube *Ehre Gottes bei Urberg* nahe St. Blasien. Wenige km südwestlich St. Blasien der Ort Urberg, von dem aus nach SW das Höll-Tal erreicht werden kann. Die Grube baut auf einem Fluorit-Gang. Vereinzelt finden sich folgende Mineralien: Pyromorphit × ×, Mimetesit × ×, Cerussit × ×, Erythrin (Kobaltblüte), Annabergit (Nickelblüte) × ×. Fundmöglichkeiten gegeben.

Grube *Friedrich August bei Horbach.* Der Ort liegt wenige km westlich des zuvor genannten Ortes Urberg. Von dort am Klosterweiher vorbei zur ehemaligen Grube, die einen nickelhaltigen Pyrrhotin (= Magnetkies) abbaute. Geringe Fundmöglichkeiten.

Krunkelbachtal bei Menzenschwand. Vor einigen Jahren wurde bei Menzenschwand ein neues Uran-Vorkommen entdeckt. Es liegt an den südlichen Ausläufern des Feldberges und wird von Menzenschwand aus erreicht. Dieser Ort kann von Freiburg über die Höllentalstraße (Bundesstraße 31), Titisee, Bärental (Bundesstraße 317), Altglashütten, Schluchsee, Äule oder aber von Süden über Schönau (Bundesstraße 317), Geschwend, Bernau erreicht werden. Etwa 1 km nördlich vom Hinterdorf zweigt ein Weg nach Westen ins Krunkelbachtal ab. Etwa 1,5 km talaufwärts liegen die Schürfungen. Es handelt sich um hydrothermal gebildete Fluorit/Baryt-Gänge mit Uranpecherz, Pyrit, Hämatit, Quarz × × in Drusen und zahlreichen sekundären Uranmineralien, unter denen Uranocircit $Ba(UO_2)_2[PO_4]_2 \cdot 10\,H_2O$, Heinrichit, Uranophan (= Uranotil) $Ca(H_3O)_2(UO_2)_2[SiO_4]_2 \cdot 3\,H_2O$, Wölsendorfit $(Pb,Ca)O \cdot 2\,UO_3 \cdot 2\,H_2O$, Zippeit (Uranblüte) $(UO_2)_6[(OH)_6(SO_4)_3] \cdot 15\,H_2O$, Bergenit $Ba(UO_2)_4[(OH)_4(PO_4)_2] \cdot 8\,H_2O$, häufiger vorkommen. Es konnten über 20 Uranmineralien ermittelt werden. Fast alle bilden mehr oder weniger gut kristallisierte Aggregate auf und in Granit oder in kleinen Drusen des Fluorits. Letzterer ist übrigens häufig schwarzblau (Stinkspat, siehe Wölsendorf). Der grobspätige Baryt dieses Fundortes fluoresziert unter langwelligem UV intensiv rot. – Die Gemeinde hat bisher den Bergbau leider verhindert. Geringe Fundmöglichkeiten.

Kleinkems und *Istein* am Rhein, Südbaden, etwa 15 km vor Basel; zu erreichen von der Autobahn-Ausfahrt Kleinkems. In den Steinbrüchen der Breisgauer Portland-Zement-Fabrik und der Lonzawerke finden sich im Kalkstein eingebettet Jaspisknollen von meist grauer Farbe und hübscher Bänderung; schleifwürdig. Fundmöglichkeiten gegeben.

Bayern

Graphit-Lagerstätte östlich Passau. Man erreicht die Vorkommen über die Bundesstraße 388, die von Passau nach Osten am nördlichen Donauufer entlang führt. In Unter-Griesbach zweigt eine Nebenstraße nach Norden, die sich am Ortsausgang gabelt. Auf der linken Straße gelangt man nach *Kropfmühl*, rechts nach *Pfaffenreuth.* Zwischen beiden Orten verläuft in etwa Ost-West-Richtung ein Zug von graphithaltigem Gneis, der von der Graphitwerk Kropfmühl AG abgebaut wird. Das Vorkommen ist organogen-metamorpher Entstehung, das heißt Meeres-Sedimente mit Organismenresten wurden nach ihrer Verfestigung in metamorphe Gesteine (hier Gneis) umgewandelt, die organischen Reste lieferten Graphit, eine Modifikation des Kohlenstoffes. Fundmöglichkeiten von Graphit und den Begleitmineralien Pyrit, Pyrrhotin (= Magnetkies), Nontronit, Hyalith sind gegeben.

Tittling, etwa 20 km NNW von Passau an der Bundesstraße 85. In der Umgebung des Ortes mehrere Granit-Steinbrüche. Im «Kerberbruch» bei Matzersdorf in Pegmatitgängen Helvin × × (selten), $(Mn,Fe,Zn)_8[S_2(BeSiO_4)_6]$, Beryll $Al_2Be_3[Si_6O_{18}]$, Milarit $KCa_2AlBe_2[Si_{12}O_{30}] \cdot \frac{1}{2} H_2O$, alles in kleinen × ×; ferner Desmin, Laumontit, Heulandit, Chabasit. Fundmöglichkeiten gegeben.

Silberberg bei Bodenmais. Zu erreichen über die Bundesstraße 85 von Cham nach Regen, wo eine Straße nach Norden abzweigt. Etwa 12 km nördlich Regen liegt der Silberberg, in dem vorwiegend Pyrrhotin FeS und Pyrit abgebaut wurden. Ferner Zinkblende, Bleiglanz, Kupferkies, Pyrrhotin, Zinkspinell $(Zn,Fe)\ Al,Fe)_2O_4$. Fundmöglichkeiten gering. Grubenfahrt für Touristen möglich.

Hühnerkobel bei Rabenstein nahe Zwiesel. Der Abbau von Rosenquarz ist längst eingestellt. In Sammlungen trifft man hin und wieder Mineralien von diesem Fundort, wie Beryll $Be_3Al_2[Si_6O_{18}]$, Columbit $(Fe,Mn)(Nb,Ta)_2O_6$, Vivianit $Fe_3[PO_4]_2 \cdot 8\ H_2O$, Strengit $Fe[PO_4] \cdot 2\ H_2O$, Kakoxen $Fe_4[OH|PO_4]_3 \cdot 12\ H_2O$, Huréaulith $(Mn,Fe)_5H_2[PO_4] \cdot 4\ H_2O$. Kleine Funde bei großer Ausdauer möglich.

Sulzbach-Rosenberg. Eisenerz-Lagerstätte sedimentärer Entstehung, knapp nördlich von Sulzbach an der Bundesstraße 14. Gefördert wurde vorwiegend Brauneisenerz. Eine Lagerstätte gleichen Typs liegt bei Auerbach an der neuen Bundesstraße 85, etwa 25 km nördlich von Sulzbach. Hier auch Siderit und Weinschenkit $(Y,Er)PO_4 \cdot 2\ H_2O$ in Büscheln von feinen weißen Kristallnädelchen.

Wölsendorf/Oberpfalz. Zentraler Ort in einem Fluorit-Bergbaugebiet zwischen Nabburg und Schwarzenfeld an der Bundesstraße 15. In den folgenden Gruben wurde in den letzten Jahren noch Abbau betrieben: *Marienschacht*, wenig östlich Wölsendorf, *Johannesschacht* knapp nördlich Wölsendorf, *Grube Roland* etwa 1 km nördlich Wölsendorf, *Grube Erna* 1½ km nordöstlich von Stulln, die *Gruben Erika* und *Cäcilia* 3 km nordwestlich von Stulln. Ferner *Heißer Stein*, *Gisela*, *Hermine* und mehrere km südwestlich dieses Gebietes die *Grube Max* (siehe hierzu die beigefügte Karte Abbildung 71). Inzwischen wurden *Johannesschacht*, *Gisela* und *Roland* aufgelassen.

In allen Gruben werden schöne Fluorit-Stufen gefunden; die Kristallgröße ist zum Teil beträchtlich. Die Farben variieren von Farblos über Zartgrün, Grünblau, Schwarzblau, Violett, Rotviolett, Rötlich, Gelbrot, Gelb, Zartgelb. Auf den Gruben Marienschacht, Johannesschacht und Roland wird der sogenannte «Stinkspat» gefunden. Es ist ein derber, schwarzvioletter Spat, der beim Zerschlagen einen ozonartigen Geruch verbreitet. Ferner werden gefunden: Baryt × ×, Quarz (zum Teil rot als «Eisenkiesel»), Calcit × ×, Dolomit × ×, Markasit × ×. Vor allem auf *Johannesschacht* und *Marienschacht* findet sich Uranpecherz. Außerdem sind folgende sekundäre Uranmineralien bekannt geworden: Uranophan × × (= Uranotil) $Ca(H_3O)_2(UO_2)_2[SiO_4]_2 \cdot 3\ H_2O$, Autunit × × $Ca(UO_2)_2[PO_4]_2 \cdot 10\ H_2O$, Torbernit × × $Cu(UO_2)_2[PO_4]_2 \cdot 10\ H_2O$, Uranocircit × × $Ba(UO_2)_2[PO_4]_2 \cdot 10\ H_2O$, Kasolit $Pb(UO_2)[SiO_4] \cdot H_2O$ und einige andere. Fundmöglichkeiten gegeben.

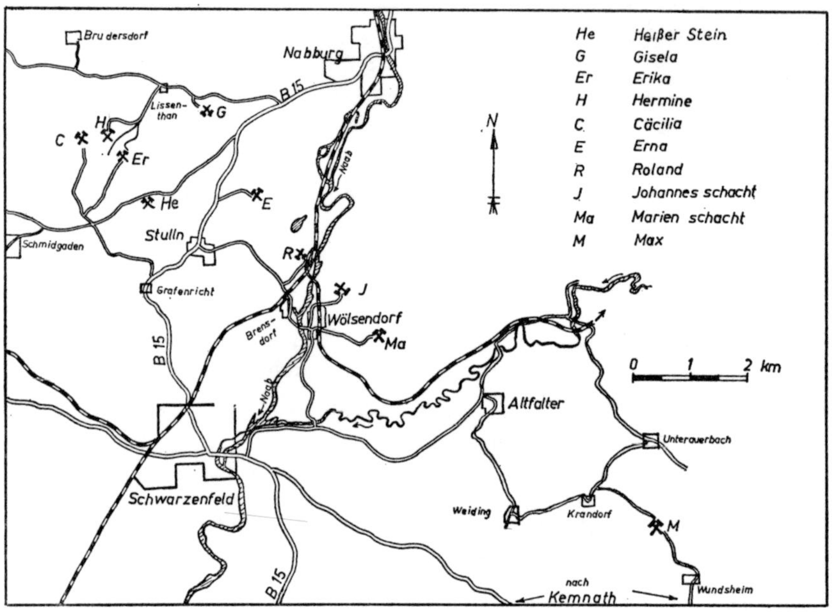

Abb. 71
Fundpunkte im Gebiet von Wölsendorf

Hagendorf, zu erreichen über die Bundesstraße 14 von Wernberg, Vohenstrauß nach Waidhaus. Im Ort zweigt man nach Nordwesten ab. Etwa 2 km danach erreicht man den kleinen Ort Hagendorf. – Bedeutendes Pegmatit-Vorkommen, aus welchem Feldspat (Orthoklas $KAlSi_3O_8$) gefördert wird. Von diesem Fundort stammt eine Reihe zum Teil seltener und gut kristallisierter Mineralien, die den Weg in viele Sammlungen gefunden haben.

Columbit × × und derb, Triphylin $Li(Fe,Mn)PO_4$ graugrün massiv, Zwieselit $(Fe,Mn)_2[F|PO_4]$ hellbraune Massen, Wolfeit $(Fe,Mn)_2[OH|PO_4]$ rötlichbraun massiv, Hagendorfit $(Na,Ca)(Fe,Mn)_2[PO_4]_2$ grünschwarz spätig, Phosphoferrit $(Fe,Mn)_3[PO_4]_2 \cdot 3\ H_2O$ olivgrüne bis bräunliche kristalline Massen, Vivianit $Fe_3[PO_4]_2 \cdot 8\ H_2O$ blaue × × oder kristallin, Huréaulith × × $(Mn,Fe)_5[PO_4]_4 \cdot 4\ H_2O$ (früher als Wenzelit bezeichnet) hell- bis dunkelrosa × ×, Strengit × × $Fe[PO_4] \cdot 2\ H_2O$ violette oder grauviolette × ×, Rockbridgeit $(Fe,Mn)Fe_4[(OH)_5(PO_4)_3]$ (wurde früher als Kraurit bezeichnet) schwarze bis dunkelgrüne

radialstrahlige Massen, manchmal mit glaskopfartiger Oberfläche (daher in Sammlerkreisen mitunter als «grüner Glaskopf» bezeichnet), den ähnlichen Frondelit, bei dem Mangan vor Eisen überwiegt, rotbraun radialstrahlig und × ×, Laueit × × $MnFe_2[OH|PO_4]_2 \cdot 8\ H_2O$ sehr kleine Kriställchen von bräunlicher bis gelbbrauner Farbe; Pseudolaueit × × von gleicher Zusammensetzung, klein, orangegelb, Strunzit $MnFe_2[OH|PO_4] \cdot 6\text{–}8\ H_2O$ strohgelbe faserige Nadeln bis 15 mm Länge (früher irrtümlich als Kakoxen bezeichnet), Tafel 32. Fundmöglichkeiten gegeben. Abbau überwiegend untertage; seit 1965 wird die Lagerstätte durch einen Tagebau erschlossen.
Einige Kilometer westlich von Hagendorf, ebenfalls über die Bundesstraße 14 erreichbar, liegt der kleine Ort *Pleystein* mit seinem für Mineralogen berühmt gewordenen Rosenquarzfelsen (34 m hoch) des Kreuzberges. Sowohl an der Südseite als auch an der Nordostwand des Kreuzberges wurden zahlreiche Phosphatmineralien gefunden, wie Strengit × ×, Phosphosiderit $Fe[PO_4] \cdot 2\ H_2O$ in roten Kristallen, Columbit × ×, Rockbridgeit, Strunzit × × und andere. Der Rosenquarzfelsen steht seit einiger Zeit unter Naturschutz.

Grube Bayerland bei Pfaffenreuth, 4 km südlich von Waldsassen. Der letztgenannte Ort liegt an der Bundesstraße 303 zwischen Mitterteich und Eger (Tschechoslowakei). Metamorph umgewandeltes, ehemals sedimentäres Vorkommen von Pyrrhotin, Pyrit, untergeordnet Zinkblende, Kupferkies, Antimonit, Falkmanit $Pb_3Sb_2S_6$ in metallisch-grauen, stengligen Aggregaten, Arsenkies × × FeAsS silbrig-metallisch glänzend. Grube aufgelassen.

Fichtelgebirge. Gebiet nordöstlich von Bayreuth, zu erreichen über die Autobahnausfahrt Bayreuth-Nord oder Bad Berneck oder Gefrees. Das landschaftlich reizvolle und mineralogisch interessante Fichtelgebirge wird durch zahlreiche gute Straßen erschlossen. Einzelne Mineralfundpunkte sind:

Epprechtstein, etwa 2 km westlich von Kirchenlamitz, bzw. westlich der Straße Weißenstadt–Kirchenlamitz. Mehrere Granitsteinbrüche. Von der Straße sichtbar der Schloßbrunnen-Bruch der Firma Reul Granit AG, ferner Brüche in der Nähe der Hütte der Bergwacht. In Drusen finden sich Orthoklas × ×, Quarz × ×, Rauchquarz × ×, Turmalin × × (schwarz = Schörl) $NaFe_3Al_6[(OH)_4(BO_3)_3Si_6O_{18}]$, Apatit, Topas × × $Al_2[F_2|SiO_4]$, Euklas × × $BeAl[OH|SiO_4]$, Fluorit × ×. Schön kristallisierte Mineralstufen vom Epprechtstein sind in vielen Sammlungen vertreten und begehrte Sammlerobjekte. Fundmöglichkeiten für Quarz, Schörl × ×, Orthoklas × × gegeben. Topas und Euklas zählen zu den Seltenheiten.

Waldstein. Ähnliche Mineralparagenesen sind in Granitsteinbrüchen am Waldstein nordwestlich von Weißenstadt entlang der Straße Weißenstadt–Ruppertsgrün–Zell–Reinersreuth sowie am Rudolfstein zu beobachten.

Fuchsbau. Erhebung knapp westlich von Leupoldsdorf. Zu erreichen über die Bundesstraße 303 (Ostmarkstraße), auf der man bei Tröstau nach Norden abzweigt. Im Steinbruch Kastl ähnliche Paragenese wie am Epprechtstein. Häufiger finden sich auf Klüften tafelige Torbernit × ×, ebenso in den benachbarten Brüchen. Die Arbeiten sind seit 1966 eingestellt.

Göpfersgrün. Entlang der Nebenstraße Wunsiedel–Thiersheim liegt die *Johanneszeche*, die ein Speckstein-Vorkommen hydrothermal-metasomatischer Entstehung im Tagebau abbaut. Der Speckstein (= Steatit = Talk) $Mg_3[(OH)_2|Si_4O_{10}]$ wurde ursprünglich im Untertagebau gewonnen. Große Berühmtheit erlangten die Pseudomorphosen von Speckstein nach Quarz × × oder Dolomit × ×. In alten Sammlungen sind sie noch vertreten, aber heute findet man sie kaum noch. Fundmöglichkeiten für schöne Quarz × × (Sternquarz) und Speckstein mit Mangandendriten sind gegeben. – Am Nordrand der Grube ist ein Pegmatitgang aufgeschlossen, der Turmalin × × und grüne große Beryll × × geliefert hat.

Wurlitz. Serpentin-Steinbruch (Hessit-Werke) 3 km westlich von Rehau. Auf Klüften finden sich hin und wieder hellgrüne bis olivgrüne Granat × ×. Es ist ein ziemlich reiner Andradit $Ca_3Fe_2[SiO_4]_3$, der auch unter dem Namen «Topazolith» bekannt ist. Fundmöglichkeiten bei entsprechender Ausdauer gegeben.

Thüringen

Ilmenau. An der Kreuzung der Staatsstraßen Nr. 4 und Nr. 88. Hydrothermale Eisen-Manganerz-Vorkommen in der Umgebung von Ilmenau, vor allem etwa 6 km westlich unweit von Elgersburg, aber auch bei *Öhrenstock*, wenige Kilometer südöstlich von Ilmenau. Vor allem Manganmineralien sind von dort bekannt geworden, wie zum Beispiel Braunit $Mn^{II} Mn_6^{IV} [O_8|SiO_4]$, Hausmannit × × Mn_3O_4, Pyrolusit MnO_2, Manganit × ×. Fundmöglichkeiten gering.

Tagebau *Lichtenberg* bei *Ronneburg*, wenige km östlich von Gera. Auf Klüften des Schiefers sehr hübsche radialstrahlige Wavellite. 1965 wurden noch gute Funde gemacht.

Sachsen

Bergen/Vogtland. Etwa 10 km östlich von Plauen an der Staatsstraße 169. Wenig westlich des Ortes auf Halden am *Streuberg* finden sich sekundäre Uranmineralien wie Autunit × ×, Torbernit × ×, Bergenit, Uranocircit × ×. Fundmöglichkeiten vorhanden.

Schneckenstein/Vogtland. 24 m hoher Fels, etwa 10 km (Luftlinie) SE von Falkenstein, etwa 2½ km südlich von Tannenbergsthal an der Straße

Auerbach–Klingenthal. In Spalten des «Turmalinschiefers» gelbe Topas × ×, Quarz × ×. Geringe Fundmöglichkeiten gegeben. Stücke von diesem Fundort in den meisten Sammlungen vertreten.

Schneeberg/Erzgebirge und umgebende Orte wie *Niederschlema, Oberschlema, Neustädtel, Zschorlau.* Klassisches Fundgebiet mit Mineralien der hydrothermalen Kobalt-Nickel-Wismut-Silber-Uran-Formation. Der Bergbau wurde im frühen Mittelalter aufgenommen (vorwiegend Silber!). Um 1480 gab es in diesem Gebiet 165 Gruben, von denen vor allem die Grube *St. Georg* sehr schöne Silbermineralien lieferte. Nach Erschöpfung der Silbervorkommen konzentrierte sich der Abbau auf Kobalterze. Nach 1945 wurden viele aufgelassene Gruben neu aufgewältigt und neue Schächte und Stollen zwecks Gewinnung von Uranerzen angelegt. Bei diesem Unternehmen fanden sich sehr schöne Mineralien, wie zum Beispiel 1954 im Schacht 207 in Niederschlema hervorragende Proustit × × und gediegen Silber.
Mineralien: Skutterudit (= Speiskobalt), Chloanthit $(Ni,Co)As_3$ × × (!!), gediegen Wismut Bi, gediegen Silber (!!) (Tafel 19), Argentit × × Ag_2S, Stephanit × ×, Proustit × × (!!), Pyrargyrit × × (!!), Uranpecherz und sekundäre Uranmineralien, ferner Erythrin (= Kobaltblüte) × × (!!). Fundmöglichkeiten gegeben.

Aue und

Johanngeorgenstadt weisen eine sehr ähnliche Mineralparagenese auf wie die Schneeberger Vorkommen. Aue liegt etwa 6 km ostsüdöstlich von Schneeberg an der Staatsstraße 101. Johanngeorgenstadt liegt unmittelbar an der tschechischen Grenze. Die Gruben befinden sich 1–3 km westlich des Ortes an der Straße nach Wildenthal.

Schwarzenberg, etwa 10 km südöstlich von Aue, wo bis Anfang dieses Jahrhunderts Eisenerze abgebaut wurden. Es handelt sich um Kontaktlagerstätten mit Magnetit Fe_3O_4, Pyrrhotin, Pyrit, Kupferkies und etwas Cassiterit. Es wurden schöne Kontaktmineralien gefunden wie Granat × ×, Epidot × ×, die noch in manchen älteren Sammlungen vertreten sind. Aus der Grube *Fürstenberg*, 3 km nordöstlich von Schwarzenberg, stammen schöne weiße bis gelbe Scheelit × × $CaWO_4$. Ähnliche Vorkommen wurden bei *Breitenbrunn*, etwa 10 km südlich von Schwarzenberg, abgebaut. Keine Fundmöglichkeiten.

Annaberg und das unmittelbar benachbarte *Buchholz* gehören zum gleichen Lagerstättentyp wie die Schneeberger Vorkommen: Kobalt-Nickel-Silber-Wismut. Außer den dort genannten Mineralien noch Annabergit (= Nickelblüte) $Ni_3[AsO_4]_2 \cdot 8\,H_2O$. Die bekannteste Grube war *Markus Röhling*. Praktisch keine Fundmöglichkeiten.

Die Erzgänge von *Marienberg* (Staatsstraße 174, etwa 13 km nördlich der tschechoslowakischen Grenze) entsprechen dem Schneeberger Typ. Praktisch keine Fundmöglichkeiten.

Ehrenfriedersdorf, an der Staatsstraße 95, etwa 25 km südlich von Chemnitz (Karl-Marx-Stadt) und *Geyer* (5 km südwestlich Ehrenfriedersdorf). Am Geyersberg liegen die ältesten Gewinnungsstellen für Zinnerz.

Sauberg, wenig östlich von Ehrenfriedersdorf. Cassiterit × × (= Zinnstein) SnO_2, Wolframit (Fe,Mn) WO_4, langprismatische Quarz × ×, Scheelit × ×, blaue Apatit × × vom *Greifenstein* westlich von Ehrenfriedersdorf (Tafel 40). Am Sauberg sind 1964/65 wieder hübsche Funde gelungen.

Freiberg/Sachsen. Altes Bergbaugebiet seit dem zwölften Jahrhundert. Hydrothermale Blei-Zink-Erzgänge mit zahlreichen schönen Mineralien: große Zinkblende × ×, Fahlerz × ×, Pyrargyrit × × (!), Miargyrit × × $AgSbS_2$, Polybasit × × 8 $(Ag,Cu)_2S \cdot Sb_2S_3$, Argentit × ×, gediegen Silber. Örtlich das seltene Mineral Argyrodit 4 $Ag_2S \cdot GeS_2$, in dem Cl. Winkler 1885 das Element Germanium entdeckte. Ferner Fluorit × ×, Quarz × ×, Baryt × ×, Calcit × ×, Rhodochrosit × ×. Bekannt sind die Gruben *Alte Hoffnung Gottes*, *Neue Hoffnung Gottes*, *Beschert Glück*, *Himmelsfürst*, *Himmelfahrt*, *Beihilfe*. Viele der ehemaligen Fundorte sind erloschen. Nur wenige Gruben stehen noch in Förderung, so zum Beispiel die Grube *Beihilfe* bei Freiberg-Halsbrücke (schöne blaue Fluorit × ×). Bescheidene Funde von gängigen Mineralien werden auch heute gemacht. In alten Sammlungen trifft man noch Vertreter der klassischen Freiberger Stufen an.

Zinnwald, Ort an der Staatsstraße 170, unmittelbar an der tschechoslowakischen Grenze, 45 km südlich von Dresden. Ferner *Altenberg*, 4 km nördlich von Zinnwald. Altes Zinn-Bergbaugebiet. Pneumatolytische Bildungen von Cassiterit (= Zinnstein) × ×, oft verzwillingt zu sogenannten «Visier-Zwillingen» (Abb. 52), Wolframit × ×, Zinnwaldit (= lithiumhaltiger, silbrig glänzender Glimmer) KLiFeAl $[(F,OH)_2|AlSi_3O_{10}]$, Molybdänit MoS_2, Apatit × ×, Scheelit × ×, Topas $Al_2[F_2|SiO_4]$ in Form der als «Pyknit» bezeichneten gelblichen stengeligen Abart, Quarz × ×, seltener Stolzit $PbWO_4$. Mineralien von diesem Fundort in vielen alten Sammlungen. Bergbau erloschen. Bescheidene Haldenfunde möglich.

Schlesien

Schmiedeberg, kleiner Ort im Riesengebirge, etwa 20 km südsüdöstlich von Hirschberg. Innerhalb eines Magnetitlagers kleine Gänge mit Nickel- und Kobalterzen, begleitet von Uranpecherz, Calcit, gediegen Silber. In vielen Sammlungen vertreten.

Striegau. Mehrere Granitsteinbrüche nordwestlich des Ortes, vor allem die Pilgrammhainer Brüche. In Drusen viele schön kristallisierte Mineralien wie Orthoklas × ×, Rauchquarz × ×, Desmin × ×, Epidot × ×, Chabasit × ×, Axinit × ×, Heulandit × ×, Laumontit × ×

$Ca[AlSi_2O_6]_2 \cdot 4 H_2O$ und andere. Stufen von diesem berühmten Fundort trifft man in fast allen Sammlungen.

Frankenstein und Jordansmühl. Bekanntes Vorkommen von Chrysopras, einer durch Nickel apfelgrün gefärbten dichten Quarzvarietät. Das Material wird zu Schmuckgegenständen verschliffen.

Bleischarley. Mehrere Gruben unmittelbar östlich von Beuthen. Metasomatische Blei-Zinkerze (vgl. Wiesloch/Baden). Schalenblende, Bleiglanz, Jordanit, Gratonit, Tarnowitzit (= bleihaltige Varietät von Aragonit).

B. ÖSTERREICH

Tirol

Obergurgl im Ötztal. Der Ort ist vom Inntal mit dem Auto zu erreichen. Von dort zum Gaisberggletscher und zum Granatenkogel. Der Aufstieg ist zum Teil beschwerlich und erfordert bergsteigerische Erfahrung. Granat × × bis zu beträchtlicher Größe im Glimmerschiefer. Aber auch auf dem Gletscher und im Gletschertal sind gute Funde möglich.

Lisenz- (= Lüsens-) Alpe, von Innsbruck nach Südwesten über Sellrain und Gries zu erreichen. Bekannter Fundort sehr schöner großer Andalusit × × $Al_2[O|SiO_4]$. Funde gering, aber möglich.

Schwaz, Ort im Inntal etwa 30 km östlich Innsbruck, sowie auch *Brixlegg* (etwa 15 km östlich Schwaz). Hydrothermale Fahlerzgänge. Nach diesem Ort ist der Schwazit benannt, ein quecksilberhaltiges Fahlerz, das in Drusenräumen in Tetraedern kristallisiert. Unbedeutende Haldenfunde möglich.

Bad Hall. Salzlagerstätte; zu erreichen über die Straße Nr. 1 von Innsbruck etwa 10 km nach Osten. Meist derbe Salze, jedoch hin und wieder hübsche Gruppen von Gips × ×. Fundmöglichkeiten gegeben.

Zillertaler Alpen in Tirol. Sammelbezeichnung für zahlreiche Fundorte in den Zillertaler Alpen. Zu erreichen von der Inntalstraße über Mayrhofen. *Stillupp-Tal* (von Mayrhofen erreichbar): Granat × × in Chloritschiefer. *Floitental* (von Ginzling erreichbar, mit Fahrmöglichkeit von Mayrhofen nach Ginzling): Granat × ×, Apatit × ×. *Berliner Hütte* (von Ginzling in knapp fünfstündiger Wanderung erreichbar): Granat × × an der Granatklamm, unmittelbar östlich am Hornkees, ferner schöner Almandin am *Roßrücken* (= Roßrugg).

Ochsner, Mörchner, Rotkopf und *Melkerscharte* nördlich der Berliner Hütte: Klinochlor in dunkelgrünen Tafeln, Hessonit × ×, Aktinolith × ×, Magnetit × ×, Amethyst × ×, Szepterquarz × ×.

Das *Pfitscher Joch* im westlichen Teil der Zillertaler Alpen sowie die weitere Umgebung ist für seine Mineralfunde bekannt. Der Aufstieg kann ebenfalls von Mayrhofen über Ginzling, den Breitlahner, die Dominikus-Hütte erfolgen oder von Italien kommend von Sterzing (= Vipiteno) über Wiesen, Kematen (= Caminata) und Stein (= Sasso).

Ost-Tirol

Matrei, an der Straße Nr. 108, die von Mittersill nach Lienz durch die Tauern führt, als etwaiger Mittelpunkt eines mineralreichen Gebietes. Insbesondere im Verlaufe des *Iseltales* – befahrbar von Matrei über *Vir-*

gen, Prägraten bis *Hinterbichl* – Fundmöglichkeiten insbesondere nördlich dieser Straße gegeben. Im Bereich des *Klein-Iseltales* (= vorderer Teil des Dorfer Tales) am *Finsterwitz* finden sich Hessonit × ×, Diopsid × ×, Epidot × ×, Magnetit × ×. In der Nähe des Weges von der *Johanneshütte* (2120 m) zum *Defregger Haus* gibt es Sphen × ×, Adular × ×, Brookit × ×, Bergkristall × ×.

Salzburg

Ein außerordentlich mineralreiches Gebiet bietet sich dem Sammler in den *Tauern*, der Gebirgskette südlich der Salzach mit Großvenediger, Großglockner, Sonnblick und Ankogel. Von den bekanntesten Fundorten seien folgende genannt:

Knappenwand im Untersulzbachtal. Von Neukirchen/Pinzgau in zweistündiger Wanderung erreichbar. Schönstes bekanntes Vorkommen von Epidot × × etwa 3 km von der Talmündung entfernt auf der östlichen Seite. In Drusen des «Epidot-Felses» große Epidot × × (Tafel 40), Calcit, Apatit × ×, Albit × ×, Byssolith (= nadelige bis haarförmige oder verfilzte Aggregate von Aktinolith). Rigorose und nichtsachgemäße Ausbeutung hat den Fundort zunichte gemacht. Nur noch sehr unbedeutende Funde möglich.

Käferfeldkees, Schwarzes Hörndl im Untersulzbachtal wird als Fundort für ungewöhnlich große und schöne Sphen × × genannt, die 1963–1964 auf dem Markt erschienen sind. (Tafel 32)

Seebachkar im Obersulzbachtal, einem westlichen Paralleltal des Untersulzbachtales. Etwa 6 km talaufwärts auf der Westseite ein zweites, aber unbedeutenderes Vorkommen von Epidot × × und Augit × ×, Calcit × ×, Byssolith und Eisenrosen (= Hämatit).

Habachtal, Paralleltal östlich des Untersulzbachtales mit dem berühmt gewordenen Smaragd-Vorkommen oberhalb vom Gasthaus Alpenrose (östliche Talseite). Smaragd × × $Be_3Al_2[Si_6O_{18}]$ im Glimmerschiefer. Fundmöglichkeiten gegeben, nicht nur beim ehemaligen Bergwerk, sondern auch auf den Geröllhalden unterhalb desselben. Das Gasthaus ist inzwischen von einer Lawine zerstört worden.

Kesselkar-Alm, Teufelsmühle, auf der westlichen Talseite. Fundortbezeichnung für schöne Kristallgruppen von Adular × × $KAlSi_3O_8$, Periklin (= Albit, der in bestimmter Weise verzwillingt ist) × ×, Sphen × ×, Chlorit.

Felbertal. Es zieht sich vom Ort Mittersill nach Süden. Etwa 6 km von der Ortsmitte entfernt talaufwärts, noch bevor sich das Felbertal vom Amertal trennt, sind zwei Fundorte von hervorragend schönen Sphen × × ausgebeutet worden (1961). Der eine Fundort liegt nur 200 m abseits der Straße im sogenannten *Schiedergraben*, der sich von Osten ins Tal herabzieht. An seiner leicht begehbaren rechten Seite (in Blickrichtung zum Graben) fanden sich 5 Klüfte im Abstand von einigen 10 Metern mit herrlichen grünen und gelben Sphen × × bis 5 cm Länge, Calcit × ×, Adular × × und Chlorit. – Die andere Fundstelle liegt auf der westlichen Talseite im *Arzbachgraben,* der sich vom Hohen Hals herabzieht. Die Paragenese ist sehr ähnlich.

Stubachtal, von Uttendorf bis zum Enzinger Boden befahrbar. Von der *Schrempfalpe* am *Graulahner* (mittleres Stubachtal) sind schöne Aktinolith × × bekannt geworden (Tafel 3). Etwa 2 km unterhalb vom Wirtshaus *Schneiderau* liegen – vom *Fersbachtal* herabgerollt – beim Kilometerstein 7,7 etwa 3 m östlich von der Straße im Gebüsch einige Gesteinsblöcke mit Magnetit × × im grünen Chloritschiefer. Weiter oben im Fersbachtal sind größere Magnetit × × gefunden worden.

Riffelkees, Hohe Riffel und *Totenkopf* im oberen Stubachtal werden über die Seilbahnstation «Tauernmoos See» erreicht. Von dort stammen viele Stufen mit Periklin × ×, Klinochlor × ×, Magnetit × × in Bergleder (= dichte bis filzige, biegsame, lederartige Masse von Aktinolith), Olivin im Bergleder, «Spargelstein» (= Apatit-Varietät), Vesuvian × ×.

Rauris, Ort im *Raurisertal* als allgemeine Fundortangabe für Funde in der Umgebung dieses Tales und seinen Seitentälern, wie *Seidlwinkeltal, Hüttwinkeltal, Forsterbachtal, Krumlbachtal,* ferner im Gebiet nördlich vom *Sonnblick* und *Hocharn,* zum Beispiel Grieswiesalm: alpine Klüfte mit Bergkristall × ×, Adular × ×, Chlorit, Anatas × ×, Sphen × ×.

Im *Stubnerkogel*-Massiv – zwischen Böckstein und Badgastein – konnten in den letzten Jahren vereinzelt Phenakit × ×, $Be_2[SiO_4]$, gefunden werden.

Am Nordabhang der *Goldberg-Gruppe,* so insbesondere südlich von *Kolm-Saigurn* (letzter mit kleinem Auto befahrbarer Ort im südlichen Raurisertal), ferner im *Naßfeld* am Valeriehaus und am *Radhausberg* (über *Badgastein* und *Böckstein* erreichbar) Überreste des alten Goldbergbaus. Hydrothermale Gold-Quarzgänge mit gediegen Gold (Tauerngold) auf primärer Lagerstätte. Aber ursprünglich erstreckte sich die Goldgewinnung, die bis ins 2. Jahrtausend v. Chr. zurückgeht, auf sekundäre Lagerstätten, also auf goldhaltige Sande – Seifen –, die die Bäche im Norden der Goldberg-Gruppe abgesetzt haben. Die Vorkommen sind zwar unrentabel, aber keineswegs erschöpft. Deshalb sind neue Funde im genannten Gebiet durchaus möglich.

Auch aus der *Ankogel*-Gruppe sind zahlreiche Mineralien bekannt geworden, so Bergkristalle, Rauchquarz × ×, Adular × ×, Rutil × ×, Anatas × ×, Sphen × ×, Scheelit × ×, Apatit × × in schönen Exemplaren.

Alm, Ortschaft wenige km östlich von Saalfelden. Aus einer großen Kristallhöhle im oberen Krallergraben sind sehr schöne Stufen mit nadelför-

Vivianit-Kristallgruppe. Grün durchscheinende, 15 cm lange Kristalle von Anloua nahe Ngaundere, Cameroun. Foto: Lieber

Kugelige Aggregate – radialstrahlig aufgebaut – von Pektolith, verwachsen mit Prehnit; von Rauschermühle bei Niederkirchen/Pfalz. Nat. Größe. Foto: Lieber

Fluorit-Kristalle (Würfel) von der Grube Clara im mittleren Kinzigtal, Schwarzwald. Nat. Größe Foto: Braun

Azurit-Kristalle von Tsumeb, Südwestafrika. Nat. Größe Foto: Kontrus

Roter Glaskopf, Hämatit, von Egremont, Cumberland/England. Nat. Größe. Foto: Lieber

Tafel 38 Steinsalz-Kristall auf Sylvin-Kristallen von Kaliwerk Sigmundshall, Hannover. Nat. Größe. Foto: Lieber

migen Aragonit × × geborgen worden. Dieses Material ist in vielen Sammlungen anzutreffen. Keine Fundmöglichkeit mehr.

Mühlbach und *Mitterberg*. Beide Orte sind von Bischofshofen im Pongau auf guter Fahrstraße nach 10, bzw. 15 km zu erreichen. Hydrothermales Kupferkies-Vorkommen. Außer hübschen Kristallstufen dieses Minerals kamen schöne Arsenkies × × von dort. Ferner Pyrit, Fahlerz, Pyrrhotin, Zinkblende, Bleiglanz, Magnetit, Cobaltin (= Kobaltglanz), Ankerit, Quarz, Apatit, Albit, Calcit. Fundmöglichkeiten gegeben. 1965 wurden erneut schöne große Arsenkies × × gefunden.

Werfen/Salzburg, 10 km nördlich von Bischofshofen im Salzachtal. Bekannter Fundort für die Mineralien Wagnerit $Mg_2[F|PO_4]$ in gelblichen, meist verwitterten × × und Lazulith $(Mg,Fe)\,Al_2[OH|PO_4]_2$ in blauen × ×. Der Fundpunkt im Färbergraben liegt auf privatem Gelände und soll Sammlern neuerdings nicht mehr zugänglich sein. Fundmöglichkeiten wären indessen noch vorhanden.

Scheffau bei Golling, erreichbar über die Straße Nr. 159 von Salzburg etwa 30 km nach Süden bzw. von Bischofshofen etwa 25 km nach Norden. Ehemaliger Bergbau auf Gips. Gelegentlich findet man Schwefel.

Kärnten

Spittal an der Drau/Kärnten. Im Feldspatbruch oberhalb Edling (Pegmatit!) werden Spodumen (eingewachsene × ×), Muskovit, Albit × ×, Columbit, Wardit $NaAl_3[(OH)_4|(PO_4)_2] \cdot 2\,H_2O$ gefunden. Auch heute noch Fundmöglichkeiten.

Radenthein, Ortschaft etwa 22 km von Spittal, bzw. 30 km von Villach, beherbergt das große Werk der Österreichisch-Amerikanischen Magnesit AG. Das Rohmaterial wird per Seilbahn vom einige Kilometer entfernten Tagebau zur Fabrik befördert. Der Tagebau auf der *Millstätter Alpe* ist auf einer Privatstraße über Kaning und das Globatschbachtal erreichbar. Metasomatisches Magnesit-Vorkommen $MgCO_3$, jedoch nicht in Kristallen, sondern dicht. Aus den Glimmerschiefern des *Lauffenbergs* bei Radenthein sind Cyanit (= Disthen) × × und Granat × × in guten Stücken bekannt geworden.

Bleiberg in Kärnten. Kleiner Grubenort westlich von Villach und von dort gut erreichbar. Große metasomatische Blei-Zinkerz-Lagerstätte, die schon sehr lange im Abbau steht. Bleiglanz × × (Oktaeder), Zinkblende × ×, Baryt × ×, Calcit × ×, Plumbocalcit × ×, Dolomit × ×, Cerussit × ×, Hemimorphit × ×, sehr schön ausgebildete Wulfenit × × $PbMoO_4$ und das seltene Mineral Ilsemanit $Mo_3O_8 \cdot aq + H_2SO_4$ in tiefblauen amorphen Anflügen und Krusten sowie Vanadinit × × (aus der Grube *Stefanie*). Hübsche Schalenblende. Fundmöglichkeiten gegeben.

Saualpe. Nord-Süd verlaufender Gebirgszug zwischen Lavant- und Görtschitztal. An der Westseite, etwa 2 km nordöstlich Mösel (Richtung Lölling) Granat × ×. An der Fundstelle «Prickler Halt», welche von Eberstein über St. Oswald erreichbar ist, finden sich Zoisit, Zirkon, Albit, Hornblende, Titanit. Nahe dem Jagdhaus «Grafenzech» Skapolith × × und Rutil. Bei St. Leonhardt befindet sich ein Muskovit-Abbau, in dem Beryll × × und Granat × × gefunden werden.

Hüttenberg. Ort am Nordwestende der Saualpe. Große metasomatische Siderit-Lagerstätte mit zahlreichen, zum Teil schönen oder seltenen Mineralien, Siderit × ×, gediegen Wismut, Kupferkies, Pyrit, Bournonit, Löllingit $FeAs_2$, Chloanthit, Magnetit, Quarz, schöner bläulicher Chalcedon, Baryt und vielen anderen. Fundmöglichkeiten gegeben.

Steiermark

Zinkwand, südlich von *Schladming;* westlicher Teil der Steiermark; durch das Obertal erreichbar. Ehemaliger Abbau von Nickelerzen. Auf Halden Fundmöglichkeiten für Chloanthit, Nickelin, Kupferkies, Fahlerz, Annabergit (= Nickelblüte).

Bad Aussee, im Salzkammergut, NW-Steiermark, an der Straße Nr. 145. Salzbergbau nahe Altaussee. Fundmöglichkeit für Steinsalz (selten kristallisiert) und hübsche Gips × ×.

Sunk bei Trieben, an der Straße Nr. 113, ca. 25 km ESE von Liezen, bzw. etwa 50 km nördlich von Judenburg. Bergbau auf Magnesit (metasomatische Bildung). Die Lagerstätte ist südlich von Trieben – erreichbar auf Straße Nr. 114 – durch einen Tagebau erschlossen. In Klüften sehr schöne, oft sehr große Dolomit × ×, ferner Quarz × ×, Bergleder, sehr selten auch tafelige Apatit × ×, Albit × ×. Fundmöglichkeiten gegeben.

Zeiring, Ortschaft an der Straße Nr. 114 von St. Georgen nach Liezen, wenige Kilometer nördlich von St. Georgen. Im Ortsteil Oberzeiring ein ehemaliges Blei-Zinkerz-Vorkommen, das jetzt als Schaubergwerk und Museum ausgebaut ist. Von diesem Fundort ist blauer, dichter Aragonit unter dem Namen «Zeiringit» insbesondere in den letzten Jahren vielfach angeboten worden. Die Stücke eignen sich gut zum Verschleifen. In Oberzeiring wurde seit 1957 Baryt gefördert. 1965 geschlossen.

Erzberg bei Eisenerz/Steiermark, etwa 27 km nordwestlich von Leoben. Sehr große metasomatische Siderit-Lagerstätte, die im Tagbau abgebaut wird. Das beliebteste und bekannteste Sammelobjekt von dort ist die sogenannte «Eisenblüte», eine stengelig oder zapfenförmig erscheinende Art von Aragonit. Fundmöglichkeiten gegeben. Ferner Siderit × ×, Quarz × ×, Pyrit × ×, Arsenkies, Kupferkies, Zinnober. Im Sommer öffentliche Grubenfahrten möglich.

Kraubath, ca. 20 km südwestlich von Leoben an der Straße Nr. 17 in Richtung Knittelfeld. In diesem Gebiet früher ausgedehnter Bergbau auf Magnesit, zum Teil auch Chromit. Heute aufgelassen. In der Gegend von *Preg*, wenige km südlich von Kraubath, rechts und links der Mur noch einige Steinbrüche (Serpentin), genannt die «Gulsen-Steinbrüche», in denen noch heute zum Beispiel Chromit, $FeCr_2O_4$, Kämmererit (ein chromhaltiger Chlorit), Artinit, $Mg_2[(OH)_2|CO_3] \cdot 3\ H_2O$, Brucit $Mg(OH)_2$, Calcit × × und Aragonit gefunden werden können.

Oberdorf an der Laming. Zu erreichen von Leoben über Bruck an der Mur, von dort in das Laming-Tal (etwa 15 km von Bruck). Bergbau auf Magnesit, früher auch auf Talk. Von dort wurde eine Vielzahl schöner Mineralien bekannt, wie Pyrit × × in Magnesit und Talk, Magnesit × ×, hübsche säulige Strontianit × × (Drillinge), Coelestin × ×, Dolomit × ×, Baryt × ×, Markasit. Fundmöglichkeiten gegeben.

Veitsch nahe Krieglach, erreichbar über die Straße Nr. 17 zwischen Bruck und Semmering. In Mitterdorf nahe Krieglach zweigt man nach Norden ab und erreicht Veitsch nach etwa 10 km. Magnesit-Tagebau, jedoch selten kristallisierte Mineralien, Dolomit × ×, Bergkristall × ×.

Rabenwald nahe Anger, Ost-Steiermark, erreichbar über die Verbindungsstraße von Semmering nach Graz, etwa 40 km nordöstlich Graz. Talk-Lagerstätte. Außer Talk noch Cyanit (= Disthen), Klinochlor, selten Apatit × ×. Geringe Fundmöglichkeiten gegeben.

Modriach, Süd-Südwest-Steiermark, erreichbar über die Pack-Straße Nr. 70 von Graz nach Klagenfurt; etwa 6 km nordöstlich der Packerhöhe folgt man einer Abzweigung nach Südosten, um nach Modriach zu gelangen. Am Herzogberg ist ein nun aufgelassener Quarzit-Bruch, der sehr schöne, gut ausgebildete Rutil × × geliefert hat. Auf Halden sind Funde möglich.

Pack. Etwa 100 m vom Gasthaus Packerhöhe in Richtung Graz und rund 50 m unterhalb der Straße findet sich im Bachbett ein Pegmatit; bei Ausdauer Fundmöglichkeit für Zirkon × × (Hyazinth), Schörl und Mikroklin.

Weitendorf, Mittel-Steiermark; erreichbar über die Straße Nr. 67 von Graz etwa 23 km nach Süden und kurz vor Wildon nach Westen abzweigend. Basalt-Steinbruch; in Blasenräumen sind heute noch Funde von Opal, Harmotom × ×, Heulandit × ×, Calcit × ×, Aragonit × ×, Dolomit × ×, Quarz × ×, Natrolith × × möglich.

Klöch, Südost-Steiermark; erreichbar von Graz nach Osten über Gleisdorf, dort nach Süden abzweigend über Feldbach und Halbenrain. Unmittelbar nördlich der Ortschaft Klöch der Steinbruch der Firma Stürgkh-

Hrusak. In Blasenräumen des Basalts Desmin × ×, Aragonit × ×, Calcit × ×, Phillipsit × ×, Chabasit × ×, Gonnardit $(Ca, Na)_3[(Al, Si)_5O_{10}]_2 \cdot 6\,H_2O$, Analcim × ×. Fundmöglichkeiten gegeben.

Nieder-Österreich

Maissau an der Straße Nr. 4, etwa 65 km nordwestlich von Wien; etwa 1 km nordwestlich der Ortschaft in Richtung Horn finden sich rechts (nördlich) der Straße auf den Äckern Lesesteine von Amethyst × ×, Rauchquarz und Achat. Ebenso beiderseits des Friedhofes von *Eggenburg*, etwa 8 km nördlich von Maissau.

Steinbruch «*Königsalm*» unmittelbar nördlich des Ortes *Senftenberg*, etwa 7 km nordwestlich Krems/Donau. Im Steinbruch beim Gasthaus Königsalm kann man Quarz × ×, Orthoklas × ×, Mikroklin × ×, Zirkon × ×, Hessonit × ×, Schörl × ×, Xenotim und Monazit finden. Kristallisierte Mineralien sind selten.

Spitz/Donau, zu erreichen auf der Straße Nr. 29 von Krems etwa 20 km flußaufwärts. Der Steinbruch Steiner schließt einen Marmor auf, der reich an Silicaten ist. Es wurden Skapolith × × bis 3 cm Länge gefunden.

Burgenland

Schlaining, erreichbar von Wien über Eisenstadt oder Wiener Neustadt nach Süden. Etwa 6 km vom Ort Oberwart ein Bergbau auf Antimonit. Meist derb, hin und wieder strahlige, stengelige Kristall-Aggregate. Fundmöglichkeiten gegeben.

C. SCHWEIZ

Die Schweiz ist das klassische Fundgebiet für hervorragend ausgebildete Bergkristalle, Rauchquarze und viele andere Mineralien, die die «alpine Mineralparagenese» bilden. Die berühmten Mineralfundpunkte der Schweizer Alpen ziehen auch heute wie eh und je das Interesse der Mineralogen und Mineraliensammler auf sich, während alle anderen außerhalb der Alpenkette (zum Beispiel im schweizerischen Jura) gelegenen Fundorte bis zur Bedeutungslosigkeit herabsinken.

Bei den alpinen Mineralien handelt es sich um hydrothermale Bildungen, also Entstehungen aus heißen wäßrigen Lösungen. Die Mineralien füllen aber nicht etwa Gänge an, sondern ausschließlich Hohlräume und Klüfte im Gestein. Die Lösungen, aus denen sie sich ausschieden, zersetzten das Gestein in der unmittelbaren Umgebung der Hohlräume und Klüfte, lösten Bestandteile davon und schieden sie in den Hohlräumen wieder aus.

Über das Sammeln von Mineralien in den Alpen wurde bereits auf Seite 51 berichtet. Es ist ganz anders als das Sammeln in Bergwerken oder Steinbrüchen. Erstens erreicht man die Fundstellen oft erst nach stundenlangem mehr oder weniger beschwerlichem Fußmarsch. Zweitens sind die Fundorte gar nicht genau bekannt. Man weiß zwar, daß da oder dort eine mineralreiche (mineralhöffige) Gegend vorliegt, daß an dem oder jenem Berg schon oftmals gute Funde gelungen sind; die Finder (meist einheimische Strahler) geben aber erst nach restloser Ausbeutung eines Fundortes die genaue Lokalität bekannt, und selbst diese Angaben sind manchmal ungenau. Es läßt sich deshalb nur angeben, wo Mineralien gefunden worden sind. Immerhin besteht die begründete Hoffnung, daß in der Nähe dieser Fundpunkte immer wieder neue Funde gelingen. Nachfolgend werden nur einige der bekanntesten Fundstellen aufgezählt, von denen Material in den meisten Sammlungen anzutreffen ist oder die besonders hervorragende Stufen geliefert haben. Tafeln 21, 23.

Maderanertal. Bei Amsteg zweigt man von der Gotthardstraße in das kleine Tal nach Osten ab. Geographisch zählt es zu den Urner Alpen. Vor allem die Südseite des Maderanertales ist mineralreich. Einzelne Fundstellen sind das *Grießertal* (= Grieserntal), das *Lungental* (= Lungerntal) und das *Etzlital* (das etwa in der Mitte des Maderanertales nach Süden abzweigt) mit seinen Seitentälern zum *Bristenstock* hin. Gefunden werden Bergkristall × ×, Rauchquarz × ×, Adular × ×, Chlorit (grüne Schüppchen), Brookit × × TiO_2 orthorhombisch, Anatas × × TiO_2 tetragonal, Rutil × × TiO_2 tetragonal, Apatit × ×.

Fellital, wenig südwestlich vom Maderanertal, erreichbar von der Gotthardstraße bei Gurtnellen; es ist ein Nord-Süd-Tal westlich vom *Piz Giuv.* Die westlichen Wände des Piz Giuv, die zum Fellital hin abfallen, werden *Schattig Wichel* genannt. Von dort sind außer Quarz × ×, Adular × × noch Zeolithe bekannt geworden, wie zum Beispiel Heulandit × ×, Skolezit × ×, Desmin × ×, Chabasit × ×; ferner Milarit × ×.

Val Giuv. Kleines Tal, das sich vom Piz Giuv nach SSE hinunter zieht. In seinem oberen Teil gibt es verschiedene Fundstellen mit ähnlichen Mineralparagenesen, wie beim Fellital beschrieben.

Tavetsch. Landschaft am Vorderrhein mit den Orten *Rueras* und *Sedrun.* Zu erreichen von Andermatt über den Oberalppaß. Einzelfundorte sind das *Val Strem,* das von Sedrun nach Norden und über den *Krüzlipaß* ins Etzlital führt. Die Ostseite vom Val Strem, welche auch *Calmut* genannt wird und sich vom *Oberalpstock* an der Westseite des *Piz Ault* nach Süden zieht, ist ziemlich mineralreich. Zu den üblichen Mineralien wie Quarz × ×, Adular × × und Chlorit gesellen sich Calcit × ×, Sphen × ×, Zeolithe × ×, Milarit × × $KCa_2AlBe_2\,[Si_{12}O_{30}] \cdot \frac{1}{2}\,H_2O$, mitunter auch Monazit × × $CePO_4$ und Apatit.

Cavradi-Schlucht, im unteren Teil des *Val Cornera,* zu erreichen von der Station Tschamut oder dem Ort Selva. Sehr berühmter Fundort von ausgezeichneten Hämatit × × mit Rutil × ×, aber auch Anatas × ×, Brookit × ×, Monazit × ×.

Val Nalps, östliches Paralleltal zum Val Cornera, erreichbar von Sedrun. Im oberen Teil des Tales liegt an der Ostseite (zwischen Piz Vitgira und Piz Laiblau) der als *Motta naira* bekannte Fundort hervorragend schöner Prehnit × ×. Auch Zeolithe wurden von dort bekannt.

Piz Scopi, etwa 2 km östlich vom *Lukmanierpaß* mit den Einzelfundpunkten *Piz Vallatscha, Val Cristallina* (östlich des Piz Scopi) und *Val Casaccia* mit Quarz × ×, Adular × ×, Monazit × ×, Danburit × × und großen Axinit × ×.

Campolungo/Tessin, am Nordhang des Berges in Richtung Lago Tremorgio die bekannte Fundstelle. Man erreicht sie von der Ortschaft Rodi über die Alpe Cadonighino und den Passo Cadonighino. Im zuckerkörnigen Dolomit finden sich Dolomit × ×, Phlogopit $KMg_3[(F,OH)_2|AlSi_3O_{10}]$, Grammatit (Tremolit-Abart) $Ca_2(Mg,Fe)_5[OH|Si_4O_{11}]_2$ in weißen, grauen und grünlichen Nadeln und Büscheln, grüne Turmalin × ×, Korund × × Al_2O_3.

Pizzo Forno. 6 km südöstlich von Campolungo gelegener Berg, an dessen Südseite bei der *Alpe Sponda* das berühmte Vorkommen von Staurolith × × und Cyanit (= Disthen) × × liegt. Erreichbar über die Orte Chironico und Cala. Dieses Vorkommen hat wohl die schönsten Staurolith × × $Al_4Fe[O|OH|SiO_4]_2$ und Cyanit × × $Al_2[O|SiO_4]$ geliefert.

Göschenen, Ortschaft an der Gotthardstraße. Mehrere Fundorte in der Umgebung wie Göschener Tal, *Göschener Alp* und weiter nach Süden *Andermatt*. Neben den schon bisher erwähnten Hauptmineralien ist namentlich aus der Umgebung von Göschenen – so zum Beispiel beim Bau des Kraftwerkstollens – rosa Fluorit in herrlichen Oktaedern bekannt geworden.

Strahler
Xaver Gnos

Amsteg
an der Autostrecke
zum St Gotthard
Bristener Bergbauernhof
im Maderaner Tal

St. Gotthard, Bergmassiv mit den Fundpunkten *La Fibbia* (südwestlich vom Hospiz), *Monte Prosa* (nordöstlich vom Hospiz) und *Piz Lucendro* (westlich vom Hospiz). Quarz × ×, Adular × ×, Sphen × ×, Hämatit × ×, Apatit × ×.

Furka, nördlich vom Furkapaß, *Galenstock*, *Tiefengletscher*. Hier wurde 1868 einer der bedeutendsten Funde gemacht. Eine Kristallhöhle von 6 × 4 × 1,5 m lieferte 200 Zentner Rauchquarz × × (fast schwarz-braun: Morion), von denen die größten im Berner Museum ausgestellt sind.

Grimsel, *Grimselpaß* mit *Sommerloch* und *Nollen* unmittelbar nördlich vom Grimselsee, unweit der Straße nach Meiringen. Rosa Fluorit × ×, Quarz × ×.

Zinggenstock (= Zinkenstock) am Westende des Grimselsees. Dort wurde 1719 ein Fund von mehr als 1000 Zentnern Bergkristall gemacht.

Kammegg, östlich von Guttannen. Fundstelle für Epidot × ×, Scheelit.

Fiesch im Rhonetal. Unmittelbar beim Ort mündet ein kleines, von Nordwesten kommendes Tälchen, das Gibelsbachtal. Fundort für grüne Fluorit × × und Zeolithe wie Heulandit × ×, Desmin × ×.

Binnental. Von Lex unweit Fiesch über Ernen zu erreichen. Am *Lengenbach*, wenig südöstlich von Feld (= Imfeld) steht ein zuckerkörniger weißer Dolomit an, der eingeschlossen oder in kleinen Drusen folgende Mineralien enthält: Quarz × ×, Pyrit × ×, Rutil × ×, Zinkblende × × (Honigblende in hervorragender Ausbildung!), Realgar × ×, Auripigment, Arsenkies, Fahlerz × ×, Jordanit × ×, Hutchinsonit × ×, Proustit × × und andere seltene Sulfide.
Von Feld (= Imfeld) nach Osten gelangt man zur *Alp Binneltini* (= Lercheltini), welche am Nordwesthang der Schinhörner (Kollergraben) gelegen ist. Von dort sind gute Stufen mit Anatas × ×, Monazit × × und Xenotim × × YPO_4 bekannt geworden.

Zermatt. Aus der Umgebung dieses Ortes sind unter anderem folgende Mineralien bekannt geworden:
Fee-Gletscher südlich von Saas-Fee: Diopsid × ×, Vesuvian × × und Granat × ×. *Gorner-Gletscher* südöstlich Zermatt und da insbesondere von einer im Gletschergebiet liegenden und als «*Stuckknubel*» bekannten Lokalität: Epidot × ×. *Rimpfischwäng*, östlich von Zermatt, zwischen Findeln-, Adler- und Längfluh-Gletscher gelegene Hänge: gute Vesuvian × ×, Demantoid (= grünlicher Granat).

D. ANDERE EUROPÄISCHE LÄNDER

Island

Eskifjördur. Am Nordufer des Reydasfjords, etwa 7 km östlich der Stadt Eskifjördur, liegt auf dem Anwesen Helgustadir der Steinbruch, wo der weltberühmte «Isländische Doppelspat», ein optisch reiner Calcit, gefunden wird (Tafel 2). Fundmöglichkeiten gegeben.

Berufjord. Von der kleinen Stadt Djúpivogur am Eingang des Fjords führt ein etwa 5 km langer Weg am Südufer entlang zum Anwesen Teigarhorn, das unmittelbar über der Steilwand aus Basalt liegt. Im Basalt gibt es zahlreiche Blasenräume mit ausgezeichneten Zeolithen wie Desmin × ×, Natrolith × ×, Heulandit × ×. Fundmöglichkeit gegeben.

Großbritannien

Strontian in Argyllshire, Schottland. Erreichbar auf der Straße A 82 von Glasgow nach Norden bis Ballachulish am Loch Leven; dort benutzt man die Autofähre; nach 6 km westlicher Fahrt erneut eine Autofähre über das Loch Linnhe; dann folgt man der Straße A 861 nach Westen. Etwa 6 km nördlich von Strontian die ehemalige Bellsgrove Mine, von der hervorragend schöne und große Harmotom × × bekannt sind. Gute Funde auf alten Halden auch heute noch möglich; ferner Bleiglanz, Pyrit, Calcit × ×.

Tyndrum/Perthshire, ein Ort an der Straße A 85 von Crianlarich nach Westen in Richtung Oban an der Westküste, besaß einen ausgedehnten Bergbau. Große Halden am westlichen Ortsausgang am Berg (von der Straße weithin sichtbar). Geringe Fundmöglichkeiten für Bleiglanz, Zinkblende.

Barrhead, Ort einige Kilometer südwestlich von Glasgow, Schottland. Im Boyleston Quarry wird auf Spalten des melaphyrartigen Gesteins sehr schön ausgebildeter Prehnit gefunden; seltener Analcim × ×. Noch in Betrieb. Geringe Fundmöglichkeiten gegeben.

Leadhills, berühmter Grubenort an der Südgrenze der Grafschaft Lanark/Dumfries in Schottland, etwa auf der Hälfte der Luftlinie zwischen Glasgow und der Stadt Dumfries. Von der Straße A 76 oder A 74 aus leicht erreichbar. Hydrothermale Bleiglanz-Baryt-Gänge. Aus der Oxidationszone kamen ehemals schöne Mineralien wie Anglesit × ×, Vanadinit × ×, Leadhillit $Pb_4[(OH)_2SO_4(CO_3)_2]$, ferner Bleiglanz × ×, Baryt × ×. Fundmöglichkeiten auf den Halden nördlich und südlich des Ortes und dem benachbarten Ort *Wanlockhead* in geringem Maße gegeben, vor allem Bleiglanz, Zinkblende, Calcit, Baryt, Kupferkies, Dolomit, Quarz. Stücke in vielen Sammlungen vertreten.

Settlingstones Mine, etwa 7 km nördlich vom Ort Haydon Bridge, bzw. 10 km Luftlinie nordwestlich der Stadt *Hexham*/Northumberland. Einziges noch in Betrieb befindliches Bergwerk mit Witherit-Förderung (hydrothermale Gänge). Außer Witherit × × schöne Baryt × ×. Bleiglanz, Fluorit. Fundmöglichkeiten gegeben.

Egremont, Cumberland. Kleine Stadt im Zentrum eines ausgedehnten Grubenbezirkes entlang der Küste in West-Cumberland; etwa 5 km südlich von Whitehaven.

Gruben: *Florence Mine*, *Beckermet Mine*, *Haile Moor Mine*, alle wenig südlich und südöstlich von Egremont. *Crowgarth Mine* bei *Cleator* zwischen Egremont und *Frizington* (nördlich von Egremont). Diese Grube ist nicht mehr in Betrieb. Außerdem Dutzende von Halden der einst blühenden Bergbautätigkeit. Metasomatische Hämatit-Lagerstätte mit massivem Roteisenerz, das sehr rein ist und oft in dichten langfaserigen Massen («Pencil ore», Blutstein) und in schönen roten Glasköpfen, selten in kleinen Spalten als blättchenförmige schwarze Hämatit × × gefunden wird. Der Blutstein dient der Schmuckindustrie als Rohmaterial. Ferner schöne Quarz × ×, oft durch Hämatit rot gefärbt (Eisenkiesel!), manchmal rauchbraun, hin und wieder doppelendig. Berühmt sind die fabelhaft ausgebildeten großen Baryt × × (blau, grün, gelb) aus den Gruben um Frizington und Egremont. Ebenso auch hervorragende Calcit × ×. Die letztgenannten Mineralien sind leider kaum noch zu finden. Flachtafelige weiße Baryt × × werden hin und wieder gefunden. Fundmöglichkeiten gegeben. Tafel 37.

Dry Gill Mine, *Caldbeck Fells*, etwa 20 km westlich von Penrith in Cumberland. Außer Betrieb befindliche ehemalige Bleierz-Grube. Hydrothermale Gänge mit vorwiegend Bleiglanz. Von dort das Mineral Kampylit (= phosphorhaltige Varietät von Mimetesit) $Pb_5[Cl|((As,P)O_4)_3]$ in gerundeten × × von gelber, grüner, oranger oder brauner Farbe, ferner Baryt × ×, Quarz × ×, Coronadit $Pb_2Mn_8O_{16}$. Fundmöglichkeiten vorhanden.

Bei *Shap*, einem kleinen Ort etwa 15 km südlich von Penrith an der Straße A 6 befinden sich mehrere Granit-Steinbrüche, in denen man gute Orthoklas × × und Granat × × finden kann. Fundmöglichkeiten gegeben.

Weardale in der Grafschaft Durham entlang dem Fluß Wear zwischen St. John's Chapel und dem Ort Stanhope (Straße Nr. B 6293). Ausgedehnter Grubenbezirk mit zahllosen hydrothermalen Blei-Zinkerz-Gängen. Heute sind nur noch wenige Gruben in Betrieb und beschränken sich vorwiegend auf Fluoritgewinnung.

Stotsfieldburn Mine und *Rookehope Mine* (nördlich von Eastgate), *Heights Mine* (wenig westlich von Eastgate), *Blackdene Mine* bei St. John's Chapel. Auf allen Gruben schöne blaue und grüne, zum Teil sehr große Fluorit

× ×, oft von hervorragender Reinheit. Fundmöglichkeiten gering. Auf Halden sind Funde möglich, meist jedoch stark beschädigte Stücke.

Nenthead, Ortschaft westlich von Weardale, im Gebiet von *Alston Moor*, an der Straße Nr. B 629, etwa 8 km ostsüdöstlich vom Ort *Alston*/Cumberland. *Handsome Mea Mine*, hydrothermale Blei-Zinkerz-Vorkommen. Bleiglanz × ×, Zinkblende × ×, Fluorit × ×, Gips × ×. *Rotherhope Mine* bei *Leadgate*, südlich von Alston mit Fluorit × ×, Calcit × ×, Bleiglanz × ×. *Haggs Mine* bei *Nentsberry* mit Bleiglanz × ×, Zinkblende, Baryt × × und Witherit × × $BaCO_3$. Die zuletzt genannten Gruben sind nicht mehr in Betrieb. Bescheidene Haldenfunde sind möglich. Auf alten Halden der *Killhope Mine*, etwa 10 km östlich von Alston, direkt an der Straße B 6293, erkennbar an einem großen, halbzerfallenen Wasserrad, noch gute Zinkblende × ×, wenig Fluorit × ×.

Dufton Mine beim Ort *Dufton*/Westmoreland, etwa 20 km (Luftlinie) südlich von Alston, bzw. etwa 10 km nördlich der Stadt Appleby. Blei-Zink-Erzgänge mit gut kristallisierten Mineralien, darunter ganz hervorragend ausgebildete, große (!!) Baryt × ×. Außer Betrieb.

Silverband Mine, etwa 7 km (Luftlinie) nördlich von Dufton. Bleiglanz, Zinkblende. Zuletzt nur noch Baryt-Förderung. Sehr gute, große, klare, meist farblose bis weiße × ×. Seit 1964 außer Betrieb.

Matlock-Bath, Ort in *Derbyshire*, etwa 20 km nördlich der Stadt *Derby*. Entlang der Straße A 6 zwischen den Orten Cromford und Matlock auf der Westseite mehrere kleine Gruben und alte Halden, zum Beispiel *Royal Mine* (Derbyshire Stone Ltd.) mit Fluorit × × und Calcit-Skalenoedern bis 40 cm Länge (!). Fundmöglichkeit gegeben. Nach dem Ort ist das Mineral Matlockit benannt, PbFCl, ein Verwitterungsprodukt des Bleiglanzes.
Bei *Ashover* (etwa 7 km nordöstlich von Matlock) mehrere Vorkommen, die vorwiegend auf Fluorit abgebaut werden; aber auch zahlreiche verlassene Gruben wie *Fall Hill Mine*. Farblose, zart gelbe und grünliche Fluorit × × auf Halden und anstehend in großer Menge, aber meist beschädigt.
Etwa 2 km westlich des Ortes *Castleton* / Derbyshire, an der Straße A 625, etwa 23 km (Luftlinie) westlich der Stadt Sheffield, befinden sich bei den Treak Cliffs die berühmten Vorkommen von amethystfarbenem derbem Fluorit, der mit dem Namen «Blue John» belegt wurde. Das Material wird zu allerlei Gebrauchs- und Ziergegenständen verschliffen. Die Grube ist zur Besichtigung freigegeben.

Yate bei Bristol (etwa 15 km Luftlinie nordöstlich vom Stadtzentrum) an der Straße A 432; wenige km nördlich dieses Ortes mehrere Tagebaue zwecks Gewinnung von Coelestin. In Drusen hübsche × × von Coelestin und Gips. Funde möglich.

St. Austell/Cornwall, Ort an der Straße A 3061 (Südküste). Mehrere große Tagebaue zwecks Gewinnung von Kaolin. In früheren Zeiten Zinnerze, Kupfererze. Heute noch geringe Fundmöglichkeiten für Quarz × ×, Turmalin × × (Schörl), Orthoklas × ×.

South Crofty Mine im Ort Pool, Cornwall, wenig östlich von Camborne an der Straße A 30. Bergbau auf Zinnerz; pneumatolytische Bildung! Cassiterit (selten × ×), wenig Wolframit, Quarz. Fundmöglichkeiten bescheiden.

Geevor Tin Mine beim Ort *Pendeen* an der Westküste von Cornwall, erreichbar über Penzance. Zinnerz-Bergbau noch 1965 in Betrieb. Geringe Fundmöglichkeiten. Ebenso an den alten Halden der *Old Levant Mine*, unmittelbar an der Küste.

Im Gebiet des westlichen Cornwall, etwa von *Redruth* (Straße A 390/ A 3047) bis zur Westküste zahllose alte Halden des einst blühenden Kupfererz- und Zinnerz-Bergbaus; alte Bergwerke an den großen Kaminen weithin erkennbar. Fundmöglichkeiten gegeben, aber gering. Im Ort Pendeen, am westlichen Zipfel von Cornwall, ein Restaurant «Tin Mine Tavern», wo man Broschüren über die Geschichte des Bergbaues nebst Landkarten mit Eintragung der alten Gruben erwerben kann.
In Sammlungen sind oft folgende Mineralien von Cornwall und dem benachbarten Dartmoor vertreten: Cassiterit × × (groß!), Chalkosin (= Kupferglanz) × × (!), Bornit × × (!), Fluorit × ×, Bournonit × × (!!).
Von *Gunnislake*, einem kleinen Ort an der Straße A 390 zwischen Callington und Tavistock (ca. 20 km nördlich Plymouth) sind sehr große Torbernit × × bekannt geworden. Orientierung über Mineralien und deren Fundorte in der Camborne School of Mines, *Camborne*, Cornwall (speziell Mineralien der dortigen Gegend), sowie vor allem im British Museum, London.

Belgien

Bei der Ortschaft Kalmis südwestlich der deutsch-belgischen Grenze bei Aachen gab es eine Anzahl von metasomatischen Blei-Zinkerz-Vorkommen (ähnlich Wiesloch/Baden; siehe auch Fundort Stolberg). Am südlichen Ortsausgang von *Moresnet* – knapp 7 km südwestlich Aachen finden sich rechts und links der Straße Aachen-Lüttich alte Halden. Ferner die Fundpunkte *La Calamine*, *Bleyberg* bei Moresnet, *Eschbroich*. Schalenblende, «gestrickte» (dendritische) Bleiglanze, Hemimorphit × × $Zn_4[(OH)_2|Si_2O_7] \cdot H_2O$. Betrieb längst eingestellt. Haldenfunde möglich.

Frankreich

St.-Marie aux Mines (Markirch), Elsaß. Erreichbar von Straßbourg über Sélestat (Schlettstadt), dort auf die N 59; oder von Colmar auf der N 83 nach Norden, bei Ostheim nach Ribeauville und weiter auf der N 416. Von St.-Marie auf der D 48 nach Südwesten über Echery nach Rauenthal (ca. 6 km von Marie entfernt). In dem kleinen Tälchen und der näheren Umgebung mehrere aufgelassene Gruben. Ehemaliger Bergbau auf Kobalterze. Haldenfunde von Quarz × ×, gediegen Arsen, Löllingit, Fahlerz, Pharmakolith, Bleiglanz, seltener Proustit möglich.

Montmartre, Stadtteil von Paris, mit ehemaligem Vorkommen von Gips; zum Teil sehr schöne × ×, die mitunter nach dem «Montmartre-Gesetz» verzwillingt sind. Stücke von dort in vielen alten Sammlungen.

Vendée-District, wenig ostsüdöstlich von Nantes, West-Frankreich, Departement Loire-Atlantique. Zu erreichen über die Straße N 148 (etwa 60 km von Nantes entfernt). Uranerz-Lagerstätten, und zwar folgende Fundpunkte: *Bel-Air* beim Ort La Chapelle Largeau, 1 km NE der Straße N 148, wenige km von Mortagne entfernt; *La Commanderie*, 1 km südlich der genannten Stelle; *l'Ecarpière* bei Montfaucon nahe Clisson. Brekziöse Gangfüllungen mit Quarz, Chalcedon, Pyrit, Uranpecherz, Gummit. Fundmöglichkeiten gegeben. – Diese Lagerstätten dürfen nur mit Genehmigung der Französischen Atomenergie-Kommission in Paris aufgesucht werden. Betrieb in Bel-Air ist eingestellt.

Grury, ein Ort etwa 120 km (Luftlinie) nordöstlich Lyon, Departement Saone-et-Loire, erreichbar zum Beispiel über die N 73 von *Autun* über Luzy; 12 km südwestlich *Luzy* auf die D 198 abzweigend. In der Umgebung von Grury mehrere Uranerz-Gruben, so *la Faye*, wenig südlich Grury; *Bauzot*, wenig nordöstlich Grury nach Issy. Hydrothermale Gänge mit Pechblende, Pyrit, Markasit, Bleiglanz, Fluorit, Quarz, Dolomit, Calcit, Baryt und einer Reihe von sekundären Uranmineralien, wie Gummit, Uranophan, Kasolit, Torbernit. Betrieb überwiegend eingestellt. – Darf nur mit Genehmigung der Französischen Atomenergie-Kommission, Paris, aufgesucht werden.

Forez-District, etwa 100 km (Luftlinie) westlich von Lyon, zwischen den Orten Roanne und Vichy eine Anzahl von Uranerz-Vorkommen. Erreichbar zum Beispiel von Vichy auf der N 106 nach Süden (18 km), dann nach Osten auf die D 59 nach Chateldon abzweigend und auf der D 63 weiter bis *Lachaux*; oder von Vichy nach Südosten auf der N 495 bis *St.-Priest* (etwa 35-40 km). Wenige km westlich Lachaux die Gruben *Reliez*, *Gagnol*, *Bancherelle*, von denen die erste die bedeutsamste ist. Hydrothermale Gänge mit Bleiglanz, Kupferkies, Fluorit, Quarz, Cerussit, Pyromorphit, Limonit, Malachit, Covellin und reichlich Parsonsit, $Pb_2\ UO_2[PO_4]_2 \cdot 2\ H_2O$. – Unmittelbar am nordöstlichen Ortsausgang von Lachaux die Grube *Bigay*. Ähnliche Paragenese wie bei den vorgenannten Gruben, zusätzlich noch reichlich Torbernit × ×, Kasolit, Autunit × ×. Betriebe eingestellt.
Wenige km westlich von St.-Priest die Grube *Bois Noir*. Hydrothermale Gänge mit Uranpecherz, Kupferkies, Quarz, Fluorit, sehr schönen Torbernit × ×, Gummit, Autunit, Uranophan × ×. Fundmöglichkeiten gegeben, jedoch Zugang nur mit Genehmigung der Französischen Atomenergie-Kommission.

La Crouzille-District, Departement Haute-Vienne. Etwa 35 km nördlich von Limoges entlang der N 20. *Margnac*: 19 km nördlich Limoges Abzweigung auf die D 5 nach Westen; nach 2 km die Grube. Hydrothermale Gänge mit Quarz, Chalcedon, Hämatit, Fluorit, Baryt, Pechblende und den sekundären Mineralien Autunit × × (besonders schön!), Uranophan, Gummit, Billietit × ×, $6\,UO_2(OH)_2 \cdot Ba(OH)_2 \cdot 4\,H_2O$ Wölsendorfit, Sabugalit × × $AlH(UO_2)_4[PO_4]_4 \cdot 16\,H_2O$. Autunitstufen im Mineralienhandel. – Etwa 2 km nördlich der Abzweigung eine kleine Straße nach Osten zur Grube *Fanay*, hydrothermale Gänge mit Quarz, Chalcedon, Pyrit, Kupferkies, Bleiglanz, Fluorit, Pechblende, Gummit, Autunit, Uranophan, Torbernit. – *Le Brugeaud*, etwa 2 km nördlich des Ortes *Bessines* an der N 20, etwa 37 km nördlich Limoges. Pechblende, Gummit, Uranophan, Autunit.
Die genannten Uranerz-Lagerstätten sind erst nach 1945 erschlossen worden. Sie ähneln nach Bildung und Paragenese der deutschen Lagerstätte bei Menzenschwand und sind im allgemeinen der «eba-Formation» (= Eisen-Baryt-Formation) zuzuordnen. Die Lagerstätten wurden meist zuerst im Tagebau, später im Tiefbau ausgebeutet. Sie sind oft sehr reich und wirtschaftlich wertvoll. Fundmöglichkeiten gegeben, Zutritt zu den Fundorten jedoch nur mit Erlaubnis der Französischen Atomenergie-Kommission.

Boisséjour, ein kleiner Flecken beim Ort *Ceyrat*, über die N 89 wenige Kilometer südlich von *Clermont-Ferrand*/Puy-de-Dôme erreichbar. In Höhlungen des vulkanischen Gesteins sehr schöne und relativ große Ettringit × ×, Afwillit × × $Ca_3[SiO_3OH]_2 \cdot H_2O$. Fundmöglichkeiten gegeben.

Massiac, Ortschaft an der N 9 etwa 80 km südlich von Clermont-Ferrand, Zentral-Massiv. Zentrum eines Bergbaues auf Antimonit. Wenig nördlich Massiac liegt etwa 3 km westlich der Hauptstraße ein noch 1963 betriebenes Bergwerk. Meist derber Antimonit, seltener Kristalle, auf Halden Quarz, Calcit, Pyrit.

Entraygues, Ortschaft an der N 120, etwa 50 km südlich von Aurillac, Departement Aveyron. Als Beispiel eines von privaten Unternehmen abgebauten Uranerz-Vorkommens im Zentral-Massiv. Man folgt der N 120 etwa 2 km nach Südost, zweigt auf einen kleinen Weg zur Anhöhe linker Hand und erreicht nach 200 m eine Halde mit sekundären Uranmineralien. Etwas weiter oben ein Stollenmundloch. Anstehend leicht erkennbar und mit Geigerzähler sofort auffallend eine Anreicherung von Torbernit in einem brekziösen Gestein. – In der Umgebung von Entraygues immer wieder Uranglimmer auf Wegen, Gräben, Steinbrüchen und anstehend zu finden.

Lunel, kleine Ortschaft etwa 35 km von Entraygues. Erreichbar über die N 604 nach Süden bis zur Abzweigung 21 km südlich Entraygues, nach

Westen der D 22 folgend. Ehemaliger Fluorit-Bergbau. Auf Halden des vor wenigen Jahren eingestellten Abbaus noch wenig Fluorit, Hämatit, Psilomelan.

Pessens bei Rodez, Departement Aveyron, erreichbar über die N 602, bei Rodez nach Osten auf die N 595 im Aveyron-Tal. Nahe der Ortschaft La Loubière ein Baryt-Vorkommen, das noch ausgebeutet wird. Hübsche Baryt× × in Hahnenkammform.

Sain Bel, 24 km westlich von Lyon, Departement Rhône. Ausgedehnter Bergbau (sehr alt!) auf Pyrit. Praktisch nur massives Erz.

Chessy, Ortschaft etwa 27 km nordwestlich Lyon. Erreichbar über die Straße N 6 und N 485. Ehemals bedeutende Kupfererz-Lagerstätte. Jetzt ausgedehnte Halden. Berühmt sind die hervorragend schönen Azurit× ×, Malachit pseudomorph nach großen Cuprit× ×. In vielen Sammlungen vertreten. Jetzt nur noch sehr bescheidene Haldenfunde bei intensiver Schürfarbeit. Eine sehr interessante Sammlung von Chessy-Mineralien als auch den berühmten Mineralfunden der französischen Alpen ist im Naturkunde-Museum der Stadt Grenoble zu sehen.

Bourg-d'Oisans, Ortschaft im Gebiet der Dauphiné, Departement Isère. Erreichbar von Grenoble nach etwa 50 km über die N 85 und N 91. Etwa 7 km nördlich von Bourg-d'Oisans biegt die Straße N 91 im rechten Winkel nach Süden. 2–3 km südlich dieser Biegung findet man westlich der Straße beim Flecken Jouvence am Fuß der Bergwand eine Blockhalde, auf der Epidot× × gefunden werden können. Von hier stammen – nach Kenntnis der dortigen Sammler – die bekannten Epidot× ×-Gruppen von Bourg-d'Oisans. Im gleichen Gebirgszug finden sich auch die schönen Axinit× ×. Nahe Bourg ist auf schmaler Straße entlang der westlichen Bergwand in Richtung zum Ort Villard-Notre Dame die ehemalige Grube *La Gardette* zu erreichen. An der Straße – höchstens 1 km hinter Bourg – sind noch Überreste der Halde zu erkennen und geringe Spuren von Erzen zu finden. Die Grube selbst ist nur über einen steilen Pfad zu erreichen, doch lohnt sich der Aufstieg nicht. Aus dieser Grube kamen die herrlichen Quarz× × (Dauphiné-Typus) die noch in vielen Sammlungen vertreten sind. – Auf der östlichen Talseite – der N 91 und dann der N 530 folgend – erreicht man die Orte *Venosc*, *St. Christophe* und *les Etages* im Venéon-Tal. Das Gebiet ist ziemlich mineralreich, selbst direkt an der Straße finden sich im Gestein mehr oder weniger große Klüfte mit Bergkristall× ×, Feldspat× ×, Chlorit und anderen. Weiter abseits der Straße Fundmöglichkeiten.

Peyrebrune östlich *Realmont*, Departement Tarn, etwa 20 km südlich Albi, beziehungsweise 25 km nördlich Castres; erreichbar auf der N 118, bei Réalmont auf die D 63 nach Osten abzweigend. Etwa 6 km von Réalmont entfernt die noch 1963 in Betrieb befindliche Grube. Hydrother-

male Blei-Zinkerz-G schö-
nen Fluorit × ×.

Montredon, kleine Or nnten
Fundortes, erreichba t ehe-
maliger Bergbau auf lden-
funde möglich. Groß einge-
sprengt.

Cap Garonne, 8 km östl Ort-
schaft la Garonne na r Ab-
bau von Blei-Kupfere lden-
funde von Olivenit Cu mög-
lich.

Spanien

Bei *Osor* nahe *Anglés*, dost-
Spanien, gibt es einige Um-
gebung von *Anglés* sind u se-
hen, auf denen man Ox

Bilbao und Altube in No lbao
entfernt in Richtung Vi ätte.
Zum Teil schöne Zinkb

Picos de Europa, Gebirgss vest-
lich von *Santander*. Im Ge irk.
Die Zinkblende ist meist und oft klar durchsich-
tig. Ausgezeichnete Spaltstücke, aber auch × ×. Fundmöglichkeiten gegeben.

Beim Ort *Ponferrada*, westlich von León, im Kantabrischen Gebirge, Nordwest-Spanien, sind mehrere kleinere Gruben zur Gewinnung von Wolframit in Betrieb.

In der Nähe von *Vitigudino*, etwa 70 km westlich von Salamanca ist unweit der portugiesischen Grenze beim Dorf *Piedro Alvaro* eine Uranerz-Lagerstätte aufgeschlossen. Man kann Autunit, Gummit, Sabugalit und Uranospathit, ein Kupfer-Uranyl-Arsenat mit Phosphorgehalt, finden,

Molina de Aragon, Aragonien, erreichbar über Teruel nach Nordwesten. ist Fundort für gut ausgebildete Aragonit × × (Drillinge). Ebenso Minglanilla, Prov. Cuenca.
Im Raum *Cartagena-Mazarron* (knapp westlich von C.) ist eine Blei-Zinkerz-Lagerstätte aufgeschlossen. Eine Aufbereitung befindet sich bei Cartagena.

Almaden, etwa 200 km (Luftlinie) südsüdwestlich von Madrid. Bedeutende Zinnober-Lagerstätte. Auf Hohlräumen und Spalten schöne × × von HgS. Auch tröpfchenförmiges gediegen Quecksilber tritt auf. Fundmöglichkeiten gegeben.

Rio Tinto – Gebiet bei Huelva. Hydrothermal gebildete Erzkörper, vorwiegend aus Pyrit, daneben kleinere Mengen Zinkblende und Bleiglanz. Fundmöglichkeiten gegeben.

Portugal

Mesquitela Mine im Ort *Mangualde*, etwa 13 km östlich der Stadt Viseu, zirka 140 km südöstlich der großen Stadt Porto; Feldspat-Pegmatit ähnlich Hagendorf (Ostbayern). Viele Phosphate.

Panasqueira, östlich von Lissabon, ist in den letzten Jahren als Fundstelle besonders schöner, großer Apatit × ×, Wolframit × ×(!!) und Arsenkies × × bekannt geworden.

Italien

Mussa-Alpe, bei Piano di Mussa, im *Alatal*, West-Piemont/Norditalien, nahe der französischen Grenze. Zu erreichen von Turin nach Norden über die Orte Venaria, Lanzo Torinese und Cere. Schönes Vorkommen von Granat × × (Varietät Hessonit), Diopsid × ×, Klinochlor. Fundmöglichkeiten bei entsprechender Ausdauer gegeben.

Traversella, kleine Ortschaft nordwestlich von Ivrea, bzw. etwa 60 km nördlich von Turin, Provinz Piemont. Eisenerz-Lagerstätte mit guten Pyrit × ×, Magnetit × ×, Granat × ×, Dolomit × ×, Scheelit und anderen. Betrieb wurde Ende 1961 eingestellt. Stücke auf dem Tauschmarkt. Ein ähnliches Vorkommen liegt bei *Brosso* unweit Traversella. Wismutglanz × × Bi_2S_3 (!). Fundmöglichkeiten gegeben. Inzwischen wurde der Betrieb wieder aufgenommen.

Baveno, Ort an der Westseite des Lago Maggiore. In den Steinbrüchen (Granit) auf Klüften oft schöne Orthoklas × ×, mitunter Zwillinge (Baveno-Gesetz!), Quarz × ×, Chabasit × ×. Fundmöglichkeiten gegeben.

Val Malenco, nördlich Sondrio, im Gebiet Valtellina, Nord-Italien, nordöstlich des Comer Sees gegen die schweizerische Grenze. Viele Mineralfundstellen; davon sei ein Fundort für schöne Granat × × (Varietät Demantoid) genannt: am Monte Acquanegra, östlich des Ortes *Chiesa* im oberen Val Malenco, reicht ein Bergrücken mit der Bezeichnung Cengiascio in nördlicher Richtung. An seiner westlichen Seite gibt es eine Reihe von Fundstellen für Demantoid in Serpentin. – Von sonst im Val Malenco und seiner weiteren Umgebung gefundenen Mineralien seien genannt: Quarz, Brookit, Rutil, Orthoklas, Diopsid, Aktinolith, Grossular, Olivin, Vesuvian, Epidot, Glimmer, Asbest, Talk, Perowskit, Apatit, Spinell. Fundmöglichkeiten gegeben.

Seiser Alpe, Fundgebiet in den Dolomiten östlich Bozen. Bei Ponte Gardena (23 km nordöstlich Bozen) zweigt eine Straße nach Osten über Ortisei (= St. Ulrich) ab. Mehrere Fundpunkte für sehr schöne große Analcim × × $Na[AlSi_2O_6] \cdot H_2O$, die aber meistens schon in Apophyllit umgewandelt sind, ferner Datolith × ×, Desmin (= Stilbit) × × und andere. Fundmöglichkeiten gegeben.

Tafel 39
Strahlige Antimonit-Kristalle mit Quarz. Alter Fund von Baia Sprie (= Felsőbanya), Rumänien. Etwa natürliche Größe. Foto: Lieber

Violette Apatit-Kristalle vom Greifenstein bei Ehrenfriedersdorf, Sachsen.
Nat. Größe. Foto: Thalheim

Epidot-Kristalle von der Knappenwand im Untersulzbach, Pinzgau, Hohe Tauern, Österreich.
Nat. Größe. Foto: Kontrus

Peveragno, Ortschaft ca. 10 km südöstlich von der Stadt *Cuneo* in Piemont, 90 km südlich von Turin. Kleineres Uranerz-Vorkommen. Vorwiegend sekundäre Mineralien wie Autunit × ×. Etwa 15 km östlich von Peveragno nahe dem kleinen Ort *Lurisia* beim Sanatorium wurde ein ähnliches Vorkommen durch einige Stollen erschlossen. Autunit × ×. Vor wenigen Jahren waren gute Funde möglich. Über heutige Möglichkeiten für Sammler nichts Genaueres bekannt.

Carrara, Stadt in Norditalien, 27 km südöstlich von La Specia. Ausgedehnte Vorkommen von Marmor. In Klüften und Hohlräumen hervorragende wasserklare Bergkristalle × ×. Fundmöglichkeiten gegeben.

Gavorrano, Ort in der *Toskana*, gegenüber der Insel Elba. Von der Küstenstraße nahe Follonica leicht zu erreichen. Ferner *Niccioleta* bei *Massa Marittima* (etwa 20 km nordöstlich von Follonica) und *Boccheggiano* bei *Prata* (nordöstlich Massa Marittima). Bedeutende, hydrothermal gebildete Erzkörper mit Pyrit. Oft schöne große Kristalle, vorwiegend würfelig. Daneben wenig Quarz, Dolomit, Gips × × (sehr schön!). Fundmöglichkeiten gegeben.

Monte Amiata in der Toskana, etwa 70 km (Luftlinie) östlich von Punkt 23, nahe der Staatsstraße 2 bei Abbadia San Salvadore. Zinnober-Lagerstätten mit Pyrit, Antimonit, hin und wieder × ×. Fundmöglichkeiten gegeben.

Elba. *Rio Marina* im Ostteil der Insel und *La Calamita* im Südosten. Große kontaktmetasomatische Magnetit-Lagerstätte mit sehr schönen Pyrit × ×, Hämatit × ×. Fundmöglichkeiten gegeben.
Im Westteil der Insel bei San Piero am Monte Capanne im Granit Beryll × ×, Turmalin × × («Mohrenköpfe»), Pollucit (= Pollux) $Cs[AlSi_2O_6] \cdot H_2O$, Petalit (= Kastor) $Li[AlSi_4O_{10}]$. Geringe Fundmöglichkeiten.
Auf Elba (an der Küste nach Rio Marina) werden auch gute Ilvait × × (= Lievrit) $CaFe_2^{II}Fe^{III}[OH|O|Si_2O_7]$ gefunden.

Alghero, Ort auf der Insel Sardinien, und zwar im Nordwestteil, ca. 40 km südwestlich von Sassari. Hydrothermale Kupfererze. Bekannt wurden die ausgezeichneten Covellin × ×. Nur noch unbedeutende Funde.

Monte Cani, *Monte Poni* bei *Iglesias* auf Sardinien. Bedeutende hydrothermal-metasomatische Blei-Zinkerz-Lagerstätte. Bleiglanz, Zinkblende, Schalenblende (sehr schön in zum Teil dicken Zapfen von gelber Farbe), Kupferkies, Quarz, Phosgenit × × $Pb_2[Cl_2|CO_3]$, Anglesit × ×. Fundmöglichkeiten gegeben.

Vesuv. Fundortbezeichnung für Mineralvorkommen in der Nähe des Vulkans, jedoch besser: *Monte Somma*, Teil eines früheren Kraterrandes im Norden des Vesuvs. Augit × ×, Biotit × ×, Vesuvian × × und viele andere. Fundmöglichkeiten gegeben.

Agrigento (früher: Girgenti), Stadt an der Südküste von Sizilien als Sammelname für Gruben in der Umgebung wie zum Beispiel bei *Cozzo Disi*, etwa 30 km nördlich Agrigento, *Aragona*, etwa 17 km nördlich Agrigento, Grube *Gibellini*, wenige km östlich Racalmuto nach dem Salzbergwerk. Dort auch große Gips-Kristalle im Gestein. Ferner die kleine Grube *Chiavolotta*, etwa 6 km südöstlich Agrigento an der Küstenstraße. Bedeutende Schwefellager. Auf Spalten und Hohlräumen hervorragende Schwefel × × (!!), Aragonit × × (Drillinge von pseudohexagonaler Form) (Tafel 12), Calcit × ×, große Coelestin × × $SrSO_4$. Fundmöglichkeiten gegeben. (Tafel 6)

Caltanisetta, Stadt im mittleren Sizilien, 70 km nordöstlich von Agrigento. Grube *Trabonella*, wenig östlich von Caltanisetta, *Barrafranca*, 40 km südöstlich von Caltanisetta, Schwefel × ×, Calcit × ×, Aragonit × ×, Coelestin × ×. Grube *Fioristella* beim Ort Valguarnera an der Straße Enna–Caltanisetta (Coelestin × ×). Grube Galati, zu erreichen über Barrafranca Richtung Mazzarino, 2 km südl. B. nach Westen abzweigen, nach 5 km Schotterstraße die Halden sichtbar. Fundmöglichkeiten gegeben.

Norwegen

Kongsberg, Ort etwa 80 km westlich Oslo. Etwa 7 km südlich der Stadt die ehemalige Grube; heute Schaubergwerk. Zu erreichen über Drammen. Hydrothermale Calcit-Gänge mit gediegen Silber. Das Metall zeigt sich in Platten, Bäumchen, Drähten und gut entwickelten × ×, die zum Teil beträchtliche Größe besitzen. Das Vorkommen wurde seit dem 17. Jahrhundert ausgebeutet. Geringe Haldenfunde möglich. Stücke in alten Sammlungen.

Kragerö, kleines Städtchen an der südnorwegischen Küste (Straße E 18), in dessen Nähe es mehrere Granit-Pegmatite gibt. Mineralien: Rutil, Apatit, Titanit, Mikroklin, Albit, Turmalin, Beryll. Fundmöglichkeiten gegeben.

Iveland, Landschaft nördlich der Stadt Kristiansand bis Evje in Südnorwegen mit mehreren Pegmatit-Vorkommen, Mikroklin × × $K[AlSi_3O_8]$, Biotit, Muskovit, Beryll × ×, Monazit, Columbit, Gadolinit $Y_2FeBe_2[O|SiO_4]_2$, Euxenit $(Y,Er,Ce,U,Ca)[(Nb,Ta,Ti)_2(O,OH)_6]$, Samarskit $(Y,Er)_4[(Nb,Ta)_2O_7]_3$, Thortveitit $Sc_2[Si_2O_7]$, Thorit $Th[SiO_4]$ und andere. Fundmöglichkeiten gegeben.

Schweden

Långban, Ortschaft bei Filipstad, Südschweden. Metamorphes Manganerz-Vorkommen in kristallinen Kalken und Dolomiten. Zahlreiche, zum Teil seltene Mineralien: Hausmannit, Braunit $Mn^{II}Mn^{IV}_6[O_8/SiO_4]$, Berzeliit $(Ca,Na)_3(Mg,Mn)_2[AsO_4]_3$, Bixbyit $(Mn,Fe)_2O_3$, Rhodonit

$CaMn_4[Si_5O_{15}]$, Långbanit (chemisch wie Braunit, aber andere Kristallklasse), gediegen Blei, Kupfer, Silber und viele andere. Von diesem Vorkommen sind über 400 verschiedene Mineralien beschrieben worden. Fundmöglichkeiten gegeben.

Falun, Stadt etwa 250 km nordwestlich von Stockholm. Großes Vorkommen von sulfidischen Erzen im «großen Kupferberg» (= Stora Kopparberg) mit vielseitigem Mineralbestand: Pyrit, Kupferkies, Bleiglanz, Zinkblende, Pyrrhotin, seltener gediegen Gold, Kupfer, Weibullit $PbS \cdot Bi_2Se_3$, am Kontakt Erz/Muttergestein und in diesem selbst (metamorphe Gesteine) Anthophyllit $(Mg,Fe)_7[OH|Si_4O_{11}]_2$, Granat × ×, Geokronit $5\ PbS \cdot AsSbS_3$, Cordierit $Mg_2Al_3[AlSi_5O_{18}]$, Laumontit $Ca[AlSi_2O_6]_2 \cdot 4\ H_2O$ und viele andere. Fundmöglichkeit gegeben.

Boliden, Ort etwa 30 km nordöstlich *Skelleftea*, Provinz Vesterbotten. Mächtige Kieslagerstätte, die in metamorphen Gesteinen eingebettet ist: Arsenkies, Pyrrhotin, Kupferkies, Zinkblende, Rutil, Pyrit, Chalkosin, Falkmanit, Zirkon, Hornblende, Turmalin, Titanit, gediegen Silber und andere. Fundmöglichkeit vorhanden.

Varuträsk. Großes Pegmatit-Vorkommen zwischen Skelleftea und Boliden (siehe oben). Lepidolith (lithiumhaltiger Glimmer), Muskovit $KAl_2[(OH,F)_2AlSi_3O_{10}]$, Mikroklin, Pollucit, Spodumen, $LiAl[Si_2O_6]$, Petalit, Amblygonit $LiAl[F|PO_4]$, Beryll $Be_3Al_2[Si_6O_{18}]$, Turmalin und andere; die Mineralien sind oft gut kristallisiert. Fundmöglichkeiten gegeben. (Ein ähnliches, kleineres Vorkommen liegt auf der Insel Utö, südöstlich Stockholm.)

Kiruna in Nordschweden. Stadt etwa $21\frac{1}{4}°$ östlicher Länge, etwa 67°50' nördlicher Breite. Zentrum eines bedeutenden Bergbaugebietes mit den Einzellagerstätten *Kirunavaara* und *Luossavaara*. Magnetit, Apatit (liquidmagmatische Bildung). Vor allem an den Rändern des Erzkörpers pneumatolytisch gebildete Mineralien wie Skapolith, Albit, Turmalin.

Finnland

Outokumpu in Ostfinnland, 50 km westlich der Stadt Joensuu in Nordkarelien. Bedeutende Kupfererz-Lagerstätte in metamorphen Gesteinen eingebettet. Kupferkies, Pyrit, Pyrrhotin, Zinkblende, Quarz, Diopsid $CaMg[Si_2O_6]$, Aktinolith, Uwarowit (= Chromgranat) in großen × × (!!) $Ca_3Cr_2[SiO_4]_3$, selten Eskolait × × Cr_2O_3. Fundmöglichkeiten gegeben.

Der gleichen Gesellschaft «Outokumpu Oy» (Sitz: Helsinki) gehören u. a. noch folgende Gruben:

Kotalahti-Grube im Verwaltungsbezirk *Kuopio*; von dieser Stadt ist sie 40 km südlich, vom Ort Varkaus etwa 37 km nördlich gelegen. Mehrere Nickel-Kupfererz-Körper in ultrabasischen Gesteinen mit Pyrrhotin, Pentlandit, Kupferkies, weniger Magnetit und Ilmenit. Fundmöglichkeiten gegeben.

Ylöjärvi-Grube, etwa 24 km nordwestlich der Stadt *Tampere* in Südwest-Finnland. Erzkörper mit Kupferkies und Scheelit, untergeordnet Pyrrhotin, Pyrit, Zinkblende, Molybdänit, gediegen Wismut, Ilmenit, Cassiterit, gediegen Silber. Grube außer Betrieb.

Korsnäs-Grube, am Bottnischen Meerbusen, etwa 50 km südwestlich der Stadt *Vasa*. Erzkörper mit Bleiglanz, Magnetkies; Gangart ist überwiegend Calcit, Harmotom × ×, daneben etwas Apatit und Skarnmineralien (s. Seite 28). Fundmöglichkeiten gegeben.

Vihanti-Grube, etwa 70 km südlich der Stadt *Oulu* (am Bottnischen Meerbusen) in Österbotten, West-Finnland. Erzkörper mit Pyrit, Pyrrhotin, Zinkblende, Bleiglanz, wenig Kupferkies, gelegentlich Fahlerze, Boulangerit, Arsenkies, Molybdänit, Pyrargyrit, Zinkspinell, brauner Turmalin. Fundmöglichkeiten gegeben.

Viitaniemi, wenige Kilometer östlich des Kirchspiels Eräjärvi, etwa 190 km nördlich Helsinki. Ein Lithium-Pegmatit mit den Mineralien Mikroklin, Quarz, Triplit $(Mn,Fe)_2[F|PO_4]$, Väyrynenit $MnBe[(OH,F)|PO_4]$, Montebrasit $LiAl[OH|PO_4]$, Apatit, Huréaulith, Vivianit, Strengit, Purpurit $(Mn,Fe)[PO_4]$, Quarz, Columbit, Beryll, Topas, Turmalin (als Schörl) und viele andere. Fundmöglichkeiten gegeben.

Sowjetunion (europäischer Teil)

Chibine-Berge auf Kola. Östlich der Murmansk-Bahn wurde in den Chibine-Bergen auf der Halbinsel Kola Ende der zwanziger Jahre ein großes Vorkommen von Apatit (magmatische Bildung), meist feinkörnig, mit Mineralien wie Nephelin $KNa_3[AlSiO_4]_4$, Ägirin $NaFe[Si_2O_6]$, Titanit, Eudialyt $(Na,Ca,Fe)_6Zr[(OH,Cl|)(Si_3O_9)_2]$, Natrolith × × und anderen aufgefunden. Steht noch heute in Abbau.

Tschechoslowakei

Anmerkung: Das Betreten oder gar Sammeln im Bereich von Bergbauanlagen ist Privatpersonen streng untersagt. Es bedarf in jedem Falle einer staatlichen Genehmigung! Auch Fotografieren solcher Anlagen ist unbedingt zu unterlassen!

Außig. Ortschaft an der Elbe. Am Marienberg in Phonolith-Brüchen schöne Mineralien wie Natrolith × ×, Apophyllit × ×, Analcim × ×, Chabasit × ×, Harmotom × × und andere. Das Vorkommen wird noch heute ausgebeutet; Stücke auf dem Mineralienmarkt verbreitet. Ähnlich ist das Vorkommen von *Salesel*, etwa 10 km südlich von Außig.
Nicht weit südwestlich von Außig sind die ehemaligen schönen Vorkommen von großen klaren Aragonit × × aus einem Basalt des Spitzberges beim Ort *Horschenz* nahe *Bilin* (Bilina). Stücke auf dem Mineralienmarkt zu erhalten.

St. Joachimsthal, böhmische Seite des Erzgebirges, etwa 18 km nördlich von Karlovy Vary (= Karlsbad). Hydrothermale Gänge der Kobalt-Nickel-Wismut-Silber-Uran-Formation (vgl. Schneeberg, Aue und Johanngeorgenstadt im Teil A Deutschland). Klassische Fundstelle für Pechplende, in der M. H. Klaproth 1789 das Uran entdeckte und in der das Ehepaar Curie 1898 das Element Radium entdeckte und isolierte. Seit 1945 wird intensiv nach Uran gesucht, wodurch der Bergbau neu belebt wurde.

Karlovy Vary (= *Karlsbad*). Aus dem Granit der Umgebung stammen Orthoklas × ×, die mitunter in besonderer Art verzwillingt sind (Karlsbader Gesetz).

Haslau, kleiner Ort 13 km nordwestlich von Eger, nahe der Grenze. Bekannter Fundort für strahlig kristallisierten, sehr schönen Vesuvian (hier: Egeran). Über Fundmöglichkeiten nichts bekannt. Stufen in alten Sammlungen vertreten. Selten auf dem Tauschmarkt.

Stříbno (= *Mies*) 30 km westlich von Pilsen. Hydrothermale Blei-Zink-Erze. Von dort sind sehr schöne Bleiglanz × × (groß! 100+111) bekannt geworden. Über Fundmöglichkeiten nichts bekannt. In alten Sammlungen sind Stücke von dort vertreten.

Příbram, etwa 50 km östlich von Pilsen/Böhmen. Hydrothermale Blei-Zinkerz-Gänge. Von dort wurden sehr schöne Mineralien wie Stephanit × ×, Proustit, Bournonit, Cerussit, Pyromorphit. Steht noch heute im Abbau. Besichtigung der hervorragenden Sammlung mit den schönsten Funden dieses Vorkommens empfehlenswert.

Kremnica (= *Kremnitz*) im slowakischen Mittelgebirge. Hydrothermale Gold-Silber-Lagerstätten, meist in Form von Gängen, mit schönen Mineralien wie Gold × × und blechförmig, Pyrit × ×, Pyrargyrit, Proustit, Argentit, Antimonit × ×, Quarz × ×. Über Fundmöglichkeiten nichts Genaues bekannt, aber Stücke in alten Sammlungen anzutreffen.

Banska Stiavnica (= *Schemnitz*), etwa 40 km südlich von Kremnica, gehört zum gleichen Lagerstättentyp wie Kremnitz. Gold, Zinkblende × ×, Bleiglanz × ×, Kupferkies × ×, Pyrit × ×, Amethyst × ×, Quarz. Über Fundmöglichkeiten nichts bekannt.

Ungarn

Anmerkung: Das Betreten oder Sammeln im Bereich von Bergbauanlagen ist Privatpersonen streng untersagt. Es bedarf in jedem Falle einer staatlichen Genehmigung. Auch Fotografieren solcher Anlagen ist unbedingt zu unterlassen.

In den nordwestlich des *Platten-Sees* (Balaton-See) gelegenen Höhenzügen sind verschiedentlich Basalt-Vorkommen aufgeschlossen. In Höhlungen finden sich vor allem Zeolithe in schöner Ausbildung, wie Chabasit × ×, Phillipsit × ×, Stilbit × ×, Heulandit × ×, dazu Calcit × ×, Aragonit × ×. Einzelfundorte sind *Szigliget* am südwestlichen Zipfel des Sees, *Zalaszentgrot*, nordwestlich davon, *Dizel*, nordöstlich davon. Fundmöglichkeiten gegeben.

Nagybörzsöny, kleiner Ort im westlichen Teil des Börzsöny-Gebirges, Nord-Ungarn, nahe der tschechoslowakischen Grenze. Hydrothermale Blei-Zinkerze. Magnetkies, Zinkblende, Kupferkies × ×, Bleiglanz, Siderit × ×, gediegen Wismut, Jamesonit.

Gyöngyösoroszi im *Matra-Gebirge*, Nord-Ungarn, erreichbar über die Straße Nr. 3, ca. 75 km nordöstlich von Budapest. In der kleinen Stadt Gyöngyös zweigt man nach Norden ins Gebirge ab. Knapp nördlich des genannten Fleckens bei Tóthegyes ein hydrothermales Erzvorkommen mit Pyrit, Bleiglanz, Zinkblende, Wurtzit; Gangarten u. a. Chalcedon, Opal, Calcit.

Recsk, kleiner Flecken, etwa 43 Straßenkilometer nordöstlich der kleinen – an der Straße Nr. 3 gelegenen – Stadt Gyöngyös. Hydrothermales Vorkommen von Enargit, Fahlerz, Bleiglanz, Zinkblende, Kupferkies, Wittichenit.

Rudabanya, im östlichen *Bükk-Gebirge*, erreichbar über die Straße Nr. 3, dieser folgend bis zur Stadt Miskolc, von dort noch etwa 35 Straßenkilometer nach Norden. Hydrometasomatisches (s. S. 30) Vorkommen von Siderit, Ankerit, Pyrit, Bleiglanz, Zinkblende, Fahlerz, Bournonit; ferner Calcit, Baryt, Quarz. Die Oxidationszone dieses Vorkommens – seit längerer Zeit abgebaut – lieferte sehr hübsche Mineralien (in der Sammlung des Mineralogischen Instituts der Universität Szeged zu sehen) von Cuprit × × (groß), Malachit × ×, Azurit × ×, Anglesit, gediegen Kupfer, Cerussit × ×, Gips × ×. Das Vorkommen steht noch im Abbau.

Rumänien

Anmerkung: Das Betreten oder gar Sammeln im Bereich von Bergbauanlagen ist Privatpersonen streng untersagt. Es bedarf in jedem Falle einer staatlichen Genehmigung. Auch Fotografieren solcher Anlagen ist unbedingt zu unterlassen!

Baia Sprie (frühere Schreibweise: Felsöbánya). In den Nord-Karpathen, etwa 40 km von der Nordgrenze Rumäniens, bzw. etwa 60 km ostsüdöstlich von Satu Mare in Nordwestrumänien. Hydrothermale Blei-Zinkerz-Gänge, untergeordnet Gold-Silber-Gänge. Besonders schöne Mineralien wie Fahlerz (Tetraedrit) × × (!!), Antimonit × × (!!), Baryt × ×, Bournonit × × («Rädelerz»!!), Quarz × ×, Realgar As_4S_4. (Tafeln 3 und 39).

Baia Mare (frühere Schreibweise: Nagybánya), wenige Kilometer westlich von Baia Sprie, gleicher Lagerstättentyp. Bournonit × ×, Amethyst × ×.

Cavnic (frühere Schreibweise: Kapnik), etwa 20 km östlich von Baia Sprie. Hydrothermale Blei-Zink-Gänge, untergeordnet Gold-Vorkommen, Zinkblende × ×, Fahlerz (Tetraedrit) × ×, Bournonit × ×, Amethyst × ×, Kupferkies × ×, Bleiglanz × ×, Rhodochrosit × ×, Realgar × ×.

Herja (frühere Schreibweise: Kisbánya), wenige Kilometer nordwestlich von Baia Sprie. Sehr schöne große Pyrrhotin × ×, Zinkblende × ×, Siderit × ×, Antimonit × ×, Vivianit (Tafel 26). In dem genannten Gebiet wird heute noch Bergbau betrieben. Von allen vier Fundstellen sind in der Zeit von 1965 bis heute viele Stufen in den Handel gelangt. Wahre Völkerwanderungen von Sammlern und Händlern grasen die Orte systematisch ab und verkaufen dann ihre Ausbeute zu Wucherpreisen.

Rosia-Montana (frühere Schreibweise: Verespatak) in *Siebenbürgen*, im Bihor-Gebirge, etwa 60 km südwestlich von Turda. Hydrothermale Gold-Vorkommen mit schönen Mineralien wie gediegen Gold in × ×, blech- und drahtförmig, Zinkblende × ×, Quarz × ×, Rhodochrosit × ×, Rhodonit. (Tafel 20)

Dem gleichen Lagerstättentyp gehören an: *Baia de Aries* (frühere Schreibweise: Offenbánya), etwa 10 km ostnordöstlich von Rosia Montana, *Brad*, Siebenbürgen, im Bihor-Gebirge, etwa 40 km südwestlich von Rosia Montana. *Zlatna*, etwa 35 km östlich von Brad.

Săcărâmb (frühere Schreibweise: Nagyág), etwa 25 km südöstlich von Brad. Seltene Gold-Tellur-Mineralien wie Sylvanit × × $AuAgTe_4$ (= Schrifterz), Nagyagit × × $AuTe_2 \cdot 6\,Pb(S,Te)$ (= Blättererz), Petzit × × $(Ag,Au)_2Te$, Calaverit × × $(Au,Ag)Te_2$, ferner Pyrit × ×, Zinkblende × ×, Fahlerz (Tetraedrit) × ×, Antimonit × ×, Bournonit × ×, Realgar. Über heutige Fundmöglichkeiten nichts bekannt. Stücke von dort in alten Sammlungen vertreten.

Oravica, kleiner Ort im Banat (Rumänien), etwa 20 km von der südwestrumänischen Grenze sowie das nahegelegene *Moravica* (= Vaskö, jetzt: Ocna de fier). Kontaktmetamorphe Lagerstätten mit schönen Mineralien wie Grossular × × (= Granat-Varietät), Andradit × × (= Granat-Varietät), Vesuvian × ×, Hämatit × ×, Wollastonit × ×. Über Fundmöglichkeiten nichts Zuverlässiges bekannt, aber Stufen von dort in vielen Sammlungen anzutreffen

Jugoslawien

Anmerkung: Das Betreten oder gar Sammeln im Bereich von Bergbauanlagen ist Privatpersonen streng untersagt. Es bedarf in jedem Falle einer staatlichen Genehmigung. Auch Fotografieren solcher Anlagen ist unbedingt zu unterlassen!

Mežice (= Mies) in den östlichen Karawanken, Nordslowenien; über Dravograd gut erreichbar. Hydrothermal-metasomatische Blei-Zinkerz-

Lagerstätte. Von dort sind vor allem die hervorragenden Stufen von Wulfenit × × bekannt. Grube steht noch in Förderung.

Idrija (= Idria), Ort etwa 40 km (Luftlinie) westlich von Ljubliana (Laibach) in Slowenien. Zinnober-Lagerstätte. Zinnober × × in vielen Sammlungen vertreten. Steht heute noch in Abbau.

Zajača, kleiner Ort wenige Kilometer südlich von Loznica/Serbien; von der Straße Belgrad–Serajevo gut erreichbar. Hydrothermales Antimonglanz-Vorkommen: Antimonit (= Antimonglanz) × × (sehr groß!), meist ganz oder teilweise in Antimonoxide umgewandelt, Senarmontit Sb_2O_3, Kermesit × × Sb_2S_2O, Quarz × ×, sehr schön ausgebildete Schwefel × × auf den oxidischen Erzen sitzend. In Betrieb.

Stolice, etwa 5 km (Luftlinie) südöstlich von Zajača. Erreichbar über Zavlaka und Krupanj. Sehr großes Antimonit-Vorkommen. Antimonit × × (groß, selten bis zu 1 m lang) mit schönem Glanz, Quarz (oft pseudomorph nach Baryt × ×), Calcit × ×. In Betrieb.

Busovača, Ortschaft in Bosnien, etwa 70 km nordwestlich von Serajevo. In Klüften des Gesteins finden sich schöne große Hyalophan × × = Bariumfeldspat $(K,Ba)[Al(Al,Si)Si_2O_8]$ von Adular-Habitus. Fundmöglichkeiten sehr gering. Vorkommen ausgebeutet.

Bor in Ostserbien, etwa 150 km (Luftlinie) südöstlich Belgrad. Bedeutende hydrothermal gebildete Kupfererz-Lagerstätte. Pyrit, Kupferkies, Bornit, Chalkosin, Enargit, Covellin (!!). Steht in Förderung.

Trepča, Südserbien. 330 km südlich von Belgrad, 5 km östlich der Stadt Kosovska Mitrovica im Ibartal. Metasomatische Blei-Zinkerz-Lagerstätte mit vorzüglich kristallisierten Mineralien, namentlich in den oberen Teufen zahlreiche Drusen. Die hervorragenden Stufen gelangten in fast jede Mineraliensammlung der Welt. Bleiglanz × × (oft gerundete Kuboktaeder), Zinkblende × × (schwarz, stark glänzend), Pyrrhotin (= Magnetkies) × × in prachtvoller Ausbildung, Arsenkies × ×, Pseudomorphosen von Pyrit oder Bleiglanz nach Pyrrhotin × × (!!), feinfaseriger Boulangerit × × $5\,PbS \cdot 2\,Sb_2S_3$ (verschiedentlich als Plumosit bezeichnet), Quarz × ×, Calcit × ×, Rhodochrosit × ×, Dolomit × × (zum Teil riesig), Vivianit × × (!!). Eigenfunde schwierig. Grube in Förderung, Stufen auf dem Mineralienmarkt verbreitet. (Tafeln 25 und 29.)

Dunje, Ortschaft 15 km südöstlich von *Prilep*, Mazedonien. Fundort von schönen, großen, meist allseitig ausgebildeten roten Korund × × (nicht schleifwürdig). Fundmöglichkeiten gegeben.

Alšar, kleiner Ort 10 km südlich von Mrežičko, bzw. 25 km (Luftlinie) ostsüdöstlich von Dunje/Mazedonien. Großes Antimonerz-Vorkommen mit Antimonit × ×, Realgar, Auripigment, Arsenkies × ×, Pyrit × ×, Markasit × ×. Steht heute noch in Abbau.

In der Umgebung des Ortes *Stratoniki* im östlichen Teil der Halbinsel *Chalkidiki*, etwa 100 km östlich Thessaloniki, eine Gruppe von Kieslagerstätten, die unter dem Sammelnamen *Kassandra* bekannt sind (nicht zu verwechseln mit dem Namen des westlichen «Fingers» von Chalkidiki). *Madem Laccos* ist wohl das größte Vorkommen des Gebietes. Einstmals sehr schöne und große Kristalle von Pyrit × ×, Zinkblende, Arsenkies, Dolomit × ×, Quarz × ×, Rhodochrosit. Jetzt Abbau auf tiefen Sohlen, meist massives Erz. Alte Stücke können im Geologischen Institut der Universität Thessaloniki besichtigt werden.

Bei *Xánthi*, Nordost-Griechenland befindet sich ein Marmor-Steinbruch bei Crysa, in dem Pseudomorphosen nach sehr großen Pyrit × × gefunden werden.
Nördlich von *Komotini*, 60 km östlich des zuvor genannten Punktes, gibt es kleinere Chromit-Vorkommen mit Kämmererit.

Laurion (= Lavrion), etwa 50 km südwestlich von Athen in der Provinz Attika. Hydrothermal-metasomatische Blei-Zinkerz-Lagerstätte. Der silberreiche Bleiglanz und die Zinkblende wurden seit dem Altertum abgebaut. Prächtiger Smithsonit (= Zinkspat) von nieriger Form, zum Teil auch × × $ZnCO_3$, Annabergit × ×. Das Vorkommen steht auch heute noch in Förderung. Fundmöglichkeit gegeben. Insbesondere beim Ort Kamarzia, etwa 3 km westlich von Laurion lassen sich auf den zahllosen Halden noch viele interessante Mineralien finden.

Von der *Insel Sérifos* sind sehr schöne Ilvait × × bekannt geworden.

Auf der *Insel Náxos* gibt es Schmirgel-Vorkommen, in denen auch Korund × × gefunden werden.

E. ÜBRIGE AUSSEREUROPÄISCHE GEBIETE

Grönland

Ivigtut, Ort nahe der Südwestküste von Grönland. Pegmatitisches Vorkommen von Kryolith Na_3AlF_6 und anderen fluorhaltigen Mineralien. Kein Abbau mehr. Stücke des derben Minerals noch auf dem Mineralienmarkt.

Kanada

Großer Bärensee. Bedeutende Uranlagerstätten, die 1930 entdeckt wurden. Sie liegen am Ostufer nahe der «Echo-Bucht», etwa 55 km südlich des Polarkreises. Das wichtigste Vorkommen liegt auf einer Landzunge, die zu Ehren des Entdeckers der Lagerstätte «La Bine Point» genannt wird. Die größte Grube ist die *Eldorado-Mine.* Hydrothermale Gänge der Kobalt-Nickel-Wismut-Silber-Uran-Formation. Von den zahlreichen dort gefundenen Uranmineralien seien genannt: Uranpechblende, Gummit (ein Gemenge von Fourmarierit $8\ UO_2(OH)_2 \cdot 2\ Pb(OH)_2$, Becquerelit $6\ UO_2(OH)_2 \cdot 4\ H_2O$, Schoepit $8\ UO_2(OH)_2 \cdot 8\ H_2O$ und anderen), Curit $3\ PbO \cdot 8\ UO_3 \cdot 4\ H_2O$, Uranophan. Das Vorkommen steht in Förderung.

Sudbury, Ort im Staate Ontario, etwa 75 km nördlich vom Huron-See an der Bundesstraße 17 von Ottawa nach Sault St. Marie (Oberer See). Typische Lagerstätte einer «liquid-magmatischen» Bildung (siehe Seite 22 und Abb. 2) von Nickel-Magnetkies, einer innigen Verwachsung von Pentlandit $(Ni,Fe)_9S_8$ in Pyrrhotin FeS. Die etwa 60×30 km große Lagerstätte ist das größte Nickelvorkommen der Erde, obwohl das Roherz nur etwa 2–3% Nickel enthält. Außerdem enthält das Erz noch Sperrylith $PtAs_2$, ein seltenes Platinmineral mit geringen Gehalten von Palladium und Rhodium. Die nachgewiesenen Vorräte belaufen sich auf über 200 Millionen Tonnen.

Cobalt, Ort im Staate Ontario, nahe der Grenze des Staates Quebec, etwa 140 km nordöstlich von Sudbury. Bedeutendes Vorkommen von Silber-Kobalterz-Gängen. Skutterudit $CoAs_3$, Safflorit $CoAs_2$, Cobaltin CoAsS, gediegen Silber drahtförmig und in großen Massen. Fundmöglichkeiten gegeben.

USA

Green Monster Mine, Kap Prince of Wales, Westküste von *Alaska.* Fundort sehr schöner, großer Epidot $\times\times$ mit Quarz $\times\times$. Stufen in alten Sammlungen, auf dem Mineralienmarkt schwer zu bekommen.

Daybreak Mine am *Mt. Spokane*, unweit der Grenze zum Staat Idaho, etwa 50 km nordwestlich der Stadt Spokane im Staat Washington. Fundort von ganz ausgezeichneten Autunit $\times\times$, große Stufen mit $\times\times$ von über 2 cm Kantenlänge. Vorkommen ist abgebaut. Fundmöglichkeiten gering.

Butte, Stadt in Montana; in der Nähe zahlreiche Gruben, zum Beispiel *Leonardo Mine*, *Travona Mine*. Hydrothermale Kupfererz-Gänge mit zum Teil hervorragenden Kristallen. Chalkosin, Kupferkies × ×, Enargit × × Cu_3AsS_4, Pyrit × ×, Quarz × ×, Rhodochrosit × × (= Manganspat), Covellin × ×. Fundmöglichkeiten gegeben.

Black Bird Mine bei *Salmon* im Lemhi County, Idaho, Fundort schöner großer Vivianit × ×, Ludlamit × × $Fe_3[PO_4]_2 \cdot 4\,H_2O$.

Oberer See (= Lake Superior) im Staat Michigan. Auf der Halbinsel *Keweenaw* (Ort *Calumet* wird am meisten genannt) gewaltige Vorkommen von gediegen Kupfer (zum Teil in großen × ×) in blasenreichen Melaphyren und Porphyren. Von dort sind auch prachtvolle Calcit × × mit Einschlüssen von gediegen Kupfer bekannt geworden, ferner Zeolithe. Fundmöglichkeiten gegeben.

Little Falls, Ort im *Herkimer* County des Staates New York, etwa 100 km (Luftlinie) nordwestlich von Albany. Berühmtes Vorkommen von wasserklaren, doppelendig ausgebildeten Quarz × × («Herkimer Diamonds»). Fundmöglichkeiten gegeben.

Clay Center, Ort im Staat Ohio, etwa 15 km (Luftlinie) südöstlich von Toledo. Aus Tongruben stammen sehr schöne Calcit × × und Coelestin × ×. Fundmöglichkeiten gegeben.

Franklin, New Jersey; Ort etwa 70 km nordwestlich von New York. Zwei Zink-Manganerz-Körper, nämlich *Mine Hill* bei Franklin (aufgelassen) und *Sterling Hill* bei *Ogdensburg*, etwa 5 km südlich davon. Die Erzkörper (metamorphe Abfolge) sind an Marmor gebunden. Über 200 Mineralien wurden von dort beschrieben, darunter Franklinit $ZnO \cdot Fe_2O_3$, oft in gut ausgebildeten Oktaedern, Willemit Zn_2SiO_4, selten in × ×, schöne grüne Fluoreszenz unter ultraviolettem Licht, Zinkit (= Rotzinkerz) ZnO, Calcit, der unter UV-Licht schön rot fluoresziert, Rhodonit, Esperit (= Calcium-Larsenit), $(Ca,Pb)Zn[SiO_4]$, Baryt, Axinit, Smithsonit, Bustamit $CaMn[SiO_3]_2$. Sterling Hill wird heute noch ausgebeutet. Fundmöglichkeiten auf Halden gegeben, insbesondere bei Verwendung von UV-Lichtquellen (siehe Tafel 17)!

Prospect Park bei Paterson, New Jersey, etwa 30 km nordwestlich New York. In Melaphyr und Porphyr Drusen mit Prehnit, Calcit × ×, Natrolith × ×, Stilbit × × und anderen Zeolithen. Fundmöglichkeiten vorhanden.

Rosiclare, Ort an der Südgrenze von Illinois, am Ohio River, sowie der einige Kilometer flußaufwärts liegende Ort *Cave-in-Rock*. Hydrothermale Fluorit-Gänge. Schöne Fluorit × ×, Quarz × ×, Calcit × ×, Zinkblende × ×, Witherit × ×. Fundmöglichkeiten gegeben.

Magnet Cove, unweit Hot Springs, Arkansas. Bekanntes Vorkommen von sehr schönen Brookit × × TiO_2, Wavellit × × $Al_3[(OH)_3\,(PO_4)_2] \cdot 5\,H_2O$ in schönen Rosetten. Fundmöglichkeiten gegeben.

Joplin, Missouri, Stadt am «Drei-Länder-Eck» («Tri-State»-District) Missouri, Oklahoma, Kansas. Nahe Joplin die Orte *Galena*, *Baxter*, *Picher*. Bedeutende hydrothermal-metasomatische Blei-Zinkerz-Vorkommen. Sehr schöne Mineralien wie Bleiglanz × × (Würfel und Oktaeder), Zinkblende × × (!!), meist Rubinblende, Markasit × × (ausgezeichnete Hahnenkamm-Form = cockscomb), Calcit × × (!!). Fundmöglichkeiten vorhanden.

Etta-Mine bei Keystone, etwa 60 km nördlich von Hot Springs, in den *Black Hills*, im Staat South Dakota. Großes Pegmatitvorkommen mit Lithium-Mineralien: Lepidolith, Petalit, Amblygonit, Spodumen × ×, Columbit und andere. Fundmöglichkeiten gegeben.

Leadville, Colorado, etwa 120 km (Luftlinie) südwestlich von Denver. Hydrothermale Verdrängungslagerstätte (metasomatisch) von Blei-Zinkerzen. Bleiglanz × ×, Zinkblende × ×, Stephanit, Fahlerz, Cerussit, Smithsonit und andere. Lagerstätte abgebaut, praktisch keine Fundmöglichkeit mehr außer unbedeutenden Haldenfunden; aber auf dem Mineralienmarkt noch hin und wieder Angebote.

Silverton, Colorado, Fundort schöner Rhodochrosit × ×, Hübnerit × × $MnWO_4$, Fluorit, Quarz.

Climax-Mine, etwa 15 km nördlich von Leadville/Colorado. Bedeutendes Molybdänit-Vorkommen (pneumatolytische Bildung). Begleitmineralien Wolframit und Cassiterit. Fundmöglichkeiten gegeben.

Cripple Creek, Stadt etwa 35 km westlich von Colorado Springs. Zentrum eines ehemals blühenden Goldbergbaus. Hydrothermale Gold-Tellur-Vorkommen. Mineralien wie gediegen Gold, Calaverit, Sylvanit, Petzit, Hessit Ag_2Te, Krennerit $(Au,Ag)Te_2$, Nagyagit, alles derb und auch kristallisiert. Viele Gruben aufgelassen. Vereinzelt wird noch abgebaut. Geringe Fundmöglichkeiten gegeben.

Pikes Peak, Colorado, Berg einige Kilometer nordöstlich von Cripple Creek. Pegmatit-Vorkommen mit vielen schönen Mineralien. Besonders bekannt wurden die grünen Mikroklin × × (Amazonenstein). Fundmöglichkeiten gegeben.

Colorado-Plateau im Südwesten von Colorado in der Umgebung der Orte *Nucla* und *Naturita* und im östlichen Utah im Gebiet von dem Ort *Moab*. Ausgedehnte Vorkommen des wichtigen Uranminerals Carnotit $K_2(UO_2)_2[VO_4]_2 \cdot 3\,H_2O$. Das intensiv gelbe Mineral findet sich als Imprägnation des Sandsteines. Abbau wird an sehr vielen Stellen betrieben. Fundmöglichkeiten gegeben.

Thomas Mountains (= Thomas Range), Gebirgszug in Utah, etwa 160 km (Luftlinie) südwestlich von Salt Lake City. Von diesem Fundort stammen sehr schöne hyazinthfarbene Topas × ×. Fundmöglichkeiten gegeben.

San Benito County, Bezirk südwestlich von San Francisco. In dem Gebirgszug *Diablo Range* findet sich etwa 50 km östlich von Salinas ein Natro-

lith-Gang, in dem schöne Kristalle des seltenen Minerals Benitoit (blaue × ×) $BaTi[Si_3O_9]$ sowie Neptunit × × $Na_2FeTi[Si_4O_{12}]$ und Joaquinit × ×Na $Ba(Ti,Fe)_3[Si_4O_{15}]$ gefunden werden. Fundmöglichkeiten gegeben, vor allem in der *Dallas-Gem Mine.*
Nicht weit von diesem Fundort kommen Perowskit × × $CaTiO_3$ und Melanit (= schwarzer Granat) × × vor.

New Idria, New Almaden, Gruben in der Nähe des Ortes *Idria* im San Benito County, Zentral-California, aber auch in Nord-California und im nördlichen Süd-California, also in einem über 600 km langen Streifen parallel zur Küste, reiche Zinnober-Lagerstätten. Fundmöglichkeiten gegeben.

Mother Lode, California. Gebiet am Westabhang der *Sierra Nevada;* primäre und sekundäre Goldlagerstätten, Gold-Quarzgänge (hydrothermal). Bedeutende Bergbauorte: *Grass-Valley, Nevada-City* (beide etwa 220 km nordöstlich von San Francisco). Das Gebiet erstreckt sich in einer Länge von etwa 600 km parallel zur Küste. Auch zahlreiche Seifenlagerstätten, aus denen Gold gewaschen wird.

Boron, Ort im Südostteil vom Kern County, etwa 55 km östlich von Mojave, bzw. 60 km westlich von Barstow/California. Großes Vorkommen von Bor-Mineralien, entstanden durch Kristallisation aus Salzlösungen. Gegen Ende einer vulkanischen Tätigkeit vor vielleicht 15 Millionen Jahren ergossen sich borhaltige Quellwässer in eine Mulde. Im Laufe langer Zeit verdunstete das Wasser, und Salze schieden sich aus wie Kernit $Na_2B_4O_7 \cdot 4\ H_2O$, Borax × × $Na_2B_4O_7 \cdot 10\ H_2O$, Tinkalkonit $Na_2B_4O_7 \cdot 5\ H_2O$, Ulexit × × $NaCaB_5O_9 \cdot 8\ H_2O$ (interessant ist der sogenannte «TV-Ulexit» = Television-Ulexit, eine spätige, langfaserige Art, die – wenn sie an beiden Enden senkrecht zur Faserung poliert und in senkrechter Haltung über ein bedrucktes Papier geführt wird, das von unten beleuchtet ist – die Schrift zum anderen Ende des Stückes «projiziert»), Inyoit $Ca_2B_6O_{11} \cdot 13\ H_2O$, Meyerhofferit × × $Ca[B_3O_3(OH)_5] \cdot H_2O$, Colemanit × × $Ca[B_3O_4(OH)_3] \cdot H_2O$, Hydroboracit $CaMgB_6O_{11} \cdot 6\ H_2O$, Kurnakovit $Mg_2B_6O_{11} \cdot 15\ H_2O$, Searlesit $NaB[Si_2O_6] \cdot H_2O$, ferner Realgar, Auripigment, Calcit, Aragonit und andere. Fundmöglichkeiten gegeben. Stücke auf dem Mineralienmarkt.

Trona am Searles Lake, San Bernardino County, California, etwa 90 km (Luftlinie) nordnordöstlich von Boron. Sehr ähnliches Vorkommen von Bor-Mineralien wie bei Boron. Allseitig ausgebildete Hanksit × × $KNa_{22}[Cl|(CO_3)_2|(SO_4)_9]$ Fundmöglichkeiten gegeben.

Death Valley, Inyo County, California, unweit der Grenze nach Nevada. Großes Vorkommen von Bor-Mineralien der gleichen Entstehung und mit ähnlicher Paragenese wie unter Boron beschrieben. Fundmöglichkeiten gegeben.

San Diego County, Gebiet im südwestlichen Teil von California (siehe Karte Abb. 72) mit zahlreichen Pegmatit-Vorkommen. Die Fundstellen sind wegen ihrer zahlreichen schönen, seltenen und edlen Mineralien

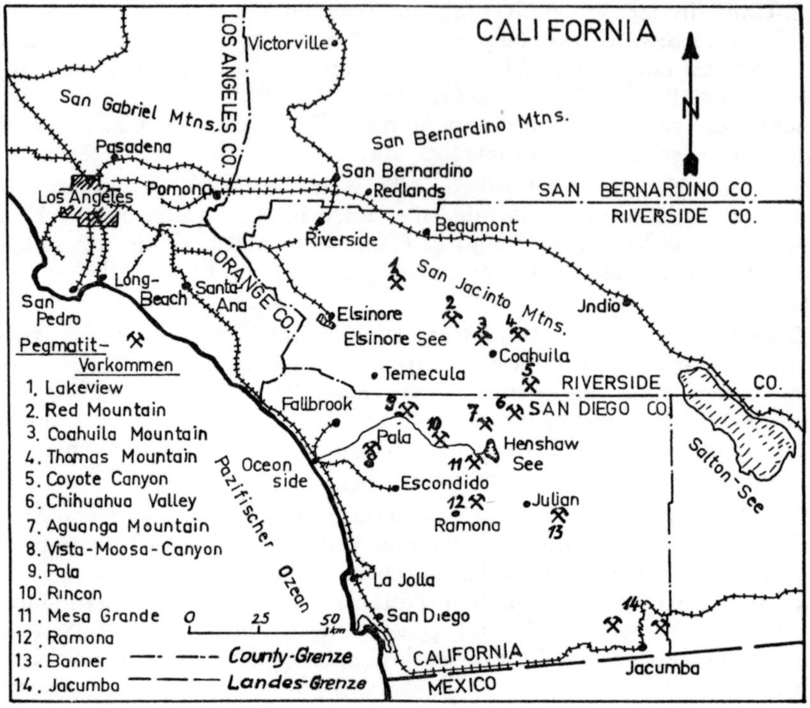

Abb. 72
Pegmatit-Vorkommen im südwestlichen California

berühmt geworden. Einzelne Fundorte sind der Abb. 72 zu entnehmen. Die bedeutendsten sind: *Pala* mit den Gruben *Tourmaline Queen Mine, Stewart Mine, Pala Chief Mine, Rincon, Mesa Grande* mit der *Himalaya Mine* und *Ramona*. Mineralien: Turmalin × × in allen Farben, auch mehrere Farben am gleichen Kristall (Tafel 28), viele × × sind schleifwürdig, Spodumen × × mit den edlen Varietäten Kunzit (rosa bis blauviolett) und Hiddenit (grün), Beryll × × farblos, blau (= Aquamarin), rosa (= Morganit) und gelb (= Goldberyll), Lepidolith, Quarz × ×, Orthoklas × × und andere.

Wenn auch die meisten Fundstellen weitgehend abgebaut sind, so werden doch immer noch Einzelfunde gemacht. Auf dem Mineralienmarkt sind Stücke von den genannten Stellen zu bekommen.

Crestmore, Riverside County, kleiner Ort etwa 75 km östlich von Los Angeles, bzw. 7 km nördlich des Ortes Riverside (siehe Karte Abb. 72). In einigen Steinbrüchen beim Ort, die zwecks Gewinnung von Kalkstein erschlossen wurden, fand man besonders in der Kontaktzone zwischen Kalkstein und magmatischen Gesteinen weit über 100 verschiedene, zum Teil seltene Mineralien. Nur einige seien genannt: Granat, Diopsid, Vesuvian, Wollastonit, Monticellit $CaMg[SiO_4]$, Spurrit $Ca_5[CO_3|(SiO_4)_2]$, Riversideit $Ca_5H_2[Si_3O_9]_2 \cdot 2\ H_2O$, Tobermorit $Ca_5H_2[Si_3O_9]_2 \cdot 4\ H_2O$, Afwillit $Ca_3[SiO_3OH]_2 \cdot 2\ H_2O$, Albit, Apatit, Aragonit, Axinit, Augit, Datolit, Epidot, Gips, Hämatit, Mikroklin, Muskovit, Orthoklas, Periklas MgO, Perowskit, Quarz, Sphen, Turmalin (Schörl). Fundmöglichkeiten gegeben.

Tiger, Ort bei *Mammoth* im Pinal County, etwa 65 km nördlich von Tucson, Arizona. Die *Mammoth-St. Antony-Mine* hat sehr schöne Mineralien geliefert wie Cerussit × ×, Wulfenit × ×, Mimetesit × × $Pb_5[Cl|(AsO_4)_3]$, Vanadinit × × $Pb_5[Cl|(VO_4)_3]$, Dioptas × × $Cu_6[Si_6O_{18}] \cdot 6\ H_2O$, Linarit × × $PbCu[(OH)_2|SO_4]$, Caledonit × × $Pb_5Cu_2[(OH)_6|CO_3|(SO_4)_3]$, Brochantit × × $Cu_4[(OH)_6|SO_4]$, Leadhillit und andere. Stücke auf dem Mineralienmarkt selten.

Globe und *Miami*, Orte im Gila County, Arizona, etwa 115 km östlich von Phoenix. Pyrit-Kupferkies-Imprägnationen mit starken Anreicherungen in der Oxidations- und Zementationszone. Gediegen Kupfer (!), Malachit, Azurit, Chrysokoll $CuSiO_3 \cdot nH_2O$, Cuprit und viele andere. Stufen nur selten auf dem Markt.
Die *Apache Mine* bei Globe wird als Fundort schöner roter Vanadinit × × angegeben. Fundmöglichkeiten gegeben.
Die *Old Yuma Mine* im Pima County, westlich von Tucson, ist ein bekannter Fundort für schöne Wulfenit × ×, rote Vanadinit × × und Calcit × ×. Kaum noch Fundmöglichkeiten.

Bisbee, Stadt im Cochise County, südöstlicher Teil von Arizona, etwa 120 km südöstlich von Tucson.
Copper Queen Mine, *Cole Shaft*, *Campbell Shaft*. Kontakt-pneumatolytische Kupferlagerstätte mit vielen schönen Mineralien wie: gediegen Kupfer × × und bäumchenförmig, Cuprit × × Cu_2O, Malachit × × (!!), Chlorargyrit (= Kerargyrit = Hornsilber) × × AgCl (!!), Shattuckit $Cu_5[(OH)_2\ (SiO_3)_4]$ und viele andere. Fundmöglichkeiten gegeben. Ein sehr ähnliches Kupfervorkommen liegt bei *Ajo*, einem Ort im Pima Conty, etwa 160 km westlich von Tucson. (Tafel 18)

Mexiko

Cerro de Mercado, unmittelbar bei der Stadt *Durango*. Großes Magnetit-Vorkommen, zum Teil mit Hämatit. Das Erz ist stark apatitführend. In Drusen herrliche gelbe, oft klare, große Apatit × × (!!). Fundmöglichkeit gegeben.

Ojuela Mine, bei der Stadt *Mapimi*, im Staat *Durango*, etwa 100 km nordwestlich der Stadt Torreón (nördlich Durango). Ehemals Blei-Zinkerz-Lagerstätte, deren an schönen Mineralien reiche Oxidationszone gegenwärtig von einzelnen Bergleuten ausgebeutet wird. Plattnerit × × (!!) PbO_2, Hemimorphit × × (!!), Adamin × × $Zn_2[OH|AsO_4]$, Aurichalcit × × $(Zn,Cu)_5[(OH)_3|CO_3]_2$, Hydrozinkit × × $Zn_5[(OH)_3|CO_3]_2$,

Konichalcit $CaCu[OH|AsO_4]$, Calcit × ×, Austinit × × $CaZn[OH|AsO_4]$, Rosasit × × $(Cu,Zn)_2[(OH)_2|CO_3]$, Mimetesit × ×, Vanadinit × ×, Wulfenit × ×, Legrandit × × $Zn_3[AsO_3]_2 \cdot 2\frac{1}{2}\ H_2O$ und viele andere. Fundmöglichkeiten gegeben. Stücke auf dem Mineralienmarkt. Der eigentliche Erzabbau wurde 1945 eingestellt.

Santa Barbara bei Parral und *Parral* im Staat *Chihuahua* (nördlich von Durango). Hydrothermale Blei-Zink-Silber-Vorkommen. Steht noch in Förderung.
Mina Erupcion bei *Villa Ahumada*, Sierra de Los Lamentos im Staat *Chihuahu* (nördlich von Durango). Fundort hervorragender, großer, dicktafeliger oder «würfeliger» Wulfenit × × (Tafel 30). Fundmöglichkeiten gegeben.

Guanajuato, Stadt 275 km (Luftlinie) nordwestlich Mexico City und *Querétaro*, Stadt etwa 190 km (Luftlinie) nordwestlich Mexico City. Hydrothermale Blei-Zink-Silber-Gänge: Argentit × ×, Pyrargyrit × ×, Stephanit × ×, Amethyst × ×. Stücke in alten Sammlungen, aber selten auf dem Tauschmarkt. In der Nähe wird übrigens auch der Feueropal gefunden.

La Bufa Mine und *San Sebastian Mine* bei *Charcas* im Staat *San Luis Potosi*. An diesem Fundort sind neuerdings ganz hervorragende, große, oft wasserklare Danburit × × $Ca[B_2Si_2O_8]$ gefunden worden, ferner Zinkblende × ×, Kupferkies × ×. Calcit × × (!!). Fundmöglichkeiten gegeben.

Zacatecas und *Fresnillo*. Zwei etwa 50 km voneinander entfernte Städte im Staat Zacatecas, etwa 250 km südöstlich der Stadt Durango. Hydrothermale Silbererz-Vorkommen mit schönen Mineralien wie gediegen Silber, Argentit × ×, Pyrargyrit × ×, Proustit × ×, Stephanit × × und andere. Auch heute noch mehrere Gruben in Betrieb.

Guerrero. Dieser Ort wird (leider zu großzügig) auf Etiketten als Fundstelle für hervorragend schöne Stufen von Amethyst × × (Tafel 24) angegeben.

Kolumbien

Muzo (etwa 100 km Luftlinie nördlich von Bogota), *Chivor*, *Gachalá* und *Buenavista* sind die wichtigsten von etwa 150 Fundorten für Smaragd in Kolumbien. Das Mineral kommt in Calcit-Gängen vor, die in Kalkschiefer eingebettet sind. Smaragd zählt zu den wertvollsten Edelsteinen. Muzo produziert nicht mehr.

Peru

Cerro de Pasco, Grubenort etwa 150 km (Luftlinie) nordöstlich von Lima. Metasomatische Lagerstätte von Blei-Zink-Kupfer-Erzen wie Enargit, Wittichenit, Gratonit, Bleiglanz, Cerussit, Silber und andere. Noch in Förderung.

Bolivien

Poopó, Grubenort im westlichen Bolivien, an der Ostseite des Aullagus-Sees, bzw. etwa 60 km südlich von *Oruro*. Die Gruben *Monserrat* und *Santa Cruz* haben besondere Bedeutung erlangt. Hydrothermale Blei-Zinn-Wismut-Erze wie Cassiterit, Teallit $PbSnS_2$, Franckeit $5\ PbS \cdot 3\ SnS_2 \cdot Sb_2S_3$, Kylindrit $6\ PbS \cdot 6\ SnS_2 \cdot Sb_2S_3$ (zylinderförmige Aggregate, besonders von der Mina Santa Cruz, jetzt erschöpft), daneben Wurtzit, Bleiglanz und andere. Die Grube Monserrat steht noch in Förderung. Stufen selten auf dem Mineralienmarkt.

Llallagua bei Uncia ist ein sehr bedeutendes Zinnerz-Vorkommen pneumatolytisch-hydrothermaler Entstehung. Cassiterit × ×, Stannin (= Zinnkies) Cu_2FeSnS_4, hervorragend ausgebildete Vivianit × × (!!). Steht noch in Förderung.

Cerro Rico de Potosi, Vulkanberg im südwestlichen Landesteil. Hydrothermale Silber-Zinnerze. Mineralien wie Cassiterit, Stannin, Chlorargyrit, Argentit, gediegen Silber. Jetzt aufgelassen.

Chile

Chañarcillo bei Copiapó in der Provinz Atacama, etwa 330 km (Luftlinie) nördlich von La Serena. Hydrothermale Silber-Quarz-Gänge mit sehr schönen Mineralien: gediegen Silber, Proustit in herrlichen × ×, Argentit × ×, Chlorargyrit und andere. Die Grube liegt längst still, aber in alten Sammlungen noch Stücke vertreten.
Im gleichen Gebiet kommen auch Kupferlagerstätten vor. Das Mineral Atacamit $Cu_2(OH)_3Cl$ ist nach der Provinz *Atacama* benannt. Es wird dort in schönen × × gefunden.

Chuquicamata, riesiger Tagebau, etwa 16 km vom Ort Calama, rund 200 km nordöstlich von Antofagasta in Nord-Chile. Kupfererz-Imprägnationen in einem Granodiorit mit sehr stark angereicherter Oxidations- und Zementationszone. Primäre Erze sind Kupferkies, Chalkosin, Enargit, Covellin, Bornit, Pyrit, Bournonit, Fahlerze; zahllose sekundäre, zum Teil seltene Mineralien, darunter Atacamit × ×, Azurit × ×, Malachit × ×, Brochantit × ×, Chalkanthit, Cuprit × ×, Leightonit $K_2Ca_2Cu[SO_4]_4 \cdot 2\ H_2O$, Kröhnkit $Na_2Cu[SO_4]_2 \cdot 2\ H_2O$, Antlerit $Cu_3[(OH)_4SO_4]$, Natrochalcit $NaCu_2[OH|(SO_4)_2] \cdot H_2O$, Sideronatrit × × $Na_2Fe[(OH)(SO_4)_2] \cdot 3\ H_2O$, Lindgrenit $Cu_3[OH|MoO_4]_2$ und viele andere. Insgesamt konnten über 80 Mineralien gefunden werden. Steht in Förderung. Stücke von dort aber selten auf dem Mineralienmarkt.

Argentinien

Capillitas in der Provinz Catamarca in Nordwestargentinien bezeichnet einen Lagerstättenbezirk, in dem es verschiedene hydrothermale Erzgänge gibt. Die bedeutendsten sind *Restauradora* und *Carmelitas*. Die Paragenese beinhaltet Pyrit, Enargit, Fahlerz, Kupferkies, Chalkosin, Zinkblende, Bleiglanz, Markasit, Quarz, Rhodochrosit, Baryt, Azurit, Malachit, Linarit und viele andere. — In Deutschland sind vor allem die schönen Stücke von Rhodochrosit bekannt, die zu Zier- und Schmuckgegenständen aller Art verschliffen werden und sich wegen ihrer hübsch gebänderten Struktur großer Beliebtheit erfreuen.

Uruguay

Neben Brasilien zählt Uruguay zu den bedeutendsten Achat- und Amethystlieferanten. Die Lagerstätten befinden sich vor allem in den Gebieten von *Salto* und *Artigas* im Norden und Nordwesten des Landes. Die Amethyst × × besitzen schöne tiefviolette Farbe. Die Achate sind meist grau, kommen aber in sehr großen Exemplaren vor. Kleinere Achatmandeln enthalten mitunter noch Flüssigkeit (Enhydros).

Brasilien

Rio Grande do Sul, südlichster Staat in Brasilien, der nach Westen und Norden vom Fluß Uruguay und nach Süden vom Land Uruguay begrenzt wird. Vor allem im südlichen Teil des Staates gegen Uruguay hin und im Südwesten gibt es Achat- und Amethyst-Vorkommen.
Vom *«das-Antas»-Tunnel* im Bezirk des Ortes Bento Goncalves, im nordöstlichen Teil von Rio Grande do Sul, sind bemerkenswert schöne Mineralien aus Hohlräumen in basaltischen Gesteinen bekannt geworden und in fast alle Sammlungen der Welt gelangt. Große Stilbit × ×, sehr große Apophyllit × ×, große Heulandit × ×, relativ riesige Skolezit × × (freistehend bis 20 cm Länge) mit Endflächen $Ca[Al_2Si_3O_{10}] \cdot 3\,H_2O$, Laumontit × ×, Calcit × ×. Ähnliche Vorkommen wurden weiter nördlich bei *Lages* im Staat Santa Catharina aufgefunden. Das Vorkommen vom «das-Antas»-Tunnel soll nichts mehr liefern.

Minas Gerais, Staat im Osten von Brasilien, nördlich von Rio de Janeiro. Das Gebiet ist außerordentlich mineralreich und birgt Vorkommen von Mangan-, Eisen-, Blei-, Kupfer-, Zinn-, Wolfram- und Nickelerzen sowie Platin und Gold. Mineralstufen sind selten auf den europäischen Mineralienmarkt gekommen. Berühmt und jedem Sammler bekannt sind die zahlreichen Vorkommen von Edelsteinen wie Diamant, Aquamarin, Topas, Turmalin, Kunzit, Hiddenit, Phenakit, Euklas, aber auch Bergkristall, Rauchquarz, Amethyst, Citrin und andere.

Ouro Preto, etwa 300 km (Luftlinie) nördlich von Rio de Janeiro. Vor allem westlich und südwestlich des Ortes (zum Beispiel bei *Trino*) sind primäre Vorkommen von Topas × ×. Die Kristalle sind meistens gelb und dunkelgelb, seltener rosa bis braun. Die Kristalltracht ist einfach, meistens zeigt sich das ausgeprägt entwickelte Prisma mit Pyramide. Auf den gleichen Lagerstätten kommen vereinzelt lichtgrüne oder farblose Euklas × × $Al[BeSiO_4OH]$ vor.

Nordnordöstlich von Ouro Preto gibt es mehrere Aquamarin-Vorkommen, ferner wurde bei der *Grube Sao Miguel* (etwa 100 km Luftlinie nordöstlich Ouro Preto) Phenakit Be_2SiO_4 in wasserhellen Kristallen gefunden.
Belo Horizonte, Ort etwa 100 km (Luftlinie) nordwestlich von Ouro Preto. Bei *Facenda Pacu* liegt ein Vorkommen von sehr schönen Bergkristallen × ×.

Bei *Governador Valadares* konnte 1961 in der *Galilea Mine* ein Vorkommen von ausgezeichnetem Brasilianit × × $NaAl_3[(OH)_2|PO_4]_2$ ausgebeutet werden. Stücke davon kamen auch auf den europäischen Mineralienmarkt. Ein zweites neues Vorkommen wurde bei *Palmital* aufgefunden. Bei Governador Valadares wurden auch sehr schöne Rosenquarz × × gefunden.

Diamantina, Ort etwa 300 km (Luftlinie) nordnordöstlich von *Belo Horizonte*. Südöstlich des Ortes an mehreren Stellen, so zum Beispiel bei *Serro* und *Sabinopolis*, Vorkommen von Aquamarin × ×. Knapp westlich von Diamantina liegen bedeutende Bergkristall-Vorkommen. Von hier stammen auch Quarzkristalle mit Rutil-Einschlüssen, die der Schmuckindustrie gern als Schleifmaterial dienen.

Serra do Chifre, Höhenzug etwa 100 km (Luftlinie) nördlich von *Teôphilo Otoni*. In den Quellflüssen des *Rio Mucury* finden sich auf sekundärer Lagerstätte (Seifen) abgerollte Topase von weißer bis blauer Farbe sowie Aquamarine. Auch auf primärer Lagerstätte finden sich schöne Aquamarin × ×.
Von der *Urupuca Mine*, etwa 100 km südwestlich von *Itambacuri*, ist kürzlich ein Vorkommen von schönen großen Kunzit × × bekannt geworden, das größere Mengen Material auch nach Europa geliefert hat.

Arassuahy, Ort etwa 80 km südlich von *Salinas*. In der Umgebung des Ortes mehrere primäre Vorkommen von Aquamarin × ×, so vor allem in der südöstlich vom Ort entlangziehenden *Serra do Chifre*.

Östlich von Arassuahy am *Rio Piauhy* und auch in der Serra do Chifre gibt es Vorkommen von edlem Spodumen, Varietät Hiddenit (grün). Im gleichen Gebiet gibt es auf primärer Lagerstätte (Pegmatite) Turmalin × × verschiedener Farben wie Grün, Rot, Rosa.

Salinas, Ortschaft im nördlichen Teil Minas Gerais. Vor allem südwestlich des Ortes bei Barra de Salinas primäre Vorkommen von schönen Turmalin × ×.

Fortaleza, Ort etwa 150 km nordöstlich Salinas an der Nordgrenze von Minas Gerais. Primäre Vorkommen von Aquamarin × ×.
Von *Dom Bosco* sind sehr schöne Eisenrosen (= Hämatit × × in rosettenförmiger Anordnung) bekannt geworden.
Zahllose Fundmöglichkeiten gegeben.

Von *Tancredo* bei *Santa Theresa* im Staat *Espirito Santo* (Küstenstreifen östlich Minas Gerais) kamen vor nicht langer Zeit sehr schön ausgebildete, grünlichgelbe, große, meist verzwillingte Chrysoberyll × × Al_2BeO_4 auf den Mineralienmarkt. Abb. 55 c.

Bahia, Staat nördlich von Minas Gerais mit mehreren Vorkommen von schön gefärbten Amethyst × ×, so zum Beispiel bei *Brejinbo* im Südwesten des Staates.

Veruga, Ortschaft etwa 100 km (Luftlinie) von der Grenze Bahia/Minas Gerais entfernt. Primäres Vorkommen (in Pegmatit-Gängen) von schönen Aquamarin × ×.
Fundmöglichkeiten gegeben.

Marokko

Azegour, Ort im Atlasgebirge, etwa 60 km südsüdwestlich von Marrakesch. Pneumatolytisch entstandenes Molybdänit-Vorkommen mit blättrig ausgebildeten Aggregaten. Begleitmineralien: Cassiterit, Wolframit, Granat. Fundmöglichkeiten gegeben.

Bou Azzer, Ort im Anti-Atlas, etwa 180 km südöstlich von Marrakesch. Zentrum eines großen Kobalt-Nickelerz-Vorkommens hydrothermaler Entstehung. Skutterudit (= Speiskobalt) × ×, Chloanthit × ×, Löllingit, Molybdänit, schöne Erythrin × × (= Kobaltblüte). Fundmöglichkeiten gegeben. (Tafel 27)

Kamerun

Anloua bei *Ngaundere* in Kamerun. Vor wenigen Jahren wurde ein besonders interessantes neues Vorkommen von hervorragend ausgebildeten Vivianit × × (bis 1,5 m lang!!), mit Endflächen, klar, von grünblauer Farbe, bekannt. Auf dem Tauschmarkt praktisch nicht zu bekommen. Im Handel zu enorm hohen Preisen erhältlich. Der Fundort ist wohl noch nicht ausgebeutet. (Tafel 35)

Französisch-Kongo

Mindouli, Grubenort etwa 100 km westlich *Brazzaville* im südlichsten Teil des Französischen Kongo. Kupfererz-Lagerstätten mit ausgezeichneten Dioptas × ×. Fundmöglichkeiten vorhanden.
Ähnlich schöne Stufen kamen von dem nahe gelegenen Ort *Reneville.*

Zaire
(Republik Kongo)

Shinkolobwe, Uranerz-Lagerstätte im südlichen Katanga, 20 km südwestlich Jadotville. Hydrothermale Gänge von Pechblende, derb und kristallisiert, dazu zahlreiche sekundäre Uranmineralien wie zum Beispiel

Autunit × ×, Becquerelit × ×, Curit, Gummit, Torbernit × ×, Kasolit, Uranophan (= Uranotil) × ×, Carnotit. Das Vorkommen wurde 1921–1932 abgebaut. Nach 1945 begann man erneut mit Aufschlußarbeiten. Mineralien von Shinkolobwe sind schwer zu erhalten. In wenigen Museen sind Belegstücke.

Ruwe Mine nahe Kolwezi, *Kipushi*, *Ruashi* und *Etoile du Congo* nahe Elisabethville im südlichen Katanga, sind Fundorte von Kupfermineralien, die dort überwiegend im Tagebau gewonnen werden. Bekannt und geschätzt sind die hervorragend ausgebildeten dichten, nierigen Malachitstufen, die vielfach in der Schmuckindustrie verarbeitet werden.

Südwest-Afrika

Tsumeb. Grubenort im Otavi-Bergland. Nach ihm benannt die *Tsumeb-Mine* (Abb. 73), die ab 1900 erschlossen wurde. Hydrothermale Kupfererz-Lagerstätte mit Digenit Cu_9S_5, Enargit, Fahlerz, Bleiglanz, Zinkblende, derber Germanit $Cu_3(Fe,Ge)S_4$, derber Reniérit, ebenfalls $Cu_3(Fe,Ge)S_4$, jedoch tetragonal (im Gegensatz zum kubischen Germanit), Gallit $CuGaS_2$ außerdem als Gangart Quarz, Dolomit, Calcit.
In der ersten Oxdiationszone, die bis etwa 300 m Tiefe reichte und längst abgebaut ist, fanden sich hervorragend schön kristallisierte, prächtige Mineralien wie zum Beispiel Azurit × × (!!) (Tafel 37), Malachit, meist in Pseudomorphosen nach Azurit × × (!!), Cerussit × × (!!), Smithsonit (= Zinkspat) × ×, Mimetesit in langen × ×, von Bayldonit $PbCu_3[OH|AsO_4]_2$ bedeckt, manchmal sind auch nur noch Pseudomorphosen von Bayldonit nach Mimetesit × × (oft hohl) erhalten, Tarnowitzit × ×, Descloizit $Pb(Zn,Cu)[OH|VO_4]$ und viele andere.
Eine zweite Oxidationszone (Abb. 73) wurde vor wenigen Jahren in etwa 800–900 m Tiefe erschlossen. Entlang einer Ruschelzone konnten sauerstoff- und kohlensäurehaltige Wässer zum Erzkörper gelangen. Der Mineralinhalt dieser zweiten Oxidationszone ist vielleicht noch vielfältiger als in der ersten Zone und die Stufen in bezug auf Schönheit jenem mindestens ebenbürtig. Es wurden gefunden: Azurit × ×, Malachit × ×, Cerussit × ×, Cuprit × ×, gediegen Kupfer, Tarnowitzit × ×, Calcit × ×, Smithsonit × ×, Dolomit × ×, Wulfenit × × (!!), Olivenit × ×, Adamin × ×, Dioptas × ×, Stottit × × $Fe[Ge(OH)_6]$, Reinerit × × $Zn_3[AsO_3]$, Chudobait × × $(Na,K)\ (Mg,Zn)_2H[AsO_4]_2 \cdot 4\ H_2O$ und andere. Fundmöglichkeiten gegeben. Neuerdings wurde das neue Mineral Söhngeit $Ga(OH)_3$ in fast zentimetergroßen × × gefunden. Mineralien von Tsumeb in jeder Sammlung und auf dem Mineralienmarkt vertreten.

Guchab, Ortschaft etwa 50 km östlich von Otavi, bzw. etwa 60 km südlich von Tsumeb. Ehemals Fundort der schönsten bekannten Dioptas × ×. Das Vorkommen soll erschöpft sein. In vielen Sammlungen sind Stücke anzutreffen, auf dem Tauschmarkt allerdings kaum zu bekommen.

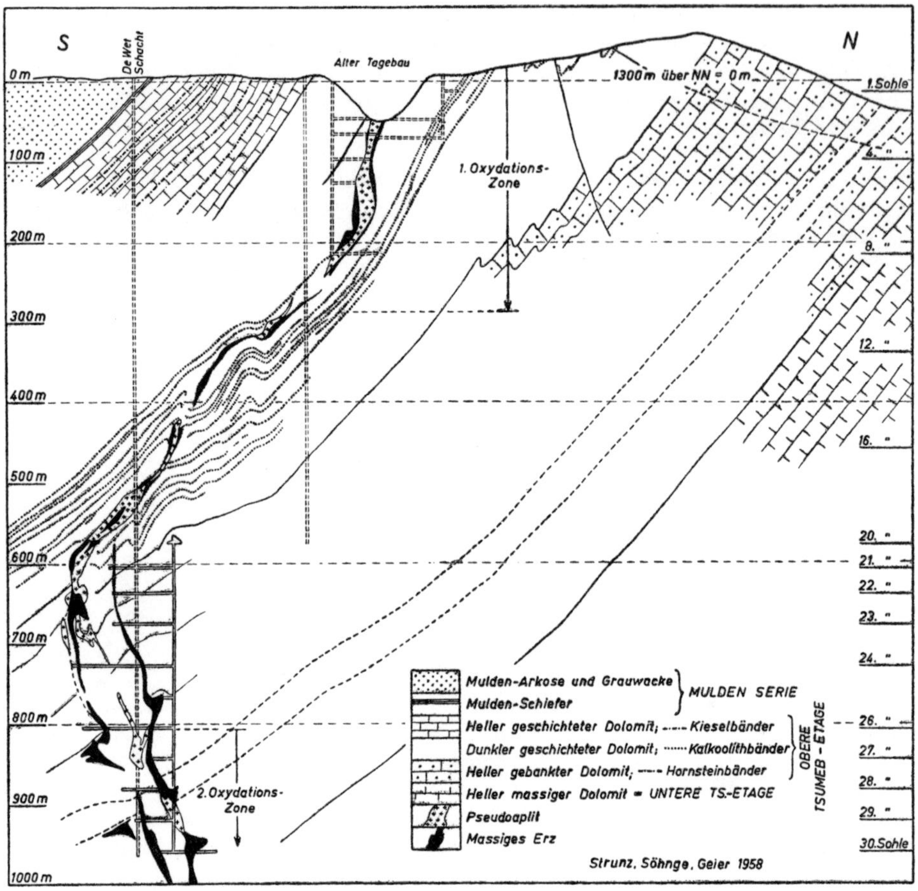

Abb. 73

Schnitt durch den Erzkörper und das Nebengestein der Tsumeb-Mine. Zeichnung: Strunz, Söhnge und Geier

Abenab, Ortschaft im östlichen Otavi-Bergland. Vorkommen von ausgezeichneten Descloizit × × (!!). Die Vorräte sind praktisch erschöpft. Neuerdings wird am *Berg Aukas* abgebaut; hier finden sich sehr gute, mitunter braungelb transparente Kristalle.

Spitzkopje (Große und Kleine), Berge in der *Namib* nordöstlich von *Swakopmund*. In Pegmatiten besonders der Kleinen Spitzkopje sehr schöne Mineralien wie Topas × ×, Aquamarin × ×, Phenakit × ×, Mikroklin × ×, Quarz × ×, Fluorit × ×. Fundmöglichkeiten gegeben.

Weiter nach Norden bis zum *Erongo-Gebirge* erstreckt sich eine Gegend mit zahlreichen Einzelfundpunkten von Pegmatitmineralien, wie zum Beispiel in der Umgebung von *Arandis* (Bahnstation zwischen Swakopmund und Usakos) mit Cassiterit × ×, Axinit × ×, Titanit × ×, Turmalin × ×, Granat × × und viele andere. In den *Rössing-Bergen* finden sich Rosenquarz und Heliodor (= gelblicher Beryll). Fundmöglichkeiten gegeben.

Am *Nubeb-Berg* bei *Usakos* (etwa 130 km Luftlinie nordöstlich Swakopmund) Pegmatit-Vorkommen mit Beryll × ×, Turmalin × ×, Scheelit, Wolframit. Fundmöglichkeiten gegeben.

In der *Neuschwaben-Mine* bei Karibib finden sich blaue Turmalin × × (= Indigolith) und grüner Turmalin.

Rubikon- und *Helikon-Mine* bei *Karibib*, etwa 35 km (Luftlinie) ostnordöstlich von Usakos. Pegmatit-Vorkommen mit schönem Lepidolith, untergeordnet Rubellit × × (roter strahliger Turmalin), Petalit und andere. Fundmöglichkeiten gegeben. Von der *Ida-Mine* am Fluß Swakop kommt sehr schöner Wollastonit. Von der *Natas-Mine* bei Rehoboth im Bezirk von Windhuk sind große Scheelit × × bekannt geworden. Die Gruben sind zum Teil nicht mehr in Betrieb.

Süd-Afrika

Kimberley, Südafrika. Zentraler Punkt in einem etwa 200 km breiten von Südwesten nach Nordosten verlaufenden Gebiet zwischen Pretoria und dem Oranjefluß. Man kennt etwa 250 primäre Diamant-Lagerstätten, sogenannte Pipes; das sind ehemalige vulkanische Kraterröhren, die mit einem als «Kimberlit» bezeichneten Eruptivgestein gefüllt sind. Der Kimberlit ist das Muttergestein der Diamanten, die in großer Tiefe, bei hoher Temperatur und unter hohem Druck darin auskristallisierten.
Die Kraterröhren haben einen Durchmesser von wenigen Metern bis zu 1 km. Der Diamantgehalt des Gesteins beträgt etwa $^1/_2$ Karat (= $^1/_{10}$ Gramm) pro Tonne. Die Kristalle sind – da schwebend gebildet – allseitig von natürlichen Kristallflächen begrenzt und erscheinen meistens als Oktaeder, seltener als Rhombendodekaeder und Hexakisoktaeder.
Bedeutende Minen sind: *Premier-Mine* bei Pretoria, *Bulfontain-*, *Jagersfontain-Mine* und *Nooitgedacht* bei Kimberley. Der größte je gefundene Diamant ist der «Cullinan» mit einem (Roh-)Gewicht von 3100 Karat (= 620 g). Er wurde 1905 in der Premier-Mine gefunden, von der Transvaalregierung für 150000 Pfund (etwa 1½ Millionen Mark) gekauft und König Eduard VII. von England geschenkt.

Griquatown, Ort in den *Doornbergen*, etwa 170 km westlich von Kimberley. Vorkommen von Tigerauge und Falkenauge. Beides sind Quarzvarietäten aus feinen, parallelfaserigen Aggregaten, die in geschliffenem und poliertem Zustand schönen Seidenglanz zeigen. Fundmöglichkeiten gegeben.

Zambia
(früher Nord-Rhodesien)

Broken Hill, Ort etwa 300 km (Luftlinie) südlich von Elisabethville/Katanga. Hydrothermal-metasomatische Blei-Zinkerz-Lagerstätte mit Cerussit × ×, Descloizit × ×, Hopeit $Zn_3[PO_4]_2 \cdot 4\,H_2O$ und andere. Fundmöglichkeiten gegeben. Stücke auf dem Mineralienmarkt selten.

Tansania

Am *Meru-Berg*, etwa 70 km WSW vom Gipfel des Kilimandscharo wurden 1967 hervorragend schöne, gut ausgebildete Kristalle von Zoisit $Ca_2Al_3[O|OH|SiO_4|Si_2O_7]$ gefunden. Sehr viele dieser Kristalle (bis 5 cm Länge) sind tiefblau und von Edelsteinqualität. Durch Brennen kann die Farbe oft vertieft werden. Die Kristalle zeigen ausgeprägten Pleochroismus. Vom Edelsteinhandel wurde der Name «Tansanit» vorgeschlagen, jedoch fand er keine Anerkennung in der Mineralogie.

Matabata-Berge, nordwestlich von Kilima Ndjaro an der Grenze von Tanganyika/Kenia. Von dort wurde in den letzten Jahren ein Vorkommen von schönen großen (nicht schleifwürdigen) Rubin × × in grünem derbem Zoisit bekannt. Stücke zahlreich auf dem Mineralienmarkt.

Rhodesien (früher Süd-Rhodesien)

Sandawana, Bezeichnung für eine Anzahl von Smaragd-Minen im südlichen Teil von Rhodesien, wo im Belingwe-Reservat unweit des Zusammenflusses des Nuanetsi- und Sungai-Flusses (ca. 200 km südwestlich von Fort Viktoria) die Auffindung von hochwertigen Smaragden in Tremolit- und Chloritschiefern gelang.

Fort Viktoria wird als Fundort für Alexandrit × × genannt, die ca. 20 km nordöstlich von F. V. im Glimmerschiefer entdeckt wurden. Alexandrit ist eine Varietät des Chrysoberylls, die bei Tageslicht grüne und bei Lampenlicht rote Farbe zeigt. Die Alexandrite dieses Vorkommens sind gut ausgebildet (Abb. 55c) und erreichen bis 4 cm im Durchmesser. Im Mineralienhandel erhältlich.

St. Anne's Mine nahe Miami, im nördlichen Teil von Süd-Rhodesien, etwa 180 km nordwestlich von *Salisbury*. Pegmatit-Vorkommen mit Rauchquarz × ×, Orthoklas × ×, Muskovit × ×, schöne Aquamarin × ×, schöne Turmalin × × von schwarzer, bläulicher und grüner Farbe, sehr schöne himmelblaue Topas × × von eigenartigem Habitus. Fundmöglichkeiten gegeben. Mineralien von dort selten auf dem Mineralienmarkt.

Madagaskar

Antsirabé, Ort im südlichen *Ankaratra-Gebirge* im mittleren Teil der Insel, etwa 120 km (Luftlinie) südsüdwestlich der Hauptstadt Tananarivo. Ferner die Orte *Betafo* (etwa 20 km nordwestlich Antsirabé), *Maharitra*, *Ankazobe*. Viele Fundstellen in Pegmatiten mit bestens kristallisierten Mineralien wie Beryll × × (Aquamarin, Morganit), Turmalin × ×, Spodumen, Quarz × ×, Betafit, Columbit, Samarskit, Thorianit × × $(Th,U)O_2$. Fundmöglichkeiten vorhanden. Auch auf dem Mineralienmarkt zahlreich vertreten. *Betroka* südl. von *Majunga* (Maevatanana) wird als Fundort für die im Handel zahlreich angebotenen Drusen mit schönen, großen, klaren Coelestin × × genannt.

Türkei

Bigadiç, etwa 20 km südwestlich von Balikesir. Mächtige Borat-Lagerstätte, die erst 1951 entdeckt wurde. Entstehung und Mineralparagenese ähnlich den kalifornischen Vorkommen. Ein weiteres großes Borat-Lager wurde östlich von Bigadiç nahe der Stadt *Emet* entdeckt. Mineralien: Colemanit × ×, Ulexit, Hydroboracit × ×, Meyerhofferit × ×. Fundmöglichkeiten vorhanden.

Guleman, Dorf etwa 100 km nördlich von Diyarbakir, nach dem der reichste Chromerz-Bezirk benannt ist. Liquid-magmatische Ausscheidung von Chromit (= Chromeisenstein) $FeCr_2O_4$, massiv, körnig, hin- und wieder begleitet von pfirsichblütenfarbigem bis violettem Kämmererit (chromhaltige Varietät von Pennin) in schuppenförmigen × ×, ferner Uwarowit × ×.

Keban, Ort etwa 150 km westlich Guleman, bzw. etwa 50 km westlich Elazig am Euphrat. Metasomatische Blei-Zinkerz-Lagerstätte. Nicht weit davon entfernt, jedoch auf dem nördlichen Euphratufer, befinden sich mehrere Höhlen im Kalkstein, die mit schönen Vanadinit × × ausgekleidet sind. Fundmöglichkeiten gegeben.

Persien

Nischapur, Ort in Nordpersien in der Provinz Chorassan, etwa 100 km westlich der Stadt Meschhed. Bekanntes Vorkommen von schleifwürdigem Türkis $CuAl_6[(OH)_2|PO_4]_4 \cdot 4\,H_2O$. Fundmöglichkeiten gegeben.

Afghanistan

Badachschan, Provinz im nördlichsten Teil des Landes mit den bekannten Vorkommen von Lapis Lazuli (= Lasurit) $(Na,Ca)_8[(SO_4,Cl,S)_2|(AlSiO_4)_6]$. Das Material wird zu Schmuckgegenständen verschliffen.

Sowjetunion (asiatischer Teil)

Ural. 2000 km langes und 60–150 km breites Gebirge, welches die geographische Grenze zwischen Europa und Asien bildet. Viele Mineralien sind aus dem Ural bekanntgeworden und finden sich in Sammlungen. «Ural» ist keine genaue Fundortangabe, steht aber immer wieder auf Etiketten ohne nähere Bezeichnung. Nachfolgend einige genauere Angaben.

Swerdlowsk (früher: Jekaterinburg) im südlichen Ural: Gold. Etwa 90 km nordöstlich der Stadt in der *Mursinska* fanden sich Smaragd × × und Topas × ×. Das Zentrum der Fundorte ist *Perwomajski* (= Troitzky). Außer Smaragd finden sich Beryll × ×, Aquamarin × ×, Alexandrit × ×, Turmalin × ×, Rauchquarz × ×, Amethyst × ×.

Nishne-Tagilsk (etwa 100 km nördlich Swerdlowsk). Fundort von schleifwürdigem Malachit in riesigen Blöcken, ebenso *Mednorudansk*.

Mias (= Mijas, Miask) etwa 200 km südlich Swerdlowsk: Topas × ×. Aus der Gegend von *Beresowsk* ist Krokoit (= Rotbleierz) $PbCrO_4$ in nadeligen × × bekannt geworden.

Ilmensee (nahe Mias) und Ortschaft *Ilmen*: danach wurde der *Ilmenit* $FeTiO_3$ benannt, ferner Amazonit × ×.

Kirgisen-Steppe, Kirgisien/Kasachstan, zwischen den südlichen Ausläufern des Urals, Berg *Altyn Tübe*, und dem Kaspischen Meer. Kupferlagerstätten sedimentärer Entstehung in einem einige hundert km langen Gebiet. Von dort ist insbesondere Dioptas in sehr guten × × bekannt geworden. In alten Sammlungen noch vertreten.

Baikal-See, an dessen westlichem Ende am Fluß Malaja Bistraja ein Vorkommen von schönem Lapis Lazuli (= Lasurit) liegt.

Genauere Angaben über Mineralvorkommen oder Erzlagerstätten fehlen weitgehend. Kontakt zu Mineraliensammlern der Sowjetunion gibt es nicht. Auf dem Mineralienmarkt nur noch vereinzelte Stücke aus alten Sammlungen.

Ceylon

Im Südteil der Insel bei *Ratnapura* und *Sabaragamuva* gibt es Edelstein-Seifen mit Saphir (Al_2O_3 blau, gelb, farblos), Sternsaphir, Rubin (Al_2O_3 rot), Sternrubin, Spinell, Turmalin, Zirkon, Granat, Chrysoberyll, Euklas, Sinhalit $MgAl[BO_4]$ und anderen.

Seit 1967 wird eine ebenso reiche Seifenlagerstätte bei *Elahera* nahe Polonnaruwa ausgebeutet.
Bei *Kandy* wurden früher Pegmatite mit Mondstein abgebaut; heute wird Mondstein aus einem kaolinisierten Pegmatit bei *Ambalangoda* gewonnen.

Bei *Ragedara* im Westteil sind die Vorkommen von Graphit, die sehr schöne Sammelstücke liefern. Fundmöglichkeiten gegeben.

Birma

Mogok, Ort in Oberbirma, etwa 60 km (Luftlinie) nordnordöstlich von *Mandalay*. Der Ort ist Zentrum des Edelsteinhandels. In der Umgebung primäre (im Muttergestein) und sekundäre (auf Seifen) Lagerstätten von Rubin × × (rot), Saphir × × (blau, gelb und farblos), Spinell × × $MgO \cdot Al_2O_3$, Zirkon × × $ZrSiO_4$, Mondstein (Varietät von Orthoklas), Topas × × und andere. Die meisten Gewinnungsstellen sind Seifen, also Sandablagerungen von Flüssen. Die Steine sind infolge des Transportes abgerollt und zeigen keine scharfen Ecken und Kanten mehr. Auch bei *Mandalay* sind ähnliche Vorkommen.

In der Provinz *Chantaburi* in Thailand (= Siam) werden aus Seifen-Lagerstätten Rubin und Saphir gewonnen. *Thailand (= Siam)*

Schikoku. Von dieser Insel in Südjapan sind ganz ausgezeichnete, große Antimonit × × bekannt geworden. Sie stammen von der Grube *Ichinokawa* beim Ort Ogichimura, Provinz Igo (Ijo) im nordwestlichen Teil der Insel. Über Fundmöglichkeiten nichts Genaues bekannt, aber Stücke in vielen Sammlungen und selten auf dem Mineralienmarkt. *Japan*

Die *Obira Mine* in der *Provinz Bungo* hat sehr schöne Axinit × × und große Arsenkies × × geliefert.

Queensland. Im westlichen und südwestlichen Teil des Landes, in der Nähe von *Bulla Creek* und vom *Barcoo River* gibt es ausgedehnte Vorkommen von Opal (gelartige Kieselsäure $SiO_2 \cdot aq$) in Sandsteinen und Schiefern. Fundmöglichkeiten gegeben. *Australien*

Broken Hill, Ort in New South Wales. Mächtige metasomatische Blei-Zinkerz-Lagerstätte mit einer großen Vielfalt von Mineralien wie zum Beispiel Bleiglanz × ×, Zinkblende × ×, Fahlerz × ×, Kupferkies × ×, Boulangerit, Chlorargyrit, Cerussit × ×, Quarz × ×, Apatit, Calcit × ×, Fluorit × ×, Rhodonit, Granat × ×, Spinell × ×, Stolzit × ×, Jodargyrit × ×. Fundmöglichkeiten gegeben.

Im Norden und Nordwesten von New South Wales sind Opalvorkommen gleicher Art wie bei Queensland bekannt. Als Einzelfundorte werden genannt: *Lightning Ridge* und *White Cliffs.* Fundmöglichkeiten gegeben.

Tasmanien. Im nordwestlichen Teil der Insel beim Ort *Adelaide* im Bezirk *Dundas* die *Proprietary Mine* am Mount Zeehan, die die schönsten bekannten Krokoit × × (Rotbleierz) $PbCrO_4$ in großen prismatischen Kristallen geliefert hat. Bis vor kurzem noch Fundmöglichkeiten gegeben. Angeblich soll die Grube jetzt aufgelassen sein. Stufen auf dem Mineralienmarkt erhältlich.

XI. Verzeichnisse

A. ÖFFENTLICHE SAMMLUNGEN UND MUSEEN

1. Deutschland

Alsfeld/Oberhessen
Museum des Geschichts- und Altertumsvereins, im Hochzeitshaus am Marktplatz; im Sommer sonntags 9.30–12 Uhr, werktags nach Anmeldung (9–12 und 14–17 Uhr).

Altena/Westfalen
Märkisches Heimatmuseum/Deutsches Schmiedemuseum, auf Burg Altena; dienstags bis sonntags 8–13 und 15–18 Uhr.

Altenburg Bezirk Leipzig
Mauritianum – Naturkundliches Museum.

Alzey/Pfalz
Museum Alzey, Schloßgasse 11; zugänglich nach Voranmeldung; vom Frühjahr bis Spätherbst sonntags 10.30–12 Uhr.

Arnsberg/Westfalen
Sauerländer Heimatmuseum, Alter Markt 26; dienstags bis samstags 10–13 und 15–17 Uhr, sonntags 10–13 Uhr.

Aschaffenburg
Naturwissenschaftliches Museum, Alexandrastr. 4; sonntags 11–13 Uhr.

Auerbach im Vogtland
Heimatmuseum.

Bad Aibling
Heimatmuseum, Wilhelm-Leibl-Platz 2; dienstags, donnerstags, samstags 15–17 Uhr, sonntags 10–12 Uhr.

Bad Dürkheim
Heimatmuseum/Naturwissenschaftliche Sammlungen der Pollichia, Eichstraße 22; mittwochs, samstags 14–17 Uhr, sonntags 9–12 und 14–17 Uhr.

Bad Ems
Ortsmuseum, Römerstraße 97; täglich 14–18 Uhr.

Bad Gandersheim/Harz
Heimatmuseum, Rathaus; im Sommer montags und donnerstags 10–12 Uhr.

Bad Hersfeld
Städtisches Museum, Im Stift 6a; werktags 10–13 und 15–18 Uhr, sonntags 10–13 Uhr.

Bad Kreuznach
Karl-Geib-Museum/Heimatmuseum für Stadt und Kreis Kreuznach, Kreuzstraße 69; dienstags bis samstags 8–12 und 14–18 Uhr, sonntags 10.30–12.30 Uhr.

Bad Orb
Spessart-Museum Karl Gottlieb für Natur- und Heimatkunde, Villbacher Straße 8; zugänglich nach Voranmeldung.

Bad Rothenfelde Kreis Osnabrück
Heimatmuseum, Ferdinandstraße; im Sommer mittwochs, samstags 16–18 Uhr, im Winter nach Vereinbarung.

Bad Tölz
Heimatmuseum, Schloßplatz; täglich 10–12 und 14–16 Uhr (Winter: mittwochs, samstags 10–12 und 14–16, sonntags 10–12 Uhr).

Bad Wildungen
Heimatmuseum, Lindenstraße 9; mittwochs, samstags 15–17, sonntags 10–12.30 Uhr.

Balingen/Württemberg
Heimatmuseum, Zollernschloß; montags, mittwochs, freitags 14–16 Uhr.

Banz über Lichtenfels/Oberfranken
Petrefaktensammlung, Schloß Banz; von Frühjahr bis Herbst werktags 8–12 und 13–18, sonntags 11–16 Uhr.

Bautzen/Sachsen
Stadtmuseum.
Bensberg bei Köln
Heimatmuseum, Burggraben; dienstags bis sonntags 10–17 Uhr.
Berlin
Mineralogische Schausammlung der Techn. Universität, Charlottenburg, Hardenbergstraße 42. Nach Anmeldung.
Heimatmuseum des Heimatvereins für den Bezirk Steglitz, Berlin-Steglitz, Rothenburgstraße 14; montags 10–13, mittwochs, freitags 14–17 Uhr.
Berlin-Zehlendorfer Heimatschau, Berlin-Zehlendorf, im Sidonie-Scharfe-Stift, Scharfestraße 6–8; dienstags bis freitags 10–12.30 und donnerstags 16–18 Uhr.
Museum für Naturkunde, Berlin-N 4 (Ost), Invalidenstraße 43.
Bernburg, Bezirk Halle/Saale
Heimatmuseum im Schloß.
Bersenbrück/Bezirk Osnabrück
Kreisheimatmuseum in einem Flügel des ehemaligen Zisterzienserinnenklosters; täglich 9–12 und 14–17 Uhr.
Biberach an der Riss
Städtische Sammlungen, Museumstraße 2; dienstags bis samstags 9–12 und 14–17, sonntags 10–12 und 14–16 Uhr.
Biedenkopf an der Lahn
Heimat- und Trachtenmuseum, im Schloß; vom 1. 4.–31. 10. täglich 8–18 Uhr, vom 1. 11.–31. 3. sonntags 14–18 Uhr, werktags nach Voranmeldung.
Bochum
Geologisches Museum des Ruhrbergbaus, Herner Straße 45; werktags 9–16, samstags und sonntags 9–13 Uhr.
Bonn am Rhein
Mineralogisch-Petrologisches Institut und Museum, Poppelsdorfer Schloß. Mittwochs nachmittags, sonntags vormittags.
Boppard am Rhein
Heimatmuseum in der ehemaligen kurfürstlichen Burg; im Sommer werktags 10–12 und 15–17 Uhr.
Branderbisdorf/Bezirk Karl-Marx-Stadt
Bergmännisches Heimatmuseum.
Braunfels an der Lahn
Waldmuseum; täglich 10–17 Uhr.
Bremen
Übersee-Museum, Bahnhofsplatz 13; dienstags bis samstags 10–18 Uhr (im Winter 10–16 Uhr), sonntags 10–14 Uhr.
Büdingen/Oberhessen
Heimatmuseum, Am Hain 18; sonntags 11–13 Uhr.
Burg Falkenstein, Bezirk Halle/Saale
Burgmuseum.
Burgwallbach/Rhön
Naturkundemuseum; tägl. 10–18 U.
Clausthal-Zellerfeld/Oberharz
Oberharzer Museum, Bornhardtstraße 16; täglich 8.30–18 Uhr.
Coburg
Naturwissenschaftliches Museum, Park 6; werktags 9–12 und 14–18 Uhr (außer Dienstagvormittag), sonntags 9–18 Uhr.
Coesfeld/Westfalen
Schlüter-Museum, Rathaus, Zimmer 22; Voranmeldung; montags bis freitags 8–12 und 14–18 Uhr, mittwochs, samstags 8–13 Uhr.
Darmstadt
Hessisches Landesmuseum, Friedensplatz 1; dienstags bis samstags 10–17, sonntags 10–13 Uhr.
Demitz-Thumitz, Bezirk Dresden
Heimatmuseum.
Dessau, Bezirk Halle/Saale
Museum für Naturkunde und Vorgeschichte.
Dieburg/Hessen
Kreismuseum, Schloß Fechenbach; montags bis freitags 10–12 und 13.30–18 Uhr, vom 1. 4.–31. 10. auch sonntags 10–12 und 15–19 Uhr.
Diez/Lahn
Nassauisches Heimatmuseum Schloß Diez; vom 1. 4.–31. 10. dienstags, mittwochs, donnerstags, samstags, sonntags 9–12 und 14–17 Uhr.
Dinklage/Oldenburg
Dinklager Heimatstuben, Clemens-

August-Straße 1; zugänglich nach Voranmeldung.
Dippoldiswalde, Bezirk Dresden
Heimatmuseum.
Donaueschingen
Fürstlich Fürstenbergische Sammlungen, Karlsplatz 7; montags, mittwochs – sonntags 9–12 und 14–17 U.
Dortmund
Museum für Naturkunde, Balkenstraße 40; dienstags bis samstags 10–18, sonntags 10–13 Uhr.
Dresden
Staatliches Museum für Geologie und Mineralogie.
Düsseldorf
Löbbecke-Museum, Bunker am Zoo; täglich 10–18 Uhr.
Ebermannstadt über Forchheim/Oberfranken
Heimatmuseum; von Mai bis September freitags und samstags.
Ehrenfriedersdorf, Bezirk Karl-Marx-Stadt
Greifenstein-Museum.
Eisleben, Bezirk Halle/Saale
Naturkundemuseum. Sammlungen der Bergbau-Ingenieurschule.
Ensheim/Saar
Saarbrücker Geologisches Museum, im Flughafengebäude; montags, dienstags, donnerstags, freitags.
Erfurt/Thüringen
Museum für Naturkunde.
Erkelenz/Rheinland
Kreisheimatmuseum, im alten Rathaus, zugänglich nach Vereinbarung.
Essen
Ruhrland- und Heimatmuseum, Bismarckstraße 62; dienstags bis sonntags 10–18 Uhr.
Falkensee, Bezirk Potsdam
Heimatstube.
Falkenstein im Vogtland
Heimatmuseum.
Flensburg
Naturwissenschaftliches Heimatmuseum, Nordergraben 23; dienstags bis freitags 15–17 Uhr, sonntags 10–13 Uhr.
Frankfurt am Main
Natur-Museum Senckenberg, Senkenberg-Anlage 25; täglich 9–16 Uhr.
Freiberg/Sachsen
Naturkundliches Museum.
Freiburg im Breisgau
Städtische Sammlungen/Museum für Naturkunde, Gerberau 32; dienstags bis freitags 10–12 und 14–18 Uhr, samstags, sonntags 10–13 Uhr.
Friedland, Bezirk Neubrandenburg
Heimatmuseum.
Fritzlar, Bezirk Kassel
Ur- und frühgeschichtliche Sammlungen, Hochzeitshaus; April bis Oktober täglich 10–12 Uhr und nach Voranmeldung.
Fürstenwalde, Bezirk Frankfurt/Oder
Heimatmuseum.
Furth im Wald
Grenzland-Heimatmuseum, im Stadtturm; 15. 5.–15. 9. mittwochs 14–16, sonntags 10–12 Uhr.
Gera/Thüringen
Städtisches Museum.
Geyer, Bezirk Karl-Marx-Stadt
Heimatmuseum.
Gifhorn bei Braunschweig
Heimatmuseum, Schloß; werktags 9–12, sonntags 10.30–12.30 Uhr.
Gladbeck/Westfalen
Städtisches Heimatmuseum, Burgstraße 64; dienstags bis freitags 9–13 und 14–17, samstags 9–13, sonntags 11–13 und 15–18 Uhr.
Gladenbach/Hessen
Heimatmuseum «Amt Blankenstein», Am Bornrain 7; 1. April bis 30. September donnerstags, freitags, samstags, sonntags 10–12 Uhr.
Glauchau, Bezirk Karl-Marx-Stadt
Heimatmuseum.
Göppingen
Städtisches Heimatmuseum, Wühlestraße 36; April bis November samstags 14–17, sonntags 10–12 und 14–17 Uhr.
Görlitz an der Neiße
Naturkundemuseum.
Göttingen
Mineralogisches Institut der Universität, Lotzestr. 16–18; nach Anmeldung.

Goslar/Harz
Goslarer Museum, Königstraße 1/2; im Sommer werktags 9–13 und 14.30–17, sonntags 10–13 Uhr, im Winter werktags 10–13 und 15-17, sonntags 10–13 Uhr.

Gotha, Bezirk Erfurt
Naturkundemuseum.

Grafenwöhr/Oberpfalz
Heimatmuseum; jeden 1. und 3. Sonntag im Monat 15–17 Uhr.

Guben, Bezirk Cottbus Heimatmuseum.

Halle/Saale
Museum für Mitteldeutsche Erdgeschichte.

Hamburg
Altonaer Museum für Landschaft, Volkstum und Seefischerei, Hamburg-Altona, Museumstraße 23; dienstags, donnerstags, freitags, sonntags 10–16 mittwochs 10–19, samstags 10–13 Uhr.

Hameln
Heimatmuseum, Osterstraße 9; täglich 10–13 Uhr.

Hannover
Niedersächsisches Landesmuseum, Am Maschpark 5; montags bis freitags 11–16 Uhr, samstags, sonntags 9–14 Uhr.

Heilbronn am Neckar
Historisches Museum, Kramstraße 1; werktags 9–12 und 14–17, sonntags 10.30–12.30 Uhr.

Hofgeismar, Bezirk Kassel
Heimatmuseum, Marktstraße; sonntags 10.30–12 Uhr und nach Vereinbarung.

Holzmaden/Teck
Museum Hauff, Aichelberger Straße, an der Autobahn Stuttgart-Ulm (Ausfahrt Aichelberg); dienstags bis sonntags 9–17 Uhr.

Holzminden
Heimatmuseum, Stadttorhaus, Obere Bachstraße; 1. Mai bis 1. November samstags 15–17, sonntags 11–13 Uhr.

Homburg bei Nümbrecht/Rheinland
Museum des Oberbergischen Landes, Schloß Homburg; 1. 4. – 31. 10. täglich 9.30–18 Uhr.

Idar-Oberstein
Heimatmuseum, Marktplatz (unter der Felsenkirche); täglich zugänglich.
Edelsteinausstellung in der Gewerbehalle, Mainzer Straße; 1. 4.–20. 12. täglich 8.30–12.30 und 14–18 Uhr.

Iserlohn
Haus der Heimat, Altstadt; mittwochs, samstags 16–18, sonntags 11–13 Uhr.

Kamenz, Bezirk Dresden
Heimatmuseum.

Karl-Marx-Stadt
Naturkundemuseum.

Karlsruhe
Landessammlungen für Naturkunde, Erbprinzenstraße 13; dienstags bis samstags 14–17, sonntags 10–13 Uhr.

Kassel
Städtisches Naturkundemuseum, Steinweg 2; montags bis freitags 10–13 und 14–16, samstags, sonntags 10–13 Uhr.

Köln
Mineralogisches Museum im Min. Inst., Zülpicherstraße 49; mittwochs 14–20 Uhr, sonntags 10–12 Uhr. Ferner Museum im Geol. Inst., Zülpicherstraße 47.

Königswinter/Rhein
Siebengebirgs-Museum, Klotzstraße 11; sonntags 11–13 Uhr und nach Vereinbarung.

Konstanz/Bodensee
Rosgarten-Museum, Rosgartenstraße 3–5; dienstags bis samstags 9–12 und 14–17 (im Winter 14–16), sonntags 10–13 (im Winter 11–13) Uhr.

Lahr/Schwarzwald
Heimatmuseum, Stadtpark; im Sommer sonntags 10–12 und 14–17 Uhr und nach Vereinbarung.

Lauf an der Pegnitz/Mittelfranken
Städtische Sammlungen, Spitalstraße 5; zugänglich nach Vereinbarung.

Leipzig/Sachsen
Naturkundliches Heimatmuseum.

Letmathe/Sauerland
Heimatmuseum, Langer Kummer;

im Sommer an jedem ersten Sonntag im Monat 11–12 Uhr und nach Vereinbarung.

Lübeck
Naturhistorisches Heimatmuseum, Königstraße 77; dienstags bis samstags 10–13 und 15–16, sonntags 10–13 Uhr.

Lüchow/Kreis Lüchow-Dannenberg
Heimatmuseum, im sogenannten Amtsturm; werktags zugänglich.

Maxberg bei Solnhofen/Mittelfranken
Museum beim Solnhofer Aktien-Verein; täglich 8–12 und 13–17 Uhr.

Meiningen, Bezirk Suhl/Thüringen
Städtische Museen.

Menden/Sauerland
Städtisches Heimatmuseum, Marktplatz 3; dienstags bis freitags 9–12 und 15–16.30, samstags 9–12, sonntags 11–12 Uhr.

Mengen/Württemberg
Geologisches Museum.

Meuselwitz, Bezirk Leipzig
Heimatmuseum.

München
Deutsches Museum, Museumsinsel 1; täglich 9–17 Uhr.

Münster/Westfalen
Landesmuseum für Naturkunde, Himmelreichallee 50; im Sommer dienstags bis sonntags 10–18, im Winter dienstags bis sonntags 10–16 Uhr.
Geologisch-Paläontologisches Museum der Universität, Pferdgasse 3; werktags zugänglich.
Museum des Mineralogischen Instituts der Universität, Hüfferstr. 1; mittwochs 15–18, samstags 9–12.30 oder nach Vereinbarung.

Neuenstein, Kreis Oehringen/Württemberg
Hohenlohe-Museum Schloß Neuenstein; März bis Oktober täglich 8–11 und 13–18 Uhr, November bis Februar täglich 9–10.30 und 13–15 Uhr (vom 23. 12.–2. 1. geschlossen).

Niedermendig am Laacher See
Museum im Verwaltungsgebäude der Fa. F. X. Michels, April bis Oktober, samstags 14 Uhr oder nach Vereinbarung.

Nienburg an der Weser
Museum für die Grafschaften Hoya-Diepholz-Wölpe, Leinstraße 4; dienstags bis freitags 9–12 und 14–17, samstags 9–12, sonntags 10–13 Uhr.

Nürnberg
Museum der Naturhistorischen Gesellschaft, Gewerbemuseumsplatz 4; jeden 1. und 3. Sonntag im Monat 9–12 Uhr.

Offenburg/Baden
Heimatmuseum, Ritterstraße 10; 16. 2.–14. 12. mittwochs, samstags 14–16, sonntags 10–12 und 14–16 Uhr, sonst nach Vereinbarung.

Oldenburg
Staatliches Museum für Naturkunde und Vorgeschichte, Damm 40; dienstags, freitags, sonntags 10–13, mittwochs 15–18 Uhr, sonst nach Vereinbarung.

Osnabrück
Museum der Stadt Osnabrück, Heger-Tor-Wall 28; dienstags bis samstags 8–17, sonntags 10–13 Uhr.

Passau
Oberhausmuseum, Feste Oberhaus; täglich 9–17 Uhr.

Pleystein/Bayrische Oberpfalz
Mineraliensammlung im Rathaus.

Radeberg, Bezirk Dresden
Heimatmuseum.

Regensburg
Naturkundemuseum im Herzogspalais.

Reichenbach im Vogtland
Heimatmuseum.

Remscheid
Heimatmuseum, Remscheid-Hasten, Cleffstraße 2–6; dienstags, mittwochs, samstags 15–18, sonntags 10–13 Uhr, außerdem an jedem 1. Sonntag im Monat 15–17 Uhr.

Reutlingen
Naturkundemuseum, Spendhausstr. 8; mittwochs 15–17, sonntags 10.30–12 und 14–17 Uhr.

Rockenhausen/Pfalz
Nordpfälzer Heimatmuseum; zugänglich nach Vereinbarung.

Ronneburg/Kreis Büdingen
Ronneburg-Museum; vom 1. 3.– 31. 10. täglich 8–18 Uhr.

Rotenburg an der Fulda
Kreisheimatmuseum; mittwochs, freitags, sonntags 14–18 Uhr, sonst nach Vereinbarung.

Roth bei Nürnberg
Heimatmuseum, Schloß Ratibor; März bis Oktober täglich 10–17 Uhr, sonst nach Voranmeldung.

Rudolstadt, Bezirk Gera
Naturkundemuseum an der Heidecksburg.

Rüsselsheim am Main
Heimatmuseum, Darmstädter Straße; montags bis freitags 9–12 (mittwochs außerdem 14–17), sonntags 10–12 Uhr.

Saalfeld, Bezirk Gera/Thüringen
Thüringisches Heimatmuseum.

Sangerhausen, Bezirk Halle/Saale
Spengler-Museum.

Schaumburg über Rinteln/Weser
Burgmuseum Schloß Schaumburg; Mai bis Oktober sonntags 9–18 Uhr.

Schleusingen, Bezirk Suhl/Thüringen
Heimatmuseum im Schloß.

Schneeberg, Bezirk Karl-Marx-Stadt
Heimat- und Volkskunst-Museum.

Siegburg/Siegkreis
Städtisches Heimatmuseum, Kaiserstraße 25; dienstags, donnerstags, freitags 8–10 und 15–17, mittwochs, samstags, sonntags 11–13 Uhr.

Siegen
Museum des Siegerlandes, Oberes Schloß; dienstags bis sonntags 11–16 Uhr.

Simmern/Hunsrück
Hunsrück-Museum, Schloßplatz; Juli–September täglich 10–12 und 15–19 Uhr, sonst nach Vereinbarung.

Soest
Mineraliensammlung und Fossiliensammlung im Aldegrever-Gymnasium.

Sonthofen/Bayern
Heimatmuseum, Sonnenstraße 1; im Sommer werktags 9.30–11.30 und 14.30–17, sonntags 14.30–17, im Winter werktags 14–16, sonntags 10–12 Uhr.

St. Andreasberg/Oberharz
Historisches Silbererzbergwerk Samson; täglich 14.30 (Führung), für größere Gruppen täglich 9–17 Uhr.

St. Wendel/Saarland
Missionsmuseum, Missionshaus St. Wendel; täglich zugänglich.

Staßfurt, Bezirk Magdeburg
Naturkundemuseum.

Sulzbach-Rosenberg/Oberpfalz
Mineralien- und Lagerstättensammlung der Eisenwerk-Gesellschaft Maximilianshütte. Anmeldung zur Besichtigung bei der Bergwerksdirektion (Bergassessor Beckenbauer).

Tannenberg bei Nentershausen über Bebra
Tannenberg-Museum, Burg Tannenberg; täglich zugänglich.

Triberg/Schwarzwald
Heimatmuseum; tägl. 9–12 und 14–17 Uhr.

Von der Heydt bei Saarbrücken
Bergwerksmuseum der Saarbergwerke; Anmeldung bei der Bergschule Saarbrücken, Trierer Straße.

Wanne-Eickel
Heimatmuseum, Bonifatiusschule, Reichsstraße; sonntags 10–13 Uhr, sonst nach Vereinbarung.

Weida, Bezirk Gera
Heimatmuseum auf der Osterburg.

Weinheim an der Bergstraße
Heimatmuseum, Amtsgasse 2; mittwochs 14–16, sonntags 10.30–12.30 und 14–16 Uhr.

Weißenfels, Bezirk Halle
Städtisches Museum.

Wiesbaden
Städtisches Museum, Friedrich-Ebert-Allee 2; dienstags bis sonntags 10–17 Uhr.

Windsheim/Mittelfranken
Heimatmuseum, Schumberggasse 5; täglich 9–16 Uhr.

Witten an der Ruhr
Märkisches Museum, Husemannstraße 12; dienstags bis samstags 10–13 und 14–17, sonntags 11–13 Uhr.

Wolfenbüttel
Stadt- und Kreisheimatmuseum,

Schloß; dienstags bis sonntags 11–13, mittwochs, sonntags auch 15–18 Uhr.

Wunsiedel/Fichtelgebirge
Fichtelgebirgs-Museum, Jean-Paul-Platz 1; im Sommer werktags 8–11 und 13–18, sonntags 9–13 Uhr, im Winter werktags 9–16, sonntags 9–13 Uhr.

Zwickau, Bezirk Karl-Marx-Stadt
Städtisches Museum.

2. *Österreich*

Admont
Naturhist. Museum. Juni bis Sept. täglich 10–12 und 14–16 Uhr.

Badgastein
Heimatmuseum mit Mineraliensammlung.

Bramberg/Pinzgau
Juli–August sonntags 9.30–11.30 und donnerstags 16–18 Uhr.

Dornbirn/Vorarlberg
Heimatmuseum «Die Vorarlberger Naturschau»; außer montags täglich von 9–12 und 14–18 Uhr, im Sommer durchgehend.

Eisenerz/Steiermark
Bergbau-Museum, montags–samstags 8–16, sonntags 8–12 Uhr.

Graz
Landesmuseum Joanneum, Abteilung für Mineralien, für Bergbau und Geologie, Graz/Steiermark, Raubergasse 10, 9–12 Uhr.

Innsbruck
«Museum Ferdinandeum», Museumstraße 15; werktags 9–17, sonntags 9–12 Uhr.

Klagenfurt
Kärntner Landesmuseum, Abteilung für Mineralogie und Geologie. Bergbau-Museum im Botanischen Garten (Kreuzbergl), mit Schaubergwerk. Täglich.

Krems Donau
Stifts-Museum mit Mineraliensammlung.

Leoben/Steiermark
Heimatmuseum, im alten Gymnasium, Kirchgasse; sonntags 9.30–12 Uhr, sonst nach Vereinbarung mit Kustos Buchbinder Haid, Ecke Tunnerstr./Timmersdorfer Straße.

Linz
Oberösterreichisches Landesmuseum, Museumsstraße.

Lienz/Osttirol
Heimatmuseum Schloß Bruck; tägl. 9–12 und 14–18 Uhr.

Mittersill/Pinzgau, Land Salzburg
Heimatmuseum. – Täglich.

Oberzeiring bei St. Georgen, Steiermark
Schaubergwerk und Museum.

Salzburg
«Haus der Natur», Mozartplatz. April–Sept. 9–17; Okt.–März 10–16 Uhr.

Schloß Trautenfels
im Ennstal/Steiermark.

Villach/Kärnten
Stadtmuseum mit Mineraliensammlung, insbesondere Bleiberger Mineralien. Mai–Okt. 9–12, 14–17 Uhr.

Wien
Naturhistorisches Museum, Wien I, Burgring 7, Eingang Maria Theresiaplatz; donnerstags, samstags und sonntags 9–13 Uhr.

3. *Schweiz*

Basel
Naturhistorisches Museum, Augustinergasse 2; täglich geöffnet von 10–12.30 und 14–17 Uhr. Sammlungen des Mineralogisch-petrographischen Institutes Bernoullianum an der Schönbeinstraße. Für Besichtigung und Benützung wende man sich an den Institutsvorstand.

Bern
Naturhistorisches Museum, Bernastraße 15; geöffnet: werktags 9–12 und 14–17 Uhr, sonntags 10–12 und 14–17 Uhr.

Chur

Naturhistorisches und Nationalparkmuseum, Grabenstraße. Öffnungszeiten: täglich 10–12 und 14–17 Uhr. Montags geschlossen.

Fribourg

Naturhistorisches Museum, Boul. de Pérolles; geöffnet im Sommer werktags 9–12 und 14–17; sonntags 14–17 Uhr. Im Winter täglich 14 bis 16 Uhr.

Genf

Muséum d'histoire naturelle, Promenade des Bastions.

Lausanne

Musée géologique cantonal, Palais de Rumine, Place de la Riponne; mittwochs, samstags, sonntags 10 bis 12 und 14–17 Uhr.

Lugano

Museo Civico, Staatsmuseum für Naturwissenschaft und Mineralogie des Tessins; Lyceum. Besichtigung nach Vereinbarung.

Neuenburg

Musée d'Histoire Naturelle, Place Numa Droz 3; Öffnungszeiten: sonntags, mittwochs, samstags 14–17 Uhr.

Schönenwerd bei Aarau

Werkmuseum der Bally-Werke, Oltenerstraße 60. Öffnungszeiten: Februar bis Mai an Sonntagen 14 bis 17 Uhr, Juni bis August jeden 1. und 3. Sonntag von 14–17 Uhr, September bis November jeden Sonntag 14–17 Uhr. Dezember und Januar geschlossen.

Winterthur

Naturwissenschaftliche Sammlungen im Kunstmuseum, Museumstraße 52; täglich von 10–12 und 14–17 Uhr (außer Montag vormittag).

Zürich

Mineralogisch-petrographische Sammlung der Eidg. Technischen Hochschule. Eingang: Sonneggstraße. Öffnungszeiten: montags bis donnerstags 14–16 Uhr. Jeden 1. und 3. Sonntag 10–12 Uhr. Eingang: Clausiusstraße. Außer diesen Zeiten auf Anfrage beim Konservator.

B. MINERALOGISCHE UND GEOLOGISCHE INSTITUTE

1. *Deutschland*

Aachen

Institut für Mineralogie und Lagerstättenlehre der Rhein.-Westf. Technischen Hochschule, 51 Aachen, Wüllnerstr. 2.

Geologisches Institut der Rhein.-Westf. Technischen Hochschule, 51 Aachen, Templergraben 55.

Abteilung für Angewandte Lagerstättenlehre der Rhein.-Westf. Technischen Hochschule, 51 Aachen, Süsterfeld 22.

Berlin

Institut f. Mineralogie und Kristallographie, Technische Universität, 1 Berlin 12 (Charlottenburg), Straße des 17. Juni 135.

Institut für Angewandte Geophysik, Petrologie u. Lagerstättenforschung, Technische Universität, 1 Berlin 12 (Charlottenburg), Straße des 17. Juni 135.

Institut f. Mineralogie, Freie Universität, 1 Berlin-Lichterfelde-West, Takustraße 6.

Institut für Geologie u. Paläontologie, Technische Universität, 1 Berlin-Charlottenburg 12, Hardenbergstraße 42.

Institut für Geologie, Freie Universität, 1 Berlin 33, Altensteinstraße 33–34A.

Institut für Paläontologie, Freie Universität, 1 Berlin 33, Schwendenerstraße 8.

Institut für Mineralogie (Kristallographie und Lagerstättenkunde) und Museum der Humboldt-Universität, Berlin N4, Invalidenstraße 43, DDR.

Paläontologisches Museum der Humboldt-Universität, Berlin N4, Invalidenstraße 43, DDR.

Bochum

Institut für Mineralogie der Ruhr-Universität, 463 Bochum, Universitätsstraße 150.

Geologisches Institut der Ruhr-Universität, 463 Bochum-Querenburg, Buscheystr. 132,

Bonn

Mineralogisch-Petrographisches Institut und Museum der Universität, 53 Bonn, Poppelsdorfer Schloß.

Geologisch-Paläontologisches Institut der Universität, 53 Bonn, Nußallee 8.

Braunschweig

Mineralogisch-Petrographisches Institut der Technischen Universität, 33 Braunschweig, Konstantin-Uhde-Straße 1.

Institut für Geologie und Paläontologie der Technischen Universität, 33 Braunschweig, Pockelstr. 4 (Hochhaus).

Clausthal-Zellerfeld

Mineralogisch-Kristallographisches Institut, Technische Universität (früher Bergakademie), 3392 Clausthal-Zellerfeld, Sägemüllerstraße 4.

Geologisches Institut, TU, 3392 Clausthal-Zellerfeld, Leibnitzstraße.

Darmstadt

Mineralogisches Institut der TH, 61 Darmstadt, Schnittspahnstraße 9.

Geologisch-Paläontologisches Institut TH, 61 Darmstadt, Schnittspahnstraße 9.

Dresden

Institut für Mineralogie und Geologie der Technischen Universität, Dresden A 27, Würzburgerstraße 56, DDR.

Erlangen

Mineralogisches Institut der Universität, 852 Erlangen, Schloßgarten 5.

Geologisch-Paläontologisches Institut der Universität, 852 Erlangen, Schloßgarten 5.

Frankfurt/Main

Mineralogische Institute der Universität, Institut für Kristallographie, Petrologie und Lagerstättenkunde, 6 Frankfurt, Senckenberg-Anlage 30.

Geologisch-Paläontologisches Institut der Universität, 6 Frankfurt, Senckenberganlage 32.

Freiberg/Sachsen

Institut für Mineralogie und Lagerstättenlehre, Bergakademie, Freiberg/Sachsen, Brennhausgasse 5, DDR.

Freiburg im Breisgau

Mineralogisches Institut der Universität, 78 Freiburg i. Br., Hebelstraße 40.

Geologisch-Paläontologisches Institut der Universität, 78 Freiburg i. Br., Hebelstraße 40.

Gießen

Mineralogisch-Petrologisches Institut der Universität, 63 Gießen, Landgraf-Philipp Platz 4–6.

Geologisch-Paläontologisches Institut der Universität, 63 Gießen, Landgraf Philipp Platz 4–6.

Göttingen

Mineralogisch-Petrologisches Institut der Universität, 34 Göttingen, V. M. Goldschmidtstraße 1.

Geologisch-Paläontologisches Institut der Universität, 34 Göttingen, Berlinerstraße 28.

Greifswald

Mineralogisch-Petrographisches Institut der Universität, Greifswald, Karl-Marx-Platz 18, DDR.

Geologisch-Paläontologisches Institut und Geologische Landessammlung der Universität, Greifswald, Straße der Nationalen Einheit 38, DDR.

Halle (Saale)

Mineralogisches Institut der Universität, Halle, Domplatz 1, DDR.

Geologisch-Paläontologisches Institut und Museum für Mitteldeutsche Erdgeschichte einschließlich Geiseltalsammlung der Universität, Halle, Domstraße 5, DDR.

Hamburg

Mineralogisch-Petrographisches Institut der Universität, 2 Hamburg 13, Grindelallee 48.

Geologisch-Paläontologisches Institut der Universität, 2 Hamburg, Von-Melle-Park 11.

Hannover

Mineralogisches Institut der Technischen Universität, 3 Hannover, Welfengarten 1.

Institut für Geologie und Paläontologie der Technischen Universität, 3 Hannover, Welfengarten 1.

Heidelberg

Mineralogisch-Petrographisches Institut der Universität, 69 Heidelberg, Berlinerstraße 19.

Geologisch-Paläontologisches Institut der Universität, 69 Heidelberg, Berlinerstraße 17.

Jena

Mineralogisch-Petrographisches Institut der Universität, Jena, Sellierstraße 6, DDR.

Geologisch-Paläontologisches Institut der Universität, Jena, Fraunhoferstraße 6, DDR.

Karlsruhe

Mineralogisches Institut der Technischen Universität, 75 Karlsruhe, Kaiserstraße 12.

Institut für Geologie der Technischen Universität, 75 Karlsruhe, Kaiserstraße 12.

Kiel

Mineralogisch-Petrographisches Institut und Museum, Neue Universität, 23 Kiel, Olshausenstraße 40–60.

Geologisch-Paläontologisches Institut, Neue Universität, 23 Kiel, Olshausenstraße, Haus 22.

Köln

Mineralogisch-Petrographisches Institut der Universität 5, Köln, Zülpicherstraße 49.

Geologisches Institut der Universität, 5 Köln, Zülpicherstraße 49.

Leipzig

Geologisches und Paläontologisches Institut der Universität, Leipzig C 1, Talstraße 35, DDR.

Mainz

Institut für Mineralogie und Petrographie der Universität, 65 Mainz, Saarstraße 21.

Geologisch-Paläontologisches Institut, 65 Mainz, Saarstraße 21.

Marburg/Lahn

Mineralogisches Institut der Universität, 355 Marburg, Deutschhausstraße 10.

Geologisch-Paläontologisches Institut der Universität, 355 Marburg, Deutschhausstraße 10.

München

Institut für Mineralogie der Technischen Universität, 8 München 2, Arcisstraße 21.

Institut für Kristallographie und Mineralogie der Universität, 8 München, Theresienstraße 41/II.

Mineralogisch-Petrographisches Institut der Universität, 8 München, Theresienstraße 41/III.

Institut für Geologie der Technischen Universität, 8000 München 2, Arcisstraße 21.

Institut für allgemeine und angewandte Geologie und Mineralogie der Universität, 8 München, Luisenstraße 37.

Institut für Paläontologie und historische Geologie der Universität, 8 München, Richard-Wagner-Straße 10.

Münster/Westfalen

Institut für Mineralogie der Universität, 44 Münster, Gievenbeckerweg 61.

Geologisch-Paläontologisches Institut und Museum, 44 Münster, Gievenbeckerweg 61.

Potsdam

Institut für Mineralogie und Geologie der Päd. Hochschule, Potsdam-Sanssouci, Institutsgebäude I, Anbau, DDR.

Regensburg

Staatliches Forschungsinstitut für Angewandte Mineralogie, 84 Regensburg, Dörnbergpalais.

Rostock

Mineralogisch-Petrographisches Institut der Universität, Rostock, Wismarsche Straße 8, DDR.

Geologisch-Paläontologisches Institut der Universität Rostock, Wismarsche Straße 8, DDR.

Saarbrücken

Mineralogisches Institut der Universität des Saarlandes, 66 Saarbrücken 15.

Geologisches Institut der Universität, 66 Saarbrücken, St. Johanner Stadtwald, Bau 6, Erdgeschoß.

Stuttgart

Institut für Mineralogie und Kristallchemie der Universität, 7000 Stuttgart, Herdweg 5.

Geologisch-Paläontologisches Institut der Universität, 7000 Stuttgart, Böblingerstraße 72.

Tübingen

Mineralogisch-Petrographisches Institut der Universität, 74 Tübingen, Wilhelmstraße 56.

Institut und Museum für Geologie und Paläontologie der Universität, 74 Tübingen, Sigwartstraße 10.

Weimar

Institut für Geologie und Technische Gesteinskunde der Hochschule für Architektur und Bauwesen, Weimar, Coudraystraße 13, DDR.

Institut für Chemie und Mineralogie der Hochschule, Weimar, Coudraystraße 13, DDR.

Würzburg

Mineralogisches Institut der Universität, 87 Würzburg, Pleichertorstraße 34.

Geologisch-Paläontologisches Institut der Universität, 87 Würzburg, Pleichertorstraße 34.

2. Österreich

Graz

Institut für Mineralogie und Petrographie der Universität, A-8010 Graz, Universitätsplatz 2.

Institut für Technische Petrographie und Mineralogie der Technischen Hochschule, A-8010 Graz, Rechbauerstraße 12.

Institut für Geologie und Paläontologie, Abteilung für Paläontologie und Historische Geologie der Universität, A-8010 Graz, Heinrichstraße 26.

Innsbruck

Institut für Mineralogie und Petrographie der Universität, Innsbruck, Universitätsstraße 4/I.

Geologisches Institut der Universität, Innsbruck, Universitätsstr. 4/II.

Leoben

Mineralogisch-Petrographisches Institut der Montanitischen Hochschule, Leoben, Peter-Tunner-Straße.

Geolog.-Paläontologisches Institut der Montanistischen Hochschule, Leoben, Peter-Tunner-Straße.

Salzburg

Institut für Mineralogie und Petrographie der Universität, A-5020 Salzburg, Akademiestraße 26.

Institut für Geologie und Paläontologie der Universität, A-5020 Salzburg, Akademiestraße 26.

Wien

Institut für Mineralogie und Kristallographie der Universität, A-1010 Wien, Dr. Karl-Lueger-Ring 1.

Mineralogisch-Petrographisches Institut der Universität, A-1010 Wien, Dr. Karl-Lueger-Ring 1.

Institut für Mineralogie, Kristallographie und Strukturchemie, Technische Hochschule, A-1010 Wien, Getreidemarkt 9.

Institut für Geologie der Technischen Hochschule, A-1040 Wien, Karlsplatz 13.

Geologisches Institut der Universität, A-1010 Wien, Universitätsstraße 7.

Institut für Bodenforschung, Lehrkanzel für Geologie und Bodenkunde der Hochschule für Bodenkultur, A-1180 Wien, Gregor-Mendel-Straße 33.

3. Schweiz

Basel

Mineralogisch-Petrographisches Institut der Universität, Bernoullianum, CH-4000 Basel, Bernoullistraße.

Geologisch-Paläontologisches Institut der Universität, CH-4000 Basel, Bernoullistraße 32.

Bern

Mineralogisch-Petrographisches Institut der Universität, CH-3012 Bern, Sahlistraße 6.

Geologisches Institut der Universität, CH-3012 Bern, Sahlistraße 6.

Fribourg

Institut für Mineralogie und Petrographie der Universität, CH-1700 Fribourg-Pérolles.

Genf

Laboratoire de Minéralogie, Quai de l'école de médecine 22, Genf.

Lausanne

Institut de Minéralogie, Palais de Rumine, Lausanne.

Zürich

Institut für Kristallographie und Petrographie der Eidgenössischen Technischen Hochschule, CH-8006 Zürich, Sonneggstraße 5.

Geologisches Institut der Eidgenössischen Technischen Hochschule, CH-8006 Zürich, Sonneggstraße 5.

Paläontologisches Institut und Museum der Universität, CH-8006 Zürich, Künstlerweg 16.

C. GEOLOGISCHE LANDESÄMTER

Berlin
Staatliche Geologische Kommission (früher Geologische Landesanstalt), Berlin N Ost, Invalidenstraße 44.

Bremen
Niedersächsisches Landesamt für Bodenforschung, Außenstelle Bremen, Werderstraße 101.

Ensheim/Saar
Geologisches Landesamt des Saarlandes, Flugplatzgebäude.

Freiberg/Sachsen
Staatliche Geologische Kommission, Außenstelle Freiberg/Sachsen, Schloßplatz 1.

Freiburg im Breisgau
Geologisches Landesamt in Baden-Württemberg, Freiburg im Breisgau, Albertstraße 5.

Halle (Saale)
Staatliche Geologische Kommission, Außenstelle Halle/Saale, Karl-Liebknecht-Straße 28.

Hamburg
Geologisches Landesamt, Hamburg 13, Rothenbaumchaussee 64a.

Hannover
Niedersächsisches Landesamt für Bodenforschung, Hannover, Wiesenstraße 1.

Jena/Thüringen
Staatliche Geologische Kommission, Außenstelle Jena, Saalbahnhofstraße 19.

Kiel
Geologisches Landesamt Schleswig-Holstein, Kiel-Wik, Mecklenburger Straße 22/24.

Krefeld
Geologisches Landesamt Nordrhein-Westfalen, Krefeld, Westwall 124.

Mainz
Geologisches Landesamt, Flachsmarktstraße 9.

München
Bayerisches Geologisches Landesamt, München 22, Prinzregentstraße 28.

Schwerin
Staatliche Geologische Kommission. Außenstelle Schwerin, Schloßstr. 3,

Stuttgart
Geologisches Landesamt in Baden-Württemberg, Zweigstelle Stuttgart, Schützenstraße 4.

Wiesbaden
Hessisches Landesamt für Bodenforschung, Mainzer Straße 25.

D. BERGÄMTER UND STEINBRUCH-BERUFSGENOSSENSCHAFTEN

Bergamt *Aachen*, Harscampstr. 15/17.
Bergamt *Amberg (Oberpfalz)*, Herrnstraße 18/I.
Bergamt Sauerland, *Arnsberg*, Hellefelderstraße 24.
Oberbergamt Rheinland-Pfalz, *Bad Ems*, Mainzerstraße 1.
Bergamt *Bad Kreuznach*, Wilhelmstr. 7–11.
Bergamt *Bayreuth* (Ofr.), Parsifalstraße 25/II.
Bergamt *Betzdorf/Sieg*, Bismarckstr. 7.
Bergamt 1 und 2 *Bochum*, Marienplatz 2–6.
Oberbergamt *Bonn*, Konviktstraße 11.
Bergamt Köln 2, *Bonn*, Konviktstr. 11.
Bergamt *Bottrop*, Moltkestraße 16.
Bergamt *Brühl*, Uhlstraße 1–19.
Bergamt *Castrop-Rauxel*, Glückaufstr. 32.
Bergamt für das Land Schleswig-Holstein, *Celle*, Fuhsestraße 32.
Bergamt für die Freie und Hansestadt Hamburg, *Celle*, Fuhsestraße 32.
Oberbergamt *Clausthal-Zellerfeld I*, Hindenburgplatz 9.
Bergamt *Darmstadt*, Donnersbergring 16.
Bergamt *Diez/Lahn*, Wilhelmstraße 65.
Bergamt *Dillenburg*, Wilhelmstraße 22.
Bergamt Dinslaken-Oberhausen in *Dinslaken*, Wiesenstraße 65.
Oberbergamt *Dortmund*, Goebenstraße 25–27.
Bergamt 1 *Dortmund*, Schönhauserstraße 16.
Bergamt *Duisburg*, Königstraße 67/69.
Bergamt 1, 2 und 3 *Essen*, Flachsmarkt 2.
Oberbergamt für Baden-Württemberg, *Freiburg im Br.*, Albertstr. 5.
Bergamt *Freiburg im Br.*, Albertstr. 5.
Bergamt *Gelsenkirchen*, Zeppelinallee 15.
Bergamt Buer, *Gelsenkirchen-Buer*, Ophoffstraße 44.
Bergamt *Goslar*, Am Heiligen Grabe 1.
Bergamt *Hamm/Westf.*, Goethestr. 6.
Bergamt für die Freie und Hansestadt Bremen, *Hannover*, Sedanstraße 48.
Bergamt *Heilbronn a. N.*, Kaiserstr. 9.
Bergamt *Herne/Westf.* Markgrafenstr. 8.
Bergamt *Hildesheim*, Braunschweigerstraße 54.
Bergamt *Kamen/Westf.*, Hammerstr. 13.
Bergamt *Kassel*, Kathäuserstraße 21.
Bergamt *Koblenz*, Bahnhofstraße 23.
Bergamt Köln 1, *Köln*, Hohe Pforte 9/11.
Bergamt *Lünen*, Viktoriastraße 5.
Bergamt *Meppen*, Widukindstraße 1.
Bergamt *Moers*, Ostring 1.
Bayerisches Oberbergamt, *München 22*, Prinzregentenstraße 28/III.
Bergamt *München 22*, Prinzregentenstraße 26/III.
Bergamt Saarbrücken-Ost, *Neunkirchen/Saar*, Karl-Schneider-Straße 1.
Bergamt 1 und 2 *Recklinghausen*, Reitzensteinstraße 30.
Oberbergamt *Saarbrücken*, Am Staden 17.
Bergamt Saarbrücken-West, *Saarbrükken*, Heinrich-Böcking-Straße 13.
Bergamt *Siegen*, Behördenhaus, Am unteren Schloß.
Bergamt *Weilburg*, Mauerstraße 10.
Hessisches Oberbergamt, *Wiesbaden*, Paulinenstraße 5.
Bergamt Witten, *Witten/Annen*, Crengeldanzstraße 40.
Bergamt *Wolfenbüttel*, Neuer Weg 9.

Steinbruchs-Berufsgenossenschaft – Hauptverwaltung – *Hannover*, Walderseestraße 5.
Steinbruchs-Berufsgenossenschaft – Sektion I – *Nürnberg*, Laufertorgraben 10.
Steinbruchs-Berufsgenossenschaft – Sektion II – *Karlsruhe*, Erbprinzenstraße 31.
Steinbruchs-Berufsgenossenschaft – Sektion III – *Bonn*, Hausdorffstraße 102.
Steinbruchs-Berufsgenossenschaft – Sektion IV – *Hannover*, Arnswaldtstraße 28.

E. LITERATUR UND ZEITSCHRIFTEN

Allgemeines zur Mineralogie

Bögel, H., Knaurs Mineralienbuch, Droemersche Verlagsanstalt Th. Knaur Nachf., München 1968.

Chudoba, K. F. – Brauns, R., Allgemeine Mineralogie, Göschen Band. 29/29a, 11. Aufl. 1963.

Correns, C. W., Einführung in die Mineralogie, 2. Auflage, Berlin 1968.

Desautels, P. E., The Mineral Kingdom, Madison Square Press Grosset & Dunlap, N. York 1968.

Lieber, W., Mineralogie in Stichworten, Hirt Verlag, Kiel 1969.

Linck, G. und Jung, H., Grundriß der Mineralogie und Petrographie, 3. Aufl. 1960.

Lüschen, H., Die Namen der Steine, Ott Verlag, Thun 1968.

Machatschki, F., Grundlagen der allgemeinen Mineralogie und Kristallchemie, Wien 1946.

Nickel, E., Grundwissen in Mineralogie, Teil 1: Grundkursus, Ott Verlag, Thun 1971.

Parker, R. L., Mineralienkunde, 3. Aufl., Ott Verlag, Thun 1964.

Ramdohr, P. – Strunz, H., Klockmanns Lehrbuch der Mineralogie, 15. Aufl., Ferd.-Enke-Verlag, Stuttgart 1967.

Sinkankas, J., Mineralogy for Amateurs, Van Nostrand Company Inc., New York 1964.

Kristallographie, Kristallchemie, Kristallphysik, Untersuchungsmethoden

Bruhns, W. – Ramdohr, P., Kristallographie, Göschen Band 210, 4. Aufl. 1954.

Buchwald, E., Einführung in die Kristalloptik, 5. Aufl., Göschen Band 619, Berlin 1963.

Chudoba, K. F., Mikroskopische Charakteristik der gesteinsbildenden Mineralien, Freiburg 1932.

Henglein, M., Lötrohrprobierkunde, 4. Aufl., Göschen Band 483, Berlin 1962.

Hiller, J. E., Grundriß der Kristallchemie, Walter de Gruyter, Berlin 1952.

Kleber, W., Kristallchemie, Leipzig 1963.

– Einführung in die Kristallographie, 9. Aufl., Berlin 1965.

Lieber, W., Die Fluoreszenz von Mineralen, Sonderheft 5, Herausg. Vereinigung der Freunde der Mineralogie und Geologie (VFMG), Heidelberg 1957. Vergriffen.

Ramdohr, P. – Strunz, H., Klockmanns Lehrbuch der Mineralogie, 15. Aufl., Ferd.-Enke-Verlag, Stuttgart 1967.

Rogers, A. F. und Kerr, P. F., Optical Mineralogy, 2. Aufl., McGraw-Hill Book Comp. Inc., New York 1942.

Schüller, A., Die Eigenschaften der Minerale, I und II, 5. Aufl. 1960.

Strunz, H., Mineralogische Tabellen, 5. Aufl., Leipzig 1970.

Tröger, W. E., Optische Bestimmung der gesteinsbildenden Minerale, Teil 1, Bestimmungstabellen, 3. Aufl., Stuttgart 1959.

Winkler, H. G. F., Struktur und Eigenschaften der Kristalle, 2. Aufl., Berlin 1955.

Zeemann, J., Kristallchemie, Göschen Band 1024, Berlin 1966.

Spezielle Mineralogie, Mineralbeschreibung

BETECHTIN, A. G., Lehrbuch der speziellen Mineralogie, 2. Aufl., VEB Verlag Technik, Berlin, Porta-Verlag, München 1957

BRAUNS, R. – CHUDOBA, K. F., Spezielle Mineralogie, 11. Aufl., Göschen Band 31/31a, Berlin 1964.

DANA, E. S. und FORD, W. E., A Textbook of Mineralogy, 4. Auflage, New York 1932. DANA's System of Mineralogy, N.Y. 1962; zurzeit in 3 Bänden, noch ohne Silicate.

HINTZE, C., Handbuch der Mineralogie, herausgegeben von K. F. CHUDOBA, W. de Gruyter Verlag, Berlin.

JASMUND, K., Die silikatischen Tonminerale, 2. Aufl., Weinheim 1955.

LIEBER, W., Bunte Welt der schönen Steine, KOSMOS-Taschenführer, Franckh'sche Verlagshandlung, Stuttgart 1969.

LIEBER, W., Kristalle unter der Lupe, Ott Verlag, Thun 1972.

MACHATSCHKI, F., Spezielle Mineralogie auf geochemischer Grundlage, Wien 1953.

METZ, R. und FANCK, A., Antlitz edler Steine, Belser Verlag, Stuttgart 1964.

– Edle Steine, Glanz und Zauber der Mineralien, Belser Verlag, Stuttgart 1965.

PEARL, R. M., How to know the Minerals and Rocks, The New American Library of World Literature Inc., N. York 1957.

RAMDOHR, P. – STRUNZ, H., Klockmanns Lehrbuch der Mineralogie, 15. Aufl., Ferd.-Enke-Verlag, Stuttgart 1966.

RYKART, R., Bergkristall, Form und Schönheit alpiner Quarze, Ott Verlag, Thun 1971.

SINKANKAS, J., Mineralogy for Amateurs, Van Nostrand Comp. Inc., New York 1964.

STRUNZ, H., Mineralogische Tabellen, 4. Aufl., Leipzig 1966.

Edelsteine, Verwendung der Mineralien

CHUDOBA, K. F. – GÜBELIN, E. J., Schmuck- und edelsteinkundliches Handbuch, 2. Aufl., Stollfuß-Verlag, Bonn 1966.

– Echt oder synthetisch? Rühle-Diebener-Verlag, Stuttgart 1956.

FISCHER, W., Praktische Edelsteinkunde, 2. Aufl., Verlag Gustav Feller-Nottuln, Kettwig 1954.

GÜBELIN, E., Edelsteine, Silva-Verlag, Zürich 1969.

HILLER, J. E., Die mineralischen Rohstoffe, Verlag Schweizerbart, Stuttgart 1962.

POUGH, F. H., The Story of Gems and semiprecious stones, Harvey House Inc., N. York 1967.

SCHLOSSMACHER, K., Edelsteine und Perlen, 4. Aufl., Verlag Schweizerbart, Stuttgart 1965.

SINKANKAS, J., Gemstones and Minerals, Van Nostrand Comp. Inc., New York 1961.

– Gem Cutting, A Lapidary's Manual; 2. Aufl., D. van Nostrand Comp. Inc., Princeton/New Jersey und London 1963.

– Standard Catalog of Gems; van Nostrand Comp. Inc., Princeton/New Jersey 1968.

SPERANZA CAVENAGO und BIGNAMI MONETA, Gemmologia, 2. Aufl., Edit. Ulrico Hoepli, Mailand 1965.

Edelsteine, Sonderheft 18 der VFMG, Heidelberg 1968.

Mineralentstehung, Lagerstättenlehre

Anmerkung: Zu diesem Thema finden sich auch Kapitel in den unter «Spezielle Mineralogie» genannten Büchern.

Brockhaus-Taschenbuch der Geologie. Die Entwicklungsgeschichte der Erde (mit ABC der Geologie und Mineralogie), VEB Verlag Brockhaus, Leipzig 1959; neue Auflage erweitert, 2 Bände, Verlag Werner Dausien, Hanau/Main 1971

Bruhns, W. – Ramdohr, P., Petrographie, 5. Aufl., Göschen Band 173, Berlin 1960.

Huttenlocher, H., Mineral- und Erzlagerstättenkunde I und II, Göschen Band 1014, 1015/1015a, Berlin 1954.

Schneiderhöhn, H., Erzlagerstätten, 4. Aufl., G.-Fischer-Verlag, Stuttgart 1962.

– Die Erzlagerstätten der Erde: I. Die Erzlagerstätten der Frühkristallisation, 1958. II. Die Pegmatite. Stuttgart 1961.

Schumann, H., Einführung in die Gesteinswelt, 2. Aufl., Verlag Th. Steinkopff, Dresden und Leipzig 1957.

Wedepohl, HK., Geochemie, Göschen Band Nr. 1224, Berlin 1967.

Mineralvorkommen, Fundorte

Anmerkung: Hinweise finden sich auch in den genannten Büchern zur Speziellen Mineralogie, Edelsteinkunde, Mineralentstehung, Lagerstättenlehre. Hier werden noch einige zusammenfassende Darstellungen genannt.

Deutschland, Österreich, Schweiz

Frechen, J., Führer zu vulkanologisch-petrographischen Exkursionen im Siebengebirge, Laacher See und Eifel; Verlag Schweizerbart, Stuttgart 1962.

Gasser, G., Die Mineralien Tirols, Verlag Wagner, Innsbruck 1913.

Henglein, M., Erz- und Minerallagerstätten des Schwarzwaldes, Verlag E. Schweizerbart, Stuttgart 1924.

Heritsch, H., Exkursion in das Kristallin der Koralpe, Fortschritte der Mineralogie *42* (1965), Seite 113–183; sowie Mitteilungen des Naturwissenschaftlichen Vereins Steiermark *93* (1963), Seite 178ff.

Hopmann, M., Frechen, J. und Knetsch, G., Die vulkanische Eifel, 2. Aufl., W. Stollfuß Verlag Bonn.

Hülsemann, P., Die Bergwerke Deutschlands, Ferdinand-Enke-Verlag, Stuttgart 1930.

Jacobsen, W., Die Erzgänge des nordwestlichen Oberharzes, eine Erläuterung zur beigegebenen Gangkarte, Geolog. Jahrbuch, Band 65, Seite 707–768, Hannover 1950.

Kirchheimer, F., Bericht über das Vorkommen von Uran in Baden-Württemberg. – Abh. geol. Landesamt Baden-Württemberg 2, S. 1–127, 1957.

Lippert, H. J., Zur Gesteins- und Lagerstättenbildung in Roteisensteingruben des östlichen Dillgebietes. – Abh. Senckenberg. Naturforschende Gesellschaft 485 (R. Richter-Festschrift) 1951, 1–29.

Maissen, P. F., Mineralklüfte und Strahler der Surselva, Universitätsverlag Freiburg (Schweiz) 1955.

Meixner, Heinz, Die Minerale Kärntens, Verlag des Naturwissenschaftlichen Vereins für Kärnten, Klagenfurt 1957.

Metz, R., Richter, M. und Schürenberg, H., Die Blei-Zink-Erzgänge des Schwarzwaldes, Beiheft zum Geologischen Jahrbuch Heft 29, Hannover 1957.

Niggli, P., Koenigsberger, J., Parker, R. L., Die Mineralien der Schweizer Alpen (2 Bände), Verlag Wepf & Co., Basel 1940.

Nickel, E., Kleiner Schweizführer, Sonderheft 9, Herausgeber Vereinigung der Freunde der Mineralogie und Geologie (VFMG), Heidelberg 1961.

PARKER, ROBERT, Die Mineralienfunde der Schweizer Alpen, Verlag Wepf & Co., Basel 1954.
PILGER, HESEMANN, BUSCHENDORF u. a., Die Blei-Zink-Erzvorkommen des Ruhrgebietes und seiner Umrandung. Monographie 1 der Monographien der Deutschen Blei-Zink-Erzlagerstätten (1951), (1957), (1961).
PRETOR, A. und RINN, J., Der Bergbau in der Bundesrepublik Deutschland, Verlag Glückauf, Essen 1964.
REGUL, R. und HAGEN, W., Der Bergbau in der Bundesrepublik Deutschland, Ferd.-Enke-Verlag, Stuttgart 1954.
STRUNZ, HUGO, Mineralien und Lagerstätten in Ostbayern, Verlag Gustav Bosse, Regensburg 1953.
– Die Uranfunde in Bayern von 1804–1962, Gebrüder Borntraeger, Berlin 1962.
WEIBEL, MAX, Die Mineralien der Schweiz – ein mineralogischer Führer. Mit 10 Karten. Birkhäuser, Basel 1966.
WILKE, A., Die Erzgänge von St. Andreasberg im Rahmen des Mittelharz-Ganggebietes, Heft 7 zum Geol. Jahrbuch, Hannover 1952.
Zur Geologie, Petrographie und Mineralogie des Westharzes, Sonderheft 1, Herausg. Vereinigung der Freunde der Mineralogie und Geologie (VFMG), 1954. Vergriffen.
Neue Beiträge zur Kenntnis der Mineral- und Gesteinswelt des Odenwaldes, Sonderheft 2 der VFMG, 1955. Vergriffen.
Vom Hunsrück zum Westrich, Sonderheft 3 der VFMG, 1956. Vergriffen.
Vom Kaiserstuhl zum Münstertal, Sonderheft 7 der VFMG, Heidelberg 1959. Vergriffen.
Erläuterungen zur Geologischen Exkursionskarte des Kaiserstuhls 1:25 000. Herausgeber: Geologisches Landesamt in Baden-Württemberg, Freiburg im Breisgau 1959.
Fichtelgebirge und Münchberger Gneismasse, Sonderheft 8 der VFMG, Heidelberg 1960. Vergriffen.
Die nördliche Eifel, Sonderheft 10 der VFMG, Heidelberg 1961. Vergriffen.
Erdgeschichte, Bergbau, Bodenschätze, Mineralien und Versteinerungen im Ruhrgebiet. Sonderheft 11 der VFMG, 1962.
Gesteine, Erz- und Minerallagerstätten Kärntens, Carinthia II, Jahrgang 143 der Gesamtreihe, 63. Jahrgang der Carinthia II, 1. Heft, Klagenfurt 1953.
Die zentralschweizerischen Kristallin-Massive, Sonderheft 12 der VFMG, Heidelberg 1963.
Fund und Fundmöglichkeiten in Niederdeutschland, Sonderheft 14 der VFMG, Heidelberg 1964.
Zur Mineralogie und Geologie des Landes Salzburg und der Tauern, Sonderheft 15 der VFMG, Heidelberg 1966.
Zur Mineralogie und Geologie der Oberpfalz, Sonderheft 16 der VFMG, Heidelberg 1967.
Zur Mineralogie und Geologie der Umgebung von Göttingen, Sonderheft 17 der VFMG, Heidelberg 1968.
Idar-Oberstein, Sonderheft 19 der VFMC, Heidelberg 1970.
Nordschwarzwald, Sonderheft 20 der VFMG, Heidelberg 1971.
Zur Mineralogie und Geologie des Bayerischen Waldes, Sonderheft 21 der VFMG, Heidelberg 1971.
Zur Mineralogie und Geologie der Steiermark, Sonderheft 22 der VFMG, Heidelberg 1972.
Jahrbuch des deutschen Bergbaues (erscheint jährlich), Verlag Glückauf, Essen.

Sonstige europäische und außereuropäische Fundgebiete

Barton, D. B., A History of Cooper Mining in Cornwall and Devon, Truro Bookshop, Truro 1961.

Davidson, W. F. und Thomson, N., Some notes on the Minerals of Cumberland and Westmoreland; The North Western Naturalist, Jahrgang 23, 1948.

Dunham, K. C., Geology of the Northern Pennine Orefield, Geological Survey of Great Britain, London 1948.

Helke, A., Die jungvulkanischen Gold-Silber-Erzlagerstätten des Karpathenbogens. Archiv für Lagerstättenforschung, Heft 66. Herausg. Preußische Geologische Landesanstalt, Berlin 1938.

Hibsch, J. E., Die Minerale des Böhmischen Mittelgebirges, Verlag Gustav Fischer, Jena 1934.

Nickel, E., Führer durch die Äolischen Inseln, Sonderheft 13 der VFMG, Heidelberg 1964.

Sigismund, P., Gramaccioli, C. M., I Minerali Valtellinesi, Mailand 1962.

Les Minerais Uranifères Français, 1. Band, Presses Universitaires de France, Paris 1960. 2. Band (Fundorte), 1962.

Ahlfeld, F., Die Erzlagerstätten in der tertiären Magmaprovinz der bolivianischen Zentral-Anden, Neues Jahrbuch für Mineralogie, Beil.-Band 65, Abt. A, Seite 285–456, 1932.

Angelelli, V., Recuorsos Minerales de la Republica Argentina, Buenos Aires 1950.

Destas, A., Vaes, J. F. und Guillemin, C., Minéraux d'uranium du Haut Katanga, Les Amis du Musée Royal du Congo Belge, Tervuren, Belgien.

Eyssautier, L., L'Industrie Minière du Maroc, herausgegeben anläßlich des XIX. Internationalen Geologischen Kongresses, Rabat 1952.

Freyberg, B. v., Die Bodenschätze des Staates Minas Geraes (Brasilien), E. Schweizerbartsche Verlagsbuchhandlung, Stuttgart 1934.

Jahns, R. H. und Wright, L. A., Gem- and Lithium-bearing Pegmatites of the Pala District, Special Report 7A, Division of Mines, San Francisco 1951.

Johnson, P. W., A Field Guide to the Gems an Minerals of Mexico, Gembooks, Mentone, California 1965.

Sinkankas, J., Gemstones and Minerals, how and where to find them; Van Nostrand Comp. Inc., New York 1961.

Geology and Mineral Resources of Japan, Geological Survey of Japan, 1956.

Zeitschriften

DER AUFSCHLUSS, Herausg. Vereinigung der Freunde der Mineralogie und Geologie (VFMG) e. V. Heidelberg, Dantestraße 50. Jahrgang 1–22, 1950 – 1971. Siehe auch 10-Jahres-Register hierzu, Jahrgang 1–10.

Neues Jahrbuch für Mineralogie, Verlag Schweizerbart, Stuttgart.

Fortschritte der Mineralogie, Verlag Schweizerbart, Stuttgart.

Der Karinthin, Beiblatt der Fachgruppe Mineralogie und Geologie des Naturwissenschaftlichen Vereins für Kärnten, Klagenfurt.

Schweizer Strahler, c/o F. B. Haverkamp, Postfach, 6002 Luzern / Seit 1966

Urner Mineralienfreunde, c/o Herr Valentin Sicher, Gurtnellen UR/Seit 1963.

Rocks and Minerals (eine Zeitschrift für Mineraliensammler), Box 29, Peekskill, New York.

Gems and Minerals (für Sammler), P.O. Box 687, Mentone, California, 92359, USA.

Mineral Record, P. O. Box 783, Bowie, Maryland, 20715, USA.

SACHREGISTER

ORTSREGISTER

G

Z

MINERALREGISTER

Anmerkung: Auf den *kursiv* gesetzten Seiten finden sich für das betreffende Mineral Erläuterungen oder die chemischen Formeln.

MINERALNAMEN

nach englischer Schreibweise

Da immer mehr Mineraliensammler in Tauschverbindung mit Sammlern aus englischen Sprachgebieten treten, ist eine Liste der wichtigsten Mineralnamen nützlich, insbesondere derjenigen, die deutlich von der deutschen Schreibweise abweichen. Im allgemeinen werden die englischen Namen der Mineralien in gleicher Weise wie im deutschen Schrifttum geschrieben, jedoch ist gegenüber der deutschen Schreibweise am Ende des Namens ein «e» angehängt. Diese Schreibweise ist nur auf die international gebräuchlichen Mineralnamen anwendbar. Diese Namen sind in den Tabellen von STRUNZ fettgedruckt angeführt. Im englischen Schrifttum gibt es auch Abweichungen – wie im deutschen Sprachgebrauch – von der üblichen Schreibweise eines Minerals mit der Endung it, so zum Beispiel bei Analcime = Analcim oder Quartz = Quarz.

Actinolite = Aktinolit
Adamite = Adamin
Agate = Achat
Almandite = Almandin
Analcime = Analcim
Anatase = Anatas
Arsenic = Arsen
Arsenopyrite = Arsenkies
Barite = Baryt = Schwerspat
Cassiterite = Zinnstein
Celestite = Coelestin
Chalcopyrite = Kupferkies
Cinnabar = Zinnober
Cobaltite = Cobaltin = Kobaltglanz
Cockscomb crystals = Hahnenkammförmige Kristalle (bei Markasit)
Cogwheel Bournonite = zahnradförmiger Bournonit
Copper = Kupfer
Covellite = Covellin
Crocoite = Krokoit
Diamond = Diamant
Emerald = Smaragd
Erythrite = Erythrin = Kobaltblüte
Galena = Bleiglanz
Garnet = Granat
Grossularite = Grossular
Halite = Halit = Steinsalz
Hematite = Hämatit
Iron = Eisen
Jasper = Jaspis
Kidney ore = wörtlich: Nierenerz = Glaskopf
Kyanite = Cyanit
Mercury = Quecksilber
Mica = Glimmer
Mimetite = Mimetesit
Niccolite = Nickelin = Rotnickelkies
Orpiment = Auripigment
Pitschblende = Pechblende
Pyrrhotite = Pyrrhotin
Quartz = Quarz
Ruby = Rubin
Selenite = Gips
Smithsonite = Smithsonit = Zinkspat
Sphalerite = Zinkblende
Stannite = Stannin = Zinnkies
Stibnite = Antimonit
Stilbite = Desmin
Sulfur = Schwefel
Sylvite = Sylvin
Television stone = Fernsehstein = Ulexit
Topaz = Topas
Tourmaline = Turmalin
Tungstates = Wolframate
Turquois = Türkis